中国古典
诗词品汇

四川省社会科学重点研究基地
李白文化研究中心资助项目

李白诗品汇

闵泽平 撰

长江出版传媒

崇文书局

图书在版编目（CIP）数据

李白诗品汇 / 闵泽平撰 . -- 武汉：崇文书局，
2025. 10. -- （中国古典诗词品汇）. -- ISBN 978-7
-5403-7890-5

Ⅰ . I207.227.42

中国国家版本馆 CIP 数据核字第 2025FA2856 号

出 品 人　韩　敏
责任编辑　程可嘉
封面设计　甘淑媛
责任校对　朱小双
责任印制　李佳超

李白诗品汇
LI BAI SHI PIN HUI

出版发行　长江出版传媒｜崇 文 书 局

地　　址　武汉市雄楚大街 268 号 C 座 11 层

电　　话　（027）87677133　邮政编码　430070

印　　刷　湖北新华印务有限公司

开　　本　880mm×1230mm　1/32

印　　张　12.75

字　　数　319 千

版　　次　2025 年 10 月第 1 版

印　　次　2025 年 10 月第 1 次印刷

定　　价　65.00 元

（如发现印装质量问题，影响阅读，由本社负责调换）

前　言

李白（701—762），字太白，号青莲居士，排行十二，自称陇西人。如他在《与韩荆州书》中说："白，陇西布衣，流落楚汉。"在《赠张相镐二首》（其二）中说："本家陇西人，先为汉边将。"早期的相关资料也是这样描述的，如李阳冰《草堂集序》："李白，字太白，陇西成纪人，凉武昭王暠九世孙。"魏颢《李翰林集序》："白本陇西，乃放形，因家于绵。"范传正《唐左拾遗翰林学士李公新墓碑并序》："公名白，字太白，其先陇西成纪人。"

天宝十五载（756）正月初一，杜甫参加了苏端、薛复等人组织的一群年轻人的聚会，写下了一首长诗《苏端薛复筵简薛华醉歌》，诗中有云："近来海内为长句，汝与山东李白好。"杜甫为何要称"山东李白"呢？有学者解释说，这里的山东是指崤山及函谷关以东，杜甫写诗的时候正在关中，而李白正游历在关东。中唐以来许多材料称李白为山东人，如元稹《唐故工部员外郎杜君墓系铭》："时山东人李白，亦以奇文取称，时人谓之'李杜'。"《旧唐书·文苑传》："李白字太白，山东人。"后人认为这里是以讹传讹，是把李白的游历之所错当成了籍贯。

今天大多数人所接受的看法是，李白的先祖本属陇西李氏，后因故流落至西域。不过，李白具体出生在西域何处呢？李阳冰说是条支，范传正说是碎叶，而碎叶又有中亚碎叶、焉耆碎叶之分。郭沫若《李白与杜甫》认定，李白出生在"中央亚细亚伊塞克湖西北的碎叶城"。由于李白出生在西域，他的父亲名叫李客，陈寅恪由此推定李白应该是西域胡人，"其父之所以名客者，殆由西域之人其名字不通于华夏，因以胡客呼之，遂取以为名，其实非自称之本名也。夫以一元非汉姓之家，忽来从西域，自称其先世于隋末由中国谪居于西突厥旧疆之内，实为一必不可能之事。则其人之本为西域胡人，绝无疑义矣"（《李太白氏族之疑问》，《清华学报》第10卷第1期，1935年1月）。

无论是李阳冰还是范传正，都明确地告诉我们，李白一家在神龙初年迁徙至蜀中广汉。这时，李白已经五岁了。当然，也有史料强调李白本来就是蜀人，如刘全白《唐故翰林学士李君碣记》开篇就说"君名白，广汉人"，丝毫没有提及西域。而李白在他的诗文中，也往往将蜀地视为故乡，因为自来广汉之后，直到二十五岁之前，他一直生活在蜀中。这里所选释的《访戴天山道士不遇》《登峨眉山》《峨眉山月歌》等，都是他早年生活的记录。

李白是什么时候出川，出川之后的经历如何呢？王琦《李太白年谱》概述说，开元十三年（725），二十五岁的李白"出游襄、汉，南泛洞庭，东至金陵、扬州，更客汝、海，还憩云梦。故相许圉师以孙女妻之，遂留安陆者十年"。这些结论都是从李白自己的诗文中推测出来的。如李白在《上安州裴长史书》中说："故知大丈夫必有四方之志，乃仗剑去国，辞亲远游，南穷苍梧，东涉溟海。见乡人相如大夸云梦之事，云梦有七泽，遂来观焉。而许相公家见招，妻以孙女，便憩于此。"

这里所选的《渡荆门送别》《秋下荆门》《望庐山瀑布》《望天门山》《金陵酒肆留别》《越中览古》《苏台览古》《夜泊牛渚怀古》《黄鹤楼送孟浩然之广陵》等诗，也可以十分清晰地印证李白沿着长江来回的踪迹。李白在《秋于敬亭送从侄耑游庐山序》中说他"酒隐安陆，蹉跎十年"，这自然免不了夸大事实。他虽然成家于安陆，但十年来并非一直滞留在安陆周围。在此期间，最值得我们注意的是，他应该抵达过长安。

历来人们多以为李白只是在天宝初年奉诏才进入长安。1962年，稗山《李白两入长安辨》（《中华文史论丛》第二辑）提出，开元年间，李白已有长安之行，具体是开元二十五年至二十九年之间（737—741）。郭沫若《李白与杜甫》、郁贤皓《李白两入长安及有关交游考辨》推定为开元十八年（730），后一说法得到了学术界的广泛呼应。如今这里所选的《蜀道难》《行路难》《登太白峰》等诗篇，也大多被认定为李白初入长安时所作。

开元年间，李白除了西入长安，应该还有北上太原的经历，《太原早秋》《忆旧游寄谯郡元参军》都可以作为依据。此外，《梁园吟》《春夜洛城闻笛》《将进酒》等名作，又让我们相信他曾有洛阳之行。大约在开元二十八年（740），李白移家至山东，与孔巢父等隐居徂徕山，时号"竹溪六逸"。《五月东鲁行答汶上翁》等诗作，让我们见到了李白的自信与用世之心。

天宝元年（742）秋日，李白被唐玄宗征召入朝。李白得以供奉翰林，一说是由于道士吴筠的推荐，一说是贺知章的推荐，一说是好友元丹丘通过玉真公主的推荐。总之，按照李阳冰《草堂集序》的描述，唐玄宗给予了李白极其隆重的款待："降辇步迎，如见绮、皓，以七宝床赐食，御手调羹以饭之。"而李白《南陵别儿童入京》中"仰天大笑出门去，我辈岂是蓬蒿人"这样的诗句，也充分展示了李白二入长安时的兴奋与豪情。

不过，在李白待诏翰林期间，我们并没有见到李阳冰《草堂集序》所谓"置于金銮殿，出入翰林中，问以国政，潜草诏诰"

诸如此类的政治行为。给我们留下深刻印象的，是他的"斗酒诗百篇"，是他的"天子呼来不上船，自称臣是酒中仙"。而他这一时期作为侍从文人所创作的《宫中行乐词》《清平调三首》等，在《本事诗》《唐摭言》等唐人笔记中也大都是酒后即兴之作。当然，在敬佩他惊人的才华的同时，我们也可以将这种旁若无人的酣饮理解为遭受排挤之后的一种应对，如李阳冰所言，"丑正同列，害能成谤，格言不入，帝用疏之。公乃浪迹纵酒，以自昏秽"。

那么，究竟是谁在嫉贤妒能、诽谤李白呢？天宝三载（744）暮春，李白在成为翰林待诏后不到两个年头，就被唐玄宗赐金放还了。谗谮李白的，一说是高力士，这里有我们所熟知的李白醉后引足令高力士脱靴的故事，在《国史补》《旧唐书·李白传》中有生动的描述；一说是张垍，魏颢《李翰林集序》的记述是"（玄宗）许中书舍人，以张垍谗逐"。而范传正在《唐左拾遗翰林学士李公新墓碑并序》中给出的理由，却是唐玄宗本人对李白不太放心，担心他泄露禁中之事，即所谓"玄宗甚爱其才，或虑乘醉出入省中，不能不言温室树"。

出长安之后，李白在商州、南阳盘桓了一段日子，秋天的时候来到洛阳，在这里与杜甫相遇了。闻一多在《唐诗杂论》中曾激动地描述道："譬如说，青天里太阳和月亮走碰了头，那么，尘世上不知要焚起多少香案，不知有多少人要望天遥拜，说是皇天的祥瑞。如今李白和杜甫——诗中的两曜，劈面走来了，我们看去，不比那天空的异瑞一样的神奇、一样的有重大的意义吗？"杜甫这时也非常激动，对求仙之事向来毫无兴趣的他，还陪着李白去大山中寻找机缘。高适正好在梁宋一带漫游，于是三人一起打猎喝酒，甚是畅快。

这温馨的场面，后来反复回荡在杜甫的脑海里。很多年之后，年老的杜甫在《遣怀》中说："忆与高李辈，论交入酒垆。两公壮藻思，得我色敷腴。"又在《昔游》中说："昔者与高李，晚登单父台。"遗憾的是，愉快的秋天虽然也给李白留下了深刻印象，如他的《秋猎孟诸夜归，置酒单父东楼观妓》提及了"骏发跨名驹，雕弓控鸣弦。鹰豪鲁草白，狐兔多肥鲜"这样宏大的场面，也提及了"出舞两美人，飘飘若云仙。留欢不知疲，清晓方来旋"这样旖旎的场面，唯独遗忘了同游的高适、杜甫。不久高适离开梁宋东行，杜甫至兖州省亲，李白也到齐州从道士高如贵受道箓。

　　天宝四载（745）春天，李白也来到了兖州，不是因为杜甫在这里，而是因为李白此时的家在这里。李、杜两人同游泗水，同登东蒙，同访范居士，这段日子确实是形影不离。当然，即使同一个事件，在李、杜眼中其意义还是有差别的。比如一同前往寻找范居士，杜甫《与李十二白同寻范十隐居》诗中有这样的描述："余亦东蒙客，怜君如弟兄。醉眠秋共被，携手日同行。"李白《寻鲁城北范居士，失道落苍耳中，见范置酒摘苍耳作》诗对于寻找过程中迷路之事及见面后老范的热情款待，都有详细的描述，唯独没有提到有人同行。如果没有杜甫那首诗，我们无疑会误以为李白此行是独来独往。不过，在两人分别的时候，李白写下了《鲁郡东石门送杜二甫》，不久又因思念杜甫而作有《沙丘城下寄杜甫》，这使后人坚信他们两人的友谊并不完全是单方面的。

　　此后李白再游浙东，留下了《梦游天姥吟留别》《对酒忆贺监二首》等佳作；又来到南京，写有《登金陵凤凰台》；嗣后又回到东鲁家中，随即或有幽州之行，作有《北风行》等。安史之乱爆发前夕，李白主要活动在宣城一带，《独坐敬亭山》《宣州谢朓楼饯别校书叔云》《清溪行》《秋浦歌》等让我们看到秀美的山水并不足以消除诗人的愁思。天宝十四载（755）冬十一月，安禄山反于范阳，李白携妻子宗氏逃难，或经洛阳至函谷关，后下宣城，过溧阳，奔杭州，终隐居于庐山屏风叠。

两京陷落之后，玄宗逃往蜀中，永王李璘受命为江陵大都督，经略南方军事。后者率水师东下，至浔阳而征召李白。至德二载（757）正月，李白入永王李璘幕，作有《永王东巡歌十一首》等。一个月后，唐肃宗派兵围剿，李璘兵败丹阳，李白仓皇奔逃，旋即陷入浔阳狱中，后为御史中丞宋若思、宣慰大使崔涣所救而出狱，卧病宿松，作有《赠张相镐二首》等。是年岁暮，被判流放夜郎，来年春天遇赦，李白已行至白帝城，有诗《流夜郎赠辛判官》《上三峡》《早发白帝城》等。

李白为什么会进入永王李璘的幕府？或以为是受到后者的胁迫，或以为是李白建功立业之心过切，或以为是永王尚未露出他的野心，此时还扛着正义的大旗等。总之，值得注意的是，从峡中回到江陵而后活跃在江夏、岳阳一带的诗人，一直怀着急切的用世之心，反复申述其起复之意。这里的《赠从弟南平太守之遥二首》《江夏赠韦南陵冰》《巴陵赠贾舍人》《陪族叔刑部侍郎晔及中书贾舍人至游洞庭五首》等，都说明李白此时徘徊于潇湘、江夏，实乃仍抱有幻想与期待。

上元元年（760）秋冬之际，李白回到豫章与宗氏团聚。不久，他将宗氏送往庐山，自己重游宣城一带。次年，当他听闻太尉李光弼出镇临淮，还希望自己能够从军以尽微薄之力，可惜因病半路折回，宝应元年（762）冬天病逝当涂。《临路歌》，多以为即其绝笔。

李白向来有"仙才"之誉，我们所熟知的诸如"世传杜甫诗，天才也；李白诗，仙才也；长吉诗，鬼才也"（王琦《李太白诗集注》引《迂斋诗话》）、"尝戏论唐人诗：王维佛语，孟浩然菩萨语……李白、常建飞仙语，杜甫圣语，陈子昂真灵语"（王士禛《居易录》）等论说，可谓屡见不鲜。那么，为什么李白会给人们留下这样的印象呢？

一说是因为李白诗歌的艺术成就，非人力所能致，并不是诗歌写得好就能达到，"庄周、李白，神于文者也，非工于文者所及也。文非至工，则不可为神，然神非工之所可至也"（杨慎《升庵集》）。李白为何能写出这样优秀的作品呢？那是因为他的才华是与生俱来的，并非后天磨炼而达到的。"太白天才放逸，故其诗自为一体；子美学优才赡，故其诗兼备众体"（傅若金《诗法正论》），"李、杜齐名，古今不敢轩轾，予谓太白才由天纵，故能以其高敌子美之大"（王琦《李太白诗集注》引黄生白山《杜诗说》）。

一说是因为李白的诗歌飘逸绝尘，想象力丰富，多注重个人内心世界的抒写，多描述世外之景象，给人带来了神奇而美好的感受。"李太白诗语带烟霞，肺腑缠锦绣"（释惠洪《石门文字禅·跋苏养直诗》），"予谓诗者，妙思逸想所寓而已，太白之神气，当游戏万物之表，其于诗，特寓意焉耳"（陈善《扪虱新话》）。当然，最直接的体现在诗中对神仙生活的向往。"李太白《古风》两卷，近七十篇，身欲为神仙者殆十三四，或欲把芙蓉而蹑太清，或欲挟两龙而凌倒影，或欲留玉舄而上蓬山，或欲折若木而游八极，或欲结交王子晋，或欲高揖卫叔卿，或欲借白鹿于赤松，或欲餐金光于安期。"（葛立方《韵语阳秋》）

一说是因为李白抛弃了习见的意象与常规的表达方式，敢于打破常规，"予评李白诗，如黄帝张乐于洞庭之野，无首无尾，不主故常，非墨工楔人所可议拟"（黄庭坚《豫章黄先生文集·题李白诗草后》），"李谪仙，诗中龙也，矫矫焉不受约束"（王琦《李太白诗集注》引《艺圃折中》）。他的诗作似乎无迹可寻，不可捉摸，无法模仿，更无法超越。"文至庄，诗至太白，草书至怀素，皆兵法所谓奇也。正有法可循，奇则非神解不能及"（顾璘《息园存稿·书吴文定临怀素自叙帖后》）、"李太白如刘安，鸡犬遗响白云，核其归存，恍无定处"（陈起《江湖小集·敖陶孙臞翁诗集·诗评》）。

当然，上述种种展示李白仙才的特色，倘若换一个视角来看，或许又会成为李白诗作之瑕疵。如李白之打破常规，不受羁绊，不肯苟同，在有些读者眼中，那就是过分求新求奇。"王荆公尝谓'太白才高而识卑'，山谷又云'好作奇语，自是文章之病。建安以来好作奇语，故其气象衰薾'。愚谓二公所言太白病处，正在里许"（祝尧《古赋辩体·唐体》），"李白诗类其为人，骏发豪放，华而不实，好事喜名，不知义理之所在也"（苏辙《栾城三集》卷八《杂说九首·诗病五事》）。

又如李白之想落天外，高蹈远引，在一些读者眼中，那就是脱离现实，缺乏淑世情怀。"李、杜号诗人之雄，而白之诗多在于风月草木之间、神仙虚无之说，亦何补于教化"（《全蜀艺文志》卷三九赵次公《杜工部草堂记》），"李太白当王室多难、海宇横溃之日，作为歌诗，不过豪侠使气、狂醉于花月之间耳。社稷苍生，曾不系其心膂，其视杜少陵之忧国忧民，岂可同年语哉"（罗大经《鹤林玉露》）。

至于所谓"天纵奇才"，在许多读者眼中依然是有迹可循，其来有自。或以为其学《文选》所致，"李太白始终学《选》诗"

（杨慎《升庵诗话》）；或以为其深受鲍照影响，"鲍明远才健，其诗乃《选》之变体，李太白专学之"（《朱子语类》）、"六朝文气衰缓，惟刘越石、鲍明远有西汉气骨，李、杜筋骨取此"（王琦《李太白诗集注》引陈绎曾《诗谱》）；或以为其承接了"风雅"传统，"余观太白《古风》、子美《偶题》二篇，然后知二子之源流远矣。李云'《大雅》久不作，吾衰竟谁陈。《王风》委蔓草，战国多荆榛'，则知李之所得在《雅》"（《韵语阳秋》）。

这里所选的李白一百五十六首诗作，大多是脍炙人口的佳篇。即使如此，由于视角的差异，也会存在诸多争议。如就诗歌的写作规范而言，我们通常所认可的李白天才般的创新，也可能被批评为对基本规则的漠视与破坏。与此同时，另外一些在我们眼中体现出李白探索与熟悉规则的幼稚之作，又可能被视为诗人对规则的大胆突破与超越。如《访戴天山道士不遇》开篇即写景且用字多重复，一般认为它创作于李白早年，正说明李白对五律的规则尚处于探索与适应过程中，但将其誉为跳出了古人圈套，似乎亦不为过。

又如就诗歌的语言风格而言，我们通常所赞叹的李白率然而成的天仙之词，其本色或质朴正充分展示了一般文人所不可企及之处，但与此同时，这些没有经过文人点染或修饰而来自民间的原生态语言，也可能被指斥为粗鄙。如《月下独酌》"天若不爱酒"一首，喜爱者以为是醉语纵横，旁若无人，惟有李白才能写出这种真趣；而贬之者则以为粗俗不堪，不当是李白所作。

又如就诗歌的思想内容而言，我们通常所惊叹的李白对功名富贵的蔑视、对人生无常的超越、对酒中之趣的执着等，也可能被批评为及时行乐、不思进取的颓废思想。如《襄阳歌》之"百年三万六千日，一日须倾三百杯"诸句，或认为生动地描写出了饮者的快乐，显示出了李白的豪迈、洒脱；或以为诗人借狂饮宣泄胸中郁闷，颓废的外表下掩藏着难言的悲凉；或以为诗中突出地表现了纵酒放诞、及时行乐的消极情绪。

至于那些我们都一致认可的佳作，其好处与情趣在不同读者眼中也可能会有所不同。如《酬崔侍御》"严陵不从万乘游，归卧空山钓碧流。自是客星辞帝座，元非太白醉扬州"一首，如出山泉水，一望透底，但诗人的旨趣何在呢？或以为表现了旧友重逢的喜悦及面对放归的旷达，或以为展示了李白的自尊自傲，或以为表达了李白的怨望与愤懑。又如《塞下曲》"五月天山雪"一首，均以为其出语奇妙，但其"奇妙"之具体表现，则或以为是自然天成，或以为是含蓄蕴藉，或以为是高华雄浑。

本书名为《李白诗品汇》，虽然对所选之诗大多有所"品"，但着力之处则在于"汇"，旨在尽量将对李白诗作的各种解读呈现出来，使读者能够清晰地感知评论者立场或视角的差异。因此，这里对所选的每一首诗的"评析"，并不是各种评论的简单汇辑与罗列，而是试图深入到这些批评的背后，寻绎出它们得以产生的逻辑链条，然后在同一平面上展示出来。也就是说，我们的目的不是对每一首诗的主旨或风格给予最后的评判，而是试图梳理历代对这首诗的品读思路，厘清这些品读之间的分歧以及分歧所产生的缘由。

"评析"中所引用的观点，多来自于《分类补注李太白诗》二十五卷（元至大勤有堂刻本宋杨齐贤集注、元萧士赟补注）、朱谏《李诗选注》十三卷、《李诗辨疑》两卷（隆庆六年刊本）、王琦辑注《李太白全集》（中华书局 2011 年版）、沈寅与朱昆补辑《李诗直解》（乾隆四十年朱凤楼精刊巾箱本）、唐汝询《唐诗解》（河北大学出版社 2001 年版），以及瞿蜕园与朱金城《李白集校注》（上海古籍出版社 1980 年版）、詹锳《李白全集校注汇释集评》（百花文艺出版社 1996 年版）、安旗《新版李白全集编年注释》（巴蜀书社 2000 年版）、郁贤皓《李白全集注评》（凤凰出版社 2018 年版）、《李白诗选注》（上海古籍出版社 1978 年版）、复旦大学古典文学教研组《李白诗选》（人民文学出版社 1983 年版）、熊礼汇《李白诗》（人民文学出版社 2005 年版）、薛天纬《李白诗选》（人民文学出版社 2017 年版）、马玮《李白诗歌赏析》（商务印书馆国际有限公司 2017 年版）、赵昌平《李白诗选评》（上海古籍出版社 2019 年版）等。

　　本书所选李白诗歌之原文，以最为通行的王琦辑注《李太白全集》为底本。其编排则采用编年形式，大体以郁贤皓《李白选集》（上海古籍出版社 2013 年版）为依据。需要说明的是，李白之诗篇，少有明确告知创作年月者。其系年，或依据其歌咏史实加以考索，或依据其酬答对象进行评判，或依据其往来行迹进行推测，或依据他本收录情形进行判定，或依据诗中流露之情绪进行梳理。总之，系年既为推算，自不无臆测，争鸣亦在所难免。感谢程可嘉编辑细心审校书稿，修正了不少疏漏。

闵泽平

二〇二四年七月于浙江海洋大学

目 录

编年诗

不编年诗

编年诗

访戴天山道士不遇

犬吠水声中，桃花带露浓。①
树深时见鹿，溪午不闻钟。
野竹分青霭，飞泉挂碧峰。
无人知所去，愁倚两三松。

【注释】

① 露：一作"雨"。

【评析】

　　这首诗的题目尤其值得关注。首先，据诗题中所提及的"戴天山"，人们推测它是李白早年的诗作，因为这里正是青年李白隐居读书之处。戴天山，又名大匡山、大康山。姚宽《西溪丛语》引《绵州图经》说："戴天山在（彰明）县北五十里，有大明寺。开元中，李白读书于此寺。又名大康山，即杜甫所谓'康山读书处也'。"又《唐诗纪事》引杨天惠《彰明逸事》有云："（李白）隐居戴天大匡山，往来旁郡，依潼江赵征君蕤。蕤亦节士，任侠有气，善为纵横学，著书号《长短经》。太白从学岁余，去游成都……益州刺史苏颋见而奇之。"

故郁贤皓以为，"苏颋于开元八年后由礼部尚书出为益州大都督长史，则李白隐居戴天山读书约在开元七年（719），年十九岁。此诗当作于是年，为现存李白最早诗篇之一"（《李白全集注评》）。

其次，诗人上戴天山的目的，是寻访道士，故虽对山中景色有细致生动的描绘，如前人所言"此四句（前四句）写深山幽丽之景，设色甚鲜采"（高步瀛《唐宋诗举要》引吴汝纶语），但给人留下深刻印象的，还是在绘景的过程中能够始终围绕"道士"身份入手。唐汝询《唐诗解》："首暗用桃源事，言闻犬吠于水声之中，即非尘境，况桃花方吐乎？真仙源矣。然'见鹿'而不'闻钟'，则道士他适也，所睹唯'竹分青霭''泉挂碧峰'而已。谁知吾之来去哉？徒倚松而惆怅也。停午当击钟以食，不闻钟则主不在矣。"

最后，诗人访道士而未遇，诗歌便以"不遇"为诗眼，"全不添入情事，只抝死'不遇'二字作，愈死愈活"（王夫之《唐诗评选》）、"无一字说'道士'，无一字说'不遇'，却句句是'不遇'，句句是'访道士不遇'"（贺贻孙《诗筏》）。

诗人不见道士而"愁倚两三松"，前人或以为诗人因不知道士何时归来而"愁"，如朱谏《李诗选注》："言寻道士不遇，所见者皆山中之景物。日虽亭午，而犹不闻钟声，则知主人之不在矣。然又不知其所向之处，我将倚松以俟，犹忧其一时之未回也。"

或以为诗人因不知道士在何处而"愁"，如沈寅、朱昆《李诗直解》："此访道士不遇，而咏其无聊之情景也。言我之访戴天山也，犬吠水声之中，其境幽矣。桃花带雨浓艳，为可掬也。树之深密，时见鹿迹之往来；溪之幽凹，不闻钟声之传度，便若无人之景矣。野竹则左右以分青霭，飞泉则漱玉以挂碧峰。山境之奇致如此，今羽士只在此山中，但云深不知所在耳。今我徘徊不遇，愁倚两三松，亦无聊之极矣。"

今人或以为诗人并无多少愁绪，"这时候诗人的心思恐怕已经不在访人上，而在山间景物。'愁倚两三松'云云，只是一种套话，实在读不出这首诗有什么愁绪蕴含其中。读这首诗，可以感受青年李白对自然景色的喜爱，心境的开朗，以及出色的诗才"（诸葛忆兵《唐诗解读》）。

在诗歌体裁上，本诗与常见五律不同之处有二：一是用字多有重叠，一是首联即开始写景。屈复《唐诗成法》说："不起不承，顺笔直写六句，以不遇结。唐人每有此格。'水声''溪午''飞泉''桃花''树''钟''竹''松'等字，重出叠见，不觉其累者，逸气横空故也，然终不可为法。"

前人或以为这正是李白诗歌的特色所在，如唐汝询《唐诗解》："今人作诗多忌重叠，右丞《早朝》妙绝今古，犹未免五用衣服之论。如此诗'水声''飞泉''树''松''桃''竹'，语皆犯重，得脱王、何之论，幸也。吁！古人于言外求佳，今人于句中求隙，去之所以更远。"这是称赞李白这首五律用字不避重复。

又李调元《雨村诗话》："论诗拘于首联、颔联、腹联、尾联，直是本领不济，所谓跳不出古人圈套。如太白起句云：'犬吠水声中，桃花带露浓。'又云：'五月天山雪，无花只有寒。'随手拈来，俱如奇峰峭壁，插天倚地。才人固所不可，若他人有此句，必用入腹联矣。"这是称赞李白这首五律打破了首联交待时、地等相关背景的格套。

这种超越常规的创作方式，也被用来证明李白已经充分掌握了诗律。如孙琴安《唐五律诗精评》："宋元以后，人但称少陵早年《登兖州城楼》一律，以为杜甫少年能诗，已精诗律。不知太白少时亦已精熟诗律。若此诗，通篇如行云流水，自然入妙，不见雕琢之痕，又全是律诗体段，可见太白早年已精熟律诗。其律诗之少，非不能也，而不愿为之也。"

当然，也有人认为这种不合常规之处，正说明少年李白在律诗创作方面还处于探索中。"在蜀中少年李白，也许还不太明了这些细微的规矩，他其实是以古诗主意尚气的笔法来写律诗，所以纯以即时的兴会抒写所见所感，并不斤斤于词句的工拙。所以就律法而言，虽然还稚嫩，然而却因此而有信手拈来、如风行水上的奇趣。"（赵昌平《李白诗选评》）

登峨眉山

蜀国多仙山，峨眉邈难匹。
周流试登览，绝怪安可悉？
青冥倚天开，彩错疑画出。[①]
泠然紫霞赏，果得锦囊术。[②]
云间吟琼箫，石上弄宝瑟。
平生有微尚，欢笑自此毕。
烟容如在颜，尘累忽相失。
倘逢骑羊子，携手凌白日。[③]

【注释】

①青冥：青而暗昧的样子。王琦注《李太白全集》卷二一云："青冥，青而暗昧之状。《楚辞》：'据青冥而摅虹兮。'盖谓天为青冥也。太白借用其字，别指山峰而言，与《楚辞》殊异。"

②泠然：轻举貌。《文选》卷三一江淹《杂体诗三十首·许征君询自序》："泠然空中赏。"锦囊术：指神仙之术。《太平广记》卷三引《汉武内传》："帝又见王母巾笈中有一卷书，盛以紫锦之囊。帝问：'此书是

4

仙灵方耶？不审其目，可得瞻盼否？'"

③骑羊子：指仙人葛由。《列仙传》："葛由者，羌人也。周成王时，好刻木羊卖之。一旦骑羊而入西蜀，蜀中王侯贵人追之，上绥山。绥山在峨眉山西南，高无极也。随之者不复还，皆得仙道。"凌白日：指飞升成仙。陈子昂《与东方左史虬修竹篇》："携手登白日，远游戏赤城。"

【评析】

这首诗为李白出川之前所作，反映了他青年时期修仙访道的生活。诗歌先写峨眉山的外状渺邈，非蜀国其他山所能匹比；再写山中风景奇特，山峰高耸入云，登上此山，品赏紫霞，如仙人飘浮在空中。其内容主要由两个方面组成：一是写登山时所见，即细腻刻画了峨眉山的景色；一是写登山后所感，即表达诗人企慕神仙，希望能荡涤尘累，与仙人一起遨游。

沈寅、朱昆《李诗直解》云："此咏峨眉之景而有游仙之思也。言蜀国之中虽多仙山，而峨眉之佳，真难并矣。一登之而周流试览，怪怪奇奇，安可止息也！青冥之色，若倚天开；彩错之景，恍疑画出。清趣泠然而多紫霞之赏，隐地经传而得锦囊之术。且琼箫吟于云间，宝瑟弄于石上，真仙境也。我平生有登眺之微尚，欢欣笑乐自此峨眉而尽矣。况烟霞之容若在我颜，尘埃之累忽尔相失，此时此心已洒然如仙也。倘逢骑羊之仙子，自然契合，携手以凌白日，而同与之逍遥矣。"

这首诗既然是李白早年所作，学者或据此分析青年李白的思想与生活。如复旦大学古典文学教研组《李白诗选》："这首诗是开元十四年（726）以前的作品。唐代道教盛行，上层阶级多信仰道教，以为真有成仙之术，能长生不老，永远保持他们的腐化享乐生活，或寄托他们的空虚灵魂。求仙访道，在当时形成风气。这首诗反映了李白在青年时代曾热衷于修仙学道。道教对他以后长期的生活思想产生了不少影响。"又郁贤皓《李白全集注评》："按此诗当作于开元九年（721）游成都之后、开元十二年出蜀之前。从诗中看出诗人此时已热衷于求仙学道。"

李白的山水诗独成一体，风格奇特，深受人们喜爱。学者或据此分析李白山水诗的创作，在继承前人的基础上，又有自己的独创。如赵昌平《李白诗选评》："这首习学之作，可以初见李白个性。虽说它尚不及郭璞、谢灵运的同类作品，但其好处也正在不刻意模仿。'青冥倚天开，彩错疑画出'是典型的李白笔法，在写出少年慕仙者初登名山真实感受的同时，也透现了李白特有的扫空六合的气局与对明亮境界的憧憬。"

峨眉山月歌

峨眉山月半轮秋，影入平羌江水流。①
夜发清溪向三峡，思君不见下渝州。②

【注释】

①半轮秋：秋天上弦月仅有半轮。轮是圆的一个计量单位。半轮即半圆。

②渝州：唐时治所在巴县，即今重庆。

【评析】

开元十三年（725）的秋天，二十多岁的诗人首次离开蜀地，外面的世界究竟是什么样的呢？有什么样的未来在等着他呢？想起这些，年轻的诗人便按捺不住兴奋的心情。他是如此迫切，如此好奇，仿佛一刻也不愿多待，就在一个月色明朗的夜晚，驾着一叶扁舟，从清溪驿顺流而下了，他似乎要高声地告诉外面的世界：我来了。不过，想着马上要离开养育自己多年的故土，兴奋之余也不免有些惆怅。抬头望见峨眉山高空的半轮秋月，低头凝视水中的月影，月光是自己的老朋友了，多年来一直陪伴在身边。这次顺流而下，走得这样匆忙，它依然默默地追随着自己，在江面上随船而行，这让惆怅的诗人多少得到一些安慰，在离开家乡、告别亲朋好友的时刻，还有什么比这样一份温情更值得珍惜呢？但是在从清溪到渝州的途中，山势高峻，水流湍急，天狭如线，连月亮都被两岸的高山挡住，半轮之月也见不着了，诗人心中的思念之情顿时滋长起来。

这首诗的妙处之一，是将一连串地名很好地嵌入诗句中。如王世贞《艺苑卮言》所言："此是太白佳境。然二十八字中，有峨眉山、平羌江、清溪、三峡、渝州，使后人为之，不胜痕迹矣，益见此老炉锤之妙。"但这些地名的具体位置，历来颇有争议。

关于平羌江，历来多以为指青衣江，即大渡河的支流，源出宝兴，流经雅安、洪雅、夹江等，至乐山汇入大渡河。《元和郡县志》："青衣水，一名平羌水，经县南一里。"王琦注《李太白全集》云："平羌江者，即流经平羌县中之水也，因其流而及其源，故自雅州至嘉州一水通流，皆谓之平羌江。"今人或以为指岷江的一段。詹虎《也谈清溪、三峡、平羌江》的理由有二：一是岷江也曾称平羌江，二是泛舟青衣江，与李白行程不符。

关于清溪，王琦注《李太白全集》引《舆地纪胜》说："清溪驿，在嘉州犍为县。"今人罗孟汀《〈峨眉山月歌〉地名谈》提出，犍为县清溪在岷江支流清水河畔，距岷江尚有三十里，这里的"清溪驿"可能是嘉州附近的板桥驿。邓小军《李白〈峨眉山月歌〉释证》则驳斥说："此因嘉州始终是成都、渝州之间最大最繁荣城市和码头之故，李白取道岷江出蜀，当亦是到嘉州宿。"

关于"三峡"，或以为指平羌三峡，或以为指巴东三峡。王琦注《李太白全集》云："书记或以西峡、巫峡、归峡为三峡，或以广溪峡、巫峡、西陵峡为三峡，或以巫峡、巴峡、明月峡为三峡，或以瞿塘、滟滪、巫山为三峡，或以明月、黄牛、西陵为三峡。盖川河之中峡谷甚多，然据古歌'巴东三峡巫峡长'一语推之，知古之所称三峡者皆在巴东。"

关于末句"思君不见下渝州"之"君"，或以为指月亮。唐汝询《唐诗解》："'君'者，指月而言。清溪、三峡之间，天狭如线，即半轮亦不复可睹矣。"黄叔灿《唐诗笺注》："'君'指月。……月在峨眉，影入江流，因月色而发清溪，及向三峡，忽又不见月，而舟已直下渝州矣。诗自神韵清绝。"李锳《诗法易简录》："此就月写出蜀中山峡之险峻也。在峨眉山下，犹见半轮月色，照入江中。自清溪入三峡，山势愈高，江水愈狭，两岸皆峭壁层峦，插天万仞，仰眺碧落，仅余一线，并此半轮之月亦不可见，此所以不能不思也。'君'字，指月也。"

或以为指友人。朱谏《李诗选注》："言峨眉山上半轮之月，月弦之时，时已秋矣。月影入于平羌之江，而江流夜矣。乘夜放舟，浮清溪而下三峡，思君不见，忽然又至于渝州矣。所谓君者，其姓名不著，不知为何如人也。疑即下章《峨眉山月歌送蜀僧晏入中京》者，晏即其人也。"又沈寅、朱昆《李诗直解》："此为峨眉山月歌，因舟行而思友人也。言峨眉山月，当秋时而有半轮之明，皓月之影照入平羌，而江水载之而流，我乘舟夜发清溪之县，向三峡而行，不得与我友同发，而思君不见，随流迅速已下渝州之境矣。回首巴渝，停云弥切，惆怅之怀，何时已哉。"

渡荆门送别

渡远荆门外，来从楚国游。
山随平野尽，江入大荒流。①
月下飞天镜，云生结海楼。②
仍怜故乡水，万里送行舟。

【注释】

①大荒：广阔无际的田野。《文选·吴都赋》："出乎大荒之中。"刘逵注："大荒，谓海外也。"

②海楼：海市蜃楼，形容江上云霞的美丽景象。《史记·天官书》："海旁蜃气象楼台。"

【评析】

诗题中的"荆门"，是指荆门山，在今湖北宜都西北的长江南岸，为江水出峡后的标志性景点。《水经注·江水》说："江水又东历荆门、虎牙之间。荆门在南，上合下开，暗彻山南，有门像；虎牙在北，石壁色红，间有白文，类牙形：并以物像受名。此二山，楚之西塞也。水势急峻，故郭景纯《江赋》曰'虎牙嵘坚以屹崒，荆门阙竦而磐礴，圆渊九回以悬腾，溢流雷响而电激'者也。"

诗人既以"送别"为题，究竟是在送谁呢？一说是李白在送友人。朱谏《李诗选注》："李白渡荆门而送别也。言远渡乎荆门之外，来游于楚国之中。但见山尽于平野，江流于大荒。月之落也，如天镜之飞；云之生也，结海蜃之楼。夫蜀水会于荆门，蜀乃吾之故乡也。今于荆门送行，是并吾乡之水送子之舟，悠悠万里，情何既乎？夫水曰

9

故乡，其怀土之情亦可哀也。"又沈寅、朱昆《李诗直解》："此荆门送别，赋其景而起故乡之思也。言渡荆门而游楚国也，目中所见，则山随平野邈旷之中而尽，江入大荒空阔之处而流。月色之下，圆飞天镜；云气之生，象结海楼。当此之时，送别江干，仍怜故乡之水，万里随舟以送行也。今见水若见故乡矣，得无念乎？"吴昌祺《删订唐诗解》："此在楚而渡江送别，前四句渡荆门也，五、六即景。结言水远正心远，此送友东行，不必疑为衍文。"俞陛云《诗境浅说》："此诗首二句言送客之地……末二句叙别意，言客踪所至，江水与之俱远，送行者心亦随之矣。"

一说是江水送李白，故"送别"两字实属衍文。唐汝询《唐诗解》："此自蜀入楚，渡荆门而赋，其形胜如此。白本蜀人，江亦发源于蜀，故落句有'水送行舟'之语。盖言人不如水之有情也。题中'送别'二字，疑是衍文。"沈德潜《唐诗别裁集》："诗中无送别意，题中（送别）二字可删。"傅庚生、傅光《百家唐宋诗新话》引富寿荪说："细玩诗意，此是李白出蜀至荆门时作。所谓'送别'，乃自别蜀中故乡。唐人制题中有此一种。……观李白诗中'渡远荆门外，来从楚国游'及'仍怜故乡水，万里送行舟'等句，其自别故乡之意，极为明显。"

诗中"山随平野尽，江入大荒流"两句，与杜甫《旅夜书怀》之"星垂平野阔，月涌大江流"之比较，也是人们经常讨论的话题。或以为杜诗更胜，如胡应麟《诗薮·内编》："'山随平野尽，江入大荒流'，太白壮语也；杜'星垂平野阔，月涌大江流'，骨力过之。"

或以为两诗势均力敌，如《唐宋诗醇》："领联与杜甫之'星垂平野阔，月涌大江流'句法相类，亦气势均敌。"

或以为所写之景不同，无法比较，如应时《李诗纬》："岂知李是昼景，杜是夜景，又李是行舟暂视，杜是停舟细观，可概论乎？"

翁方纲《石洲诗话》卷一："此等句皆适与手会，无意相合，固不必谓相为倚傍，亦不容区分优劣也。"

秋下荆门

霜落荆门江树空，布帆无恙挂秋风。①
此行不为鲈鱼鲙，自爱名山入剡中。②

【注释】

①布帆无恙：表示旅途平安。《晋书·顾恺之传》："后为（荆州刺史）殷仲堪参军……仲堪在荆州，恺之尝因假还，仲堪特以布帆借之。至破冢，遭风大败，恺之与仲堪笺曰：'地名破冢，真破冢而出。行人安稳，布帆无恙。'"

②剡（shàn）中：今浙江嵊州、新昌一带。《广博物志》："剡中多名山，可以避灾。故汉、晋以来，多隐逸之士。"

【评析】

李白在诗中说他将在秋日由荆门山出发，前往浙东。他为何去剡中呢？是因为他喜爱剡中的名山。"爱名山"三字，无疑就是这首诗的诗眼。

沈德潜将"爱名山"与归隐联系起来，认为李白之所以前往吴越，是因为安史之乱即将爆发。其《唐诗别裁集》有云："明明说天下将乱，孑身归隐，却又推开解说，此古人身份不可及处。"但由于这首诗在敦煌写本《唐人选唐诗》中又题作《初下荆门》，故学者多认定它是李白开元年间初出川时所作。朱谏《李诗选注》："此李白下荆门将欲顺东下而之会稽也。史所谓浮游四方，其迹如此。"

因此，学者多认为这里的"爱名山"，只是单纯地喜爱山水风光，表现出李白乃至唐人的雅趣，并无寓意。沈寅、朱昆《李诗直解》："此下荆门而慕剡中山水之佳也。言霜落之时，别荆门而下，叶脱而江树空矣。布帆挂秋风而行，顺流安稳，固无恙也。但此行而之吴越也，岂为鲈鱼脍哉？因此中多名山，故自爱以入剡中，或以流寓逍遥，遂疏狂之性耳。"唐汝询《唐诗解》："霜落则木叶俱尽，故云'空'。于此时而挂帆来游，岂欲以蓴、鲈自高耶？所以入剡中者，爱此名山耳。"又旧题严羽评点《李太白诗集》云："后半自清胜，然'思鲈鱼'是晋人偏趣，翻作'爱山'，是唐人，便痴。"

今人也多持这一看法，如《李白诗选注》编选组《李白诗选注》也说："这首诗是作者在开元十三年（725）秋天离开荆门时所作，诗中充满了李白浪游吴越、搜奇探胜的豪情逸兴。"当然，也有以为诗中有所寄寓者，如诸葛忆兵《唐诗解读》即云："唐人漫游，喜欢到名山大川。除了开阔视野、增加阅历的意图之外，更重要的恐怕是为了入仕做积极的准备。李白出川漫游，就带有明确的求仕目的。……这首诗就显露了李白漫游的特殊目的性。"

李锳则从诗歌的脉络出发，推演出诗中别有寄托。其《诗法易简录》说："首句写荆门，用'霜落''树空'等字，已为次句'秋风'通气。次句写舟下，趁便嵌入'挂秋风'字，暗引起第三句'鲈鱼脍'意来。第三句即以'此行'承住上二句，以'不为鲈鱼脍'五字翻用张翰事，以生出第四句来。沈归愚云……愚谓即此可见太白用世之心，未尝稍忘。其下荆门，因放还故耳，托兴名山，用意微婉。"

在表现手法上，这首诗最引人瞩目之处则是对典故的化用。黄生《唐诗评》："用事之法，贵在变化，不宜即事用事。如'行人安稳，布帆无恙'，本言济险之状，而诗中无济险意，偶用四字，成笔趣而已，是谓借用古事。"《唐宋诗醇》："运古入化，绝妙好辞。"郁贤皓《李白全集注评》："绝句因篇幅短小，一般不用典实。诗人在此连用两个典故，读来仍然流畅自如，使人不易察觉，可谓七绝妙境。"

望庐山瀑布二首（选一）

其二

日照香炉生紫烟，遥看瀑布挂前川。①
飞流直下三千尺，疑是银河落九天。

【注释】

① 香炉：即庐山的香炉峰。惠远《庐山记略》："东南有香炉山，孤峰秀起，游气笼其上，则氤氲若香烟。"

【评析】

李白《望庐山瀑布》共有两首，这是第二首。第一首有云："西登香炉峰，南见瀑布水。挂流三百丈，喷壑数十里。欻如飞电来，隐若白虹起。初惊河汉落，半洒云天里。仰观势转雄，壮哉造化功。海风吹不断，江月照还空。空中乱潈射，左右洗青壁。飞珠散轻霞，流沫沸穹石。而我乐名山，对之心益闲。无论漱琼液，还得洗尘颜。且谐宿所好，永愿辞人间。"

前人或将其与第一首相比，以为第二首有所不如。胡仔《苕溪渔隐丛话后集》："然余谓太白前篇古诗云：'海风吹不断，江月照还空。'磊落清壮，语简而意尽，优于绝句多矣。"又葛立方《韵语阳秋》："以余观之，银河一派，犹涉比类，未若白前篇云'海风吹不断，江月照还空'，凿空道出，为可喜也。"

此后，中唐诗人徐凝也作有《庐山瀑布》，诗云："虚空落泉千仞直，雷奔入江不暂息。今古长如白练飞，一条界破青山色。"徐凝的这首诗在当时影响很大，但苏轼却以其为恶诗，远远无法同李白之作相提并论。《东坡全集》云："仆初入庐山，山谷奇秀，平生所未见，殆应接不暇。遂发意不欲作诗。……是日有以陈令举《庐山记》见寄者，且行且读，见其中云徐凝和李白之诗，不觉失笑。旋入开元寺，主僧求诗，因作一绝云：'帝遣银河一派垂，古来惟有谪仙辞。飞流溅沫知多少，不与徐凝洗恶诗。'"

程千帆《关于李白和徐凝的瀑布诗》详细分析了两诗的差异。首先，同样刻意描绘瀑布的雄伟奔腾，徐作诗中无我，纯属单调的客观描写，而李白之诗展示了他登高望远、遗世独立的风貌；其次，李白以银河欲落之假象来比拟瀑布下泻，生动贴切，徐之比拟缺乏生活感受，是拼凑的；第三，李诗中的两个比喻是新鲜独创的，徐作则是因袭的。熊礼汇《李白诗》则认为"徐诗之'恶'，大抵在于写景了无生气，出语过于平实，虽然也有比喻形容瀑布水，但主要是用来状其形。说他想象没有起飞，状物未得其神，似不为过"。

李白《望庐山瀑布》两首，或以为作于晚年。复旦大学古典文学教研组《李白诗选》："这两首诗根据'且谐宿所好，永愿辞人间'两句推测，大约是李白晚年准备隐居庐山时所作。"又马玮《李白诗歌赏析》："安禄山叛乱翌年（756），时年五十多岁的李白离开宣城到达庐山，在庐山住了大半年时间，在那儿共写了二十四首诗。这两首是其中之二。"

也有不少学者认为这两首诗为李白早年出游庐山时所作。如詹锳《李白诗文系年》："任华《杂言寄李白》诗曰：'登庐山，观瀑布。海

14

风吹不断，江月照还空。余爱此两句。'即指此诗第一首。华诗下文又云：'中间闻道在长安，及余庚止，君已江东访元丹。'则《望庐山瀑布》诗盖入京以前作也。按白虽屡游庐山，而大都在去朝以后，其在天宝以前者，约当是时（开元十四年）。"

望天门山

天门中断楚江开，碧水东流至北回。^①
两岸青山相对出，孤帆一片日边来。

【注释】

① 至北：一作"直北"或"至此"。

【评析】

天门山，即博望山、梁山的合称。两山分处安徽当涂西南长江两岸，夹江对峙如门。《元和郡县志·江南道宣州当涂县》："博望山，在县西三十五里，与和州对岸。江西岸曰梁山，在溧阳县南七十里。两山相望如门，俗谓之天门山。"又陆游《入蜀记》："（出姑熟溪）至大信口泊舟。盖自此出大江，须风便乃可行，往往连日阻风。两小山夹江，即东梁、西梁，一名天门山。李太白诗云：'两岸青山相对出，孤帆一片日边来。'王文公诗云：'崔嵬天门山，江水绕其下。'梅圣俞云：'东梁如仰蚕，西梁如浮鱼。'徐师川云：'南人北人朝暮船，东梁西梁今古山。'皆得句于此。"

这首诗写诗人行舟至天门山时所见之景。沈寅、朱昆《李诗直解》："此咏天门之对峡而赋望中之景也。言天门固一气也，因中断而楚江得开，碧水向东流，至此而忽为旋转，以波涛之汹涌而砥柱也。两岸青山夹大江，相对以出，凝望飘渺之际，孤帆一片从日边而来。此时此景，直与心会，而言有不能尽者。"又俞陛云《诗境浅说》："大江自岷山来，与金沙江合，凤舞龙飞，东趋荆楚，至天门，稍折而北。山势中分，江流益纵，遥见一白帆痕，远在夕阳明处。此诗赋天门山，宛然楚江风景。"

诗写行舟中所眺望之景色，诗歌即紧扣"望"字。郭濬《增定评注唐诗正声》："说尽目前山水，将孤帆一片影出'望'字，诗中有画。"郁贤皓《李白全集注评》："此诗题著'望'字，可知诗中写的都是诗人'望'中的天门山胜景。四句诗虽无'望'字，却句句写'望'，只是'望'的角度和立足点不同。"

诗歌的可贵之处，在于将眼前所"望"之景生动展出了。黄叔灿《唐诗笺注》："少日读此诗，为之神往。及余自楚南归过此，泊舟登眺，朗咏是诗，翻如梦里曾游。缅怀太白，怃然久之。此天然图画境界，正难有此大手笔写成。"又宋顾乐《唐人万首绝句选评》："此等诗真可谓'眼前有景道不得'也。"黄生《唐诗评》："语无深意，写景逼真。"

也有人认为李白此诗有所寄托，多以为"日边"两字出自《世说新语·夙慧》："因问明帝：'汝意谓长安何如日远？'答曰：'日远。不闻人从日边来，居然可知。'"如唐汝询《唐诗解》："上三句写天门之景，落日言己之来游时，盖初去京华而适楚，故有'日边'之语。"安旗《李白诗秘要》辨析说："此诗末句，或谓'日边'指落日，非。本书作者曾至其地考察，既溯江而上，又顺流而下。唯有顺流而下时，方能见'两岸青山相对出'之景。故知此诗是初下江东时作。又或谓'日边'指长安，亦非。此时李白尚未一至长安，故知此诗别无寓意。"

第二句诗"至北回",究竟要作何解呢?可不可以写作"至此回"或"直北回"呢?王琦注《李太白全集》引毛奇龄曰:"因梁山、博望夹峙,江水至此一回旋也。时刻误'此'作'北',既东又北,既北又回,已乖句调,兼失义理。"毛奇龄认为"北"字不通。詹锳认为诸说均可:"今长江至天门山,分为两脉,一脉从东流下,一脉自西而来。两脉水流经西梁山下,直赴东博望山,至此折向北流。李白当年即乘舟从西脉而下,故有此句。或唐时长江并无东脉。'至此回''直北回'均通。"(《李白全集校注汇释集评》)

郁贤皓认为从诗意上去考察,应该还是"至此回"。"次句是诗人的小舟驶抵天门山附近时的近望。'至此'即点明到了天门山下。由于两山岩石突出江中,江水流过狭窄通道,受山岩阻遏而激起波涛回旋。只有靠得近,才能清楚地看到波涛回旋的情景。这句单写水。'至此回',有的本子作'直北回',于是有人理解为东流的长江转向北流。这样的解法对长江流向来说是正确的说明,但却完全没有诗意了,更无法显示天门山的奇险气势。"(《李白与唐代文史考论·李白论稿》)

长干行二首(选一)

其一

妾发初覆额,折花门前剧。
郎骑竹马来,绕床弄青梅。
同居长干里,两小无嫌猜。[①]
十四为君妇,羞颜未尝开。

低头向暗壁，千唤不一回。

十五始展眉，愿同尘与灰。

常存抱柱信，岂上望夫台。^②

十六君远行，瞿塘滟滪堆。^③

五月不可触，猿声天上哀。

门前迟行迹，一一生绿苔。

苔深不能扫，落叶秋风早。

八月蝴蝶来，双飞西园草。

感此伤妾心，坐愁红颜老。

早晚下三巴，预将书报家。^④

相迎不道远，直至长风沙。^⑤

【注释】

①长干里：在今江苏省南京市，当年系船民集居之地。《长干曲》多抒发船家女子的感情。

②抱柱信：典出《庄子·盗跖》："尾生与女子期于梁（桥）下，女子不来，水至，不去。抱梁柱而死。"

③滟滪堆：三峡之瞿塘峡峡口的一块大礁石。《太平寰宇记》："滟滪堆，周回二十丈，在州西南二百步，蜀江中心，瞿塘峡口。冬水浅，屹然露百余尺；夏水涨，没数十丈。其状如马，舟人不敢进。"

④三巴：地名，指巴郡、巴东、巴西，均在四川省东部。

⑤长风沙：在今安徽省安庆市长江边。《太平寰宇记》："长风沙，在县东一百九十里。置在江界，以防寇盗。"

【评析】

小姑娘的头发刚刚能够覆盖住前额的时候，她在自家门前折花嬉戏；小男孩拿着一根细长的竹竿当作高头大马，一路吆喝着跑了过来。小女孩把玩着青梅，小男孩跨骑着竹马围绕井栏跑来跑去，在幽静的长干里，他们就这样愉快地度过了天真无邪的童年，没有丝毫的男女嫌疑，现在想起来仍然感到甜蜜幸福。十四岁时，女孩嫁给了男孩，初嫁时羞颜未开，不太适应自己身份的改变，不敢袒露自己的情感，经常低着头对着墙壁的暗处，任凭夫君千呼万唤，也不肯回头望上一眼。一年后，她抛弃了娇羞与局促，适应了妻子的角色，也开始了与丈夫炽热的爱恋生活，心情舒畅，喜悦溢于眉间，希望这种幸福生活能够永远地持续下去，心中暗暗发下誓言，愿意如尘灰相和，与丈夫白头偕老，永不分离。谁料想十六岁那年丈夫就离家远行，自己也走上了望夫台。丈夫历尽风霜雨露，自己在家中担惊受怕。她仿佛看见了高浪急流下的暗礁滟滪堆，也仿佛听见了沿江两岸猿猴连绵不绝、令人肠断的哀鸣之声。丈夫出门之前依依不舍，门前曾经尽是他徘徊的脚印，现在也为深深的青苔所覆盖了。这绿苔太厚，怎样扫也扫不干净。不知什么时候，一片黄叶被秋风吹落，恼人的秋天早早来临。西园草坪上双双飞舞的蝴蝶，又勾起了无限相思之情，容颜就在相思中悄然憔悴。她苦苦地等待，痴痴地期盼，呼唤千里之外的丈夫，无论你什么时候准备回家，一定要事先捎个信来，我定顺风去寻找你的踪迹，即使是远到几百里外的"长风沙"，我也会欣然前去等候与迎接。

　　是诗见录于《乐府诗集·杂曲歌辞》，前有古辞《长干曲》"逆浪故相邀，菱舟不怕摇。妾家扬子住，便弄广陵潮"及崔颢所拟作四首。论者或以为李白这首诗便是由此铺衍而来，"李白拟之为《长干行》，同样以'妾'为第一人称叙述主体"（薛天纬《李白诗选》），"六朝乐府西曲歌中有《长干曲》，李白此题据以衍而成篇"（钱志熙、刘青海《李白诗选》）。

但古辞《长干曲》多写江南采莲女，李白此诗写商人妇，源头或有所不同。胡震亨说："长干在金陵，贾客所聚。篇中长风沙在池阳，金陵上流地也。清商吴声《长干曲》，乃男女弄潮往来之词，而此咏贾人妇望夫情……与吴声《长干曲》不同。"（詹锳《李白全集校注汇释集评》引）

或以为李白此诗具有浓郁的汉乐府风味。《唐诗归》钟惺评论说："古秀，真汉人乐府。"李锳《诗法易简录》："此诗音节，深得汉人乐府之遗，当熟玩之。"

或以为深受南朝民歌尤其是《西洲曲》的影响。"此诗写少妇对夫君的思念，构思、叙事、情调很有些像南朝民歌。如其叙事，不单取材典型，而且描写生动传神。"（熊礼汇《李白诗》）

或以为是南北方民歌风格的融会。黄周星《唐诗快》："虽是儿女子喁喁，却原带英雄之气，自与他人闺怨不同。"

诗中"八月蝴蝶来"，或以为当作"八月蝴蝶黄"。《唐宋诗醇》引杨慎云："'胡蝶来'，《文粹》作'胡蝶黄'，蝶以春来，八月非来时，秋蝶多黄，感金气也。白乐天诗：'秋蝶黄茸茸。'此可以证。"又杨慎《升庵诗话》云："蝴蝶或白或黑，或五彩皆具，唯黄色一种至秋乃多，盖感金气也。李白诗'八月蝴蝶黄'，深中物理。今本改'黄'为'来'，何其浅也。"

王琦不认可杨慎之说，其所注《李太白全集》说："以文义论之，终以'来'字为长。"郁贤皓也说："六朝至唐代诗中写黄蝶者甚多……可见无论春或秋季都有黄蝶。"（《李白全集注评》）

杨叛儿

君歌杨叛儿，妾劝新丰酒。①
何许最关人，乌啼白门柳。②
乌啼隐杨花，君醉留妾家。
博山炉中沉香火，双烟一气凌紫霞。③

【注释】

①新丰：今陕西省西安市临潼区东，产美酒。一说在今江苏省镇江市丹徒区。钱大昕《十驾斋养新录》："丹徒县有新丰镇。陆游《入蜀记》：'六月十六日早，发云阳，过夹冈，过新丰，小憩。'李太白诗云：'南国新丰酒，东山小妓歌。'又唐人诗云：'再入新丰市，犹闻旧酒香。'皆谓此，非长安之新丰也。"

②白门：六朝时建康城（今江苏省南京市）的宣阳门。

③博山炉：古香炉名。沉香：沉水香。

【评析】

诗为乐府旧题，收入《乐府诗集·清商曲辞·西曲歌》，并引《旧唐书·音乐志》解题云："《杨伴儿》，本童谣歌也。齐隆昌时，女巫之子曰杨旻，少时随母入内，及长为何后宠。童谣云：'杨婆儿，共戏来所欢。'语讹，遂成杨伴儿。"又引《古今乐录》曰："《杨叛儿》送声云：'叛儿教侬不复相思。'"

乐府《杨叛儿》多写男女私情，如鲍令晖《杨叛儿》云："暂出白门前，杨柳可藏乌。欢作沉水香，侬作博山炉。"李白的这首诗便由此衍生而来。诗人先描绘出了一对青年男女欢会的场面：男子纵情而歌，女子手擎美酒，劝情郎痛饮，这是他们期盼已久的日子，应该沉醉在这幸福的时光中，开怀畅饮，喝醉了就留住在她家，这是女子对爱的大胆表白。在结尾处，女子更为直接地表示，她与情人，如博山炉和其中的沉香那样融洽而难分离，其情交融如双烟一气，直上云霄。

李白的创作受到了乐府同题之作的影响，这是毫无疑问的。沈寅、朱昆《李诗直解》："此咏乐府之童谣而致情艳之词也。言君歌《杨叛儿》之谣曲，妾劝新丰之美酒，何许杨叛之古曲，最为关人？而春色已深，乌啼白门之柳矣。乌啼则隐藏于杨花，君遇知己，酣饮而醉，则留妾之家而不去也。古云：'欢作沉水香，侬作博山炉。'今博山炉中用沉香之火，双烟合为一气，而袅凌紫霞之上，妾与君亦若此，愿其常留而不去可矣。"

由于乐府旧题《杨叛儿》具有浓厚的艳丽色彩，对于李白的再创作，有人认为写得更为大胆而直接："斯时也，君则饮酒既醉，留宿于贱妾之家。博山炉中火焚沉香，双烟一气，上凑紫霞。烟虽有二，而气则一也，以见醉留之意，亦无彼此之殊。此杨叛之曲含淫昵之辞，亦本于童谣也。"（朱谏《李诗选注》）"南朝乐府中民间情歌以妙思隐语曲折地表述爱情的方式，是江南女子在爱情追求上热烈大胆与娇羞绵密的心理矛盾的反映。李白准确地理解了民歌的妙处，却不能满足于它的隐。……他将古辞写男女私情的隐语一语道破，创造性地改造、发展了古辞香、炉的比喻，就是青年李白的思想个性和他一贯的浪漫主义创作手法的体现。"（安旗、薛天纬、阎琦《李诗咀华》）

有人认为李白把握住了诗歌的分寸，做到了立言有则，艳而不俗。陆时雍《诗镜总论》："杜少陵《丽人行》、李太白《杨叛儿》，一以雅道行之，故君子言有则也。"沈德潜《唐诗别裁集》："即《子夜》《读曲》意，而语不嫚亵，故知君子言有则也。"

有人认为李白虽使用乐府旧题，但在艺术上更为精进，大大提升了诗歌的境界。近藤元粹《李太白诗醇》引谢枋得云："太白此诗盖衍古乐府义，而声调愈畅。"旧题严羽评点《李太白诗集》引明人批云："就古辞演出，若袭若不袭，清脱圆妙，最有风致。"杨慎则在《升庵诗话》中不遗余力地进行褒扬："古乐府：'暂出白门前，杨柳可藏乌。欢作沉水香，侬作博山炉。'李白用其意，衍为《杨叛儿》。……其《杨叛儿》一篇，即'暂出白门前'之郑笺也。因其拈用，而古乐府之意益显，其妙益见。如李光弼将子仪军，旗帜益精明。又如神僧拈佛祖语，信口无非妙道，岂生吞义山、拆洗杜诗者比乎？"

当然，对于李白的改造，尤其是最后两句，也有人深表不满。旧题严羽评点《李太白诗集》就评论末两句说："有此蛇足，愈见古曲之妙。且道笈篆语，入此更恶俗。"

对于这首诗的主旨，陈沆提出了一个大胆的猜测，以为诗中所写为唐明皇与杨贵妃事。其《诗比兴笺》云："诗中杨花与其篇题皆寓其姓也。'君醉留妾家'，寓其旨也。香化成烟，凌入云霞，而双双一气，不少变散，两情固结深矣。其寓长生殿七夕之誓乎？"詹锳则不以为然："唐代帝王之幸骊山皆在冬季，断无七月间而在长生殿之理。白居易所歌本据里巷之言，不足深信，陈氏竟以之笺本诗，固陋甚矣。"（《李白全集校注汇释集评》）

金陵酒肆留别

风吹柳花满店香，吴姬压酒唤客尝。^①
金陵子弟来相送，欲行不行各尽觞。

请君试问东流水，别意与之谁短长。

【注释】

①风吹：一作"白门"。满：一作"酒"。压酒：用米酿酒，将熟时榨取酒汁。唤：一作"劝"或"使"。

【评析】

和煦的春风，把柳絮轻轻卷起，让它优雅地在空中盘旋起舞，又缓缓地散落在水村山郭，消失在草野乡间。空气中花香四溢，和着青草的泥土气息，沁人心脾。当垆的江南女子，满面春风，刚刚捧出新榨出来的美酒，醉人的酒香就扑鼻而来，客人已经微微醉了。这时，送行的朋友们相拥而入。这群年轻人大声叫唤着，摆开了筵席，开怀畅饮起来。风华正茂的他们，喝起酒来自然也是虎虎有生气，祝福的话也无须多讲，只要把这一杯又一杯钱别的酒喝掉。无论是要远行的诗人，还是来送行的朋友，都要喝得痛痛快快。多次起身要告别，又多次被朋友按下起不了身，自己也不忍心在这样热闹的场合一走了之。离别之时，与朋友们的情谊有多深厚呢？它就好比眼前的江水，无穷无尽。

开元十四年（726）的春天，李白出蜀离川已经两年了。两年中，大半年的时间是在金陵度过的。在这里，他饱览了江南风光，结交了许多朋友。暮春时节，惬意的日子终于结束了，他要继续自己的旅程，离开金陵，前往扬州。临行之际，朋友们依依不舍，齐聚在江滨一家小酒店里为他送行，诗人写下了这首诗。"此咏金陵留别而言其情之长也。风吹柳花，飘落于满店香者，如人之无定也。吴姬压酤美酒以劝客尝，盖为祖饯之意耳。金陵子弟来相送者，欲行矣而又不忍遽行，子弟奉我，各尽其觞，取醉以别，情则渥矣。请君试问东流之

水，今日之别意与之相较，谁为短长？水之流而不息，即情之永而不忘也。"（沈寅、朱昆《李诗直解》）

此诗之脍炙人口，一则在于结局之别出心裁。以江水来作比喻，写悲写愁，写离情别意，古已有之，但大多显得沉重，如"大江流日夜，客心悲未央"（谢朓《暂使下都夜发新林至京邑赠西府同僚》）、"大江一浩荡，离悲足几重"（阴铿《晚出新亭》）。李白此时正意气风发，虽有离别，却没有太多的愁绪，所以把依依惜别之情也写得饱满悠扬，忧而不伤。范温《潜溪诗眼》："山谷言学者若不见古人用意处，但得其皮毛，所以去之更远。如'风吹柳花满店香'，若人复能为此句，亦未是太白。至于'吴姬压酒劝客尝'，'压酒'字他人亦难及。'金陵子弟来相送，欲行不行各尽觞'，益不同。'请君试问东流水，别意与之谁短长'，至此乃真太白妙处，当潜心焉。故学者要先以识为主，如禅家所谓正法眼，直须具此眼目，方可入道。"

一则在于语浅情深。朱谏《李诗选注》："此李白于金陵留别，辞意轻清而音调浏亮，又简短而浅显，故后世之人多脍炙之。"《唐诗归》钟惺评曰："不须多，亦不须深，写得情出。"又沈德潜《唐诗别裁集》："语不必深，写情已足。"

首句之"香"，或以为指酒香。徐文靖《管城硕记》："太白诗'风吹柳花野店香'，解者谓柳花不可言香。按《唐书·南蛮传》：'诃陵国以柳花、椰子为酒，饮之辄醉。太白'风吹柳花野店香'，亦以酒言。如《七命》'豫北竹叶'，'竹叶'亦酒名也。"

或以为指柳花香。杨慎《升庵诗话》："李太白诗：'风吹柳花满店香。'温庭筠《咏柳》诗：'香随静婉歌尘起，影伴娇娆舞袖垂。'传奇诗：'莫唱踏春阳，令人离肠结。郎行久不归，柳自飘香雪。'其实柳花亦有微香，诗人之言非诬也。"

或以为指春日之香。陆时雍《唐诗镜》："李太白谓'风吹柳花满店香'，此第谓春气袭人，风来香满，此香不必自杨柳来也。张九龄咏芍药谓'香闻郑国诗'，《诗》芍药无香，《郑诗》亦未尝言芍药香。诗家之意况风味，难以迹泥如此。"王尧衢《古唐诗合解》："首句非谓柳花香也，乃风吹柳花时则满店香耳。丽春美酒，别意更浓，自当徘徊尽兴而去。流水无尽时，如君之意，又宁有尽耶？"

越中览古

越王勾践破吴归，义士还家尽锦衣。[①]
宫女如花满春殿，只今惟有鹧鸪飞。

【注释】

① 义士：一作"战士"。还家：一作"还乡"。

【评析】

这也是一首怀古感旧之作，历来论者多喜欢将它与李白另一首诗《苏台览古》进行对比。或着眼于"古""今"之不同立足点。应时《李诗纬》："上篇（《苏台览古》）言今不见古，此篇言古盛今衰。仅此'只今惟有'四字，各有意理。"沈祖棻《唐人七绝诗浅释》："两首诗都是览古之作，主题相同，题材近似。但越中一首，着重在明写昔日之繁华，以四分之三的篇幅竭力渲染，而以结句写今日之荒凉抹杀之，转出主意；苏台一首则着重写今日之荒凉，以暗示昔日之繁华，以今古常新的自然景物来衬托变幻无常的人事，见出今昔盛衰之感，所以其表现手段又各自不同。"

或着眼于"古""今"之不同时间线，以为《苏台览古》是从今到古，《越中览古》是从古到今。黄叔灿《唐诗笺注》："《苏台览古》以今日之杨柳菱歌，借映当年之歌声舞态，归之西江月曾照当年，是由今溯古也。此首从越王破吴说起，雄图霸业，奕奕声光，追出'鹧鸪'一句结局，是吊古伤今也。体局各异。古人炼局之法，于此可见。"刘永济《唐人绝句精华》："两诗皆吊古之作。前首（《苏台览古》）从今月说到古宫人，后首（《越中览古》）从古宫人说到今鹧鸪，皆以见今昔盛衰不同，令人览之而生感慨，而荣华无常之戒即寓其中。"

或着眼古今盛衰之差异，以为《苏台览古》写由衰到盛，《越中览古》写由盛到衰。《唐宋诗醇》："前《苏台览古》通首言其萧索，而末一语兜转其盛；此首从盛时说起，而末句转入荒凉。此立格之异也。"

或着眼于两首共有的"只今惟有"四字的不同功用，以为《苏台览古》为"开"，《越中览古》为"合"。朱宝莹《诗式》："首句冒，二句承，三句转，均言越王之豪王。而三句美女如花，且满春殿，后则寂无所见，惟有鹧鸪飞而已，所谓开与合相关也。而此首'只今惟有'四字，与前首（《苏台览古》）用法大异。前用之于开，而此用之于合也。"

而这首诗最突出的艺术特色，就是第四句"只今惟有鹧鸪飞"突然一转，对前三句进行总结，格调、章法独特。近藤元粹《李太白诗醇》引潘稼堂曰："上三句何等喧热，下一句何等悲感，但用'只今'二字一转，真有绘云汉而暖、绘北风而寒之事。"沈德潜《唐诗别裁集》："三句说盛，一句说衰，其格独创。"查慎行《初白庵诗评》："用一句结上三句，章法独特。"李锳《诗法易简录》："前三句极写其盛，末一句始用转笔以写其衰，格法奇矫。"

当然，这两首诗所采取的今昔盛衰对比之方式，也算是大开方便法门，常为后来吊古之作所套用。近藤元粹《李太白诗醇》引谢枋得曰："前三句赋昔日豪华之胜，落句忧今日凄凉之景，有抑扬，有开阖，真可为吊古之法。"唐汝询《唐诗解》："前三句状昔之豪华，落句写目前之寂寞。……后人遂以为吊古常谈，有何取义耶？"敖英《唐诗绝句类选》："《越中览古》诗，前三句赋昔日之豪华，末一句咏今日之凄凉。大抵唐人吊古之作，多以今昔盛衰构意，而纵横变化，存乎体裁。"

越女词五首（选一）

其三

耶溪采莲女，见客棹歌回。[①]
笑入荷花去，佯羞不出来。

【注释】

① 耶溪：若耶溪，在今浙江省绍兴市南。

【评析】

李白漫游到会稽，为越地秀丽的山水所陶醉，为越地质朴的风情所吸引，诗风也变得清新自如。全诗洋溢着热烈欢快的气氛，生动地描写出了采莲少女天真活泼的神态。若耶溪，相传是西施浣纱的地方。来到这里，诗人总是期待着与浣纱的女子相逢，体验当年惊艳西施的感觉。不过，诗人没有遇见浣纱的女子，但他并不失望，因为他的视线很快为一位采莲的女孩子所吸引了。这位活泼的女孩子，轻松地划着船儿，愉快地哼着民歌，是那样的烂漫而灵巧，充满活力。她仿佛察觉到了陌生的眼光，突然抬头，望见陌生男子，迅速掉转船头，笑着躲进荷花丛，一副害羞的样子，不肯出来了。

这首诗描绘越女的天真娇羞，极为清新生动。沈寅、朱昆《李诗直解》："此咏采莲女多情而娇羞之态也。"近藤元粹《李太白诗醇》："写出如画。"但朱谏却以为《越女词》五首语词粗浅，绝非李白所作。其《李诗辨疑》云："辞气粗浅，俱非白作。如云'佯羞不出来''白地断肝肠''光景两奇绝'等句，皆鄙人之语也。况长干非越地，吴儿非越人，何以入于越女之词？盖当时集诗者不别真伪，饤饾成篇，以讹传讹，遂至于此。今当以唐之辞气、白之材力较之，则可见矣。"

《唐宋诗醇》录此诗于题下注云："自注：越中书所见也。"历来论者多以为这些诗篇所写越女之娇羞是李白所见男女嬉戏之景，如艾治平说："这一组词，清刊本《李诗通》题作《越中书所见》，即写诗人路上偶然碰见的事。若耶溪的采莲女，看见客人来了，连忙笑着划起船，唱起歌，到荷花深处去，她假装害羞，不肯出来。诗人只是记录'所见'么？如果只是这样，诗就淡而无味了。这个'客'不是采莲女素不相识，而是他熟悉的人，爱慕的人，她见他来了，一方面的确有点'羞'，更多的是想开个小玩笑，所以躲入荷花丛中，不肯出来。"（《艾治平谈诗词艺术美》）

但宇文所安指出，李白不过是沿袭了乐府诗的传统，这些场景依然是李白幻想出来的："由于李白偶尔会提及为大多数诗人所忽略的日常生活的某些方面，一些现代批评家在他的作品中发现了'现实主义'。但事实上，真理多走一步就成了谬误，李白所描绘的是程式化场景中的理想情境和传统角色，经常表演集中体现他们存在的重要姿态……此类诗表现了天才，但却是能够捕捉幻想的天才，而不是热心

观察现实世界的天才。"（宇文所安《诗的引诱》）

末句"佯羞"，多以为是假装含羞，如旧题严羽评点《李太白诗集》："调客不如避客，眼掷不如笑去，女儿情以此为深。如前者易喜，亦易贱也。"毕宝魁说："当她看见别的船上的客人时便唱着歌掉转船头，伴随着欢乐的歌声将小船划入荷花丛中，并假装怕羞似的不再出来。这位女子性格内向，虽然也怀有春心，却把这种情感深藏在内心，有点羞羞答答的。但其内心荡漾的春潮还是无法全部掩饰住的。"（宋绪连、初旭《三李诗鉴赏辞典》）不过，也有人认为"佯羞"其实是真羞："第二首写采莲女之娇羞，亦少女于情物相感处之天然流露也。所谓佯羞者，乃真羞。然不说真羞而说佯羞，更妙！此首效果如戏剧，可供演员揣摩。"（钱志熙、刘青海《李白诗选》）

苏台览古

旧苑荒台杨柳新，菱歌清唱不胜春。[①]
只今惟有西江月，曾照吴王宫里人。

【注释】

① 菱歌清唱：一作"采菱歌唱"。

【评析】

苏台，即姑苏台，故址在今江苏苏州姑苏山上。《分类补注李太白诗》杨齐贤云："吴王夫差都苏州，有桂苑、姑苏台、春宵宫、海灵馆、馆娃阁。以宫妓千人为长夜饮，造千石酒钟。作天池，池中作青龙舟，舟中盛陈妓乐，日与西施为水戏。"

对于这首诗主旨的阐发，主要有两种视角。或立足于"荒"字，以为诗人在惋惜繁华不再。唐汝询《唐诗解》："古称绮丽者莫如吴，今苑中春色非不佳也，要非吴宫旧物，求其亲涉当时之盛者，唯江月在也。观此则世之纷华靡丽尽成空花矣。"沈寅、朱昆《李诗直解》："此伤今思古而见繁华之易尽也。言吴王之桂苑已旧，苏台已荒，而杨柳犹新。彼时日与西施为戏，而菱歌清唱，宫妓千人，不胜春矣。只今惟有西江之月，千载流辉，已曾照吴王宫里之人也。而昔日之乐，今安在哉？"

或立足于"新""旧"两字，以为诗人在感慨古今之变迁。王尧衢《古唐诗合解》："所见者新柳，所闻者菱歌，然悉非当年故物也。只今所有当年故物，其惟西江之月乎！"朱宝莹《诗式》："首句言苑已旧，台已荒，惟杨柳年年新，'新''旧'二字便寓感慨。二句言荒台寂然，只有菱歌清唱于春风，不胜怀古之思。三句"只今惟有"四字，用在转句，言只西江月为昔年所有，曾照到夫差时。有了三句，便有四句，两句作一句读。"

前人对这首诗艺术技巧的赞誉，多集中在后两句。沈子来《唐诗三集合编》："末二句如天花从空中幻出。"宋宗元《网师园唐诗笺》评末两句："神韵天然。"李锳《诗法易简录》："一、二句但写今日苏台之风景，已含起吴宫美人不可复见意，却妙在三、四句不从不得见处写，转借月之曾经照见写，而美人之不可复见，已不胜感慨矣。"

至于前人的批评，也集中在后两句，或以为易流入俗套。胡震亨《唐音癸签》："诸家怀古感旧之作，如'年年春色为谁来''惟见江流去不回''惟有年年秋雁飞''只今惟有西江月，曾照吴王宫里人'等句，非不脍炙人口，奈词意易为仿效，竟成悲吊海语，不足贵矣。诸贤生今，不知又作如何洗刷？"

或以为缺乏生气。王夫之《姜斋诗话》："七言绝句，唯王江宁能无疵类，储光羲、崔国辅其次者。至若'秦时明月汉时关'，句非不炼，格非不高，但可作律诗起句；施之小诗，未免有头重之病。若'水尽南天不见云''永和三日荡轻舟''囊无一物献尊亲''玉帐分弓射虏营'，皆所谓滞累，以有衬字故也。其免于滞累者，如'只今惟有西江月，曾照吴王宫里人''黄鹤楼中吹玉笛，江城五月落梅花''此夜曲中闻折柳，何人不起故园情'，则又疲苶无生气，似欲匆匆结煞。"

此外，周敬还提出李白的《苏台览古》《越中览古》两诗仅抒写闲情，感慨不够深沉。《唐诗选脉会通评林》有云："太白苏台、越中二诗，无非夕阳流水、衰草闲话之感，览古历秦汉魏晋南北，畴不到黍离之日。然则当时吴越战争侵灭，只多得一番闲气是非；声歌宴乐，徒添得千载兴亡话柄而已。繁华安在，英雄何有，静言思之，江月山鸟亦属虚景。"

乌栖曲

姑苏台上乌栖时，吴王宫里醉西施。
吴歌楚舞欢未毕，青山欲衔半边日。
银箭金壶漏水多，起看秋月坠江波，东方渐高奈乐何。[1]

【注释】

[1] 银箭金壶：古代的计时工具。用铜壶盛水，下有小孔，水从孔中漏出。水中立有一箭，上有刻度。水面下降时所显示出的刻度表明时间的变化。东方渐高：太阳从东方升起。一说"高"为"皓"，光明之意。

【评析】

《乌栖曲》为南朝乐府《西曲歌》旧题,《乐府诗集》收入《清商曲辞》,内容多写男女欢情。李白此诗写吴王夫差与西施昼夜饮酒作乐之事。日落时分,姑苏台上,吴王宫里肆筵设席。皓齿慢发,轻舞飞扬,宫中美人西施醉态蒙眬。歌舞尚未停息,西边山峰已经吞没半轮红日,不知不觉暮色即将来临。众人正沉醉之时,欢娱未已,于是夜以继日。铜壶漏水渐渐增多,银箭刻度不断上升,漫漫秋夜也就在酣歌曼舞中迎来黎明,一轮秋月划过长空,坠入江波。太阳升起来了,东方已经发白,拂晓已经来临,新的一天会怎样度过呢? 依然纵情欢娱,还是戛然而止?

李白此诗,虽然表面上只是在写吴宫昼夜相继的荒淫,只是在写吴王醉生梦死的堕落,但历来人们都认为它是借以讽刺唐玄宗与杨贵妃夜饮之事。"此因明皇与贵妃为长夜饮,故借吴宫事以讽之。言台上乌栖而酣饮方始,时歌舞未终,山西尚有余照,及漏水浸多,则见秋月沉江矣。东方渐高,奈此欢乐何哉。"(唐汝询《唐诗解》)"此因玄宗之嬖贵妃,而极言吴王之乐,以讽警也。"(沈寅、朱昆《李诗直解》)"此太白借吴王以讽明皇之于贵妃也。夫山衔日而欢未毕,月坠波而乐无极,吴王将此日月,浸淫乎歌舞之场,以至亡国,世主可不以之为戒哉! "(王尧衢《古唐诗合解》)

而这首诗的妙处,也被认定为委婉含蓄,虽有讽谏之意,却出语极为含蓄委婉,无一语涉及时事,即使在曲终情浓之时,也只是缀一单句"东方渐高奈乐何",将警醒之意留待后人去想象。"乐极悲生之意,写得微婉。荒宴未几,而麋鹿游于姑苏矣。全不说破,可谓兴寄深微者。"(《唐宋诗醇》)虽句句隐含规劝讽刺之意,句句却只是客观叙述,纯粹通过语句的锻造与氛围的渲染来传达幽情别思。故萧士赟说："盛言其乐，而乐不可长之意自见，深得国风刺诗之体。"（《分类补注李太白诗》）《唐诗归》钟惺也说："哀乐含情，妙在都不说破。"

　　但今人詹锳以为："此诗与《乌夜啼》之作当在太白入京之前，此诗起句云：'姑苏台上乌栖时，吴王宫里醉西施。'或太白游姑苏时怀古而作，《苏台览古》诗可以为证。是时白方求取功名之未遑，刺晏朝之说恐不可信。"（《李白全集校注汇释集评》）其理由主要有二。一是这首诗见载于《河岳英灵集》，必为天宝十二载（753）以前所作。二是贺知章曾盛赞此诗可以泣鬼神。范传正《唐翰林李公新墓碑》："在长安时，贺知章号公为谪仙人，吟公《乌栖曲》云：'此诗可以哭鬼神矣。'《本事诗·高逸第三》："李太白初自蜀至京师……贺（知章）又见其《乌栖曲》，叹赏苦吟曰：'此诗可以泣鬼神矣。'故杜子美赠诗及焉。"胡仔《苕溪渔隐丛话前集》："老杜《寄李十二白》诗云：'诗成泣鬼神。'元和中范传正志白墓云：'贺公知章吟公《乌栖曲》，云此诗可以哭鬼神矣。'……古人作诗类皆摭实，岂若今人凭空造语耶！"

静夜思

床前明月光，疑是地上霜。①
举头望明月，低头思故乡。②

【注释】

　　① 明月光：一作"看月光"。

　　② 明月：一作"山月"。

34

【评析】

潇洒的诗人也有落寞的时候。他年纪轻轻就仗剑去国，辞亲远游，到过通衢大都，到过名山大川，也到过一些幽僻荒凉的村庄。走的地方多了，家乡的影子越来越淡，渐渐模糊不清。人生如旅途，行走在旅途中，劳累了，自然就会记起家中的千般好处、万种温馨。心灵顿惫了，茫然了，就会寻找慰藉。再长久的漂泊，也许都不会让飘逸的诗人沉寂下来；再辛苦的寻觅，也许都不会让热情的诗人感到厌倦。但他总有小憩的时候，正如同喧闹过后会倍感冷清。在客中，一个小小的房间，深夜独处的诗人不免有些百无聊赖，不经意间看见在床前方寸之地上有一片白色，怀疑是霜，以为拂晓时分已经来临，举头一看，皓月当空，低头之际，乡思扑面而来。

《乐府诗集·新乐府辞》收有此诗，并有解题云："新乐府者，皆唐世之新歌也。以其辞实乐府，而未常被于声，故曰新乐府也。"李白的这首诗虽是自制之新题乐府，但古意盎然，尤其以天真淳朴取胜。旧题严羽评点《李太白诗集》："前句生二句，二句生四句，却一意说出，不由造作。"钟惺《唐诗归》："忽然妙境，目中口中凑泊不得，所谓不用意得之者。"王尧衢《古唐诗合解》评曰："此诗如不经意，而得之自然，故群服其神妙。"俞樾《湖楼笔谈》说："'床前明月光'，初以为地上之霜耳，乃举头而见明月，则低头而思故乡矣。此以见月色之感人者深也。盖欲言其感人之深而但言如何相感，则虽深仍浅矣。以无情言情则情出，从无意写意则意真。"

诗歌为人所称道的另一方面，在于对旅情乡思的生动传达。在静谧的夜晚，在清辉的笼罩之中，出门在外的人们心底总会不由自主地涌现思乡的情绪。李白借古题以写旅情乡思，妙手偶得，率口而出，故其不胫而走，流播闾里。沈寅、朱昆《李诗直解》："此篇乃太白思乡之诗也。言床前忽见明月之光，则不寐可知。其地上之白，疑是霜矣。举头望之，皎月在天；低头思之，故乡何在？一种踌蹰之意，有言不能言者。"高棅《唐诗正声》吴逸一评云："百千旅情，妙复使人言说不得。天成偶语，讵由精炼得之？"吴烶《唐诗选胜直解》："此旅怀之思。月色侵床，凄清之景也，易动乡思。月光照地，恍疑霜白。举头低头，同此月也。一俯一仰间，多少情怀。"沈德潜《唐诗别裁集》："旅中情思，虽说明却不说尽。"

这首诗的好处，还在于层转层折，韵味悠长。杨逢春《唐诗偶评》："首先从月光说起，写月尚写得一半，二再下一衬，是题前蓄势，留虚步之法，三、四恰好转折到望月思归。曲曲描写，情态逼真，传神之笔。"章燮《唐诗三百首注疏》："只二十字，其中翻覆，层出不穷。本是床前明月光，翻疑地上霜；因疑地上霜则见天上明月；见明月则思故乡，思故乡则头不得不低矣。床前，则人已睡矣；疑是地上霜，则是披衣起视矣；举头望明月，低头思故乡，则不能安睡矣。一夜萦思，踌蹰月下，静中情形，描出如画。"

夜泊牛渚怀古

此地即谢尚闻袁宏咏史处

牛渚西江夜，青天无片云。[①]
登舟望秋月，空忆谢将军。[②]
余亦能高咏，斯人不可闻。
明朝挂帆席，枫叶落纷纷。

【注释】

①西江：唐人对长江下游自南京至今江西段的称谓。牛渚在此流域。

②谢将军：谢尚字仁祖，陈郡阳夏（今河南太康）人，曾官镇西将军。其任安西将军、豫州刺史时，曾引袁宏为幕府参军。

【评析】

牛渚，山名，在今安徽省马鞍山市当涂县附近，相传东晋袁宏曾在牛渚山附近的江面上月夜咏诗，得到了谢尚的赞赏。《世说新语·文学》载："袁虎（虎，袁宏小字也）少贫，尝为人佣载运租。谢镇西经船行，其夜清风朗月，闻江渚间估客船上有咏诗声，甚有情致。所诵五言，又其所未尝闻，叹美不能已。即遣委曲讯问，乃是袁自咏其所作《咏史诗》。因此相要，大相赏得。"

这首诗写诗人夜泊于牛渚江上，仰望秋月，想起袁宏与谢尚留下的佳话，感慨世无谢尚，而自己满腹才华却得不到赏识，不由得分外惆怅。因此，一般认为这首诗的主旨是抒发李白郁郁不得志的情怀。唐汝询《唐诗解》："此以袁宏自况，而叹世无谢尚也。言牛渚夜景清绝，正袁宏咏史之时。所以登舟望月而怀谢公者，以我亦能高咏，无减于宏，而谢不可复作，所为空忆也。及旦而挂帆以去，所睹唯落叶纷纷，盖无复有相邀者也。"

在艺术形式上，这首诗极为独特，它虽为律诗，却全首不见对偶，别具一格。严羽《沧浪诗话·诗体》："有律诗彻首尾不对者。盛唐诸公有此体，如孟浩然诗'挂席东南望……'之篇，又太白'牛渚西江夜'之篇，皆文从字顺，音韵铿锵，八句皆无对偶。"吴昌祺《删订唐诗解》："《长信》犹用对起，此篇全散，如海鹤凌空，不必鸾凰之苞彩。"沈德潜《唐诗别裁集》："不用对偶，一气旋折，律诗中有此一格。"

至于这种风格的形成，有人认为源于李白以写古风的方式来创作律诗的习惯。田雯《古欢堂杂著》曰："青莲作近体，如作古风，一气呵成，无对待之迹，有流行之乐，境地高绝。"陈仅《竹林答问》："盛唐人古律有两种：其一纯乎律调而通体不对者，如太白'牛渚西江月'、孟浩然'挂席东南望'是也；其一为变律调而通体有对有不对者，如崔国辅'松雨时复滴'、岑参'昨日山有信'是也。虽古诗仍归律体。故以古诗为律，惟太白能之。"王文濡《唐诗评注读本》："此诗以古行律，不拘对偶，盖情胜于词。"

也有人认为这样的诗作是妙手偶得，非有意为之。沈德潜《说诗晬语》："又有通体俱散者，李太白《夜泊牛渚》等章，兴到成诗，人力无与，匪垂典则，偶存标格而已。"冒春荣《葚原诗说》："诗以自然为上，工巧次之。工巧之至，始入自然。自然之妙，无须工巧。……偶作散行，亦必有不得不散之势乃佳。苟难于属对，率尔放笔，是借散行以文其陋。又有通体俱散者，李白《夜泊牛渚》、孟浩然《晚泊浔阳》、僧皎然《寻陆鸿渐不遇》等作，兴到成诗，无与人力。"

还有人认为，古诗与律诗的差别，不取决于对偶，而取决于格调。王琦注《李太白全集》引赵宧光曰："律不取对，如李白'牛渚西江夜'云云，孟浩然'挂席东南望'云云，二诗无一句属对，而调则无一字不律。故调律则律，属对非律也。近有诗家窃取古调作近体，自以为高者，终是古诗，非律也。中晚之律，每取一贯而下，已自失款。况今日之以古作律乎？杨用修云：'五言律，八句不对，太白、浩然有之，乃是平仄稳贴古诗也。'杨谬以对为律，亦浅之乎观律矣。古诗在格与意义，律诗在调与声韵。如必取对，则六朝全对者正自多也，何不即呼律诗乎？律诗之名起于唐，律诗之法严于唐，未起未严，偶然作对，作者观者慎勿以此持心，方能得一代作用之旨。"

与整首诗行云流水风格相一致的是，诗歌的兴感也如水到渠成，能够自然地将诗人落寞孤寂的情怀融入于衰飒凄清的秋景中，神韵空灵悠远，因此它也常被视为羚羊挂角、无迹可求的典范。《唐宋诗醇》："白天才超迈，绝去町畦，其论诗以兴寄为主，而不屑于排偶、声调，当其意合，真能化尽笔墨之迹，迥出尘埃之外。司空图云：'不著一字，尽得风流。'严羽云：'镜中之花，水中之月，羚羊挂角，无迹可求。'论者以此诗及孟浩然《望庐山》一篇当之，盖有以窥其妙矣。羽又云：'味在酸咸之外。'吟此数过，知其善于名状矣。"

赠从兄襄阳少府皓

结发未识事，所交尽豪雄。
却秦不受赏，击晋宁为功。
小节岂足言，退耕春陵东。①
归来无产业，生事如转蓬。
一朝乌裘敝，百镒黄金空。②
弹剑徒激昂，出门悲路穷。
吾兄青云士，然诺闻诸公。③
所以陈片言，片言贵情通。
棣华倘不接，甘与秋草同。④

【注释】

　①春（chōng）陵：在今湖北枣阳。

　②镒（yì）：古代重量单位。

③青云士：品格高尚的人。

④棣（dì）华：喻兄弟。

【评析】

自从成年以来，我所结交的都是豪杰之士。我的志向就是如鲁仲连那样任侠仗义，功成不受赏；像朱亥那样报答信陵君的知遇之恩，不以救赵为功。我也希望自己能够功成名就，然后退隐山林，谁料奔波半生，一无所成，衣食无着落，生活如飘蓬，竟似苏秦当年上书失败后那样狼狈不堪。此刻惟有学古人冯谖弹剑作歌来抒写心中的慨叹。吾兄你为青云之士，重然诺，有高义，所以我才开口向你求助。如果你不顾我们之间的兄弟情谊，那么我宁愿如秋草那样枯萎飘零。

少府，是唐人对县尉的称呼。一般认为，这首诗为李白在开元年间写于湖北。"这首诗是李白在吴越一带漫游后回到湖北时所作。李白为人豪爽放诞，轻财好施，东游扬州时不到一年，曾'散金三十余万'（《上安州裴长史书》）。这时大概钱花光了，生活困难，所以向堂兄请求帮助。"（《李白诗选》）

郁贤皓认为这首诗作于开元十五年（727），"其时黄金散尽，初到安陆隐居，其间曾去襄阳，向从兄襄阳尉乞求接济"（《李白全集注评》）。

詹锳认为"按开元十五年李白方婚于故相许圉师家孙女，其穷困当不至此"，并认为诗歌作于开元二十七年（739），"是遨游归来，告贷于皓。曾子固次于《赠孟浩然》诗下，今从之"（《李白全集校注汇释集评》）。

安旗则将此诗系于开元二十二年（734），以为作于襄阳。（《新版李白全集编年注释》）

在"却秦不受赏，击晋宁为功"两句后，清康熙缪曰芑翻刻宋本《李太白文集》、清光绪刘世珩玉海堂《景宋咸淳本李翰林集》等另有四句："托身白刃里，杀人红尘中。当朝揖高义，举世钦英风。"瞿蜕园、朱金城《李白集校注》说："缪、咸本所多四句中有云：'当朝揖高义，举世钦英风。'此必非李白自称之词。此下'小节岂足言，退耕春陵东。归来无产业，生事如飘蓬'，乃其自叙处境之艰困，意不衔接，不应毫无照应。如此，似以无此四句者为是。"

詹锳《李白全集校注汇释集评》则解释说："李白受侠客之风影响甚深，又直率好为大言，且与魏颢《李翰林集序》中所说'少任侠，手刃数人'相符。此四句不必当伪。此诗前叙英风名气，后叙困境，亦并非意不相接。"

黄鹤楼送孟浩然之广陵

故人西辞黄鹤楼，烟花三月下扬州。
孤帆远影碧空尽，唯见长江天际流。①

【注释】

①远影：一作"远映"。碧空：一作"碧山"。

【评析】

黄鹤楼上，诗人送别友人。丝竹声中，孟浩然登上舟船，挥挥手，挂帆东去。诗人伫立在楼头，凭栏目送远去的风帆，久久不愿离去。一片孤帆，在辽阔的江面渐行渐远，慢慢变成一个模糊的影子，最后连这影子也消融在水天相接之处，唯剩下一江春水，在碧空掩映之下，无语东流。

这首诗的妙处，或以为在于神理之超拔，对离别场景的刻画尤为真实生动。徐增《而庵说唐诗》："黄鹤楼在武昌县，白于此楼上送孟浩然。首便下'故人'二字，扼定浩然，便牢固得势。'西'字好，遂紧照扬州，以扬州在武昌之东。此时浩然意在扬州，故云'西辞黄鹤楼'也。扬州乃烟花之地，三月又烟花之时。下者，从上而下，武昌在上流故也。孤帆，是浩然所乘之舟之帆。远影，浩然已挂帆，而白犹在楼上伫望。碧空尽，渐至帆影不见了。既不见了，浩然所挂之帆影是黄鹤楼之东，而白却回转头去，望黄鹤楼之西，惟见长江之水从天际只管流来，而已有神理在内。诗中用字须板，用意须活，板则不可移动，活则不可捉摸也。"

或以为在情感之深婉，对依依惜别之友情描绘尤为细腻感人。俞陛云《诗境浅说》："送行之作夥矣，莫不有南浦销魂之意。太白与襄阳，皆一代才人，而兼密友，其送宜累笺不尽。乃此诗首二句仅言自武昌至扬州。后二句叙别意，言天末孤帆，江流无际，止寥寥十四字，似无甚深意者。盖此诗作于别后，襄阳此行，江程迢递，太白临江送别，直望至帆影向空而尽，惟见浩荡江流，接天无际，尚怅望依依，帆影尽而离心不尽。十四字中，正复深情无限，曹子建所谓'爱至望苦深'也。"

或以为在情韵之悠长，言有尽而意无穷，给读者留下了足够的想象空间。沈寅、朱昆《李诗直解》："此诗赋别时之景，而情在其中也。言我故人孟君，西辞黄鹤楼之地而行矣，当春景烟花之时，三月而下扬州。我送于江干，跂予望之，孤帆远影，碧空已尽，帆没而不见矣。惟见长江飞流无际，故人已远，予情徒为之怅怅耳。"黄生《唐诗摘钞》："不见帆影，惟见长江，怅别之情，尽在言外。"

至于末句之"孤帆远影"，多以为是诗人送别时目睹，所谓"帆影尽，则目力已极；江水长，则离思无涯"（唐汝询《唐诗解》），惟日人近藤元粹《李太白诗醇》引潘稼堂云："下二句，此别后之景，于送时先想见之，愈愁。"

江夏行

忆昔娇小姿，春心亦自持。
为言嫁夫婿，得免长相思。
谁知嫁商贾，令人却愁苦。
自从为夫妻，何曾在乡土。
去年下扬州，相送黄鹤楼。
眼看帆去远，心逐江水流。
只言期一载，谁谓历三秋。
使妾肠欲断，恨君情悠悠。
东家西舍同时发，北去南来不逾月。
未知行李游何方，作个音书能断绝。①
适来往南浦，欲问西江船。
正见当垆女，红妆二八年。②
一种为人妻，独自多悲凄。
对镜便垂泪，逢人只欲啼。
不如轻薄儿，旦暮长追随。
悔作商人妇，青春长别离。
如今正好同欢乐，君去容华谁得知。

①行李：指行人。音书：书信。

②当垆女：卖酒女。《汉书·司马相如传》："乃令文君当垆。"颜师古注："卖酒之处，累土为垆，以居酒瓮，四边隆起，其一面高，形如锻垆，故名垆耳。而俗之学者，皆谓当垆为对温酒火垆，失其义矣。"

【评析】

回想当初尚在闺中之时，虽有思春之情，芳心亦可自持。满心以为出嫁之后，就可以免除相思之苦。谁知嫁与了商贾，令人愁苦不堪。自从成亲以来，夫婿何曾留在家中？去年他下扬州，我相送于黄鹤楼，眼看征帆远去，心儿也随江水流走。说好一年就归来，谁知三年过去还不见踪影。与丈夫一同出门的邻居，南去北来从来不超过一个月。也不知道我的夫婿现在究竟滞留在何处。于是来到南浦，向下游过来的船儿打听消息。看见一位青春少妇，正与她的丈夫一起当垆卖酒。同样为人之妻，我却孑然一人，逢人欲泣，对镜垂泪，好不凄凉。早知如此，不如嫁给轻薄儿，好歹能早晚相随。如今身为商人之妇，独守空闺，大好青春有谁怜爱呢？

江夏，即今湖北武昌，原为唐时鄂州治所，天宝元年（742）改鄂州为江夏郡。这首诗见录于《乐府诗集·新乐府辞》，当为李白自制新题乐府。胡震亨认为是从《西洲曲》演化而来。其《李诗通》："按白此篇及前《长干行》篇并为商人妇咏，而其源似出《西曲》。盖古者吴俗好贾，荆、郢、樊、邓间尤盛。男女怨旷哀吟，《清商》诸《西曲》所由作也。第其辞五言三韵，节短而情有未尽。太白往来襄、汉、金陵，悉其土俗人情，因采而演之为长什。一从长干上巴峡，一从江夏下扬州，以尽乎行贾者之程，而言其家人失身误嫁之恨、盼归怨望之伤，使夫呕吟之者，足动其逐末轻离之悔，回积习而裨王风。虽其才思足以发之，而踵事以增华，自从《西曲》本辞得来，取材固有在也。凡太白乐府，皆非泛然独造，必参观本曲之词与所借用之曲之词，始知其源流之自、点化夺换之妙。”

这首诗的长处，或以为即在于语言之俚俗与本色。旧题严羽评点《李太白诗集》："一意一气，只家常说来，不着一字，此最上乘也。"《唐宋诗醇》："曲尽怨别之情，絮絮可听。"朱谏则由此推断此诗为赝作。其《李诗辨疑》卷下说："辞既存俗，情亦淫荡，使稍知廉耻习文艺者，必不若是之无忌惮也。疑为厕鬼之作，敢混谪仙之清乎？当时编辑者之不审，亦可罪也矣。"

历来评论此诗者，莫不将它与李白之《长干行》进行对比，或以为这首诗艺术上有所不如。王运熙、杨明《缠绵的相思，真实的形象——李白〈长干行〉赏析》（《唐诗鉴赏集》）说："《江夏行》也是佳篇，但其中除了'眼看帆去远，心逐江水流'这样的句子写得较动人外，大多是直接的一般的感情抒发，缺乏鲜明的生活场景和生动的细节描绘。……显得比较发露，给人的感觉比较率直平淡，感情的深度挖掘得不够，难以使人反复咀嚼体会。第三段……也显得议论气息过重，比较概念化，不如'八月胡蝶黄，双飞西园草。感此伤妾心，坐愁红颜老'用比兴手法描写，显得含蓄而耐人寻味。而且那种'悔作商人妇'的情绪在唐诗中也显得一般，远不如《长干行》中那种炽热而专一的感情来得真切。"

或以为这首诗社会意义更为深刻。安旗、薛天纬、阎琦《李诗咀华》说："《长干行》虽是表现商人之妇思夫的，但作者的主要倾向似在赞美商妇对待爱情的热情奔放和坚贞不渝。商妇的丈夫也是迫于家计外出经商，正是所谓'外有旷男，内有思妇'。《江夏行》便不同，作者寄深切的同情于商妇，对她背情负义的丈夫，则是鞭挞批判的。《江夏行》所具有的比较深刻的社会意义，为《长干行》所不能代替。"

山中问答

问余何意栖碧山，笑而不答心自闲。①
桃花流水窅然去，别有天地非人间。②

【注释】

①何意：一作"何事"。不答：一作"不语"。

②窅（yǎo）然：一作"宛然"。

【评析】

什么是真正的好诗？每个时代可能会有不同的潮流，每个读者也会有自己的标准。李东阳说："诗贵意，意贵远不贵近，贵淡不贵浓。浓而近者易识，淡而远者难知。"（《麓堂诗话》）他认为李白这首《山中问答》就是典型的好诗，"淡而愈浓，近而愈远，可与知者道，难与俗人言"。

这首诗的"淡"与"近"，似乎比较容易理解。诗题为《山中问答》，诗人便首先从问写起。青山之下，旷野之中，诗人悠然自适，萧散自如，如闲云，如野鹤，独往独来，随意栖止，无所拘束。这让旁观者颇为好奇，忍不住问他为何而来，究竟为什么要栖息于碧山之中？诗人笑而不答，认为他心中的感受哪里是这些人所能明了的。驰骋俗务者，自然无法懂得逸人高士的情怀，就好比井蛙不可以语海，夏虫不可以语冰，曲士不可以语道。看那桃花流水，窅然而去，别有天地，非世俗之景，也非世俗之人所能欣赏。

这首诗的"浓"与"远"，则较为复杂。一说在于不答而答。当年柳宗元回信给杜温夫说，不愿意教诲其实就是对他的一种教诲(《复杜温夫书》)。这里诗人笑而不答，也就是一种回答，如竟陵派谭元春所言："已答了，俗人卒不省得，妙！妙！"(钟惺、谭元春《唐诗归》)

一说在于难以用言辞表达。诗人寄情山水，心与景融，景与心会，两相契合而难以言传，认为"山水之乐，得之于心，难以告人"(唐汝询《唐诗解》)，所以先是笑而不答。"白作此诗，如世尊拈花；人读此诗，当如迦叶微笑。不可说，亦不必说。"(徐增《而庵说唐诗》)

一说在于俗人难以理解。这首诗的题目一作《山中答俗人》，既然是俗人所问，既然问得这样俗，怕他痴心，非得到一个明确的答案，于是又用下两句诗明确提示一下。这里的提示，依然是语淡意远，无丝毫烟火之气，随心趁口，苍词古意，自成天籁，也非俗人所能接受。沈寅、朱昆《李诗直解》："此山中问答，言其心闲自适而与美景相宜也。言山中之人，问我何事而栖碧山乎？则笑而不答。彼固未知我之心，而我之心自闲。则见桃花流水杳然而去，是别有一天地，而非尘世之景矣。此乃心与景融，景与心会。而桃花流水，超然世外，政其事也，俗人知乎哉？"《唐宋诗醇》："自是君身有仙骨，世人那得知其故。"

历来对李白此首的称颂，或立足于其气象，如朱谏《李诗选注》："此山中问答，气象飘逸，高出物表，有如羽仙，逍遥云汉而下视乎尘寰也。"或立足于其神致，如应时《李诗纬》："绝句原是古之遗，不可以作律法为之，恐失神致。观此可知。"或立足于其天然，如王尧衢《古唐诗合解》："此诗信手拈来，字字入化，无段落可寻，特可会其意，而不可拘其辞也。"

又王闿运《湘绮楼说诗》："（李颀《寄韩鹏》）'为政心闲物自闲，朝看飞鸟暮飞还。寄书河上神明宰，羡尔城头姑射山'，此篇超妙，为绝句上乘，所谓'羚羊挂角，不著一字'者也。欲知其超，但看太白诗'问余何事栖碧山'一首，世所谓仙才者。与此相比，觉李诗有意作态，不免村气。李选字皆妍丽，此则拉杂。如'神明宰'等字，比之'桃花流水'等字，雅俗相远。而俗者反雅，雅者反俗，何耶？"

子夜吴歌四首（选一）

其三

长安一片月，万户捣衣声。
秋风吹不尽，总是玉关情。
何日平胡虏，良人罢远征。[①]

【注释】

① 良人：丈夫。《诗·唐风·绸缪》："今夕何夕，见此良人。"

【评析】

丈夫出征，远戍边关。夫妻分离，相隔万里之遥。又是一年秋来到，在萧瑟的玉门关，丈夫想必已经难以抵御一阵胜似一阵的凉风了。长安城内，皎洁的月光轻柔似水，散播在忙碌的妻子身上。她们揪心着边关的爱人，正赶着捣制寒衣寄往边塞。伴随着飒飒秋风，传来此起彼伏的捣衣声。长安城中，家家户户，砧声不断，一声紧似一声，即使阵阵秋风也吹不散这浓浓的情思。又有多少主妇就这样度过了一个又一个忙碌的夜晚！善良的妻子们不辞辛苦，只愿这亲手赶制的寒衣能够带给丈夫一些温暖，只愿把自己的祝福与期待带给丈夫，希望边疆安定，丈夫早日安全返回家园，与自己白头偕老。

《乐府诗集》收录这一组诗为《子夜四时歌》，各首分别标明为《春歌》《夏歌》《秋歌》《冬歌》。六朝乐府之《子夜歌》，本多为女子思念情人之辞，后改四时行乐之词。《宋书·乐志》："《子夜歌》者，有女子名子夜，造此声。晋孝武太元中，琅琊王轲之家有鬼歌《子夜》。殷允为豫章时，豫章侨人庾僧度家亦有鬼歌《子夜》。殷允为豫章，亦是太元中，则子夜是此时以前人也。"《乐府古题要解》卷上："《子夜》，旧史云晋有女子曰子夜所作，声至哀。晋武帝太元中，琅琊王轲家有鬼歌之。后人依四时行乐之词，谓之《子夜四时歌》，吴声也。"

这首诗的主题多以为是描写秋日捣衣之妇思念戍守边关的丈夫。朱谏《李诗选注》："言长安之人执远戍之役者，其妻在家欲寄寒衣，故秋月之下，而捣衣之声连于万户。其声随风而不断，情在玉关，念征夫也。声虽近而情则远矣。然此良人守关防虏，虏平乃可归耳。未知何日胡虏可平而良人可归，使我无寄衣之劳也。"

沈寅、朱昆《李诗直解》："此征妇因夫远戍，感秋寄衣，而窃自深其冀幸来归之情也。言君戍玉关，妾处长安。皎月之下，为君捣衣，情往玉关矣。不惟一处然也，长安城中，不下万户之众，家各捣衣。砧声相接，虽以秋风之狂，吹之不尽，其何故哉？总是征妇皆因夫在玉关，情不容已，而捣衣众多，固各有'寒到君边衣到无'之意也。因自深其冀幸曰：何日来王庭，得平此虏，使我良人罢此远征而聚首以偕老乎？感秋风而起远念，情愈深矣。"

也有人对诗歌的主旨进一步提升，认为诗人以委婉含蓄的态度表达了对战争的不满情绪。唐汝询《唐诗解》："此为戍妇之辞，以讥当时战伐之苦也。言于月夜捣衣以寄边塞，而此风吹不尽者，皆我思念玉关之情也。安得平胡而使征夫稍息乎？不恨朝廷之黩武，但言胡虏之未平，深得风人之旨。"

对于李白的这组诗，胡震亨曾经解释说："其歌本四句，太白拟之六句为异。然当时歌此者，亦自有送声，有变头，则古辞固未可拘矣。"（王琦注《李太白全集》引）后人对前四句赞不绝口，如王夫之《唐诗评选》："前四语是天壤间生成好句，被太白拾得。"应时《李诗纬》："四句入神。"

甚至有人主张将后二句删除，将前四句当成绝句来读。吴昌祺《删订唐诗解》："万户砧声，风吹不尽，而其情则同，亦婉而深矣"，"结二句，似乎可去，得解其妙乃出"。田同之《西圃诗说》："余窃谓删去末二句作绝句，更觉浑含无尽。"

当然，也有论者以为倘若删去后二句，则李白的微情妙旨就无从传达了。《唐宋诗醇》卷四："一气浑成。有删末二句作绝句者，不见此女贞心亮节，何以风世厉俗？"熊礼汇《李白诗》："若论寄意之深，则末二句绝不可删。"

蜀道难

噫吁嚱！危乎高哉！[①]
蜀道之难，难于上青天。
蚕丛及鱼凫，开国何茫然。[②]
尔来四万八千岁，不与秦塞通人烟。

西当太白有鸟道，可以横绝峨眉巅。

地崩山摧壮士死，然后天梯石栈相钩连。③

上有六龙回日之高标，下有冲波逆折之回川。④

黄鹤之飞尚不得过，猿猱欲度愁攀援。

青泥何盘盘，百步九折萦岩峦。⑤

扪参历井仰胁息，以手抚膺坐长叹。⑥

问君西游何时还？畏途巉岩不可攀。

但见悲鸟号古木，雄飞雌从绕林间。

又闻子规啼夜月，愁空山。⑦

蜀道之难，难于上青天，使人听此凋朱颜。

连峰去天不盈尺，枯松倒挂倚绝壁。

飞湍瀑流争喧豗，砯崖转石万壑雷。

其险也若此，嗟尔远道之人胡为乎来哉！

剑阁峥嵘而崔嵬，一夫当关，万夫莫开。⑧

所守或匪亲，化为狼与豺。

朝避猛虎，夕避长蛇。

磨牙吮血，杀人如麻。

锦城虽云乐，不如早还家。

蜀道之难，难于上青天，侧身西望长咨嗟。

【注释】

① 噫（yī）吁（xū）嚱（xì）：惊叹声，蜀方言。宋祁《宋景文公笔记》："蜀人见物惊异，辄曰噫吁嚱。李白作《蜀道难》，因用之。"

② 蚕丛、鱼凫（fú）：扬雄《蜀王本纪》，蜀王之先名蚕丛、柏濩、鱼凫、蒲泽、开明。从开明上至蚕丛，积三万四千岁。

③ 摧：倒塌。石栈（zhàn）：栈道。《华阳国志·蜀志》："（秦）惠

51

王知蜀王好色，许嫁五女于蜀。蜀遣五丁迎之。还到梓潼，见一大蛇入穴中。一人揽其尾掣之，不禁。至五人相助，大呼拽蛇，山崩，同时压杀五人及秦五女，并将从，而山分为五岭。"

④六龙回日：传说羲和驾驶着大龙之车（即太阳）到此处便接近虞渊（日落处）。《初学记》卷一天部上："《淮南子》云：'爰止羲和，爰息六螭，是谓悬车。'注曰：'日乘车，驾以六龙。羲和御之。日至此而薄于虞泉，羲和至此而回六螭。'"

⑤青泥：岭名，在今陕西省略阳县北。《元和郡县志》卷二二"兴州长举县"："青泥岭，在县西北五十三里接溪山东，即今通路也。悬崖万仞，山多云雨，行者屡逢泥淖，故号青泥岭。"

⑥参、井：星宿名，分别是蜀与秦的分野。

⑦子规：杜鹃鸟，鸣声悲哀。《文选》卷四左思《蜀都赋》："鸟生杜宇之魄。"李善注："《蜀记》曰：昔有人姓杜名宇，王蜀，号曰望帝。宇死，俗说云，宇化为子规。子规，鸟名也。蜀人闻子规鸣，皆曰望帝也。"

⑧剑阁：在四川省剑阁县北。《文选》卷五六张载《剑阁铭》："惟蜀之门，作固作镇。是曰剑阁。……一夫荷戟，万夫趑趄，形胜之地，非亲勿居。"

【评析】

《蜀道难》为南朝乐府旧题，《乐府诗集》卷四〇将之纳入《相和歌辞·瑟调曲》。吴兢《乐府古题要解》有云："《蜀道难》备言铜梁、玉垒之阻。"自梁简文帝至初唐张文琮，已有一些写入蜀之难的诗篇。本诗的中心内容，也是描写蜀道之难。蚕丛、鱼凫开国以来四万八千岁，蜀秦隔绝，不相往来；太白、峨眉之巅，仅有鸟道尚可通行；五丁开山，也开辟了历史：这是从侧面描写入蜀之难。山峦高峻险阻，河流湍急回旋，善飞如黄鹤、善攀如猿猱，也是欲渡还愁，入蜀者惊心动魄，抚胸长叹，这是正面描写蜀道的峻险高危。剑阁险要，环境险恶，形势变幻莫测，这是写居留蜀国之难。

李白并没有走蜀道的经历，但他能成功地写出蜀道之难，原因首先在于他想象丰富，才气挥霍，如南海明珠随地倾出万斛，诗人将有关蜀道的神话、传说、历史和文学资料交融在一起，结合自己登临山水的体验，巧妙地构思出蜀道之难的形象、氛围、境界，使人产生新异、奇险乃至神秘的感觉。同时，诗人在描述过程中极尽夸张、形容之能事，无论写山峰之高耸入云，还是写绝壁之险象万状，都让人触目惊心。李白超越梁陈诗人之处，还在于他的《蜀道难》诗中有人，不单写自然环境的艰险，还写到人事环境的险恶；不仅生动地写出游蜀者的历险感受，还饱含着对游蜀者的深切关怀。当然，诗歌句式的灵活多变，语言的奔放恣肆，也是让读者叹为观止的重要因素。

关于《蜀道难》的主旨，传统的说法主要有四种。一说与严武镇蜀有关。李绰《尚书故实》："陆畅尝为韦南康作《蜀道易》，首句曰：'蜀道易，易于履平地。'……《蜀道难》，李白罪严武也。畅感韦之遇，遂反其词焉。"范摅《云溪友议》："李太白作《蜀道难》，乃为房（琯）、杜（甫）之危也。"《新唐书·严武传》："（房）琯以故宰相为巡内刺史，武慢倨不为礼。最厚杜甫，然欲杀甫数矣。李白为《蜀道难》者，乃为房与杜危之也。"

一说与章仇兼琼有关。宋蜀本《李太白集》本诗题下注云："讽章仇兼琼也。"

一说与玄宗入蜀有关。《分类补注李太白诗》萧士赟云："《蜀道难》是初闻上皇仓卒幸蜀之时，见得事理不便者如此，情发于中，不得已而言也。"

一说非为一人一时而作。朱谏《李诗选注》："旧说此诗，皆谓其有所指，或以为严武与子美，或以为章仇兼琼，或以为明皇之幸蜀，要之皆为附会穿凿，不足据也。……乐府诸篇，不必一一求其所指。其有所指者，辞义明白，自有不可掩之实，亦不待强为之说。"胡震亨《李诗通》："白蜀人，自为咏蜀耳。言其险，更著其戒，如云'所守或匪亲，化为狼与豺'，风人之义远矣。必求一时一人之事以实之，不几失之凿乎？"

由于《河岳英灵集》载有李白之《蜀道难》，今人多确信此诗作于天宝十二载（753）前。关于其主旨，主要有三说。一说为送友人入蜀之作。王运熙《谈李白的〈蜀道难〉》认为此诗是李白在长安送友人入蜀之作，采用乐府旧题，描绘蜀地道途艰险和环境险恶，希望友人不要久留蜀地。

一说为感慨仕途之坎坷。安旗的《〈蜀道难〉新探〉》认为《蜀道难》作于开元十八年（730）至十九年（731）之间，是李白首次入长安困顿蹭蹬失意之作，诗人通过比兴手法，以蜀道艰险寄托对仕途坎坷、现实黑暗的愤郁。

一说为单纯描绘蜀地山川之美。王启兴《〈蜀道难〉新探质疑》认为"比兴言志"不是分析李白诗歌的主要途径，就《蜀道难》而论，不存在"比兴言志"的问题，这首诗是借乐府旧题极写雄峻奇险的蜀中山川。

送友人入蜀

见说蚕丛路，崎岖不易行。[①]

山从人面起，云傍马头生。
芳树笼秦栈，春流绕蜀城。
升沉应已定，不必问君平。②

【注释】

① 蚕丛：蜀国的开国君王。蚕丛路：代称入蜀的道路。

② 君平：蜀人严遵，字君平，隐居不仕，曾在成都以卖卜为生。

【评析】

这首诗是为送友人入蜀而作。诗人以叮咛的口吻叙说了蜀道的险阻，描述了入蜀途中以及蜀城景色之可人，表达了对友人的关切之情。既然蜀道如此艰险，友人为什么要入蜀呢？对于友人此行，诗人又是怎样的一种态度呢？诗末为何要提及严君平呢？

一说只是扣住了严君平的"蜀人"身份，将之作为"蜀人"的代表。诗以"入蜀"为题，便一路从入蜀之道路，写到蜀地的物与人。唐汝询《唐诗解》："友人入蜀，必经剑阁，故举蚕丛之路忧其行。路虽险绝，景非不佳，复以芳树、春流慰其意。既至于蜀，宜访先民，则以君平终焉。"沈德潜《唐诗别裁集》："奇语传出'不易行'意。'笼秦栈''绕蜀城'，以所经言之。结用蜀人恰好。"

一说重在"升沉"两字，借以表达对入蜀以及仕途的看法。此说多以入蜀者为失意之人，如应时《李诗纬》："有规讽意，想友人必是不遇者。"黄生《唐诗摘钞》："此友必仕途不得意者，故述其行路难之意，而以升沉已定告之，见穷达有命，仕途淹滞不必介意。"顾安《唐律消夏录》："宛似一无聊之人浪游入蜀，故通首皆讽其勿往口气。"

所谓"升沉"，或以为指仕途的起起落落，诗人由此劝慰友人听天命而尽人事，不必指望他人。沈寅、朱昆《李诗直解》："此送友人，见蜀道之难，而事皆前定，不必强也。言蚕丛为开国之祖，而路之崎岖，不易行也。何以见之？山高则云多，山之叠嶂当前，每从人面而起；云之发根甚峻，又从马头而生。鸟道之不可度者，驾木为栈。今有芳树以笼覆之。而春流之旋涨，又涌绕蜀城之间。今君之涉崎岖而入蜀也，升之沉之，应已分定，何必问卜于君平而始知哉？亦尽其在我而已。"又朱谏《李诗选注》："夫荣辱升沉，各有定分，又何必屑屑以问人乎？吾但安分而已。"

由此延伸开去，李白诗中又似有规劝友人不必沉湎功名富贵之意。何国治说："李白了解他的朋友是怀着追求功名富贵的目的入蜀，因而临别赠言，便意味深长地告诫：个人的官爵地位，进退升沉都早有定局，何必再去询问善卜的君平呢！……李白借用君平的典故，婉转地启发他的朋友不要沉迷于功名利禄之中，可谓谆谆善诱，凝聚着深挚的情谊，而其中又不乏自身的身世感慨。"（萧涤非等《唐诗鉴赏辞典》）

或以为"升沉"偏指"沉"而言，强调既然已经身为失意者，就不必心存侥幸了。"尾联又转入议论，点明失意已成定局，不必再求君平卜筮。虽不露锋芒，然抑遏之牢骚，可于言外见之。"（郁贤皓《李白全集注评》）由此延伸开去，则李白在诗中主要抒发了他与友人所共有的蹭蹬失意之苦闷。

这首诗曾被誉为"五律正宗"，方回以为"太白此诗，虽陈、杜、沈、宋不能加"（《瀛奎律髓》）。《唐宋诗醇》引李梦阳语从结构方面分析说："'叠景者意必工，阔大者笔必细'，极得诗家微旨。此诗颔联承接次句，语意奇险；五、六则秾纤矣。颔联极言蜀道之难，五、六又见风景可乐，以慰征夫。此两意也。一结翻案，更饶胜致。"刘铁冷则从笔法上赞叹道："此诗虚中之实也。其虚处，即在'见说'

两字，起句有此活笔。第三句是对面，第四句是傍面，第五句是陆，第六句是水，句句是纪游，句句是纪地。结句写到入蜀以后，余韵悠然，有缥缈欲仙之致。"（《作诗百法》）

行路难三首

其一

金樽清酒斗十千，玉盘珍羞直万钱。①
停杯投箸不能食，拔剑四顾心茫然。
欲渡黄河冰塞川，将登太行雪满山。
闲来垂钓碧溪上，忽复乘舟梦日边。②
行路难，行路难！多歧路，今安在？
长风破浪会有时，直挂云帆济沧海。③

【注释】

①清酒：即美酒，对浊酒而言。羞：同"馐"，菜肴。直：同"值"。

②垂钓：传说吕尚未遇周文王时，曾垂钓于磻溪（在今陕西宝鸡东南）。梦日：伊尹在将接受商汤聘请时，梦见自己乘舟经过日月旁边。

③长风破浪：比喻施展政治抱负。《宋书·宗悫传》："悫年少时，炳问其志，曰：愿乘长风，破万里浪。"

【评析】

《行路难》是古乐府旧题，内容多写世路的艰难和离别的悲哀，《乐府诗集》卷七〇收入《杂曲歌辞》。今存最早的作品是鲍照的十八首《拟行路难》，李白有三首《行路难》，都受到了鲍照的影响。这首诗开篇描写了一个"金樽清酒""玉盘珍羞"的宴会场面。面对满桌美酒佳肴，诗人拿起筷子，端起酒杯，却食不甘味，于是推开杯盏，扔下碗筷，抽身而起，拔剑四顾，不知该将剑刺向何处。他想横渡黄河到达彼岸，但因黄河为坚冰所封冻，惟有望河兴叹；他又想攀越太行之山，却又因大雪封山，无从攀登。诗人进退两难，彷徨不已。年老的吕尚在磻溪钓鱼时尚能得遇文王，名相伊尹曾梦见自己乘舟绕日月而过，马上受到商汤的赏识。人生之路崎岖坎坷，歧途甚多，究竟怎样是正确的选择，才可能得到名垂后世的遇合呢？他坚信有一天自己也能鼓满云帆，横渡沧海，到达自己理想的彼岸。

李白为何要慨叹行路之难，他究竟是在怎样的背景下写出这首诗的呢？一说诗写于李白被放逐出长安时。《唐宋诗醇》："冰塞雪满，道路之难甚矣。而日边有梦，破浪济海，尚未决志于去也。后有二篇，则畏其难而决去矣。此盖被放之初述怀如此，真写得'难'字意出。"

李白即将离开长安，他的情绪如何，所谓"直挂云帆济沧海"究竟表达了怎样的追求？朱谏《李诗选注》以为是遁世而悠然远去。"盖自都邑以至山林，纷纭交错，莫可适从，所以难行，非惟黄河、太行而已。世路难行如此，惟当乘长风，挂云帆以济沧海，将悠然而远去，永与世违，不蹈难行之路，庶几无行路之忧矣。"

马茂元《唐诗选》以为是充满信心与激情："这诗是天宝三载（744）李白离开长安时所作。诗中写世路艰难，充满着政治上抑郁不平之感。结尾处，忽开异境，幻想抱负总会有实现的一天，充满着冲决黑暗、追求光明的积极乐观精神。"

程千帆、沈祖棻《古诗今选》以为是内心颇为迷茫，有失望，也有自信："这篇诗当作于将要离京的时候，虽然知道'行路难，多歧路'，有点茫然，但仍然对未来存有幻想，认为有朝一日，可以乘风破浪，所以它一方面充满了抑郁不平之气，一方面又充满了积极自信之心。在诗篇中，这一对矛盾始终交织在一起。"

裴斐《李白诗歌赏析集》以为是悲愤与决绝："济世不得，弃世又不能，这就难了！正是这种无法解决的矛盾，既显示出诗人积极的人生理想，同时也表明了他对现实的绝望。……道路交错，若无所之，实谓无路可走，所以才盼望乘风破浪远济沧海，去和神仙打交道了。'济沧海'比起'垂钓碧溪'来，其与世决绝之意是更彻底了。这自然是激愤之语，不可当真，但可见出诗人悲感之深。悲感至极而以豪语出之，这正是典型的李白风格。而有人竟说这证明了诗人的'乐观'和'信心'云云，直可入笑林矣。"

一说此诗作于李白初入长安之时。郁贤皓说："此诗当是初入长安时作。……但结句却又使诗境豁然开朗，诗人仍坚信将来会有一天像宗悫所说的那样乘长风破万里浪，挂起云帆，横渡大海，实现自己的抱负，这与同期作品如《梁园吟》《梁甫吟》等结尾思想相同。因为第一次入长安，虽未找到出路，但对前程仍充满幻想。"（《李白全集注评》）

这首诗歌只有短短八十二字，却显得层波叠澜，变化多端，诗人情绪跌宕起伏，迷茫与执着、苦闷与自信交替出现，迅速转换，将一进退失据而心犹不甘、倔强自信挣扎在痛苦之中的诗人形象充分展现出来，历来备受赞誉，如日人近藤元粹《李太白诗醇》即云："句格长短错综，如缚龙蛇。"但《李诗纬》丁谷云批道："气似古诗，词调是乐府，然去鲍参军远矣。"

其二

大道如青天，我独不得出。
羞逐长安社中儿，赤鸡白狗赌梨栗。①

弹剑作歌奏苦声，曳裾王门不称情。②

淮阴市井笑韩信，汉朝公卿忌贾生。

君不见昔时燕家重郭隗，拥篲折节无嫌猜。③

剧辛乐毅感恩分，输肝剖胆效英才。

昭王白骨萦蔓草，谁人更扫黄金台？

行路难，归去来！

【注释】

① 社：古代二十五家为一社。赤鸡：羽毛是红色的鸡。

② 曳裾王门：比喻在王侯权贵门下做食客。《汉书·邹阳传》："饰固陋之心，则何王之门不可曳长裾乎？"

③ 拥篲：手持笤帚扫地，古人迎候宾客，常拥篲以示恭敬。《史记·孟子荀卿列传》："（邹衍）如燕，昭王拥篲先驱。"篲，同"彗"。

【评析】

眼前的通衢大道如青天一样宽广，唯独我却找不到出路。我羞于追随长安里巷的那些市井小人，整日干一些斗鸡走狗的游戏来获取蝇头小利；如冯谖那样出入权贵之门，弹剑作歌，发出哀苦之音以获取怜悯，也不符合我的性情。淮阴的市井无赖曾聚众讥笑韩信，汉朝的公卿权臣忌妒排挤贾谊。难道你不知道当年燕昭王如何礼贤下士的吗？他折节相迎没有半点疑忌，所以各地的人才纷纷前来，披肝沥胆，为他效力。如今燕昭王的白骨已经为蔓草萦绕，有谁还像他那样重用贤才？这仕路如此艰难，看来我只有归去了。

这首诗引人注目之处，一是语词多口语化，朱谏《李诗辨疑》曾极力诋斥："按此诗辞气粗浅，又多俗句。如'我独不得出'与'不称情''无嫌猜'等语，皆闾阎时俗之人所道者，而出于白之口可乎？

至如'昭王白骨萦烂草'，为美之之辞欤，抑恶之之辞欤？若美之，辞属轻慢；若恶之，则昭王有好贤之德，不当恶也。且用事堆叠，辞不舒畅，尤为可疑。"

吕思勉则认为这正体现了李白诗歌的天然与真趣："《行路难》直抒胸臆，不过笔力挺拔而已；《山鹧鸪》全首皆用比兴，若嘲若讽，如泣如诉，直与歌谣无异。《太白集》中，此等作品最多。诗之先祖，原系谣词，然既成为诗，则为学士大夫之业，与农夫野老信口所成，绝然异趣。闻见之广，托兴之高，词句之丽，数典之博，种种方面自然谣不如诗。然有一端，诗亦绝逊其先祖者，则天趣是已。此由农夫野老所感觉者，率为天然之景物；所吐露者，即为胸中之感情，真而且质，绝无点染。而学士大夫，则用过许多书本上之功夫，其所取之材料，所得之感想，往往从书本上来，虽书本之所记，原系从事物得来，然校之天然之景物，胸中之感情，总已翻印过一次故也。于此点文人学士之作，绝不能与农夫竞胜。唯太白歌行，有时置之谣词中，竟可以乱楮叶，此则欲不归诸其天才之超越而不可得已。"（《吕思勉全集·论诗》）

一是典故较为密集。朱谏由此怀疑诗歌并非李白所作，毛水清《李白诗歌赏析》也说："这首诗艺术上最重要的特点是用典。点名的、不点名的涉及许多历史人物，有孟尝君、冯谖、韩信、贾谊、周勃、灌婴、冯敬、燕昭王、郭隗、乐毅、剧辛等，如数家珍，冲口而出，这对于诗人本人来说当然是熟悉的，但今天看来用典却没有第一首那样形象，那样自然，那样平易。"

今人多以为虽有堆砌典故之嫌，却不害辞气舒畅，甚或这些典故有助于情感的宣泄。"这首诗在写法上最大特点，就是多用典故。这与诗人的心境有关。人在现实中过度失望和没有出路时，郁愤无从发泄，精神无从寄托，往往发思古之幽情。由于有真实而充沛的感情流贯其中，加上用典的句式灵活多变，这许多典故绝无堆砌板滞之嫌，读来但觉古今之情打成一片，感愤万千，怅恨无涯。"（安旗、薛天纬、阎琦《李诗咀华》）"这首诗运用了一大串典故，但由于诗人以真实而充沛的感情贯穿其中，故而读来无堆砌之感。"（韩兆琦《唐诗选注集评》）"全诗感情由激愤而悲凉，一泻直下，并无曲折，且多用典。用典虽多却无堆砌之病，较《梁甫吟》效果为佳。"（阎琦《李白诗选评》）

李白在这首诗中所流露的情感，或以为心灰意冷而准备归去。"长安政客，无非枉道以事人者。白则羞与为伍。不得礼贤之君如燕昭，决不肯就，首末看似不呼应，不知此即呼应处也。"（王文濡《唐诗评注读本》）"此诗的结尾也和第一首不同，第一首是寄以期望，等待时机，还是乐观的，这一首在对当时封建的帝王、大臣和社会上势利小人的揭露和批判之后，却得出了归隐的结论，出路是消极的，调子是低沉的。我们今天应该看到它的局限性。"（毛水清《李白诗歌赏析》）"此首写出诗人在长安不被重用，既羞与赌徒为伍，又不愿折腰权门，有才之士到处受人欺辱嫉妒，想起历史上那位礼贤下士的燕昭王，真令人向往，可惜他早已死了。看到今日在长安有路难行，真想早些收拾行李回家去。"（葛景春《〈李太白全集〉诠释与解读》）

或以为表达了进退两难的迷茫情绪："这首《行路难》（其二），是对《行路难》其一的深化，继续对行路之难予以渲染，进而将诗人既渴望入世建功立业，又希望归隐田园独善其身的矛盾心态呈现出来，为《行路难》其三埋下伏笔。"（马玮《李白诗歌赏析》）

在创作顺序上，人们多以为承接第一首而来，作于李白初入长安时期，独安旗提出此诗写于开元十九年（731），在《行路难》（其一）之前（《新版李白全集编年注释》）。

其三

有耳莫洗颍川水，有口莫食首阳蕨。^①

含光混世贵无名，何用孤高比云月。

吾观自古贤达人，功成不退皆殒身。

子胥既弃吴江上，屈原终投湘水滨。^②

陆机雄才岂自保，李斯税驾苦不早。^③

华亭鹤唳讵可闻，上蔡苍鹰何足道。

君不见吴中张翰称达生，秋风忽忆江东行。^④

且乐生前一杯酒，何须身后千载名。

【注释】

①"有耳"二句：《高士传》载，许由耕于中岳颍水之阳、箕山之下，尧召为九州长，许由不欲闻之，洗耳于颍水滨。《史记·伯夷列传》："武王已平殷乱，天下宗周，而伯夷、叔齐耻之，义不食周粟，隐于首阳山，采薇而食之。"

②子胥：伍子胥，春秋时期吴国大夫。《吴越春秋·夫差内传》："吴王闻子胥之怨恨也，乃使人赐属镂之剑。子胥……遂伏剑而死，吴王乃取子胥尸，盛以鸱夷之器，投之于江中。"

③陆机：西晋文学家、书法家。《晋书·陆机传》："因与颖笺，词甚凄恻。既而叹曰：'华亭鹤唳，岂可复闻乎！'遂遇害于军中，时年四十三。"李斯：秦朝著名文学家、政治家。《史记·李斯传》："李斯喟然而叹曰：'……夫斯乃上蔡布衣，闾巷之黔首，上不知其驽下，遂擢至此。当今人臣之位无居臣上者，可谓富贵极矣。物极则衰，吾未知所税驾也！'……斯出狱，与其中子俱执，顾谓其中子曰：'吾欲与若复牵黄犬俱出上蔡东门逐狡兔，岂可得乎？'遂父子相哭，而夷三族。"

④张翰：西晋著名文学家。《晋书·张翰传》："因见秋风起，乃思吴中菰菜、莼羹、鲈鱼脍，曰：'人生贵得适志，何能羁宦数千里以要名爵乎！'遂命驾而归。……或谓之曰：'卿乃可纵适一时，独不为身后名邪？'答曰：'使我有身后名，不如即时一杯酒。'"

【评析】

不要去学许由洗耳颍水以示清高，也不要去学伯夷、叔齐采薇首阳山以示高洁。活在这世上，最重要的是和光同尘、韬光养晦，为何要高自标置、孤芳自赏、自比云月？我看那自古以来所谓的贤达之士，如果大功告成而不及时隐退，无不是死于非命。伍子胥被吴王抛尸吴江之上，屈原抱石自沉汨罗江中，陆机虽有雄才大略却无法自保，李斯感慨没能抽身早退。吴中的张翰才是真正的旷达之人，他在秋风中怀念起故乡，于是就辞官而去，避免了灾祸。

这首诗的主旨，大约有四说。一说是表达了李白长期以来所持有的功成身退的思想。郁贤皓《李白全集注评》："诗的首四句否定被历代人崇敬的许由洗耳和伯夷不食周粟饿死首阳山的行为，认为人生在世只须藏光混俗不要留什么名，不必孤傲求高洁而做出古怪行为去与云月比高。……最后四句认为只有像张翰那样在当时混乱的政治中借秋风思乡为名辞官回家才是真正的旷达之人，避免了杀身之祸。这是李白一生中经常表达的所谓功成身退的思想。"

一说表达了李白希望及时行乐的情绪。马玮《李白诗歌赏析》："李白常常是个情绪化的诗人，情绪常常驱使着他恣意表达他彼时彼刻的所思所想。这首《行路难》其三，淡去了诗人骨子里执着的用世热情，借古人之事劝慰自己'且乐生前一杯酒'，不为身后千载之沽名，表达了他退隐朝野、及时行乐的意愿，情绪纯粹，表达通透。"

一说表现了李白对功名利禄的轻视。任访秋说："太白的思想同正始时期的作家很相近，不外是老庄方士，我们试就他的作品来看。……这种轻视功名利禄，而一味沉醉于醇酒妇人的颓废精神，不纯是受魏晋人的影响吗？"（《任访秋文集·未刊著作三种（下）》）

一说体现了李白"贵生爱身"的思想。李长之《李白传》："从'贵生爱身'的立场看，就觉得'名'很不必要，一则名是身外之物，根本不相干，二则有时名反为生与身之累。在《老子》中已经要提醒人'名与身孰亲'（四十四章）了，后来的道家根本不要名，所以才作隐士。以眼前的酒与身后的名比，李白也是宁要酒不要名的。"

这首诗的中间八句，曾被删去。《朱熹集·跋东坡书李杜诸公诗》："东坡此卷，考其印章，乃绍兴御府所藏，不知何故流落人间。捧玩再三，不胜敬叹。但其所写李白《行路难》，阙其中间八句，道元胥、屈原、陆机、李斯事者，此老不应有所遗忘，意其删去，必当有说。"又朱谏《李诗辨疑》也说："朱子尝谓东坡写此诗，中间节去八句，则以前四句与后四句合为一首，盖是之也。以今观之，似为简当，而意义又相续。中间八句，诚为堆叠，有犯诗家'点鬼录'之病，宜节而去之也。"

詹锳《李白诗文系年》辨析说："按中间八句，《文苑英华》已有之，绝非宋人妄增。东坡所写，不知何所据。"

望终南山寄紫阁隐者

出门见南山，引领意无限。
秀色难为名，苍翠日在眼。
有时白云起，天际自舒卷。

心中与之然，托兴每不浅。

何当造幽人，灭迹栖绝巘。①

【注释】

① 绝巘（yǎn）：高耸的山峰。《文选》卷三五张协《七命》："登绝巘，溯长风。"张铣注："绝巘，高峰也。"

【评析】

紫阁峰，为终南山一座山峰之名。《陕西通志》卷九"鄠县"叙述了它得名的缘由："紫阁峰在县东南，旭日射之，灿然而紫。其形上耸，若楼阁然。"王伯详、郁贤皓、安旗等认为，这首诗作于天宝三载（744），时李白在长安为翰林供奉，遭谗后有归隐之意。黄锡珪则认为作于天宝二年（743）夏（见《李太白年谱》）。

从诗题中我们不难看出，此诗为李白望见终南山之后，有所感而寄与隐居在紫阁峰的旧友，大致由三个部分组成，即眺望终南山、终南山美景万千、想到与友人偕隐。历来读者多从这三方面去阐发诗旨。

或以为诗歌的核心在于"望"字，诗中所有的景色和感慨都由此生发。王尧衢《古唐诗合解》："此望南山也。引领而望之，含意无限，此中便有深慕终南、乐于栖隐之意。秀色难于名状，苍翠日在眼前，不知山人幽趣更复如何？忽见天际白云无心舒卷，因思凡事有个舒卷，我无容心，与白云俱化矣。心既超脱，托兴每深，但何时得造紫阁峰前，与幽人相对，捐除尘事，灭迹云栖于孤峰之绝顶乎？"又周珽《唐诗选脉会通评林》引周明辅云："从题中'望'字发兴，语语清幽。心中与之然，妙处说不出。"

或以为诗歌的核心是"终南山"三字，终南山本是历来幽人隐居之所，诗人望见其秀色，自然萌发了栖隐之意。唐汝询《唐诗解》：
"此慕终南之胜，而有栖隐之意焉。言山色清幽，已足娱目，及睹白
云之舒卷，则此心与之俱化矣，宜其托兴不浅也，安得造彼幽人而与
之偕隐乎？"沈德潜《唐诗别裁集》："因白云舒卷，念及幽人。偕
隐之思，与之俱远。"他们认为，这首诗的重点在于表达李白对归隐
的向往。"山色秀越，举目怡然，白云舒卷，与心俱化。栖隐之志勃
如，得不思同调者与之屏迹乎？"（周珽《唐诗选脉会通评林》）

　　或以为诗歌的核心是"紫阁隐者"，诗人有旧友隐居于紫阁峰，
于是通过对终南山景色的描摹来表达对友人的思念之情。诗中所描绘
的舒卷之白云，以及所表达的企隐之意，都是为了衬托友人品性的高
洁。朱谏《李诗选注》说："当时有隐者居于终南紫阁之下，白与之有
旧，寄以此诗。……言引领而望，不独苍翠满目，而白云之舒卷者，
又契我心，我之托兴于此，亦不浅也。不知何时得造幽人之居，相与
遁迹于紫阁之峰巅，永弃乎人间事耶？"

下终南山过斛斯山人宿置酒

暮从碧山下，山月随人归。
却顾所来径，苍苍横翠微。①
相携及田家，童稚开荆扉。
绿竹入幽径，青萝拂行衣。
欢言得所憩，美酒聊共挥。②
长歌吟松风，曲尽河星稀。③
我醉君复乐，陶然共忘机。

【注释】

①翠微:青翠掩映的山峦深处。《尔雅·释山》:"未及上,翠微。"
郭璞注:"近上旁陂。"邢昺疏:"谓未及顶上,在旁陂陀之处,名翠微。
一说山气青缥色,故曰翠微也。"

②挥:举杯。《礼记·曲礼上》:"饮玉爵者弗挥。"郑玄注引何胤
云:"振去余酒曰挥。"

③松风:《风入松》,古乐府琴曲名。

【评析】

傍晚时分从青翠的终南山下来,山顶的明月一路陪伴着我。回望
走过的下山小道,已经淹没在黝黝苍苍的林海间。路上遇着斛斯山人,
他将我邀请到家中。小朋友高兴地打开院门,但见青萝吹拂,绿竹掩
映。晚上与山人高谈阔论,酣纵长歌,直至月明星稀。我们都陶醉于
这短暂的邂逅,忘却了尘世的种种烦忧。

诗写李白游终南山之后,下山途中与复姓斛斯的隐士相遇,然后
到其家中饮酒留宿。沈寅、朱昆《李诗直解》:"此下终南过隐士之
家,得酒共乐以忘机也。言天色已晚,从终南而下,幸皓月逐人归矣。
回顾所来之路,苍苍杳霭以横翠微之间也。相携到农家,童稚欢迎,
开荆扉以待,何情礼之兼至哉。门前绿竹入幽静之径,径上青萝拂行
人之衣。欢言得憩,美酒共挥,故乘兴长歌以吟松风之曲。曲尽更深,
而见河星之稀,我醉矣,君复乐,不知主之为主、客之为客也。陶然
相忘机心之外,而共游真率之天矣,今夜之宿不大可乐哉。"

全诗由三部分组成,即诗题中的"下终南山""过斛斯山人"与
"宿置酒"。唐汝询《唐诗解》:"此诗首述下山之景,次写田家之幽。
既得息足之所,则相与乐饮酣歌,望夜之久。遗世之情,且与山人俱
化矣。"王尧衢《古唐诗合解》:"首言下山时明月随人,回顾行来路

径，夜色苍苍，横于翠微之中矣。首四句，言下山时；次四句，此是过斛斯山人；末六句，此便写'宿置酒'。"

前人对这首诗的揄扬，主要来自两个方面。一是叙事有条理，结构严谨，能将诗题中所提及的下山、邂逅、饮酒三件事完整而清晰地展示出来。朱谏《李诗选注》："赋也。按此诗叙事有次第，词意简朴，音节清亮，描写景色有如画出。自老杜以下，王右丞或能企及，余则勉强妆点，而情与景亦反晦矣。"

一是语言的平淡流畅。"平平常常的事物，随随便便地写来，在一座绿色世界中（从碧山到松风），却又有诗人自己的真实感情在里面，故而末句的'陶然共忘机'，就觉得不是一种浮文套语。"（《金性尧注唐诗三百首》）

其语言的率真自然，多使人想到陶渊明。旧题严羽评点《李太白诗集》载明人评曰："绝似陶，真意宛然。"《唐宋诗醇》："此篇及《春日独酌》《春日醉起言志》等作，逼真渊明遗韵。"

李白在这首诗中所展示的鲜明个性，王夫之以为是"英气"："清旷中无英气，不可效陶，以此作视孟浩然，真山人诗尔。"（《唐诗评选》）沈德潜以为是"仙气"："太白山水诗亦带仙气。"（《唐诗别裁集》）

登太白峰

西上太白峰，夕阳穷登攀。[①]
太白与我语，为我开天关。[②]
愿乘泠风去，直出浮云间。
举手可近月，前行若无山。

一别武功去，何时复更还。③

【注释】

①夕阳：傍晚的太阳。一说指山的西部。《尔雅·释山》："山西曰夕阳，山东曰朝阳。"

②太白：即金星。《史记·天官书》："察日行以处太白之位。"司马贞索隐："太白晨出东方，曰启明，故察日行以处太白之位也。"张守节正义："《天官占》曰：太白者，西方金之精，白帝之子。"《录异记》卷七《异石》："金星之精，坠于终南圭峰之西，因号为太白山。"

③武功：山名，在今陕西省武功县南。

【评析】

这是李白在长安时期游太白山时所写下的作品。太白山，位于今陕西省眉县西南，南连武功山，是秦岭的著名秀峰，山势高峻，终年积雪，谚语说："武功太白，去天三百。"李白在许多诗中描写了太白山的高耸入云，如"太白和苍苍，星辰上森列。去天三百里，邈尔与世绝"（《古风》其五），"西当太白有鸟道"（《蜀道难》）等。

这首诗是化实为虚，写出了太白山的高峻。诗人说，他从太白山的西边登上了峰顶。在那里，他似乎可以与太白星倾耳交谈，也似乎可以乘着和风飘然飞升，穿过层云，直到月亮旁边。不过，当他幻想着御风飞升、神游太虚时，回头望见武功山，又不无眷念之情，想着何时才能够返回。

朱谏《李诗选注》说："李太白登太白峰而作。言西上太白之峰，于夕阳之时而尽登扳之力。太白之星，乃此山之精也，却与我语，为我而开乎天关，招我为物表之游。我欲御泠然之风，直出于浮云之间，而入乎天关也。举手近月，去天不远。向前若无山者，非无山也，虽有而不如此之高耳。武功与太白而相连，皆西土之名山也。今者一别武功而去，又何时而还，复得登此太白乎？"

站在峰顶，诗人为何想要乘风而去呢？一说只是单纯描绘太白山之高耸入云，"亦率胸臆而出，形容峰势之高，奇语独造"（《唐宋诗醇》）。《李白诗选注》也说："这首诗是李白即将离开长安时所作。诗人在高耸入云的太白峰顶，想象遨游太空与仙人共语的情景。'举手可近月，前行若无山'，反映出作者豪迈壮阔的胸怀。全诗构思新奇，具有浓厚的浪漫主义色彩。"

一说表达了李白思想上的苦闷。何国治说："李白于天宝元年（742）应诏入京时，可谓踌躇满志。但是，由于朝廷昏庸，权贵排斥，他的政治抱负根本无法实现，这使他感到惆怅与苦闷。这种心情就反映在《登太白峰》一诗上。"（萧涤非等《唐诗鉴赏辞典》）马玮也说："李白就发现所谓供奉翰林，就是做个以文学词章而备顾问的侍从，与他的政治抱负相距千里，李白为此苦闷不已。这首《登太白峰》借助上达天宇的瑰奇想象，曲折地反映了诗人对现实的不满和对理想世界的憧憬，颇富浪漫主义特色。"（《李白诗歌赏析》）

那么，诗人又为何欲去还留？或以为正表现了李白徘徊于出世与入世之间的矛盾心态。郁贤皓《李白全集注评》说："末二句突然转折，诗人思想又回到现实，此次离别武功，何时再能回来？反映出诗人出仕与入世的矛盾心情。"

或以为展示了李白的自信。赵昌平《李白诗选评》说："然而这点挫跌是挡不住青年李白的。人间的天门——宫门虽对我禁锁，昊天的大门却未必如此，因为我与此山一般是太白星精的化身。……山重峰峻，对于星精化身的'我'来说，又何足道哉？也因此，结语'一别武功去，何时更复还'就不仅是惆怅，更透现着一种不无自信的期盼。"

梁园吟

我浮黄河去京阙，挂席欲进波连山。
天长水阔厌远涉，访古始及平台间。①
平台为客忧思多，对酒遂作梁园歌。
却忆蓬池阮公咏，因吟渌水扬洪波。②
洪波浩荡迷旧国，路远西归安可得。
人生达命岂暇愁，且饮美酒登高楼。
平头奴子摇大扇，五月不热疑清秋。③
玉盘杨梅为君设，吴盐如花皎白雪。
持盐把酒但饮之，莫学夷齐事高洁。④
昔人豪贵信陵君，今人耕种信陵坟。
荒城虚照碧山月，古木尽入苍梧云。⑤
梁王宫阙今安在？枚马先归不相待。⑥
舞影歌声散渌池，空余汴水东流海。
沉吟此事泪满衣，黄金买醉未能归。
连呼五白行六博，分曹赌酒酣驰晖。⑦
歌且谣，意方远。
东山高卧时起来，欲济苍生未应晚。⑧

【注释】

① 平台：相传为春秋时鲁襄公十七年（前556）宋皇国父所筑，故址在今河南虞城。

② 阮公：指三国魏诗人阮籍。阮籍《咏怀诗》："徘徊蓬池上，还顾

72

望大梁。绿水扬洪波，旷野莽茫茫。"

③平头：头巾名。梁武帝《河中之水歌》："平头奴子擎履箱。"

④夷齐：伯夷、叔齐。

⑤苍梧：即今湖南宁远之九嶷山。《文选》卷二〇谢朓《新亭渚别范零陵云》："云去苍梧野，水还江汉流。"李善注引《归藏·启筮》："有白云出自苍梧，入于大梁。"

⑥枚马：指汉代辞赋家枚乘和司马相如。《汉书·枚乘传》："复游梁，梁客皆善属辞赋，乘尤高。"《汉书·司马相如传》："因病免，客游梁，得与诸侯游士居。"

⑦五白、六博：皆为古时的赌博游戏。

⑧"东山"二句：《世说新语·排调》："谢公在东山，朝命屡降而不动。后出为桓宣武司马，将发新亭，朝士咸出瞻送。高灵时为中丞，亦往相祖。先时，多少饮酒，因倚如醉，戏曰：'卿屡违朝旨，高卧东山，诸人每相与言：安石不肯出，将如苍生何！今亦苍生将如卿何？'谢笑而不答。"

【评析】

此诗又名《梁苑醉酒歌》。梁园，又名梁苑、菟园，汉梁孝王刘武所建，为其延宾与游赏之所，枚乘、司马相如、邹阳等均曾游乐其间，故址在今河南商丘南。《西京杂记》卷二："梁孝王好营宫室苑囿之乐，作曜华之宫，筑菟园……其诸宫相连，延亘数十里。"

此诗先自述行踪。李白离开长安后顺黄河浮舟而下，一度想挂云帆济沧海，因路途遥远而滞留于梁宋。此时诗人的心情十分郁闷，长安求仕的挫折使他耿耿于怀，梁园这座历史上有名的离宫，也不能带给他慰藉。梁园附近有蓬池，当年诗人阮籍郁郁不得志，途穷而哭。今日诗人亦仕途蹭蹬，壮志未申，他不甘心失败，但离长安越来越远，回去也越来越困难。但转念一想，人生短暂，如白驹过隙，还是应该随遇而安，去高楼饮酒作乐吧。阮籍之伤怀，实非达命者之所为。饮酒之乐，又岂是孜孜矻矻的伯夷、叔齐所能领悟。开怀畅饮之时，眼前的景色又使他伤感起来：富贵一时的信陵君，早无影无踪，连坟地都种上了庄稼；显赫一时的梁园也宾客消亡，歌舞散尽，唯有遗踪可寻。古时的有才之士，还能遇上信陵君和梁孝王，名扬天下。而自己却流落在外，壮志难酬，眼看着岁月的流逝，唯有靠六博之戏、纵酒作乐以化解心中郁闷。但诗人并没有绝望，他深信还有东山再起的机遇，如同谢安高卧，起济苍生未晚。

这首诗是李白离开长安后，东行至梁、宋而写。王琦以为诗歌作于天宝三载（744），其注《李太白全集·李太白年谱》："是去长安之后，即为梁、宋之游也。"高步瀛《唐宋诗举要》引吴汝纶曰："此乃浮河去京，东行过梁之作，篇中皆历尽兴衰及时行乐之旨。"复旦大学古典文学教研组《李白诗选》："这首诗是天宝三载李白离开长安后，和杜甫、高适同游大梁、宋州时的作品。"

郁贤皓说："按此诗当是开元二十一年（733）离开长安，舟行抵达梁园时作。"（《李白全集注评》）

安旗则认为作于开元十九年（731），"诸家均以为李白天宝初年入长安去朝后作，非是。李白曾多次游梁园，此系初游之作"（《新版李白全集编年注释》）。

曾国藩另立新说，以为是赴长安时路过梁园而作。其《求阙斋读书录》云："玩诗指，盖公溯黄河而西赴长安过梁园时怀古而作也。不知定在何时？或禄山未乱以前耳。"

朱谏认为此诗语无伦次，故曾加删减。其《李诗辨疑》说："此诗可疑者无伦次也。前十句辞顺而意正矣。'人生达命'八句意与上节不相蒙，辞欠纯。'昔人豪贵信陵君'八句，辞清而健，如云'荒城虚照碧山月，古木尽入苍梧云'‘舞影歌声散渌池，空余汴水东流海’皆为警句。至‘沉吟此事’八句，又驳杂而无意味。既无伦次而又驳杂，故可疑也。若节去‘人生达命’八句，则以前面十句、‘昔人豪贵信陵君’八句共为一首，则辞纯正，意义接续。譬之去玉上之污点，皎然之白自见也。节而释之，以俟知者再择焉。"

方东树则盛赞其意绪脉络，认为是超凡脱俗。其《昭昧詹言》云："《梁园吟》起四句叙。‘平台’二句入题情，正点一篇提局。‘却忆’句转放开展，用笔顿折浑转。‘平头’二句，酣恣肆放。‘玉盘’四句铺。‘昔人’数句，咏叹以足之，情文相生，情景相融，所谓兴会才情，忽然涌出花来者也；‘空余’句顿挫。‘沉吟’句转正意。太白亦自沉痛如此。其言神仙语，乃其高情所寄，实实有见。小儿子强欲学之，便有令人呕吐之意，读太白者辨之。因见梁园有阮公、信陵、梁王诸迹，今皆不见，足为凭吊感慨。他人万手，同知如此用意，而不解如此作法。此却从自己游历多愁说入，又自解不必如此。所谓借他人酒杯，浇自己垒块，死活仙凡，全在如此。寻常俗士但知正衍故实，以为咏古炫博，或叙后人议论，炫才识，而不知此凡笔也。此却以自己为经，偶触此地之事，借作指点慨叹，以发泄我之怀抱，全不专为此地考古迹、发议论起见。所谓以题为宾、为纬，于是实者全虚，凭空御风，飞行绝迹，超超乎仙界矣，脱离一切凡夫心胸识见矣。杜公《咏怀古迹》便是如此。解此可通之近体，一也。诗最忌段落太分明，读此可得音节转换及章法大规。"

春夜洛城闻笛

谁家玉笛暗飞声，散入春风满洛城。
此夜曲中闻折柳，何人不起故园情。①

【注释】

① 折柳：即汉乐府横吹曲《折杨柳》，多用以惜别怀远。

【评析】

洛城，即洛阳。一般认为，这首诗为开元二十三年（735）李白在洛阳而作，表达了他对故乡的思念之情。朱谏《李诗选注》："此白在于洛城之时，闻笛而思乡也。言谁吹笛声满洛城？笛有折柳之曲，乃送别之辞也。我之辞家亦久矣，夜闻此曲，谁无故园之情乎？"

这首诗的核心，一说是"闻"字。上两句写"闻笛声"之过程。诗人深夜独坐，正百无聊赖之际，忽听闻隐隐约约之笛声，精神一顿，仔细辨析，不知它从何而来，只感觉随春风而弥满洛城。王尧衢《古唐诗合解》："忽然闻笛，不知吹自谁家。因是夜闻，声在暗中飞也。笛声以风声而吹散，风声以笛声而远扬，于是洛城春夜遍闻风声，即遍闻笛声矣。"

沈祖棻《唐人七绝诗浅释》："前半写闻，后半写感。头两句'谁家''暗飞声'，写出'闻'时的精神状态，先听到飞声，踪迹它的来处，却又不知何人所吹，从何而来，所以说是暗中飞出。'东风'点时，'洛城'点地，'散入东风'应上'暗飞声'，照下'满洛城'。'满洛城'是夸张的写法，由己及人，充类至尽。由自己在城中某处听到暗暗地飘出的笛声，推而至于春风煦拂，遂使满城无处不闻。"

下两句写"闻笛声"之感受。所谓笛曲乃《折杨柳》,本是离别相思之曲,于是笛声勾起了诗人的乡国之情。但诗人偏不说他自己沉浸在思乡的情绪中,只是泛言在这样的氛围中,整个洛城谁不会滋生故园之情呢?王尧衢《古唐诗合解》:"折柳所以赠别,而笛调中有《折杨柳》一曲。闻折柳而伤别,故情切乎故园。本是自我起情,却说闻者'何人不起',岂人人有别情乎?只为'散入春风',满城听得耳。"沈寅、朱昆《李诗直解》:"此夜曲中,闻有折柳之腔,而遥思故乡,杨柳长条,已堪攀折矣。当此春光逆旅,何人不起故乡之情哉?"

一说诗歌的核心是"折柳"两字。宋宗元《网师园唐诗笺》:"'折柳'二字为通首关键。"熊礼汇《李白诗》:"诗通篇都写笛声动人,表达的是诗人闻笛的思乡之感。曲名《折柳》,乃诗中关键。"

在"闻笛"诗中,李白这首《春夜洛城闻笛》备受称赞。"唐人作闻笛诗每有韵致,如太白散逸潇洒者不复见"(敖英《唐诗绝句类选》),"下句下字炉锤工妙,却如信笔直写。后来闻笛诗,谁复出此?真绝调也"(宋顾乐《唐人万首绝句选评》)。

前人多喜欢将它与同题材之作进行比较。如与李白自己的《与史郎中钦听黄鹤楼上吹笛》进行比较。朱宝莹《诗式》:"此首闻笛与前首听笛(即《与史郎中钦听黄鹤楼上吹笛》)异。听笛者知在黄鹤楼上,故有心听之也;闻笛者不知何处,无意闻知也。"近藤元粹《李太白诗醇》引潘稼堂曰:"此与《黄鹤楼》诗异:《黄鹤楼》是思归而又闻笛,此是闻笛而始思归也。因笛中有《折柳》之曲,忽忆此时柳真堪折,春而未归,能不念故国也?"

如与杜甫七律《吹笛》比较。《唐宋诗醇》:"与杜甫《吹笛》七律同意,但彼结句与黄鹤楼绝句出以变化,不见用事之迹,此诗并不翻新,深情自见,亦异曲同工也。"

如与贯休《闻笛》诗比较。俞陛云《诗境浅说续编》："春宵人静，闻笛韵悠扬，已引人幽绪。及聆其曲调，为阳关折柳，不禁黯然动乡国之思。昔柳依依送客，为唱阳关三叠。翠袖支颐，红牙按拍，觉怨入落花。当其境者，固辄唤奈何！闻其声者，亦不胜离思也。释贯休《闻笛》诗云：'霜月夜徘徊，楼中羌笛催。晓风吹不尽，江上落残梅。'同是风前闻笛，太白诗有磊落之气，贯休诗得蕴藉之神，大家、名家之别，正在虚处会之。"

襄阳歌

落日欲没岘山西，倒着接䍦花下迷。[①]
襄阳小儿齐拍手，拦街争唱白铜鞮。[②]
傍人借问笑何事，笑杀山公醉似泥。
鸬鹚杓，鹦鹉杯。[③]
百年三万六千日，一日须倾三百杯。
遥看汉水鸭头绿，恰似葡萄初酦醅。[④]
此江若变作春酒，垒曲便筑糟丘台。[⑤]
千金骏马换小妾，笑坐雕鞍歌落梅。[⑥]
车旁侧挂一壶酒，凤笙龙管行相催。
咸阳市中叹黄犬，何如月下倾金罍。[⑦]
君不见晋朝羊公一片石，龟龙剥落生莓苔。[⑧]
泪亦不能为之堕，心亦不能为之哀。
清风朗月不用一钱买，玉山自倒非人推。
舒州杓，力士铛，李白与尔同死生。[⑨]

78

襄王云雨今安在，江水东流猿夜声。

【注释】

①岘（xiàn）山：在今湖北省襄阳市南。《元和郡县志》："岘山，在县东南九里，山东临汉水，古今大路。"接䍦（lí）：一种帽子。《襄阳耆旧记》载，晋朝山简镇守襄阳时，每到习池，就大醉而归。襄阳城流传歌谣："山公何所去，往至高阳池。日夕倒载归，酩酊无所知。时时能骑马，倒着白接䍦。"

②白铜鞮（dī）：南朝襄阳流行童谣"襄阳白铜蹄，反缚扬州儿"，后据以制曲，改为"白铜鞮"。

③鸬鹚杓（sháo）：形如鸬鹚颈的长柄酒杓。鸬鹚，水鸟，俗名鱼鹰。鹦鹉杯：一种酒杯。《太平广记》卷四六引《岭表录异》："鹦鹉螺，旋尖处屈而朱，如鹦鹉嘴，故以为名。壳上青绿斑。大者可受二升，壳内光莹如云母，装为酒杯，奇而可玩。"《琅嬛记》引《谢氏诗源》："金母召群仙宴于赤水……坐有碧金鹦鹉杯、白玉鸬鹚杓，杯干则杓自挹，欲饮则杯自举。"

④酦醅（pō pēi）：重酿而尚未滤过的酒。

⑤糟丘台：酒糟堆成的山丘高台。《论衡·语增篇》："纣沈湎于酒，以糟为丘，以酒为池。"

⑥"千金"句：《独异志》："后魏曹彰性倜傥，偶逢骏马爱之，其主所惜也。彰曰：'予有美妾可换，惟君所选。'马主因指一妓，彰遂换之。"

⑦"咸阳"句：用秦相李斯被杀事。《史记·李斯列传》："斯出狱，与其中子俱执，顾谓其中子曰：'吾欲与若复牵黄犬俱出上蔡东门逐狡兔，岂可得乎？'遂父子相哭，而夷三族。"罍（léi）：酒器。

⑧龟龙：古时碑石下的石刻动物，形似龟。

⑨舒州杓：舒州（今安徽潜山）出产的杓。铛（chēng）：一种温酒器具。

【评析】

　　夕阳就要沉没于岘山之西，我戴着山公的帽子在花下喝得醉眼迷离。襄阳的小孩们一起拍着手，在大街上拦着我高声唱着《白铜鞮》。路过的人们问他们所笑何事，原来是我醉得如山简一样东倒西歪。提起鸬鹚杓，就要把酒杯斟满；举起鹦鹉杯，就要开怀畅饮。人生百年，不过三万六千天，一天应该畅饮三百杯才算尽兴。绿如鸭头的汉水，在我眼中恰似刚刚酿好还未过滤的葡萄酒，如果真能将它们变成一江春酒，我就在江边垒上酒糟台，过上携妓载酒、弦歌作乐的风流生活，笑坐在雕鞍上，高唱着《梅花落》，车旁挂着一壶酒，在凤笙龙笛的伴奏中出游。遥想当年，富贵之极的李斯还不是落得腰斩咸阳的下场，连带着儿子出上蔡去打猎的想法都无法实现，哪里比得上我在月下自由自在地喝酒？为纪念羊祜而树立的堕泪碑早已剥离，如今谁还会为他流泪？江水东流，日夜不息，所谓巫山云雨也纯属荒诞不经，惟有清风明月，不用花钱就可以尽情地永远享用。我要端起舒州杓，擎着力士铛，喝个酩酊大醉，然后如玉山一样倒在清风朗月之下，听着夜猿阵阵悲啼。

　　这首诗曾被视为乐府，《乐府诗集·杂曲歌辞》收录此诗，朱谏《李诗选注》说："按《襄阳歌》亦为乐府之曲，故《唐书》志于礼乐卷内，于古乐府宜为一类。"但今存李白诗集各版本均将此诗置于"歌吟"等古体下。郁贤皓说："此乃李白即地怀古之歌吟体作品。"（《李白全集注评》）

　　这首诗极力描绘饮酒之乐，或以为充分展示了李白的旷达、洒脱。沈寅、朱昆《李诗直解》："此白负才不偶，故纵饮放旷。言万事皆虚，独酒为真也。……襄王云雨亦当日之幻梦耳，今安在哉？是权势声色，皆付之流水，而猿声之夜啼也。惟此三百杯之倾为实用。"熊礼汇《李白诗》："诗用此句（清风朗月不用一钱买，玉山自倒非人推）描写饮者生活的情趣，衬写古人功业、声名、欢乐的灰飞烟灭，实能显出饮者李白的豪迈、洒脱。"

或以为表达了李白怀才不遇的悲愤。郁贤皓《李白全集注评》："全诗反映纵酒行乐的生活以及蔑视功名富贵的思想，表现出初入长安功业无成所产生的悲愤情绪。"薛天纬《李白诗选》："此诗借狂饮宣泄胸中郁闷，颓废的外表下掩藏着难言的悲凉。"

或以为流露出了及时行乐的消极情绪。复旦大学古典文学教研组《李白诗选》："诗中突出地表现了纵酒放诞、及时行乐的颓废生活和思想，也表现了功名富贵不能长在的看法。"詹锳《李白全集校注汇释集评》："诗中表现出对功名富贵的蔑视，也流露了人生无常、及时行乐的思想情绪。"

江夏别宋之悌 [①]

楚水清若空，遥将碧海通。[②]
人分千里外，兴在一杯中。
谷鸟吟晴日，江猿啸晚风。
平生不下泪，于此泣无穷。

【注释】

①江夏：唐县名，治所在今湖北省武汉市武昌区。宋之悌：初唐诗人宋之问之弟，李白友人。

② 楚水：指汉水汇入之后的一段长江水。

【评析】

楚天的江水清澄透亮，缓缓东去，历经万里征途，终将汇融于遥远的碧海。友人也将渡海而去，远行千里之外。两人从此天各一方，为千山万水所阻隔，但我们的友情并不会因此受到丝毫影响，就好比江水与海水也会相通。离别之际，无数安慰的话语涌上心头，却又不知道如何开口，那就把它们化在这一杯酒中吧。我所想说的话，其实你也知道，重新提起那些伤心的事情只能增加一些感慨唏嘘而已，还是珍惜这眼前的美景吧，享受这美好的相聚时刻。你听，窗外传来阵阵布谷鸟欢快的叫声，晴朗的天空里，它们也在呼朋引伴，尽情展示婉转的歌喉。夕阳西下，晚风徐徐，又传来清猿的啸鸣。如此良辰美景，怎能不令人沉醉？只是想到酒醒之后，晓风残月之中，朋友茕茕孑立，形影相吊，独自一人浪迹天涯，将离别当作等闲之事的诗人也会潸然泪下。

这首诗为李白在江夏与宋之悌分别时所作，如朱谏《李诗选注》所言：“此李白于江夏别宋之悌，言楚水至清，望之若空，似无水者，遥遥东流，通于碧海。君将顺流而下，分离于千里之外，眷眷之情，惟此一杯之内，君可不自尽其兴以相欢乎？当此分别之时，谷鸟吟乎晴日，江猿啸乎晚风，景物凄凉，增吾感慨，虽以平生之刚肠，不能不自痛也。临歧下泪，岂有穷乎？”

又沈寅、朱昆《李诗直解》亦言：“此别宋之悌而甚言情之无已也。今我相别之地，楚水轻空，远与碧海相通。人固分于千里之外，兴则尽于一杯之中。迁谷之鸟，遇晴日而催吟；江岸之猿，至晚风而哀啸。此时此景，有难为情者。平生于离别，未尝下泪，于此则泣之无穷，而握手恋恋，何忍分哉！”

由于诗歌最后两句情感格外凄恻，历来文人多据此认为它是李白晚年被流放夜郎途经江夏时所作。如朱谏《李诗选注》说："白与之悌必所亲厚，患难流离，易于感受。白过江夏，乃窜夜郎之时所经之地，故其情如此。"唐汝询《唐诗解》也说："水如碧天，似足寄情，故尔我虽有千里之别，聊尽一杯之兴。又况鸟之吟、猿之啸，皆不恶也。于是乐极哀来，乖离生感，忽不觉涕之淫淫耳。其在夜郎流放之时欤！"

据《旧唐书·宋之悌传》，开元中宋之悌自右羽林将军出为益州刺史、剑南节度采访使，寻迁太原尹。近年来，郁贤皓《李白丛考·李白诗〈江夏别宋之悌〉系年辩误》又据《元和姓纂》等书，考证出宋之悌为宋若思之父。开元二十二年（734）前后，宋之悌贬官朱鸢（古属安南都护府交趾郡，今属越南河内），途经江夏，与李白相遇而饮，李白当即写下此诗。

此外，"人分千里外，兴在一杯中"两句也颇为引人注目。胡应麟认为它与高适的"功名万里外，心事一杯中"两句虽然意思相同，但风格更为飘逸。《诗薮·内编》："太白'人分千里外，兴在一杯中'，达夫'功名万里外，心事一杯中'，甚类。然高虽浑厚易到，李则超逸入神。"

胡震亨则认为它们都是从庾抱的"悲生万里外，恨起一杯中"两句化来，艺术成就并无高低之分。《唐音癸签》："太白'人分千里外，兴在一杯中'，达夫'功名万里外，心事一杯中'，似皆从庾抱之'悲生万里外，恨起一杯中'来。而达夫较厚，太白较逸，并未易轩轾。"

今人马茂元《唐诗选》辨析说："'功名万里外，心事一杯中'虽从庾抱诗化出，然气象不侔。庾诗单言一'恨'字，高诗意气盘礴。……又李白有句'人分千里外，兴在一杯中'，亦从庾诗化出，则化恨愁为逸兴，专从反面作文章。谪仙之于骅骝，其卓异擅胜处不同，于此亦可见一斑。"

将进酒

君不见黄河之水天上来，奔流到海不复回。
君不见高堂明镜悲白发，朝如青丝暮成雪。
人生得意须尽欢，莫使金樽空对月。
天生我材必有用，千金散尽还复来。
烹羊宰牛且为乐，会须一饮三百杯。[①]
岑夫子，丹丘生，将进酒，杯莫停。[②]
与君歌一曲，请君为我倾耳听。
钟鼓馔玉不足贵，但愿长醉不复醒。
古来圣贤皆寂寞，惟有饮者留其名。
陈王昔时宴平乐，斗酒十千恣欢谑。[③]
主人何为言少钱，径须沽取对君酌。
五花马，千金裘，呼儿将出换美酒，与尔同销万古愁。[④]

【注释】

① 烹羊宰牛：指置办丰盛的酒宴。曹植《箜篌引》："中厨办丰膳，烹羊宰肥牛。"

② 岑夫子：当指岑勋。丹丘生：当指元丹丘。

③ 陈王：三国时魏国的曹植，因封于陈（今河南淮阳）一带，死后谥"思"，世称陈王或陈思王。其《名都篇》："归来宴平乐，美酒斗十千。"平乐：观名，汉明帝所建，位于洛阳西门外。

④ 五花马：毛色为五色花纹的马。一说剪马鬃分成五瓣花纹的马。

【评析】

《将进酒》原是汉乐府短箫铙歌的曲调，古人多用来颂扬武功以美君德，李白借用古词"将进酒，乘大白"之意以写眼前燕饮之乐。诗人开端即言人有生则必有死，正如黄河之水从天而来，一泻千里，势不可回。由此联想到人既生之后，未死之前，美好光阴能有几时？昨日黄发少年，转瞬之间就成为皓首老翁。人生本来颇为短暂，由青春而衰老似乎只是朝暮间事，得意之日就应当分外珍惜，就应当纵情欢乐，而纵情欢乐的最好方式就是饮酒。世间拘泥迂腐之人，虽有千金而吝惜不用，一朝散去，亦如黄河之水。金钱只是阿堵物，有去必有来，不用不见其多，用也不见其少。上天既然赋予我有用之才，何愁千金之不复来？饮酒之至乐，就是痛饮，就是豪气干云，一饮三百杯，而不是大摆筵席，装腔作势。因此不妨将钟鼓馔玉之富贵都换作饮酒之资，日日痛饮，"长醉不复醒"，自然就会忘却人生易老的烦忧。日日饮酒至老死而化为酒糟，才是人生最畅快之事。前代圣贤之士，日日孜孜矻矻，犹有所不足，生前不饮，身后何其寂寞。惟有饮者，生前快乐，而旷达之名垂千载之下，至今人们犹津津乐道，称誉不已。陈思王曹植恣肆欢谑，何其快哉。我们也当倾囊而出，即便千金散尽，更当不惜将出名贵宝物——"五花马""千金裘"来换取美酒，图个一醉方休。

这首诗的主旨，或以为是劝酒之辞，表达及时行乐的情怀。王尧衢《古唐诗合解》："通篇主意是劝人及时为乐，尽兴饮酒。连用两个'君不见'，是提醒人语。以黄河水为兴，高堂白发为承。黄河之水来自天上，其势奔趋到海而止，不能复回天上，犹之人生有死，死安得生？至于光阴无几，高堂明镜之中，朝青丝而暮白发。君能见此，则得意之日尽宜欢笑，以倒金樽于月下。若复错过，是枉此金樽而空对月也矣。"

或以为是自慰，借旷达之辞写怀才不遇之慨。"此怀才不遇，托于酒以自放也。首以河流起兴，言以河之发源昆仑，尚入海不返。以人之年貌，倏然而改，非若河之回也，而可不饮乎？难得者时，易收者金，又可惜费乎？我友当悟此而进酒矣，我试为君歌之。夫我所谓行乐者，非欲罗钟鼓、列玉馔，以称快也，但愿醉以适志耳。观古圣贤皆已寂寞，惟饮者之名独存，若陈王之宴平乐，非游于酒人乎？何千秋之名皎皎也。酒既不可废，则不当计有无，虽以裘、马易之可也。不然，何以销此穷愁哉？旷达如此，而以销愁终之，自有不得已之情在。"（唐汝询《唐诗解》）"此篇虽任放达，而抱才不遇，亦自慰解之词也。"（沈寅、朱昆《李诗直解》）

今人多以为它表达了诗人迷茫与矛盾的心态。"这诗慨叹'古来圣贤皆寂寞'，表现出一种鄙弃世俗、蔑视富贵的傲岸精神。但由于作者缺乏正面的社会理想，内心矛盾无法解决，因而诗中流露有人生短暂、及时行乐的消极情绪。"（马茂元《唐诗选》）"诗中表现的思想，一面是虚无消沉，想在长醉中了却一切；一面又很自负，对现实像有所期待。这种矛盾，几乎是李白诗歌中的一个特征。"（蘅塘退士选，金性尧注，金文男辑评《唐诗三百首》）

这首诗的创作时间，多以为是天宝十一载（752），时李白在嵩山友人元丹丘处。安旗以为李白作于开元二十四年（736）。"《将进酒》一诗，前此诸家亦多以为天宝年间去朝之后作，非。综观李集，初入长安以前作品，很少感慨，更无牢骚；待诏翰林被斥去朝以后，伤心备至，牢骚特甚。……太白此时虽逾而立，未届不惑，亦觉来日方长，尚属大有可为。故每于感慨欷歔之际，犹能自慰解。此种思想感情发而为诗，自然形成明暗交错、悲欢杂糅之特点。此种特点之诗，求之

开元前期不可得，求之天宝年亦不可得，实非此期莫属。"（《新版李白全集编年注释》）

王运熙、杨明等以为作于天宝初年。"此诗当是天宝初作于梁宋、东鲁一带。诗有'五花马，千金裘，呼儿将出换美酒'之句，是写当时实际情况。'儿'，即李白称其子或女。"（《关于李白〈蜀道难〉〈将进酒〉〈梁甫吟〉〈远别离〉的写作年代》）

赠孟浩然

吾爱孟夫子，风流天下闻。
红颜弃轩冕，白首卧松云。①
醉月频中圣，迷花不事君。②
高山安可仰，徒此揖清芬。③

【注释】

① 红颜：指年轻的时候。轩冕：旧时官员的车乘和冕服，这里指官位爵禄。

② 中圣：中圣人的简称，即醉酒。《三国志·魏书·徐邈传》："时科酒禁，而（徐）邈私饮，至于沉醉。校事赵达问以曹事，邈曰：'中圣人。'……度辽将军鲜于辅进曰：'平日醉客，谓酒清者为圣人，浊者为贤人。'"

③ 高山：品格高尚，令人敬仰。《诗经·小雅·车辖》："高山仰止，景行行止。"

【评析】

我所仰慕的孟夫子，风流儒雅闻名于天下。他年纪轻轻就鄙弃了功名富贵，在达官贵人的车马冠服与高人隐士的松风白云之间选取了后者，直到白头依然不改其节。沉醉酣饮，皓月之下常常把酒临风；不事王侯，清闲之时则流连花草。他高洁的品格如高山那样不可企及，我唯有赞叹揖拜不已。

这首诗的主旨，大多认为是赞美孟浩然的高隐。唐汝询《唐诗解》："此美孟之高隐也。言夫子之风流，所以能闻天下者，以少无宦情、老不改节也。彼其'醉月''迷花'，高尚不仕，正如高山非可仰而及者，我惟一揖清芬为幸耳。"沈寅、朱昆《李诗直解》也说："此言孟浩然之风流而赞其隐德之清高也。吾爱孟夫子之风流，天下闻矣。少之时，弃轩冕而不仕；老之时，卧松云而固隐。惟隐则身闲而得以流连花月之中，故醉月常病于酒，迷花不事其君。此之品望，正风流之衰表者，令人起高山仰止之思，而徒此以揖清芬也，吾安得不爱耶？"

也有人提出，李白在称赞孟浩然之清高的同时，也含有惋惜之意。如喻守真《唐诗三百首详析》："此诗主意，全在'风流'二字。少弃轩冕，老隐松云，醉月中圣，迷花不仕，都是诗人风流本色。太白此诗，推崇浩然备至。读去虽全是爱慕之意，而弦外之音，未免惜其不遇。"

还有人指出，李白对孟浩然的推崇，正反映出他自身的追求与情怀。复旦大学古典文学教研组《李白诗选》："本篇赞美孟浩然不愿出仕、醉酒隐居的性格和生活，表现了诗人思想中傲岸出世的一面。"熊礼汇《李白诗选》："李白在诗中表达了自己对孟浩然的喜爱、景仰之意，所说'爱'者、'仰'者，实为孟氏之志行美、人格美、风度美、情趣美。显然，蕴含在孟氏人生境界之中的，是一种以自重、自得、自由为核心内容的人生艺术精神。李白欣赏这一点、仰慕这一点，正反映出其人生取向和孟浩然契合的一面。"

这首诗的中间两联，谢榛认为有重复之弊。其《四溟诗话》说："凡作诗文，或有两句一意，此文势相贯，宜乎双用。……若别更一句，便非一联造物矣。至于太白《赠孟浩然》诗，前云'红颜弃轩冕'，后云'迷花不事君'，两联意颇相似。刘文房《灵祐上人故居》诗，既云'几日浮生哭故人'，又云'雨花垂泪共沾巾'，此与太白同病。兴到而成，失于检点。意重一联，其势使然；两联意重，法不可从。"

郁贤皓认为，两联是从不同角度在进行描写。其《李白全集注评》辨析说："'红颜'与'白首'对举，概括从青壮年到晚年的生涯，从纵的方面写；'醉月'与'迷花'对举，概括隐居生活，从横的方面写；而'弃轩冕''不事君'是风流的核心，如果没有'弃轩冕''不事君'，那么'卧松云''醉月''迷花'就显示不出高洁和脱俗，所以这两联的深意是耐人咀嚼的。前人多批评此两联诗意重复，失于检点，其实这是从两个不同角度描写的。"

客中作

兰陵美酒郁金香，玉碗盛来琥珀光。①
但使主人能醉客，不知何处是他乡。

【注释】

① 兰陵：古县名，在今山东省枣庄市。《元和郡县图志》卷一一"河

南沂州承县":"兰陵县城,在县东六十里。《史记》曰:荀卿以儒者适楚,春申君以为兰陵令,因家焉。"郁金香:一种香草,传说用以浸酒,浸后酒色金黄。《水经注·温水》引应劭《地理风俗记》曰:"郁,芳草也,百草之华,煮以合酿黑黍,以降神者也。或说今郁金香是也。"又《梁书·中天竺国传》载:"郁金独出罽宾国,华色正黄而细,与芙蓉华里被莲者相似。国人先取以上佛寺,积日香槁,乃粪去之。贾人从寺中征雇,以转卖与他国也。"

【评析】

诗题《客中作》,诸本或为《客中行》。这首诗的主旨有两说。一说扣住首句之"美酒",以为这是一首咏酒的诗,抒写诗人即使身在他乡,也为兰陵美酒所陶醉。沈寅、朱昆《李诗直解》:"此客中得美酒而忘其为异乡人也。言兰陵之地有美酒,以郁金香草煮之,而酒亦香矣。玉碗白也,以此酒盛来,益显沉红之色,而若琥珀光也。但使此地之主人,有美酒以醉客,不知何处是他乡,而忘其为家矣。虽在客中,亦得以为荣也。"郁贤皓《李白全集注评》也说:"此诗前二句极力形容兰陵酒的美:有郁金香的芬芳,琥珀般的透明色彩。后二句谓只须有此美酒酣醉,虽在客中,亦得以为乐,不觉身在他乡作客矣。"

一说扣住诗题之"客中"两字,以为这是一首咏怀的诗篇,抒写诗人虽有美酒相伴,却依然无法忘却流落他乡之凄苦。诗歌看起来洋溢着欢乐的情绪,骨子里却满是凄凉。李锳《诗法易简录》:"首二句极言酒之美,第三句以'能醉客'紧承'美酒',点醒'客中',末句作旷达语,而作客之苦,愈觉沉痛。"又沈德潜《唐诗别裁集》:"强作宽解之词。"黄叔灿《唐诗笺注》:"借酒以遣客怀,本色语,却极情致。"应时《李诗纬》:"虽是太白本色语,却中寄慨叹。"以上诸说，都以为李白此诗意在抒写客愁。

一说扣住第三句"主人"两字，以为这是一首讽刺之诗，抒写诗人身在异乡、遭受冷落之慨叹。近藤元粹《李太白诗醇》引潘稼堂曰："起句下三字，气之美；次句七字，色之美。太白高兴人，三、四但就高兴一边说，而不高兴一边已隐在内。欲说客中苦况，故说有美酒而无人；然不说不能醉客之主人，偏说'主人能醉客'，而以'但使'二字。皮里春秋，若非题是《客中行》，几被先生迷杀。"周珽《删补唐诗选脉笺释会通评林》引吴山民曰："题曰《客中行》，便有不满主人意。"朱谏《李诗选注》也说："此白在山东时而作此诗也，不知所谓主人者复何人耳。"

一般认为这首诗为李白在开元年间作于东鲁，唯独唐汝询以为是李白晚年流放时所作，即诗人酒酣耳热之后，将流放夜郎视为作客他乡。《唐诗解》："酒美如此，得醉即忘其为客矣。流放之余，恬然自适。虽曰狂奴故态，要是逐臣美谈。"

五月东鲁行答汶上翁 ①

五月梅始黄，蚕凋桑柘空。②
鲁人重织作，机杼鸣帘栊。③
顾余不及仕，学剑来山东。
举鞭访前途，获笑汶上翁。
下愚忽壮士，未足论穷通。
我以一箭书，能取聊城功。④
终然不受赏，羞与时人同。

西归去直道，落日昏阴虹。⑤
此去尔勿言，甘心如转蓬。

【注释】

① 东鲁：指初唐时由鲁郡改置的兖州，在今山东曲阜一带。汶：汶水，即大汶河，在山东境内。

② 桑柘：桑树与柘树，其叶子均可用来饲蚕。

③ 机杼：织布机上的主件，这里指代织布机。栊：窗上棂木，指代窗户。

④ "我以"二句：典出《史记·鲁仲连邹阳列传》。战国时燕将攻占了齐国聊城，因遭谗言而不敢回国。后来齐国田单进攻聊城，历时一年未能收复。鲁仲连就写了一封信缚在箭上，射进城内，告诉燕将这样死守无济于事。燕将看到信后就自杀了，聊城也被田单收复了。齐王要封鲁仲连官爵，被他拒绝。

⑤ 阴虹：指蜺，相传虹由雄性的虹和雌性的蜺组成。多喻指佞臣。

【评析】

诗人先描绘了他到东鲁时的印象和感受。五月梅子由青转黄，桑柘叶被采摘一空，北方原野一片繁忙，到处是轧轧的机杼声。诗人扬鞭催马，漫游至此，那里忙碌的人们对他的闲适十分不解。但诗人认为，汲汲于富贵、孜孜于功名并不是他的目标。他希望如鲁仲连那样建立功勋，却不受封赏。既然爱官如命的世人无法理解他的想法，他宁愿像飞蓬那样失意飘转。

这首诗究竟是李白何时所作呢？诗歌的主旨又如何呢？一说作于开元二十三年（735），诗人对功名富贵极为鄙夷。刘忆萱、王玉璋《李白诗选讲》："此诗是李白于开元二十三年（735），初至东鲁时所作。十年前他抱着一鸣惊人的理想，离开故乡，漫游荆襄、洞庭、维扬等地，复折回云梦，从此'酒隐安陆，蹉跎十年'。李白这次来东鲁，目的是学剑。东鲁是孔子的故里，礼教传统观念特别浓厚。当地一般读死书的儒生，必然劝李白参加科举考试，谋取功名富贵。然而鄙视科举、不同流俗的诗人李白，却以高傲的态度回答了他们的劝告，这就是本篇的中心内容。"

一说是此诗作于开元二十四年（736），诗人对未来充满信心。《咏鲁诗选注》认为："这首诗，当作于唐玄宗李隆基开元二十四年（公元736年）李白初到东鲁时，这年，他已三十五岁了。虽然书剑飘零，生计如转蓬，愿为帝王辅弼，使'寰区大定，海县清一'（李白《代寿山答孟少府移文书》）的政治理想也没有实现，但气概还是很豪迈的，抱负更是非凡。"《李白诗选注》："开元二十四年（736），李白初到东鲁。这首诗借对嘲笑他不及早做官的汶上翁的回答，表示不为利禄所动，决心寻师访友，增长才干，以实现自己的宿愿。"

一说作于开元二十七年（739）。郁贤皓《李白选集》："此诗前人多谓开元二十七年（739）前后移家东鲁时所作。近年来或以'西归去直道'句谓乃天宝元年自东鲁入京前之诗。其实一本无此二句，故仍当为开元二十七年之作近是。"

一说作于开元二十八年（740）。安旗《新版李白全集编年注释》详细考证说："李白移居东鲁事，王琦以'游齐鲁岁月不可详考'，姑系于开元二十三年（735）避太原之后。詹锳以'是年秋间白尚在太原，王说恐误'，改系开元二十四年（736）。《李白在安陆》一书则系于开元二十五年（737）。以上诸说均无确证，故移居东鲁时间，尚可拟议。今按，杜甫省亲兖州，漫避齐赵，诸家皆定为开元二十四年（736）至二十八年（740）。李白移居东鲁果如上述，则二人同在东鲁当有四五年之久。且杜甫'东郡趋庭'之地，'南楼纵目'之地，'题张氏隐居'之地……亦即李白寓居及往来之地。二人数年之间竟不相闻问，殊不可解，故疑李白移居东鲁不与杜甫同时。又按李白二十四年秋始自太原归来，二十五年闲居安陆，二十六年及二十七年远游江淮，似皆未曾移居东鲁。故将此事改系本年。"

嘲鲁儒^①

鲁叟谈五经，白发死章句。^②
问以经济策，茫如坠烟雾。^③
足着远游履，首戴方山巾。^④
缓步从直道，未行先起尘。
秦家丞相府，不重褒衣人。^⑤
君非叔孙通，与我本殊伦。^⑥
时事且未达，归耕汶水滨。

【注释】

①鲁儒：鲁地的儒生。鲁，春秋时鲁国，在今山东省南部。

②鲁叟：指鲁儒。五经：五部儒家经典，即《诗》《书》《礼》《易》《春秋》。

③经济：经世济民。《晋书·殷浩传》："足下沉识淹长，思综通练，起而明之，足以经济。"策：方略，策略。茫：茫然，模糊不清的样子。

④方山巾：古儒者所戴的软帽，原为汉代祭祀宗庙时乐舞者所戴。《后汉书·舆服志》："方山冠，似进贤（冠），以五彩縠为之。祠宗庙，《大予》《八佾》《四时》《五行》乐人服之，冠衣各如其行方之色而舞焉。"

⑤秦家丞相：指李斯。褒衣：古代儒生穿的一种宽大的衣服。

⑥叔孙通：西汉初年薛地（今山东省滕州市）人。《史记·叔孙通列传》载：汉高祖刘邦即位后，叔孙通到故乡召集一批儒生，去为刘邦制定朝廷礼仪。当时有两个儒生不肯去，认为不合古制。叔孙通便讥笑他们"鄙儒，不知时变"。

【评析】

鲁地的老儒谈论起五经来，眉飞色舞，滔滔不绝。他们平时的一举一动，也是那么严谨方正：脚下穿着远游的文履，头上戴着方方的头巾，不紧不慢地走在笔直的大道上。实际上，这些人都是装模作样，外强中干，读书只会死记硬背，直到白发苍苍依然不通世务，一旦向他们询问经世济民的策略，就两眼茫然，不知所措。秦朝丞相李斯，早就不任用褒衣博带的儒生了。这些人对当世要务一无所知，与我根本不是一类人，既然无法如叔孙通那样达于时变，还不如回到汶水边上去种田。

李白的这首诗，或以为生动地刻画出了腐儒的形象。旧题严羽评点《李太白诗集》："腐儒光景，形容逼肖。"《唐诗归》谭元春评前四句云："说得愦愦有趣。此句与'如苍蝇声'，皆善状小夫，足见此老聪明，旷观世人心眼。"黄周星《唐诗快》："'足着'四语，画出迂腐小像。鲁儒在焉，呼之或出。"

或以为对儒生的批评过于犀利，脱离了事实，有以偏概全之嫌。或者说，李白诗中所讥讽的，并非真的儒士。朱谏《李诗辨疑》："嘲诮太过，不究其实。彼窃儒之名，则中乎白之所讥也。"《唐宋诗醇》："儒不可轻。若死于章句而不达时事，则貌为儒而已。汉宣帝所谓'俗儒不达时宜'，叔孙通所谓'鄙儒'，施之此人则可矣；不然，以儒为戏，岂可训哉？"

那么李白为何会写出这样的诗句呢？一说是为了回击他所遭受

的嘲笑。"李白第一次漫游东鲁时，曾受到当地儒生们的嘲笑。这首诗是他所作的回击。李白在这首诗中，对儒生们不知时变、死守章句的迂腐思想进行了批判。"（十三所高等院校古代文学教材协作会议《古代文学作品选》）"李白这些抒愤懑、发牢骚的诗，自然很不讨人喜欢；他平日一些不拘小节的行为，想必也遭人非议；特别是李白给他儿子取个名字叫伯禽，更使他显得是个怪物。……李白这些言行不免给他招来一些明枪暗箭，这些明枪暗箭在他脑子里逐渐变成了一个古代儒生的形象。"（安旗《李白纵横探》）

一说是李白思想中长期固有的想法。"他是天才、浪子、道人、神仙、豪侠、隐士、酒徒、色鬼、革命家。这一切的特性，都集合地在他的诗歌里表现出来。他的脑中有无限的理想，但任何理想都不能使他满足，他追求无限的超越，追求最不平凡的存在。他的感情变动得非常迅速，他能领略人生及自然界的种种滋味，他厌恶现实的鄙俗与规律的束缚。他把孔孟那一般人，看作是礼教的奴隶，是人间的笨汉。……这些方巾气十足的秀才儒生，他当然是看不上眼。就是那食蕨的夷齐，挨饿的颜回，他觉得也无多大意义。他所要求的是现世的纵欲享乐。"（刘大杰《中国文学发展史》）

东鲁门泛舟二首（选一）①

其一

日落沙明天倒开，波摇石动水萦回。
轻舟泛月寻溪转，疑是山阴雪后来。②

【注释】

① 东鲁门：即鲁郡城东门，在今山东省济宁市兖州区。《明一统志》卷二三："东鲁门在兖州府城东。"

② 山阴：今浙江绍兴。《世说新语·任诞》："王子猷居山阴，夜大雪，眠觉，开室，命酌酒，四望皎然。因起彷徨，咏左思《招隐诗》。忽忆戴安道。时戴在剡，即便夜乘小船就之。经宿方至，造门不前而返。人问其故，王曰：'吾本乘兴而行，兴尽而返，何必见戴？'"

【评析】

采莲南塘，泛舟月下，总让人记起江南水乡，记起婉转的歌喉、悠悠的笛声。但在儒雅的齐鲁大地，在孔夫子的故乡曲阜，在桃花盛开的时候，月下泛舟，又会是怎样的一番情形呢？李白在诗中描写道，落日返照，沙洲明亮，余晖倒映水中，如天空倒开。东鲁门的河水萦绕回旋，水波荡漾摇动，引得山石的倒影也轻轻随之晃动。月亮升起来了，船儿在粼粼波光中缓缓前行，船中之人飘飘然，仿佛来到了江南。

这首诗的特色，多以为在绘景之如画。近藤元粹《李太白诗醇》引谢枋得云："缀景之妙，窈然入玄。"敖英《唐诗绝句类选》："此诗缀景之妙，如画中神品，气韵生动，宥然入微。"吴修坞《唐诗续评》："前二句写景极着意，后便写得流利，此章法也。"

具体而言，李白这首诗在绘景方面又有什么特殊之处呢？一说胜在采用了特殊的视角。"第一首是从细处着眼，写诗人从一特殊视角见到的景象，如首句所写'天倒开'，即是因目睹蓝天、白云倒映水中而产生的想象。……'摇'固是实写所见，'石动'实乃波、水激荡石堤之石使人产生的错觉。"（熊礼汇《李白诗选》）

一说胜在抓住了景物的典型特征。"首句写日落时沙洲和天空的倒影,次句写波摇水回而造成的'石动'错觉。这两句由于抓住了景物的典型特征,融入了诗人的主观感受,形象地再现了大自然的风光,妙趣横生。"(祝鸿杰、曹文彪《李白诗精华》)

一说胜在实境与虚景的结合。"这首七绝写诗人在东鲁门外月下泛舟的情景,表现的是一种空灵的境界和清雅的兴致。诗中并未直接写月色如何,而是通过写月下景物的历历可见和诗人的美好感受来衬托月色的明朗。那沙滩、溪流、石头都是月下实景,而'雪后来',却是诗人身临其境所触发的想象之词。两者结合在一起,更显得景色优美。"(蔡守湘等《历代山水名胜诗选》)

此外,有赞叹第三句转折之妙者,如朱宝莹《诗式》:"开首两句言泛舟时景,一句平直叙起,一句从容承之。三句宛转变化,始见工夫。"郁贤皓《李白全集注评》:"第三句才点到题,已到了月夜泛舟。月光照射水面,小舟轻盈飘游,似乎泛着月光前进。"

有称赞情景交融者,如沈寅、朱昆《李诗直解》:"此东鲁门泛舟又缀其景也。言日落沙明,而余光映水,若天之倒开也。波摇则石似动,而水复萦回,其间驾轻舟,泛明月,寻溪之弯曲而转。此时心爽神怡,恍若山阴雪后而来,而情与景,两相适也。"《艾治平解读名诗》:"这首小诗,表里澄澈,清水芙蓉,不染纤尘。写景抒情,随意点染,悠悠闲澹。"

有解析末句用典之妙者,如周啸天说:"这里的用典之妙,在于自如,在于信手拈来,因而用之,借其一端,发挥出无尽的诗意。典故的活用,原是李白七绝的特长之一。此诗在艺术上的成功与此是分不开的,不特因为写景入妙。"(萧涤非等《唐诗鉴赏辞典》)

游泰山六首（选一）

其一

四月上泰山，石平御道开。[①]
六龙过万壑，涧谷随萦回。[②]
马迹绕碧峰，于今满青苔。
飞流洒绝巘，水急松声哀。
北眺崿嶂奇，倾崖向东摧。[③]
洞门闭石扇，地底兴云雷。
登高望蓬瀛，想象金银台。
天门一长啸，万里清风来。
玉女四五人，飘飘下九垓。
含笑引素手，遗我流霞杯。
稽首再拜之，自愧非仙才。
旷然小宇宙，弃世何悠哉。

【注释】

①"石平"句：《旧唐书·玄宗纪》开元十三年十月，"辛酉，东封泰山，发自东都。十一月丙戌，至兖州岱宗顿。丁亥，致斋于行宫。己丑，日南至，备法驾登山，仗卫罗列岳下百余里。诏行从留于谷口，上与宰臣、礼官升山。庚寅，祀昊天上帝于上坛，有司祀五帝百神于下坛"。

②六龙：天子之车驾六马。马八尺称龙。刘歆《遂初赋》："总六龙于驷房兮，奉华盖于帝侧。"

③崿嶂：峰峦。

【评析】

四月我来攀登泰山，沿着玄宗皇帝东封泰山时所开凿的御道向前行进。当年皇帝的车驾翻越了千山万壑，仪仗随员挤满了弯曲的涧道。山道上留下的马蹄痕迹，如今长满了青苔。瀑布从悬崖飞流直下，巨大的声响掩盖了阵阵松涛。向北眺望，峰峦奇崛，峭壁东倾，洞门紧闭，云雷滚滚。登上高处，仿佛看见东海仙山缥缈，金银台风光旖旎。来到南天门仰天长啸，万里清风，飒然而至。四五位美丽的仙女，飘然从九天而下。她们对我嫣然一笑，送给我一杯仙酒。我稽首再拜，自愧恐非成仙之才，但此时心胸无比开阔，视宇宙如芥子，直欲摒弃世务，洒然而去。

这组诗一题作《天宝元年四月从故御道上泰山》，故当为李白于天宝元年（742）四月登泰山时所作。前人或扣住诗题"游泰山"之"游"字，将这首诗视为纪游诗，以为诗人最终所传达的是隐遁之思。如唐汝询《唐诗解》："此纪泰山之胜而有遗世之意也。首言明皇登封，曾于石屏之傍以开御道，骋六龙于壑谷之间。今其马迹犹存，而苍苔已满，转目皆空花矣。我但历览泉石之奇秀，又登高以望海中神山，长啸生风，玉女来下，旷然视宇宙为小，又何难遗尘世哉。"

或扣住开篇所云"上泰山"之"上"字，将这首诗视为登高之作，抒发旷远之怀，其主旨从《孟子》所言"孔子登东山而小鲁，登泰山而小天下"演化而来，如近藤元粹《李太白诗醇》："气格雄浑，足与泰山为敌。一结狂放，自《孟子·东山》章来。"

或着眼于"金银台"等语词，将这首诗视为游仙之作，表达对神仙世界的向往，其主旨从郭璞《游仙诗》而来，如吴昌祺《删订唐诗解》有云："此等诗笔力矫健，亦从景纯《游仙》来。"朱谏《李诗选注》解析："言登泰山之高处，东望蓬莱与瀛州，而想象金银之台，仙家境界，恍然若见也。倚山中之天门，以舒长啸，万里清风，飒然而来，却遇玉女数人，自天而降，含笑引手以相招，遗我以流霞之杯、金浆玉液，欲以使吾之长生也。我乃稽首再拜而受之，自愧尘俗，恐非仙才，有孤指引之意。且泰山之境，石洞天门，旷然中开别有一小乾坤也，我将弃世从仙此中，悠然而自适矣。"

或将登览与游仙融为一体，如沈寅、朱崑《李诗直解》云："登泰山而小天下兼存游仙之意也。四月上泰山，至玄宗御道之间。昔日驾六龙以过万壑，而涧谷亦随为萦回。所至之马迹，绕于碧峰，于今青苔满矣。飞流之水，洒绝巇而为瀑布，水声助松声以哀鸣也。北望崿嶂甚奇，倾崖又向东摧。我今之来也，石壁之洞门不复开，只见云雷兴于地底耳。及登高以望蓬莱瀛海，徒想象金银台而不得至也。天门长啸，而和风自万里来矣。幸玉人四五人，飘飘下九垓，见我若有意，含笑引纤纤之素手，遗我以流霞之杯，知我之善饮而好玉液也。我稽首再拜而谢之，自愧形慢神秽，恐非仙才也。不觉旷然小宇宙，而脱落尘世之心，何悠悠以长哉！我今在泰山，日望玉女与之盘桓耳。"

今人或称颂诗人善于刻画山水，塑造意境。"这首五古生动地描写了泰山奇伟壮丽的自然景色，而'天门一长啸，万里清风来'之句，更是以开阔杳远的意境，显出诗人高旷豁朗的襟怀。"（山东社会科学院语言文学研究所《咏鲁诗选注》）

或关注李白对理想世界的向往。"在这里，优美的形象，动人的情节，构成了朦胧的诗的意境，荡漾着浓厚的抒情气氛。结尾处诗人感叹道：'旷然小宇宙，弃世何悠哉。'表达了他梦寐以求的理想。"（刘忆萱、王玉璋《李白诗选讲》）

南陵别儿童入京

白酒新熟山中归，黄鸡啄黍秋正肥。
呼童烹鸡酌白酒，儿女嬉笑牵人衣。
高歌取醉欲自慰，起舞落日争光辉。
游说万乘苦不早，著鞭跨马涉远道。
会稽愚妇轻买臣，余亦辞家西入秦。^①
仰天大笑出门去，我辈岂是蓬蒿人。

【注释】

①西入秦：从南陵动身西行至长安。秦，指唐时首都长安，春秋时期为秦地。

【评析】

这首诗有三处争议。一是诗题所言之"南陵"究竟在哪里，亦即李白从何处入京。旧多以为"南陵"即今安徽省南陵县。葛景春、刘崇德《李白由东鲁入京考》提出异议，理由有两点：首先是天宝初年李白并未寄家宣州南陵，此间他的儿女也没有离开东鲁；其次是诗中之内容与宣州南陵的江南风物多不相符，黄鸡啄黍，应是中原风光。黍属粟类，产在黄河流域，而江南主要产稻米。此后安旗《李白东鲁寓家地考》经过调研考证，指出诗中的南陵可能是曲阜城陵南庄。竺岳兵《南陵考辨》又认为南陵就是位于今天大汶口附近的"阙城陵"。

丁放《天宝初年李白奉诏入京地再考辨》力主旧说，主要理由有：首先，李白其他诸诗中提及的"南陵"都在安徽。其次，唐人写江南风物，经常提及"黍"。第三，依据乾隆《曲阜县志》来推测南陵的位置，是不可靠的。第四，李白在天宝初年可能置家南陵。

二是对"游说万乘苦不早"一句的理解，亦即李白是否"奉诏"入京。朱谏《李诗选注》解释说："我今流浪于江乡，恒为庸人之哂鄙，然而天生我材，未必无用，我将辞家西入京师，庶几有知我者。"看来，他并未认为此刻李白已经被征召。郁贤皓力主"奉诏"之说，"正因为他是奉诏进京，所以对前途充满信心。虽说是'游说万乘苦不早'，不无遗憾，但现在终于能'著鞭跨马''西入秦'，自以为实现抱负的时机到了。"（《李白丛考》）

但今人多认为李白曾两入长安，那么李白此次入京是否奉诏，就需要更多的证据了。"可能另有一次关内之行。也可能由南陵入京但为求仕并非应诏，在关内经过一番曲折然后才在某处应诏入宫。这也是个谜，迄今尚无人把它解开，做出一种既能自圆其说又令人信服的解释。"（裴斐《李白的传奇与史实》）

三是对"会稽愚妇"的诠释，亦即李白感觉被谁轻视。朱谏曾将之解释为"庸人"，郑国铨也说："李白把那些目光短浅轻视自己的世俗小人比作'会稽愚妇'，而自比朱买臣，以为像朱买臣一样，西去长安就可青云直上了。"（萧涤非等《唐诗鉴赏辞典》）

今人多以"会稽愚妇"指刘氏。郭沫若说："这位刘氏可能是李白在天宝元年游江东时的结合，结合不久便离异了，在《南陵别儿童入京》中，所大骂的'会稽愚妇'应该就是这个刘氏。"（《李白与杜甫》）葛景春等人也解释说："细揣此诗意思，当是李白又娶，只是这个女子对李白并不大了解，羞于李白不能取得功名，遂有轻李白之意，因此李白骂她是'会稽愚妇'。"（《李白由东鲁入京考》）

詹锳《谈李白〈南陵别儿童入京〉》还进一步解释了李白这首诗为何原来的诗题是《古意》："把刘氏喻为'会稽愚妇'，李白可能心有未安，于是用了《古意》这个诗题，以示这不是当时的事。而且这首诗里入京前的踌躇满志之态也表现得太露骨。题作《古意》暗示是仿造古诗的用意来设想的，不是实写。所以殷璠在天宝十二载编成的《河岳英灵集》中选入此诗，就题作《古意》。这是《古意》诗题的来源。"

宫中行乐词八首（选三）

奉诏作五言

其一

小小生金屋，盈盈在紫微。①
山花插宝髻，石竹绣罗衣。②
每出深宫里，常随步辇归。③
只愁歌舞散，化作彩云飞。

【注释】

① 小小：年少时。《文选》卷二九《古诗十九首》："盈盈楼上女，皎皎当窗牖。"李善注："《广雅》曰：嬴，容也。'盈'与'嬴'同，古字通。"《文选》卷二四陆机《答贾长渊》："往践蕃朝，来步紫微。"李善注："紫微，至尊所居。"吕向注："紫微，天子宫也。"

② 石竹：花草名。王琦注《李太白全集》卷五云："石竹，乃草花中之纤细者，枝叶青翠，花色红紫，状同剪刻，人多植作盆盎之玩。或以为即药品中之瞿麦，未详是否。"

③ 步辇：古代皇家所乘的代步工具。《文选》卷一班固《西都赋》："乘茵步辇，惟所息晏。"李善注："应劭《汉官仪》曰：皇后、婕妤乘

辇，余皆以茵，四人舆以行。"

【评析】

这组诗见录于《乐府诗集》卷八二《近代曲辞四》。孟棨《本事诗·高逸》载："（玄宗）尝因宫人行乐，谓高力士曰：'对此良辰美景，岂可独以声伎为娱？倘时得逸才词人吟咏之，可以夸耀于后。'遂命召白。时宁王邀白饮酒，已醉。既至，拜舞颓然。上知其薄声律，谓非所长，命为《宫中行乐》五言律诗十首。白顿首曰：'宁王赐臣酒，今已醉。倘陛下赐臣无畏，始可尽臣薄技。'上曰：'可。'即遣二内臣掖扶之，命研墨濡笔以授之，又令二人张朱丝栏于其前。白取笔抒思，略不停缀，十篇立就，更无加点。笔迹遒利，风跱龙拏。律度对属，无不精绝。"王定保《唐摭言》载："开元中，李翰林白应诏草《白莲花开序》及《宫词》十首，时方大醉，中贵人以水沃之，稍醒，白于御前索笔一挥，文不加点。"

詹锳对此深表怀疑，其《李白诗文系年》辨析："按二书所记可疑点有四：一、宁王卒于开元二十九年十一月（见《旧唐书·让皇帝宪传》）。《本事诗》谓宁王邀白饮酒，《唐摭言》称开元中李翰林应诏云云，皆与天宝中入翰林之说不合。二、《敦煌残卷·唐诗选》录前三首，题作《宫中三章》，下云'皇帝侍文李白'。《才调集》汇今本第三、七、八三首，合称《宫中行乐三首》，又另集其余称《紫宫乐五首》。三、《本事诗》称首篇曰'柳色黄金嫩'，今本'柳色黄金嫩'之诗列为第二首，敦煌残卷列为第三首，《才调集》列为《紫宫乐》第三首。四、《唐摭言》所谓《白莲花开序》，当是《泛白莲池序》之误。因序既与宫词十首为同时所作，而是时方在仲春，莲花断不能开。据此，二书所记多系传闻，未可尽信也。"

关于第一首的主旨，历来有两种截然对立的说法，关键在于对

"只愁歌舞散，化作彩云飞"的理解存在着极大差异。一说两句表现了宫女之忧愁，她对未来充满了忧虑。朱谏《李诗选注》云："旧说此词白奉诏而作也。言宫中之人自小生于金屋之内，列于帝座之傍，宝髻插花，罗衣绣竹，出深宫，随步辇。从君王以游乐，其乐固无涯也。但恐歌舞一散，化作彩云，倏忽之间即飘扬而泯灭，不得常随步辇以近清光，永同此乐耳。暂随行乐，不蒙恩宠，则其望幸之意可知矣。"

一说"愁"为旁观者之愁，担心宫女化作彩云飞走，借以称颂她舞姿之轻盈。郁贤皓说："这是一首五律，写一位年幼的宫女……尾联从侧面写宫女的神采，暗示她能歌善舞，担心歌舞散后，她也化作彩云飞走了。"（《李白全集注评》）

此外，还有读者将之视为艳词，如《瀛奎律髓汇评》引纪昀曰："结用'巫山'事无痕。"或视为讽喻之作，如施补华《岘佣说诗》："太白'汉宫谁第一，飞燕在昭阳''只愁歌舞散，化作彩云飞'，皆讥明皇、杨妃事，何等婉曲。"

其二

柳色黄金嫩，梨花白雪香。
玉楼巢翡翠，珠殿锁鸳鸯。[①]
选妓随雕辇，征歌出洞房。[②]
宫中谁第一，飞燕在昭阳。[③]

【注释】

①翡翠：鸟名。《楚辞·招魂》："翡翠珠被。"王逸注："雄曰翡，雌曰翠。"

②妓：指歌女，舞女。雕辇：有雕饰彩画的辇车。

③ 昭阳：汉宫殿名。《三辅黄图》："成帝赵皇后居昭阳殿……有女弟，俱为婕妤。"

【评析】

春天到了，杨柳嫩芽如黄金，梨花盛开似白雪。宫中楼殿之上，翡翠结巢；殿前池水之中，鸳鸯嬉戏。在这风和日丽的日子，皇上挑选能歌善舞的宫人随辇出游。六宫之中，谁歌舞最为出色呢？当然是昭阳殿中的赵飞燕。

这首诗的主旨，一说单纯描绘宫中之行乐。朱谏《李诗选注》："言宫中春暖之时，花柳鲜明而禽鸟和乐，楼殿之间皆可游玩。于是选宫人之有技艺而善于歌曲者，召之从行以同燕游。然六宫之内，三千之众，谁为第一人乎？乃赵飞燕之居于昭阳殿者为第一也。是宜与之从行而同乐焉。"吴昌祺《删订唐诗解》："唐以祸水况太真，恐非作者意。诗只言美而承宠也。"应时《李诗纬》："葱倩可观，六句总是行乐。"

一说谏唐玄宗，劝其不要沉湎美色、独宠贵妃。沈寅、朱昆《李诗直解》："此诗侈言唐宫行乐之情景，而寓讽谏之意也。言唐宫之中，当此春和景明，柳条弄色，如黄金之嫩；梨花开放，如白雪更香。玉楼金殿，正好延贤之地。今且无暇，而巢翡翠，锁鸳鸯，以女子居之也。选妓女之妍者，以随雕辇，征歌声之佳者以出洞房，是讽唐不好德而好色，不听雅乐而听郑声也。宫中谁为第一？而唐贵妃之美，若飞燕之在昭阳。盖欲讽玄宗以古为鉴，知飞燕之为汉祸，而不惑溺于杨妃也。"

唐汝询《唐诗解》亦曰："此刺明皇之独宠杨妃也。言花木禽鸟遍乎宫掖，极游观之美矣。又选妓征歌以自随娱心者，无非声色。然后庭之中谁最专房乎？独昭阳之飞燕耳。青莲每以飞燕比太真，卒起力士之谮，果以无心得罪乎？曰：否也。祸水灭汉，聚麀乱唐，太白取喻固自不浅。”

一说专咏杨贵妃，喻其为祸水。沈德潜《唐诗别裁集》："连下首专咏贵妃，言下有祸水灭汉之意。"旧题严羽评点《李太白诗集》："此及前首皆专咏杨妃。"《李诗选》引梅鼎祚曰："微刺贵妃，何止《清平》一调。"

其三

卢橘为秦树，蒲桃出汉宫。①
烟花宜落日，丝管醉春风。
笛奏龙吟水，箫鸣凤下空。
君王多乐事，还与万方同。

【注释】

①卢橘：金柑。《本草纲目·果之二》："此橘生时青卢色，黄熟则如金，故有金橘、卢橘之名。"蒲桃：即葡萄。《史记·大宛列传》："宛左右以蒲陶为酒，富人藏酒至万余石，久者数十岁不败。俗嗜酒，马嗜苜蓿。汉使取其实来，于是天子始种苜蓿、蒲陶肥饶地。及天马多，外国使来众，则离宫别观旁尽种蒲萄、苜蓿极望。"

【评析】

皇家林苑中种着金橘、葡萄等来自各地的奇珍异果，春风骀荡，烟花迷蒙，夕阳西下，丝管齐鸣。羌笛悠扬如见龙吟出水，箫管婉转似引凤凰来集。不要说君王多游乐之事，如今天下太平，正是他与民同乐。

诗歌的主旨，历来以为是讽谏君王不能只顾自己享受，要与民同乐。朱谏《李诗选注》曰:"言行乐之处有卢橘焉。卢橘本生于仙境,今乃为秦地之树矣。有葡萄焉。葡萄本生于西域,今乃为汉宫之物矣。烟花明媚而宜于落日,弦管和鸣而醉于春风。笛韵有若龙吟,箫声感乎鸣凤。宫中行乐,其乐多矣。岂可以独乐乎?必将推及于万方,使人人各得其所而与吾民同此乐焉,可也。又曰:按乐事与万方同,与孟子雪宫之对相似,是亦讽谏之意也。"

沈寅、朱昆《李诗直解》说:"此咏唐宫之景,而讽其与民同乐也。言唐宫中有卢橘,为秦时之树,蒲萄又出汉宫之中。春日烟花浓艳,偏宜落日;梨园丝管清溺,堪醉春风;笛之奏矣,龙吟水中;箫之鸣矣,凤下长空。此阳春艳丽之际,君王赏心以多乐事,古云:独乐不若与人,还与民偕乐,以睹万方之欢娱,使天下平康,则乐益无疆矣。"

今人亦有称颂之说,以为李白此诗并无多少规讽之意。"此诗最后一句,通行本多作'还与万方同',疑是后人所改。……太白此诗,乃讽谕君王沉醉深宫乐事,不必巡狩,为离宫别馆之苦辛事。鲍照《芜城赋》有'同辇之愉乐,离宫之苦辛',可见对于君王嫔妃而言,出行离宫,也是辛苦的事情。所以'君王多乐事,何必向回中',盖婉而多讽也。作'还与万方同',看似立意正大,更有气象,实际上只是堂皇的表面话,并非真正的讽谏。后人作此等语,实多客气、假象,失太白之真切。"(钱志熙、刘青海《李白诗选》)"要说这类诗歌有'讽'意的话,那也真像汉代的辞赋一样,只是'劝百讽一'。李白像汉代的辞赋家一样,对帝王的乐事加以颂扬,未必有多少讽谏的用意。"(周勋初《李白评传》)

在艺术形式方面,唐汝询称赞其起承转合,有章法。《唐诗解》:"此以大乐讽天子也。言苑囿声乐足称巨丽,君岂独享此乐乎?当与万方共之耳。托讽之意昭然。按此诗句法互有开合,如以葡橘发端,而以烟花承之，是开而合也。以丝管起下，而以箫笛分对，是合而开也。说者以起伏开合独许工部，我未敢信。"吴昌祺不以为然，其《删订唐诗解》："唐（汝询）以三承一、二，四起五、六，殊不必也，删之。诸诗大都复出，但为宫中所奏耳。"

清平调词三首

其一

云想衣裳花想容，春风拂槛露华浓。①
若非群玉山头见，会向瑶台月下逢。②

【注释】

①　槛：栏杆。露华浓：牡丹花泛着露珠更显浓丽。

②　群玉、瑶台：传说皆为西王母所住之地。《穆天子传》："癸巳，至于群玉之山。"郭璞注："即《西山经》玉山，西王母所居者。"《太平御览》引《登真隐诀》："昆仑瑶台，是西王母之宫，所谓西瑶上台。"

【评析】

这组诗收录于《乐府诗集·近代曲辞》，题原阙"词"字，为李白于天宝初年入长安供奉翰林时所作。李濬《松窗杂录》载："开元中，禁中初重木芍药，即今牡丹也。……得四本，红、紫、浅红、通白者，上因移植于兴庆池东沉香亭前。会花方繁开，上乘月夜，召太真妃以步辇从。诏特选梨园子弟中尤者，得乐十六色。李龟年以歌擅一时之名，手捧檀板，押众乐前，欲歌之，上曰：'赏名花，对妃子，焉用旧乐词为！'遂命龟年持金花笺，宣赐翰林学士李白，进《清平调词》三章。白欣承诏旨，犹苦宿醒未解，因援笔赋之。……龟年遽以词进，上命梨园子弟约略调抚丝竹，遂促龟年以歌。"

一般认为，第一首是写杨贵妃之艳丽动人。徐增则以为其写唐玄宗对杨贵妃之宠爱，眼中所见、心中所想皆是贵妃。其《而庵说唐诗》云："此首言唐皇之宠爱妃子，一刻不得暂离左右，若无一处而非妃子者。……'云想衣裳花想容'一句，当作四顿读。'云想衣裳'，言唐皇见云即想妃子之衣裳。'花想容'，言唐皇见花即想妃子之容貌。'春风拂槛'承上'云'字来，'露华浓'承上'花'字来。夫云得风则愈见其轻扬，即无云在，有风便可想云来；花得露则愈觉其鲜妍，即无花在，有露亦可想出花来，而况真有云、有花在也。较首句更深一层。此句须略重花上。风拂，喻妃子之摇曳；露浓，喻君思之郑重。唐皇宠爱妃子，觉无处不是妃子。云也是妃子，花也是妃子。即风也是妃子，露也是妃子。即无处不同妃子。若非群玉山头见云，即于瑶台月下逢花，总是极形容君王、妃子一步不离也。"王尧衢《古唐诗合解》说："此首言唐皇之宠爱妃子，若无处得离妃者，故见云而想妃子之衣裳艳丽，见花而想妃子之容色娇好也。"

首句之"想"，多以为是"联想""想象"之义，为全诗核心，因此全诗的大意可以理解为：唐明皇看到天上的云彩，就想起杨贵妃漂亮的衣裳；看见盛开的花朵，就想到杨贵妃娇好的容颜。飘浮的白云因风的吹舞而轻扬，即使无云也可想见风的姿态；花因露水的滋润而更加鲜妍，即使眼前无花，有露水也可想象花的娇容。贵妃的国色天姿，则不是可以想象出来的，她本非人间所有，若非群玉山头见之，则当瑶台月下才能相逢。故黄叔灿《唐诗笺注》说："此首咏太真，着二'想'字妙。次句人接不出，却映花说，是'想'字之魂。'春风拂槛'想其绰约，'露华浓'想其芳艳，脱胎烘染，化工笔也。"

但也有论者以为"想"字即作"如""像"解，是眼前所见之杨贵妃容颜如花、衣服似云。吴昌祺《删订唐诗解》："愚谓首句李言衣如云，容如花，用倒装句法加'想'字则超矣。即指目前，非未得之谓。此章止言太真。"复旦大学出版社古典文学研究室《李白诗选》说："以云比喻杨贵妃衣裳的华贵，以花比喻她容颜的美丽。"

至于后两句群玉山与瑶台殿所见所逢，也有两种看法。一说是仙子。唐汝询《唐诗解》："言明皇思得美人，见云而想其衣，见花而想其貌。春风滴露之际，良不胜情矣。若此之女，非群玉之王母，即瑶台之佚妃，人间岂易睹乎？盖谓未得太真时也。"

一说为杨贵妃。沈寅、朱昆《李诗直解》："此词极美其容貌而比之以仙也。言云之华彩想其衣裳，花之艳丽，想其容色，而妃之国色天姿不可以想象为真也。当春风而拂槛，玩之露华之中，花之娇媚，倍为浓至，而妃如是矣。此岂人间之所有哉？若非群玉山头见之，则瑶台月下逢耳。真王母天妃之属也，而可易言哉！"朱谏《李诗选注》："言其衣服容貌之美，于此春日花开之时，侍宴于沉香亭上。秀丽绝人之姿出于尘表，宛若群玉山头之王母与瑶台月下之仙娥也。"

其二

一枝红艳露凝香，云雨巫山枉断肠。[①]
借问汉宫谁得似，可怜飞燕倚新妆。[②]

【注释】

① 云雨巫山：传说中巫山神女与楚王欢会的神话故事。宋玉《高唐赋》载，楚王游高唐，梦一女子前来幽会，曰："妾在巫山之阳，高丘之阻，旦为朝云，暮为行雨，朝朝暮暮，阳台之下。"

② 飞燕：赵飞燕。初为阳阿公主家歌女，因貌美能歌舞，为汉成帝

所爱，立为皇后。后被废为庶人，自杀。

【评析】

第二首多以为表面咏牡丹，实咏杨贵妃。诗人对于杨贵妃的态度，有"微讽"与"褒扬"两说，分歧主要集中在对"枉断肠"与"飞燕倚新妆"的理解上。

"微讽"说以为赵飞燕本为红颜祸水，巫山云雨又属荒诞不经之梦，李白以之相比拟，实含讽谏之意。近藤元粹《李太白诗醇》引谢枋得说："以巫山夜梦，昭阳祸水入调，盖微讽之也。"沈寅、朱昆《李诗直解》说："此词赞其美而寓讽刺之意也。言一枝浓艳之花，露华凝之，而天香喷发。今妃子亦非凡品，巫山神女始足当之，云雨之行，枉断肠矣。又以后来之国色拟之，借问汉宫谁得似乎？飞燕之美而倚新妆，愈觉其佳冶，故汉帝爱而怜之宜矣。此白以巫山妖梦，昭阳祸水，微文隐讽，风人之旨也。又枉断肠者，讥其必不能令终，使异日不能忘情，是枉断肠矣。谪仙抑具先见之明欤？"

而《松窗杂录》所载之逸事也似乎验证了这一说法："会高力士终以脱乌皮六缝为深耻。异日，太真妃重吟前词，力士戏曰：'始谓妃子怨李白深入骨髓，何反拳拳如是？'太真妃因惊曰：'何翰林学士能辱人如斯？'力士曰：'以飞燕指妃子，是贱之甚矣。'"

萧士赟也赞同"讽刺"之说，不过他认为"枉断肠"者，不是唐玄宗而是寿王。其《分类补注李太白诗》："传者谓力士指摘飞燕之事以激怒贵妃，予谓使力士而知书，则'云雨巫山'岂不尤甚乎！《高唐赋序》谓神女常荐先王以枕席矣。后序文曰'襄王复梦遇焉'。此云'枉断肠'者，亦讥其曾为寿王妃，使寿王而未能忘情，是'枉断肠'矣。诗人比事引兴，深切著明，特读者以为常事而忽之耳。"

萧氏的这一说法，遭到诸多驳斥。或以为李白写诗不会这样着意而显露痕迹，旧题严羽评点《李太白诗集》载明人批语说："此首一仙一人，'巫山'作寿王解，太着迹，只是谓神女下如耳。贬仙褒人，亦非有意。大抵兴趣有余，随便凑来，头头是道。"

或以为李白是醉中写诗，可能没有想到这些。唐汝询《唐诗解》："此言既得贵妃而果有如花之容，觉襄王云雨之梦为徒劳矣，吾想汉宫谁可似者，必飞燕新妆而倚差为可怜，其他无足齿也。萧注谓神女刺明皇之聚麀，飞燕讥贵妃之微贱。意太白醉中应诏，想不到此。"

或以为李白不可能如此愚蠢狂妄，奉诏作诗而当面讥讽唐玄宗与杨贵妃。王琦注《李太白全集》："力士之谮恶矣，萧氏所解则尤甚。而揆之太白起草之时，则安有是哉！巫山云雨、汉宫飞燕，唐人用之已为数见不鲜之典实。若如二子之说，巫山一事只可以喻聚淫之艳冶，飞燕一事只可以喻微贱之宫娃。外此皆非所直言，何三唐诸子初不以此为忌耶？古来'新台''艾豭'诸作，言而无忌者，大抵出自野人之口，若《清平调》是奉诏而作，非其比也。乃敢以宫闱暗昧之事、君上所讳言者而微辞隐喻之，将蕲君知之耶？亦不蕲君知之耶？如其不知，言亦何益？如其知之，是批龙之逆鳞而履虎尾也。非至愚极妄之人，当不为此。又太真入宫，至此时几将十载，斯时即有忠君爱主之亲臣，亦只以成事不说，既往不咎，付之无可奈何，而谓新进如太白者，顾托之无益之空言而期君之一悟，何其下智之甚哉！"

"褒扬"说以为，诗人在这里以巫山神女、赵飞燕来反衬杨贵妃，故诗之大意是，一枝浓艳之花，露华凝结而天香喷发；今贵妃亦非凡品，其如花之容，令明皇眷恋不已，如露凝而花香愈浓。贵妃"三千宠爱在一身"，前代少有，巫山神女虽自荐于襄王，毕竟只能在梦中相随，孰若贵妃朝朝暮暮侍奉于君王之侧。巫山神女不足论，前代美女也仅有汉代赵飞燕修新妆之时，才勉强能与贵妃相提并论。但赵飞燕要依赖妆饰才能弥补先天不足，远不如贵妃天生丽质。

如朱谏《李诗选注》："'一枝秾艳露凝香'者，即所赏之芍药以状贵妃之貌娇丽而润泽也。襄王神娥空自断肠，然恐涉于荒芜，不足为异，惟汉宫之飞燕，靓妆初就，其娇姿逸态或可与之仿佛而比拟耳。以飞燕比花，花比贵妃，则贵妃之美固绝伦矣。"

又如徐增《而庵说唐诗》："此首言妃子之得宠于君王，前代无有及者。……'云雨巫山'……此乃是梦，非实际也。孰如妃子朝朝暮暮在君王之侧也。'枉断肠'，'枉'字是笑神女，言其不能望妃得君之万一，亦徒为之断肠耳。……'倚新妆'言飞燕之色，亦万不及妃子，其所倚借者，在新妆耳。夫女子必须妆饰以见好，毕竟颜色有不如人处，'可怜'二字，是轻飞燕之词。飞燕之色，原不十分足，以结成帝之爱，特自成帝之谬宠耳。"

其三

名花倾国两相欢，长得君王带笑看。
解释春风无限恨，沉香亭北倚阑干。①

【注释】

①沉香亭：用沉香木建造的亭子，在兴庆宫龙池东北角。

【评析】

第三首人、花合写，并归结到唐玄宗身上。有牡丹而无佳人赏爱，枉为名花；有贵妃而无名花映衬，枉为佳人。眼下佳人、名花相映生辉，又得风流天子赏爱，故两不辜负而相欢，亦无所遗憾。也只有牡丹之名花、倾国之妃子，两不相让而对欢，才能消解玄宗的春愁春恨。吴昌祺《删订唐诗解》："此章合花与人言之，下二句言能消天子无穷之怅者，在亭边一倚，所以带笑而看也。极写妃之媚。"

第三句所谓"解释春风无限恨"者，多认为是指唐玄宗而言。朱谏《李诗选注》说："曰贵妃之对乎芍药，则名花与夫国色两皆相宜而相欢爱，非惟人之爱乎花，而花亦爱乎人也。名花、国色岂徒自相欢爱而已？吾君亦长爱之，带笑而看之，殊无斁也。当此春风之时，解释万机之虑，能使吾君胸次怡然，无有少恨者，其在沉香亭之北倚阑干之时乎？对妃子赏名花，相忘于宵旰之外，其乐固无涯矣，又何有于留恨乎？"

一说"解释春风无限恨"者，指杨贵妃而言，其"恨"即指心忧不得唐玄宗长久之宠爱。《唐诗解》："此见妃之善媚也。人与花交相为欢，并蒙天子顾盼矣。乃妃心解春风无限之恨，故方倚阑而求媚于君，盖恐恩宠难长也。春风易歇，故足恨。汉武云：叹乐极兮哀情多。太白于极欢之际加一'恨'字，意甚不浅。"

一说"解释春风无限恨"者，指诗人而言。徐增《而庵说唐诗》："此首方作唐皇同妃子在沉香亭赏木芍药也。……写妃子之乐到十分十厘地位。至今提起'沉香亭'三字，使我犹为妃子欢喜也。真字字飞舞。"

此外，对这首诗的主旨，也有力主讽喻之说者，如《李太白诗醇》引谢叠山曰："敬贤必远色。明皇释恨，惟在玉环，则张九龄、韩休辈不容于不远矣。"朱谏《李诗选注》则严厉批评李白之创作动机："按明皇与贵妃游乐淫佚之情无由宣泄，托李白以发之。白则迎合为靡靡之辞以助其欢，不能因其情而导以正，乃欲藉此取媚固宠。"

至于三首诗之间的关系，一说各有分工，如吴烶《唐诗选胜直解》："《清平调》三首章法最妙。第一首赋妃子之色，二首赋名花之丽，三首合名花、妃子夹写，情境已尽于此，使人再续不得，所以为妙。"

一说三首诗均在写贵妃。黄生《唐诗摘钞》："三首皆咏妃子，而以花旁映之，其命意自有宾主。或谓初首咏人，次首咏花，三首合咏，非知诗者也。太白七绝以自然为宗，语趣俱若无意为诗，偶然而已。后人极力用意，愈不可到，固当推为天才。”

一说三首诗都在写人与花。沈德潜《唐诗别裁集》：“三章合花与人言之，风流旖旎，绝世丰神。或谓首章咏妃子，次章咏花，三章合咏，殊近执滞。”

塞下曲六首（选三）

其一

五月天山雪，无花只有寒。
笛中闻折柳，春色未曾看。①
晓战随金鼓，宵眠抱玉鞍。②
愿将腰下剑，直为斩楼兰。

【注释】

① 折柳：即《折杨柳》，古乐府曲名。

② 金鼓：钲。《文选》卷七司马相如《子虚赋》：“摐金鼓，吹鸣籁。”郭璞注：“金鼓，钲也。”一说，古人作战，进军击鼓，退军鸣金。

【评析】

这组诗收录于《乐府诗集·新乐府辞》。诗人说，五月的天山仍然是白雪皑皑，只感受到阵阵寒气，看不见一丝春色，惟有《折杨柳》的笛声才让人联想到旖旎的春光。士卒的疆场生活十分紧张与辛苦，白天殊死作战，夜晚还得时刻戒备，枕戈抱鞍而眠。他们盼望着早日平定边疆，建功立业。

这首诗的主旨，多以为在诗末两句，写战士的报国之志。朱谏《李诗选注》："曰天山之地，盛夏之时而雪未消，草木无花而寒气未解。惟闻折柳于笛声，而花柳之色实未尝见也。朝则随金鼓以出战，不敢以少纪律。夜则抱马鞍以就寝，不得枕席之宴安。所以忍寒而忍苦者，亦何为哉？欲斩楼兰之首献之阙下，以取封爵之荣，使吾天子无有外顾之忧也。此征戍之出塞者其志如此。"

唐汝询《唐诗解》也说："此为边士求立功之词。言处寒苦之地，晓则出战，夜不解鞍，欲安所表树乎？思斩楼兰以报天子耳。雪入春则五月无花，可知是真春光不到之地也。"

这首诗的特色，或以为是出语奇妙。旧题严羽评点《李太白诗集》载明人批语："意不为奇，只是道得奇。"吴昌祺《删订唐诗解》："此三章大不同矣。此起更妙，言夏尚有雪，春安得柳？"

或以为是打破了律诗的束缚，自然天成。吴修坞《唐诗续评》："三、四一起而下，妙极自然，故不用对。另是一体，究非常格。"沈德潜《说诗晬语》卷上："一气直下，不就羁缚……此皆天然入妙，未易追攀。"又《唐诗别裁集》评其四句："四语直下，从前未有此格。"李锳《诗法易简录》："首四句一气直下，不用对偶，倍见超逸，此以古风格力运于律诗中者。"

或以为是语言之自然。黄叔灿《唐诗笺注》："天山积雪，五月犹寒，搭上'无花'二字，便觉惨然。塞上无春，不见杨柳，添出'笛中闻'得，更极悲凉。'搅金鼓''抱玉鞍'，了无休息。落句谓惟灭而后已，语似壮而情实迫也。四十字中，不假雕镂，自然情致。"

或以为是语言之含蓄。屈复《唐诗成法》："雪入春则无花，前言塞下寒若如此。五、六言其苦更甚。两层逼出'直为斩楼兰'，言外见庶不再来塞下受此苦也。意甚含蓄。"

或以为是语言高华雄浑。胡应麟《诗薮·内编》卷四:"李白《塞下曲》《温泉宫》《别宋之悌》《南阳送客》《渡荆门》……俱盛唐绝作。视初唐格调如一,而神韵超玄,气概闳逸,时或过之。"陆时雍《唐诗镜》:"只是语气高贵。"高步瀛《唐宋诗举要》引吴闿生评首二句:"淡语便自雄浑。"

其三

骏马似风飙,鸣鞭出渭桥。^①
弯弓辞汉月,插羽破天骄。
阵解星芒尽,营空海雾消。^②
功成画麟阁,独有霍嫖姚。^③

【注释】

①渭桥:即中渭桥,在唐长安西北渭水上。唐人至西域,出长安后,首经此处。

②海雾:沙漠上的雾气,指战争的气氛。

③麟阁:麒麟阁。《汉书·苏武传》载,宣帝思股肱之美,乃图画霍光等十一人于麒麟阁。霍嫖姚:霍去病,汉武帝时大破匈奴,曾为嫖姚校尉。

【评析】

将士们鸣鞭纵马,如旋风一般冲出渭桥。他们手执武器,前去征讨胡人。经过艰苦卓绝的战斗,敌人终于被打败,士卒也纷纷回到家乡,可惜世人只记住了霍去病的功劳。

诗歌的主旨,一说以霍去病为榜样,期待建功立业,流芳百世。

朱谏《李诗选注》说："言匈奴犯边，天子命将以致讨。为将帅者骑马弯弓出京师，临边塞，以敌王所忾，则虏阵已解散，而胡星之光芒尽矣，虏营空虚而青海之雾消矣。破敌功成，将图形于麟阁，亦如汉之嫖姚将军霍去病也。"新疆人民出版社《历代西域诗选注》："这首诗是讲汉唐以来如何用军事力量经营边疆的，将军们立下了汗马功劳，受到皇帝特殊的奖励。"

一说紧扣"独"字，抒写普通将士有功不得酬的愤懑。王琦注《李太白全集》："'弯弓'以上三句，状出师之景。'插羽'以下三句，状战胜之景。末言功成奏凯，图形麟阁者，止上将一人，不能遍及血战之士。太白用一'独'字，盖有感乎其中欤？然其言又何婉而多讽也。"郁贤皓说："末联言功成独归一人，不及众将士，婉而多讽。"（《李白全集注评》）程千帆、沈祖棻《古诗今选》："诗人在这里，只是借用画像的故事来说明士兵群众的功劳最后都记在将军一个人的功劳簿上面这一情况而已。"

一说紧扣霍去病外戚之身份，谴责朝廷嫉贤妒能。唐汝询《唐诗解》："此为边士之恨词。言我马既良，戎器精好，长驱破虏，妖氛净矣。自谓可垂功竹帛，然图形麟阁独嫖姚耳，终不及我辈也。汉唐命将，大抵皆亲戚幸臣，往往妒功害能，令勇敢之士丧气，是以无成功，太白盖有为而发。"沈德潜《唐诗别裁集》："独有贵戚得以纪功，则勇士丧气矣。"

一说抒写战士鸟尽弓藏、兔死狗烹之恨。《闻鹤轩初盛唐近体读本》引陈德公云："结意感愤语，殊不露，最有深情，章法亦见推拓，此正承'解''尽''空''销'四字绪来，有兔死马尽之意。"

一说抒写对战争的厌恶和对将士的同情。刘树勋《唐宋律诗选释》："结尾两句，诗人在凯歌声中寄寓深刻的讽刺。他不仅为广大的战士鸣不平，而且揭露战争的非正义性，已成了野心家猎取功名的手段。"马玮《李白诗歌赏析》："这首诗为骁勇善战的将士画像，诗歌大有盛唐边塞诗的高亢壮美之风，然而结尾却寄意微讽：将军辞别汉帝，骑马率军出征，骁勇善骑，大破匈奴而凯旋；然而战争结束后，封功受赏的却只有大将霍去病，一个'独'字暗写了诗人对战争的厌恶和对战士的怜惜与同情。"

其五

塞虏乘秋下，天兵出汉家。
将军分虎竹，战士卧龙沙。^①
边月随弓影，胡霜拂剑花。
玉关殊未入，少妇莫长嗟。^②

【注释】

①虎竹：兵符。《汉书·文帝纪》："初与郡守为铜虎符、竹使符。"颜师古注引应劭曰："铜虎符第一至第五，国家当发兵，遣使者至郡合符，符合乃听受之。竹使符皆以竹箭五枚，长五寸，镌刻篆书第一至第五。"龙沙：指塞外沙漠地带。《后汉书·班超传》："坦步葱雪，咫尺龙沙。"李贤注："葱岭，雪山。白龙堆，沙漠也。"

②殊：远。嗟：感叹。

【评析】

胡虏趁着秋高马肥之际，兴兵南侵；朝廷调兵遣将，出师迎敌。将军手握虎符，率兵前往；将士深入沙漠，奋勇杀敌。疆场环境恶劣，弯月清冷，严霜拂剑。眼下大军尚未进入玉门关，归来之日尚早，闺中的少妇莫要长吁短叹。

这首诗的主旨，一说是劝慰士卒之妻子安心等待，莫要焦急。朱谏《李诗选注》："曰塞外之虏，乘秋高马肥之时，为牧马寇边之举。天兵出于汉家，御备由于帝命，则将军分领虎竹之符，而战士深入龙沙之地。弓随边月之影，剑拂胡霜之花。虏患未息而师旅淹留，恐未得旋归入乎玉关也。闺中年少之妇切莫长嗟，彼方服劳王事，而室家之念未惶恤耳。"

沈寅、朱昆《李诗直解》也说："此咏征戍者之不得归而致意于少妇也。言边疆之虏，每乘秋高马肥而入我塞，则征戍之兵，自天而出，汉家以为防御之资也。将军握权，分虎竹以合发兵之符；壮士枕戈，卧龙沙以俟敌虏之来。此将军、壮士，歇宿于沙漠之中而不得宁者，恐虏之忽至也。则弓必上弦，而边月随其影而照之；剑亦出鞘，而秋霜结为花而拂之。此时虏犹未退，而玉关殊未得入也，闺中少妇且安心以俟，而长嗟之无益矣。"

一说抒写正当建功立业之际，将士无心归还，闺中少妇也不应长吁短叹。唐汝询《唐诗解》："此见边庭多警，战士无还心也。言胡虏乘秋而来，而我发兵应之。于是命将率师屯于沙漠。边月胡霜，犯我弓剑，此岂生入玉门关之时乎？少妇亦不当望征夫之还矣。"赵峨、倪林《唐宋律诗选讲》："诗人在这里并不去写血战的场面，把笔锋一转，转到对战士妻子的劝慰。'玉关殊未入，少妇莫长嗟。''殊'，犹，还。这两句的意思是，战争还没有结束，敌人还在进犯，战士还不能从玉门归来，年轻的妻子且莫长嗟短叹。这就把为国杀敌的积极精神表现出来了。"

詹锳等人也说："闺中的少妇且不要因丈夫的不归而长叹吧，战事还未结束，敌人尚未被消灭呢！言外之意是，一定要取得战争的胜利，再回来与妻子团聚。这两句是怨语，但作怨语解便浅，应是战士在亢奋的效力边关的情绪主使下对妻子说的告慰的话，体现了战士为取得正义战争胜利而牺牲夫妻之爱的可贵感情，是全诗思想的高潮。

这与整个《塞下曲》一组诗的气氛是相谐调的。"（安旗、薛天纬、阎琦《李诗咀华》）

白云歌送刘十六归山

楚山秦山皆白云，白云处处长随君。
长随君，君入楚山里，云亦随君渡湘水。
湘水上，女萝衣，白云堪卧君早归。①

【注释】

①女萝衣：屈原《九歌·山鬼》中的山中女神。《楚辞·九歌·山鬼》："若有人兮山之阿，被薜荔兮带女萝。"王逸注："女萝，兔丝也。……薜荔、兔丝皆无根，缘物而生。……故衣之以为饰也。"朱熹："言被服之芳者，自明其志行之洁也。"

【评析】

刘十六，其人不详。一般认为，诗作于天宝初年，其时刘十六将归南方，李白在长安相送。萧士赟《分类补注李太白诗》云："意刘十六楚人而游于秦，送其归山者，楚山也。"安旗以为作于天宝三载（744）："诗以楚山、秦山对举，所送之人既入楚山，则白云在秦山无疑。送别之诗，例有惜别之语，此则无，且谓'君早归'，当是本年春亦将归山之作。"（《新版李白全集编年注释》）郁贤皓则以为"此诗当是天宝二年（743）李白在长安送别友人回湖南归隐之作"（《李白全集注评》）。

诗歌既然以"白云"为题，便句句紧扣白云，自始至终都不离开白云。首句介绍来去的地名，诗人不言"秦""楚"，而称"秦山""楚山"，既暗含隐居之意，又因云触山石而生，自然引出了白云，同时还由山及水，牵引出湘水，牵引"山鬼"，牵引徘徊于湘水之畔的屈原。这样，诗人把刘十六的归隐同屈原的放逐联系在一起，既渲染归隐之地的幽趣，又称颂了对方品性的高洁，同时还隐隐约约地抒发了诗人自身坎懔失志的情怀。

诗歌之妙处，就在于全诗句句有白云，句句有友人，写白云就是写友人，写友人也是写作者自身。白云、友人、诗人，互相衬托，契合无间。白云与隐者有不解之缘。白云之洁白无瑕，正如隐者高举脱俗，飘然世外；隐者之闲散飘逸，任情任性，逍遥自得，亦如白云之飘忽不定，来去自由。白云不论秦、楚，青山所在，白云绵绵，处处可见，与隐者相伴相随，也正如诗人对友人的关爱之情不为山山水水所阻隔，无处不在。"言刘十六楚人而游于秦者，秦、楚之山皆有白云，此白云也，在俗士为若不相涉，在高人自为契合，无论在楚、在秦，白云处处常随君也。君入楚山里，白云亦随君而渡湘江之水矣。"（沈寅、朱昆《李诗直解》）白云堪卧，刘十六入湘江而"得其所哉"，诗人也深感市朝不可居，羡慕之心也随白云弥漫湘水之滨。

白云舒卷自如，诗人也是信心、信口，随手写来，自然流逸，历代多以为李白此诗"吐语如转丸珠，又如白云舒卷，清风与归"（《唐宋诗醇》），虽短短四十二字，不避重字，复沓歌咏，兼用顶针格，声韵流转，"自是天仙语"（《李太白全集》王琦注引方弘静）。但朱谏持论正相反，其《李诗辨疑》说："辞意粗鄙，非白之作。不知谁人所为者，混入此耳。"

李白另有诗《白云歌送友人》，与此作大同小异，诗云："楚山秦山多白云，白云处处长随君。君今还入楚山里，云亦随君渡湘水。水上女萝衣白云，早卧早行君早起。"萧士赟《分类补注李太白诗》批注云："此诗已见第六卷，特首尾数语不同，而此则尾语差拙，恐是初本未经改定者，今两存之。"朱谏又力诋此作之卑弱，"辞意缠绵而散漫，如云'水上女萝衣白云，早卧早行君早起'，非惟缠绵而又卑弱，置之晚唐，犹为最下之格，以之污白，甚不可也。"

詹锳另立一说，认为李白的这两首诗并非初稿与修订的关系，而是传抄产生歧义。"疑此首（《白云歌送友人》）与送刘十六诗本是一篇，而因辗转传抄随生歧异，盖太白诗虽初本而未经改定者，亦未必致此也。"（《李白诗文系年》）

送杨山人归嵩山

我有万古宅，嵩阳玉女峰。①
长留一片月，挂在东溪松。
尔去掇仙草，菖蒲花紫茸。②
岁晚或相访，青天骑白龙。③

【注释】

① 嵩阳：嵩山之南。玉女峰：嵩山支脉太室山二十四峰之一。王琦注《李太白全集》卷一七引《登封县志》："太室二十四峰，有玉女峰，峰北有石如女子，上有大篆七字，人莫能识。"

② 菖蒲（chāng pú）：多年生水生草本。《神仙传》卷三："闻中岳石上菖蒲一寸九节，服之可以长生。"《抱朴子·仙药》："韩终服菖蒲十三年，身生毛。日视书万言，皆诵之。又菖蒲生须得石上，一寸九节已上，紫花者尤善也。"

③ 骑白龙：飞升成仙之意。王琦注《李太白全集》卷一七引《广博

125

物志》："瞿武，后汉人也。七岁绝粒，服黄精紫芝，入峨眉山。天竺真人授以真诀，乘白龙而去。"

【评析】

我有一所万古不朽的仙宅，就坐落在嵩山之南的玉女峰。那悬挂在东溪松树林之上的一片明月，一直深深地刻印在我的脑海中。如今杨山人你又要前往那采集仙草，服食紫色的菖蒲以长生不老。到了年底我去嵩阳拜访，那时你或许会在青天上骑着白龙前来迎接。

杨山人与李白往来较多，李白集中另有诗《驾去温泉宫后赠杨山人》《送杨山人归天台》，今人许嘉甫《李白交游考录三题》（《中国李白研究》）推测其是杨炎之父杨播。这首游仙诗，一说以杨山人为主，即"青天骑白龙"者为杨山人。沈寅、朱昆《李诗直解》云："此送杨山人归中岳而勉其学仙也。言我有万古不朽之宅，在嵩阳玉女之峰，长留一片皎月，挂在东溪松上，令常皎而不昏焉。尔今归去嵩山，采仙草以为食，而菖蒲一寸九节，服之长生，而其花则紫色茸茸，为可挹也。至岁晚或相访之时，必其得道，乃向青天，驾白龙以相晤言耳。"

一说是虽为送杨山人而作，诗歌的主体依然是李白，即"青天骑白龙"者为李白自己。朱谏《李诗选注》说："此送杨山人归嵩山也。言我有万古之宅，与天地相为始终。可为长生之居者，在乎嵩阳玉女之峰。长留一片明月，挂于东林松树，此处是吾之宅也。尔往嵩山采拾仙草，以为大药，草乃九节之菖蒲耳。其花紫茸者，可为服食之资。汝宜掇食之也。尔归嵩山服仙草，当与仙人同归。岁晚之时，我或访尔，骑白龙以飞升可也。"又唐汝询《唐诗解》云："此因嵩山多仙迹，而以谪仙自负也。意谓我虽被谪人间，然嵩山本我之故宅，松溪明月乃我所玩弄者也。若尔去而欲寻仙草，则当取菖蒲饵之以求长生，我当乘白龙以相访耳。"

在艺术形式上，这首诗也别具特色。首先，作为律诗却通首不对。黄生《唐诗矩》说："前后两截格。全首不对，以此古为律体，语虽参差而音实协律，此其妙也。太白集中此体特多，恨其率易，无一首可诵。此首发兴特奇崛，而结句浑成，力重千钧，故取以存一体。"又卢燊、王溥《闻鹤轩初盛唐近体读本》云："太白英才爽笔，绝尘轶轨，不复以律自羁，故五律有全工对者，有五、六对者，有通首一、二字对者，有通首全不对者。无论工丽、脱落，其中总有运掣生气，乃不胜采掇。此则全不对者。"

其次，作为送别诗却一反常规，不写离愁与分离，着眼于他日相聚。朱世英说："这是一首送别诗，但从头至尾不写离愁别恨。写景的部分清幽高远，写杨山人归山后的生活，恬静安适。结尾骑龙相访的神奇画面，又显得豪放飘逸。……这样的送别诗是非常罕见的。它构思新奇，如镜花水月，亦真亦幻，不受通常的时空观念的束缚，不为常人的思想感情所左右，更不因袭模仿，落入前人的窠臼，表现了诗作者惊人的创造力。"（萧涤非等《唐诗鉴赏辞典》）

第三，诗中用语想落天外。《唐诗品汇》引刘辰翁语评曰："超然天地间，可以不死，岂独不经人道哉。"又吴昌祺《删订唐诗解》："'我有万古宅，嵩阳玉女峰'，此亦故为奇矫。又曰：菖蒲花，人所不见，安知其紫？亦以意创之耳。"应时《李诗纬》引丁谷云评曰："着想每在天际，使人不足测。"

灞陵行送别

送君灞陵亭，灞水流浩浩。[①]

上有无花之古树，下有伤心之春草。

我向秦人问路歧，云是王粲南登之古道。②

古道连绵走西京，紫阙落日浮云生。

正当今夕断肠处，骊歌愁绝不忍听。③

【注释】

① 灞水：亦称灞河，渭河支流，在陕西中部。《三辅黄图》卷六《杂录》："关中八水皆出入上林苑。霸水出蓝田谷，西北入渭。"

② 王粲：字仲宣，山阳高平（今山东邹城）人，"建安七子"之一。他曾因长安扰乱，南奔荆州。其《七哀诗》有云："南登霸陵岸，回首望长安。"

③ 骊歌：即《骊驹》之歌。一作"黄鹂"。《汉书·儒林传·王式》："闻之于师，客歌《骊驹》，主人歌《客毋庸归》。"服虔注："逸《诗》篇名也，见《大戴礼》。客欲去，歌之。"文颖注："其辞云'骊驹在门，仆夫具存；骊驹在路，仆夫整驾'也。"

【评析】

我送你来到灞陵亭。灞陵亭前，灞河水浩浩汤汤，无有休止；灞陵亭边，芳草萋萋，古树伫立。我询问当地人，脚下的小路通向何方。他说这是王粲当年南下的古道，原来这古道还与长安相连。可惜现在日薄西山，长安的宫殿已经被浮云遮蔽。我正愁肠断绝之时，耳畔又飘来了离别之歌，使人不忍卒听。

一般认为，这首诗作于长安，为李白送别友人而作。唐汝询《唐诗解》云："此因离别所经，赋其地以兴慨也。水流、古树，春草伤心，昔人亦尝登此道而兴怀矣。今与我友分别，而睹薄暮之景已足断肠，况又闻啼鸟之音乎！称西京者，明恋阙也；举黄鹂者，感求友也。"

友人为何离开长安？诗人又为何肠断呢？不少读者认为，诗中的落日景象具有象征意义，并不仅仅只是烘托离别的场景。吴昌祺《删订唐诗解》说："西京、浮云，乃断肠之由也。唐（汝询）但言薄暮，似浅。"由此看来，友人之离开西京，诗人之愁肠寸断，总与长安的朝政有关。"在古诗中，'落日'与'浮云'联写，都有象征奸邪蔽主、谗害忠良之意，此处也透露出友人离京有着遭谗的政治原因，由此可知诗中除了离情别绪外，还包含着对政局的忧虑。"（郁贤皓《李白全集注评》）正如《唐宋诗醇》说："古之伤心人别有怀抱，是诗之谓矣。"

　　友人遭受谗言而离京，这与李白自身的遭遇也颇为接近。因此有读者认为，这首诗虽为送友人离京而作，何尝又不是自送。"一般认为本诗是天宝二年或三载春，李白在朝中送人而作。其实细玩诗意及寻绎李白天宝三载出京行程，当为三载春被赐金放归时，行至灞陵送人以抒怀之作，可以说是送人并以自送之歌。"（赵昌平《李白诗选评》）

　　在表达形式上，这首诗最引人注目之处是连用三个"之"字。李攀龙曾批评说："（李白）间作长语，是欺人也，然何处尔？如此诗但云'上有无花树''下有伤心草''云是王粲南登道'，岂不雅驯？"郭濬认为只有李白才能运用这一形式，《增定评注唐诗正声》说："连用三'之'字，在太白则可，他人学之，便堕训诂一路。"今人则以为这是李白为了适应音乐节奏，是他对汉魏歌行的发展。"中间四句中三句的不规则句式，其实是汉魏歌行体中常见的句式。李白即时即地，以自己的感情起伏，融古入体而出以己意，化为己语，这正是李白诗的高明处。"（赵昌平《李白诗选评》）

玉壶吟

烈士击玉壶，壮心惜暮年。

三杯拂剑舞秋月，忽然高咏涕泗涟。

凤凰初下紫泥诏，谒帝称觞登御筵。①

揄扬九重万乘主，谑浪赤墀青琐贤。②

朝天数换飞龙马，敕赐珊瑚白玉鞭。③

世人不识东方朔，大隐金门是谪仙。④

西施宜笑复宜颦，丑女效之徒累身。

君王虽爱蛾眉好，无奈宫中妒杀人。⑤

【注释】

① 紫泥：一种紫色泥，古时用以封诏书。《初学记》引《邺中记》："石季龙与皇后在观上，为书书，五色纸，著凤口中。凤既衔诏，侍人放数百丈绯绳，辘轳回转，凤凰飞下，谓之凤诏。"《汉旧仪》："皇帝六玺……皆以武都紫泥封。"

② 谑（xuè）浪：戏谑不敬。《诗经·邶风·终风》："谑浪笑敖。"毛传："言戏谑不敬。"赤墀（chí）：皇宫中红色的台阶。《说文·土部》："墀，涂地也，从土犀声。《礼》：'天子赤墀。'"青琐：刻有连锁花纹并涂以青色的宫门。《汉书·元后传》："曲阳侯根骄奢僭上，赤墀青琐。"颜师古注："青琐者，刻为连环文，而以青涂之也。"

③ 飞龙：唐御厩名。李白《答杜秀才五松见赠》："敕赐飞龙二天马，黄金络头白玉鞍。"

④ 东方朔：西汉时期文学家、辞赋家。金门：又名金马门，汉代宫

130

门名。

⑤蛾眉：指代美女。屈原《离骚》："众女嫉余之蛾眉兮，谣诼谓余以善淫。"

【评析】

刚烈之士心有郁结，敲击玉壶，纵情酗饮，拔剑起舞，月下悲歌，涕泗滂沱，慨叹暮年将至而无所成就。想当年初接诏书之时，何等意气风发。御筵上称颂君王，朝堂上戏谑群臣，时不时骑着皇家的飞龙之马，挥舞着敕赐的珊瑚白玉之鞭。我本是谪仙下凡，如今只是如东方朔大隐朝堂。世人不知，以为我汲汲于功名富贵。我如同西施一样，一颦一笑无所不可，无所不美，而东施效颦，令人作呕。君王虽然喜欢我的品格，可惜总有小人嫉妒自己。

《世说新语·豪爽》载，"王处仲每酒后，辄咏'老骥伏枥，志在千里；烈士暮年，壮心不已'。以如意打唾壶，壶口尽缺"。李白的《玉壶吟》，便由此而来。朱谏《李诗选注》云："按《玉壶吟》者，撮篇首二字以为题，白所自为之辞也。是供奉之时，被力士、贵妃谗间，将求还山之日欤？"

"君王虽爱蛾眉好，无奈宫中妒杀人"两句，多以为与高力士、杨贵妃有关，则诗歌的创作时间，自然在李白天宝初年供奉翰林之时。刘克庄《后村诗话》："《玉壶吟》云：'西施宜笑复宜颦，丑女效之徒累身。君王虽爱蛾眉好，无奈宫中妒杀人。'则妃尝沮白，信而有证。"

另有学者虽然不认可高力士、杨贵妃谗害李白之事，但也认定这首诗创作于李白为官朝中之时。朱谏《李诗选注》云："是犹我之欲为方朔，大隐金门不可得，而反遭谗谤，徒自累其身也。明君在上，虽能鉴我一得之愚，而众口共疾吾一人者，吾又乌能一日安于其位哉？"

《李白诗选注》编选组编《李白诗选注》："李白在长安三年中，虽然过着荣登御筵、赤墀朝见及数换龙马、敕赐玉鞭的豪华显贵的生活，但他觉得皇帝只是以近幸之臣相待，并不重用，和古代东方朔的处境没有什么两样；加之群奸当道，谗毁屡至，因此他在诗里不仅抒写了'壮心惜暮年'、抱负无法实现的苦闷，并以丑女效颦为喻来表现自己鄙视权贵、耻与为伍的傲岸性格，反映了诗人当时内心的抑郁和愤慨。"

郁贤皓也说："此诗当作于天宝二年（743）秋天供奉翰林时，其时已遭小人谗毁，帝王疏远他，故心情激愤。"（《李白全集注评》）

王琦注《李太白全集·李太白年谱》，认为这首诗是李白去朝之后所作。曾国藩《求阙斋读书录》说："'凤凰初下紫泥诏'以下八句，皆自赞之辞。'西施'四句，伤不遇也。"萧士赟的表述更为含糊，其《分类补注李太白诗》云："此诗乃太白自述其知遇始末之辞也。观太白传及前后诗集序，其意自见矣。"

送裴十八图南归嵩山二首

其一

何处可为别，长安青绮门。[①]
胡姬招素手，延客醉金樽。
临当上马时，我独与君言。
风吹芳兰折，日没鸟雀喧。
举手指飞鸿，此情难具论。[②]

同归无早晚，颍水有清源。

【评析】

到哪里去给你饯别呢？还是去长安东边的青绮门吧。那里酒旗招展，酒家的胡姬殷勤地延揽着客人，东去的人们与送行的友人都会在此更尽一杯酒。端坐在酒家，举起酒杯，便觉得无数别情离愁涌上心头。喝下苦涩的饯别之酒，终于到了分手的时候，朋友就要上马远去，忍不住吐出叮咛的话语。狂风之下，芳兰就会摧折；政治昏暗，贤能之士就会遭受摧残。日落时分，鸟雀喧嚣；国势渐衰，奸佞之臣自然嚣张猖狂。你现在归隐嵩山，虽是迫不得已的选择，未尝不是一条全身远祸的坦途。你现在效法郭瑀，逃迹嵩山，早晚我也会追随你而来。

这两首诗为李白送裴图南归隐嵩山而作。朱谏《李诗选注》："此送裴图南归嵩山。言图南之归，何处而可为别乎？在乎长安之青绮门。盖自长安往嵩山者，由青门而去也。胡姬延客，共醉金尊。临歧分手，我独有赠言也。方今之时，君子之道日消，若芳兰被风之损折，难独存矣；小人之道日长，如鸟雀薄暮而喧噪，乃自得也。其见机而作者，又若飞鸿之冥冥，将与世而相遗矣。此情此意，有难以尽言者，惟宜高蹈而远引，同归于嵩山之下、颍水之滨，栖迟自适，斯可也。"

裴图南因何而归隐，诗人又对裴氏之归隐持何种态度呢？"风吹芳兰折，日暮鸟雀喧"两句历来被认为是回答上述问题的关键。

一说两句描述了普遍存在的社会现象。王琦注《李太白全集》："'风吹芳兰折'，喻君子被抑不得伸其志也。'日暮鸟雀喧'，喻君暗而谗言竞作也。"曾国藩《求阙斋读书录》："'风吹'句，谓贤人遭谗毁；'日没'句，谓小人鸣得意。"

一说两句批评了唐朝当时的社会现实。郁贤皓《李白全集注评》："'风吹'两句表面看是写所见的景色，但实际上暗喻了当时的社会现实。'风吹''日没'，正是唐王朝国运的象征。'芳兰折'正像贤能正直之士的遭遇，'鸟雀喧'犹如佞幸小人的嚣张气焰。"

至于批评的矛头，或认为指向唐玄宗。"'风吹芳兰折，日暮鸟雀喧'两句，对唐玄宗宠信权奸、残害贤能，作了有力的揭露批判。"（《李白诗选注》编选组编《李白诗选注》）

或以为两句分别指向唐玄宗与朝中大臣。"'风吹芳兰折，日没鸟雀喧'两句是对当时政治情况的概括。'风吹'，喻无耻小人的中伤诽谤；'芳兰折'，喻正直之士遭受打击、陷害，不得重用；'日没'，喻玄宗昏愦，不辨贤愚；'鸟雀喧'，喻权奸小人气焰嚣张。"（刘忆萱、王玉璋《李白诗选讲》）

其二

君思颍水绿，忽复归嵩岑。
归时莫洗耳，为我洗其心。[①]
洗心得真情，洗耳徒买名。
谢公终一起，相与济苍生。[②]

【注释】

①洗耳：典出许由的故事。皇甫谧《高士传》："尧又召（许由）为九州长，由不欲闻之，洗耳于颍水滨。时其友巢父牵犊欲饮之，见其洗耳，问其故。对曰：'尧欲召我为九州长，恶闻其声，是故洗耳。'"《周易·系辞上》："六爻之义，易以贡。圣人以此洗心，退藏于密。"

②谢公：谢安。《晋书·谢安传》："征西大将军桓温请（谢安）为司马，将发新亭，朝士咸送，中丞高崧戏之曰：'卿累违朝旨，高卧东山（位于今浙江省绍兴市上虞区），诸人每相与言，安石不肯出，将如苍生何！苍生今亦将如卿何！'"

【评析】

这一首诗顺接上首而来，诗人接着对友人说，到了颍水，你安心地做个隐士吧。那里是归隐的好去处，许由的流风余韵至今未歇，正如同颍水的清源不竭。现在许多人为求终南捷径，不择手段，矫情作伪，欺世盗名，完全损害了隐士的名声。他们哪知道许由表面上洗的是耳朵，实际上所洗的是心灵。至于这些假隐士所追求的，则只是"洗耳"的名声。真正的隐士，是不会沽名钓誉的，即使归隐，也未尝忘怀天下。当年谢安隐居东山，不也是出山而安天下吗？友人你现在暂隐嵩山，终有一天也会像谢安那样出山而大展宏图，济世安民。

这首诗的宗旨何在？李白为何在诗末又提及谢安济苍生之事呢？一说李白希望裴图南在隐居之后不要遗忘世事，要时刻准备为济苍生而出山。朱谏《李诗选注》云："前诗期之同归于颍水，此言复归于嵩山，盖颍水在嵩山之下，由颍水以入嵩也。昔者，巢父因尧让天下而洗其耳，仍恐未必出于真情。惟能洗心，乃真情也。洗耳者，或涉于好名。君归嵩山，宜洗其心，愿勿以好名为事。然君子不果于忘世也，当如谢公始卧东山，终为苍生而一起，治其乱，扶其危，斯可也。"

一说希望友人如谢安那样把握好出世的分寸，该归隐时就归隐，该出山时就出山，不能被隐士的名声所迷惑。沈寅、朱昆《李诗直解》："此送裴友归山而讽其必不固隐也。言君思颍上之绿水而处此，何忽然而复归嵩山也？我思天下人隐而盗名者多矣。今君之归也，毋若许由之洗耳，为我洗其心而退藏可也。洗心得情之真，洗耳则徒买名声于天下，何益哉！不观之谢公乎？时止则止，时行则行。一起而济天下之苍生，是与中庸之道合也。裴君勉矣。"

一说表达了李白自身的矛盾心情，既因遭受排挤而萌生了归隐之意，却又不愿放弃济苍生的理想。"李白仕途失意，谗毁相加，对当政者极为失望，于是产生了归隐思想。但这种思想又蕴含着待机用世的积极因素。"（陈世钟《唐代送别诗新注》）"嵩山之地，也有一些真心真意的栖隐者，因为这里原是隐者先辈巢父、许由的避世之区，故有后人承其风徽，隐居此地。这对李白来说，有其惬意的地方，因为李白也喜欢在风景佳丽之地隐居，但他不愿以此终老，他总是想在干出一番惊天动地的事业之后再来隐居，从而圆其奇士与高士相结合的理想。"（周勋初《李白评传》）

这两首诗的创作时间，一般认为是天宝初年李白为官长安之时，如郁贤皓认为是在天宝二年（743），詹锳以为是在天宝三载（744），裴斐则以为是在去朝以后客居梁宋之时（《李白十论》）。

送贺宾客归越

镜湖流水漾清波，狂客归舟逸兴多。①
山阴道士如相见，应写黄庭换白鹅。②

【注释】

①镜湖：又名鉴湖、长湖、庆湖，位于今浙江绍兴会稽山麓。《新唐书·贺知章传》载，贺知章还乡时，"有诏赐镜湖剡川一曲"。狂客：《旧唐书·贺知章传》："知章晚年尤加纵诞，无复规检，自号'四明狂客'。"

②山阴：今浙江绍兴。黄庭：即《黄庭经》，道教经书名。

【评析】

贺宾客，即贺知章（659—744），字季真，会稽永兴（今浙江省杭州市萧山区）人。曾任太常少卿、工部侍郎、秘书监、太子宾客等。天宝二年（743）十二月，以年老上表，请度为道士还乡。天宝三载（744）正月，唐玄宗特诏许之，亲制诗序，令所司供帐，百僚饯送，赐诗叙别。李白集中另有《送贺监归四明应制》。这首《送贺宾客归越》敦煌残卷题作《阴盘驿送贺监归越》，阴盘驿在今陕西省西安市临潼区东，距京师有六七十里之遥，詹锳认为李白送贺知章至阴盘驿而作此诗赠别（《李白全集校注汇释集评》）。

诗歌的前两句，想象贺知章归隐后的惬意情景。水流潺潺，清波荡漾，泛舟镜湖，逸兴无穷。后两句用了东晋大书法家王羲之的故事。贺知章也是书法家，工草隶，又是山阴人，此前还刚刚度为道士。诗中以王羲之比贺知章，说《黄庭经》换白鹅的故事，又将在山阴发生了，用典精确又饶有情趣。

关于王羲之写经换白鹅的故事，李白还曾专门写过一首诗，即《王右军》："右军本清真，潇洒出风尘。山阴过羽客，爱此好鹅宾。扫素写道经，笔精妙入神。书罢笼鹅去，何曾别主人。"由于这里说王羲之所写的乃是《道德经》，而在《送贺宾客归越》一诗中说所写的乃是《黄庭经》，有人认为李白用错了典故，有人认为李白写了两件不同的事情，甚者还有人从书法的角度来考证王羲之所写为何经；

关于诗中的道士，有人说姓刘，有人说姓管；关于诗中白鹅，有人说是一只，有人说是一对，还有人说是一群。

如以为李白误用典故者，《苕溪渔隐丛话前集》引《西清诗话》云："唐人以诗为专门之学，虽名世善用故事者，或未免小误。如……李太白'山阴道士如相访，为写黄庭换白鹅'，乃《道德经》，非《黄庭》也。逸少尝写《黄庭经》与王修，故二事相紊。"又吴景旭《历代诗话》云："献之帖有云：'刘道士鹅群亦复归也。'陶谷因据此以跋《黄庭经》云：'山阴刘道士以鹅群献右军，乞书《黄庭经》，此是也。'又《仙传拾遗》云：'山阴道士管霄霞求羲之写《道德经》，举红鹅一双相赠而去。'观此则乞书有两经，换鹅有两事，且道士姓氏凿凿两人，又何疑哉？一云右军尝写《黄庭经》与王修，则《黄庭》又不止一写矣。"

如认为李白无误者，洪迈《容斋四笔》："李太白诗云：'山阴道士如相见，应写黄庭换白鹅。'盖用王逸少事也。前贤或议之曰：'逸少写《道德经》，道士举鹅群以赠之。'元非《黄庭》，以为太白之误。予谓太白眼高四海，冲口成章，必不规规然，旋检阅《晋史》，看逸少传，然后落笔。正使误以《道德》为《黄庭》，于理正自无害，议之过矣。……皆不云有《道德经》。则知乃《晋传》误也。"又沈涛《交翠轩笔记》："《太平御览》职官部引何法盛《晋中兴书》：山阴有道士养群鹅，羲之意甚悦。道士云为写《黄庭经》，当举鹅群相赠。乃为写迄，笼鹅而去。乃知太白用事不误，后人少见多怪。"

如以为虽或有误而不必深究者，旧题严羽评点《李太白诗集》："末句，但取黄白相映耳。即谓羲之写《道德》、贺写《黄庭》亦可，不必检点用事之误。"

或以为用典无误而亦不必偏执者，王琦注《李太白全集》："夫一经也，或《黄庭》，或以为《道德》；一道士也，或以为刘，或以为管；一鹅也，或以为举群，或以为一双，盖所谓传闻异辞之故。遐考一事两传者，载籍固多有也。乃取其一说而以訾其余，或以为太白之误，或以为《晋书》之误，或以为右军换鹅本有二事，或以为右军初未尝书《黄庭经》，皆失之执矣。……夫诗之美劣，原不关乎用事之误与否，然白璧微瑕，不能不受后人之指摘。若太白此诗，固未尝有瑕者也。"

月下独酌四首（选二）

其一

花间一壶酒，独酌无相亲。
举杯邀明月，对影成三人。
月既不解饮，影徒随我身。①
暂伴月将影，行乐须及春。
我歌月徘徊，我舞影零乱。
醒时同交欢，醉后各分散。
永结无情游，相期邈云汉。

【注释】

① 不解：不懂，不理解。三国魏嵇康《琴赋》："推其所由，似无不解音声。"

【评析】

诗人在花前月下自斟自酌，不免有些孤寂，于是举杯邀明月来共饮。而明月不仅接受了诗人的邀请，还带来了诗人的影子，陪着他高歌起舞。于是冷清的夜宴有了诗人、影子与明月三方参与，便顿时热闹起来。

这首诗令人瞠目结舌之处，首先就是李白的这种神奇想象力。朱谏《李诗选注》："李白此诗化无为有，如浮云生太虚之中，悠扬变态，倏忽东西，而文彩光辉，自然发越，人皆见之，可仰而不可及也。白之诗，其神矣乎。"

诗中所描写的这些景致，如朱谏所言是"人皆见之"，而李白的伟大之处，则在于能够将眼前景、心中情毫不费力地表达出来，故沈德潜《唐诗别裁集》说："脱口而出，纯乎天籁。此种诗，人不易学。"

李白富有如此神奇的想象力，显然与他旷达的胸襟有关。《唐宋诗醇》："千古奇趣，从眼前得之。尔时情景，虽复潦倒，终不胜其旷达。"旧题严羽评点《李太白全集》："饮情之奇，于孤寂时觅此伴侣，更不须下物。且一叹一解，若远若近，开开阖阖，极无情，极有情。"

不过诗中的李白，此时心情究竟如何呢？或以为是"不亦乐乎"。沈寅、朱昆《李诗直解》："此对月独饮，放怀达观以自乐也。言花间酌一壶之酒，却无相亲之人，但邀明月作伴。月照人并人影，居然成三人矣。夫月与影固身外物耳。月既不饮，影徒随身，皆与我暂相为伴，我正宜及春行乐。对月而歌，则月与徘徊；对影而舞，则影随凌乱。饮尚醒时，且可与月影交欢；饮既醉后，不妨与月影分散。是我与月影永结无情之游，而相期于云汉间也，岂不乐哉！"

或以为是强作欢颜，骨子里是落寞与寂寥。孙洙《唐诗三百首》："题本独酌，诗偏幻出三人，月影伴说，反覆推勘，愈形其独。"今人沈熙乾也说："表面看来，诗人真能自得其乐，可是背面却有无限的凄凉。……孤独到了邀月与影那还不算，甚至于以后的岁月，也休想找到共饮之人，所以只能与月光身影永远结游，并且相约在那邈远的上天仙境再见。结尾两句，点尽了诗人的踽踽凉凉之感。"（萧涤非等《唐诗鉴赏辞典》）

在表达形式上，傅庚生认为这首诗使用了层转层折的方式，其《中国文学欣赏举隅》有云："花间有酒，独酌无亲；虽则无亲，邀月与影，乃如三人；虽如三人，月不解饮，影徒随身；虽不解饮，聊可为伴，虽徒随身，亦得相将。及时行乐，春光几何？月徘徊，如听歌；影零乱，如伴舞。醒时虽同欢，醉后各分散；聚时似无情，情深得永结；云汉邈相期，相亲慰独酌。此诗一步一转，愈转愈奇，虽奇而不离其宗。青莲奇才，故能尔尔，恐未必苦修能接耳。"

沈熙乾则将之概括为自立自破、随立随破。"佛教中有所谓'立一义'，随即'破一义'，'破'后又'立'，'立'后又'破'，最后得到究竟辩析方法。用现代话来说，就是先讲一番道理，经驳斥后又建立新的理论，再驳再建，最后得到正确的结论。关于这样的论证，一般总有双方，相互'破''立'。可是李白这首诗，就只一个人，以独白的形式，自立自破，自破自立，诗情波澜起伏而又纯乎天籁，所以一直为后人传诵。"（萧涤非等《唐诗鉴赏辞典》）

其二

天若不爱酒，酒星不在天。①
地若不爱酒，地应无酒泉。②
天地既爱酒，爱酒不愧天。
已闻清比圣，复道浊如贤。
贤圣既已饮，何必求神仙。
三杯通大道，一斗合自然。
但得酒中趣，勿为醒者传。③

【注释】

①酒星：古星名，也称酒旗星。《晋书·天文志》："轩辕右角南三星曰酒旗，酒官之旗也，主宴飨饮食。"

②酒泉：酒泉郡，在今甘肃省酒泉市一带。《汉书·地理志》："酒泉郡，武帝太初元年开。"颜师古注云："旧俗传云城下有金泉，泉味如酒。"

③酒中趣：饮酒的乐趣。陶潜《晋故征西大将军长史孟府君传》："（桓）温尝问君：'酒有何好，而卿嗜之？'君笑而答之：'明公但不得酒中趣尔。'"

【评析】

这首诗陈述了嗜酒的理由，大致可以分为三个层次。首先是天、地都钟爱酒，因为天上有酒旗星，地上有酒泉郡；其次是圣、贤也爱酒，因为清酒常被称为圣人，浊酒被称为贤人；最后是饮酒自有酒中趣，它能使人体悟大道。沈寅、朱昆《李诗直解》说："此以天地圣贤证喻酒中之趣无穷也。言天如不爱酒，天不应有酒旗之星；地若不爱酒，地不应有酒永（泉）之郡。是天地固皆爱酒，而人之爱酒者，可不愧于天矣。古人以酒之清者称为圣，酒之浊者称为贤，是圣贤既已饮酒，而人之饮酒者，又何必求神仙乎？盖陶然自得之趣，三杯可通乎大道，一斗可合乎自然。人但能得酒中之趣，则天可不愧，神仙亦不必求，只宜常醉，不必为醒者传矣，其乐为何如也？"

诗人在描述饮酒的乐趣时，直似冲口而出，不加修饰，故褒之者认为这首诗"醉语纵横，旁若无人。千古只有太白方可嗜酒，其次则阮嗣宗乎"（应时《李诗纬》），"缠绵散朗，渐入真趣，言语之悟人如此"（《唐诗品汇》引刘辰翁语）。而贬之者以为太俗，不当是李白所作。查慎行《初白庵诗评》："此种语太庸近，疑非白作。"胡震亨《李诗通》说："此诗乃马子才诗也。"王琦辩驳说："马子才乃宋元祐中人，而《文苑英华》已载太白此诗，胡说恐误。"（《李太白全集》）今人郁贤皓也找出两则证据，一是《太平广记》引《本事诗》载有此诗："而白才行不羁，放旷坦率，乞归故山。玄宗亦以非廊庙器，优诏许之。尝有醉吟诗曰：'天若不爱酒……'"一是敦煌写本《唐人选唐诗》也载有此诗。

在许多读者看来，这首诗只是在"用俚语作嘲戏"（《唐诗归》），但也有论者认为，李白在这里严肃地阐述了他对道的感受与体悟，如朱谏《李诗选注》："言天既有酒星，地又有酒泉，则天地未尝厌酒而绝之也。人之参天、地为三才，天、地既爱酒矣，人而爱酒，又何愧于天、地乎？曰愧天者，省文也。人而爱酒，既不愧于天地，又何歉于圣贤乎？故酒之清者比于圣人，酒之浊者比于贤人，圣贤既已饮矣，又何必求夫神仙乎？夫道合三才者，大道也；饮不愧于天地、圣贤，是三杯之酒可以通乎大道矣。道之法乎天地者，自然也；饮能通乎大道，是一斗之酒又可以合乎自然矣。夫酒通大道，合自然，谈圣贤而无愧于天地如此，则酒之趣亦大矣。但得其趣，虽神仙不足为也，岂必为醒者之所传乎？"

鸣皋歌送岑征君

时梁园三尺雪，在清泠池作

若有人兮思鸣皋，阻积雪兮心烦劳。
洪河凌竞不可以径度，冰龙鳞兮难容舠。[①]
邈仙山之峻极兮，闻天籁之嘈嘈。
霜崖缟皓以合沓兮，若长风扇海涌沧溟之波涛。

玄猿绿黑，舔餤釜炭。^②

危柯振石，骇胆栗魄，群呼而相号。

峰峥嵘以路绝，挂星辰于岩鳌。

送君之归兮，动鸣皋之新作。

交鼓吹兮弹丝，觞清泠之池阁。

君不行兮何待，若返顾之黄鹄。

扫梁园之群英，振大雅于东洛。

巾征轩兮历阻折，寻幽居兮越嵯峨。^③

盘白石兮坐素月，琴松风兮寂万壑。

望不见兮心氛氲，萝冥冥兮霰纷纷。

水横洞以下渌，波小声而上闻。

虎啸谷而生风，龙藏溪而吐云。

冥鹤清唳，饥鼯颦呻。^④

块独处此幽默兮，愀空山而愁人。

鸡聚族以争食，凤孤飞而无邻。

蝘蜓嘲龙，鱼目混珍。^⑤

嫫母衣锦，西施负薪。^⑥

若使巢由棲桎于轩冕兮，亦奚异于夔龙蹩躠于风尘。^⑦

哭何苦而救楚，笑何夸而却秦。^⑧

吾诚不能学二子沽名矫节以耀世兮，固将弃天地而遗身。

白鸥兮飞来，长与君兮相亲。

【注释】

① 舠：刀形小船。《诗经·卫风·河广》："谁谓河广，曾不容刀。"郑笺："小船曰刀。"

② 玄猿：黑色的猿猴。《文选》卷八司马相如《上林赋》："玄猿素

雌。"李善注："玄猿，猿之雄者，玄色也。"绿黑（pí）：毛色发绿光的大熊。《西京杂记》卷二："熊黑毛有绿光，皆长二尺者，直百金。"舕（tàn）：吐舌头。《文选》卷二王延寿《鲁灵光殿赋》："玄熊舑舕以断断。"李善注："舑舕，吐舌貌。"嵚崟（yín jí）：高险的山。

③ 嶻嵲（yǎn è）：山崖，峰峦。谢灵运《晚出西射堂》："连障叠嶻嵲，青翠杳深沉。"李善注："嶻嵲，崖之别名。"

④ 謇呻：痛苦呻吟。

⑤ 蝘蜓：蜥蜴之类。扬雄《解嘲》："今子乃以鸱鸮而笑凤凰，执蝘蜓而嘲龟龙，不亦病乎？"

⑥ 嫫（mó）母：传说为黄帝之妻。《淮南子·说山训》："嫫母有所美。"高诱注："嫫母，古之丑女。"

⑦ 夔（kuí）龙：传说中的单足神怪动物。蹩躠（bié xiè）：跛足而行。

⑧ "哭何苦"句：用申包胥救楚事。《左传·定公四年》："吴入郢，申包胥如秦乞师，立依于庭墙而哭，日夜不绝声，勺饮不入口，七日，秦师乃出。""笑何夸"句：用鲁仲连却秦事。左思《咏史》："吾慕鲁仲连，谈笑却秦军。"

【评析】

鸣皋，山名，取自《诗经·小雅·鹤鸣》"鹤鸣于九皋"，在今河南嵩县东北，又名明皋。岑征君，或即岑勋。李白另有诗《酬岑勋见寻就元丹丘对酒相待以诗见招》。征君，旧时称被朝廷征聘而未就任之人。清泠池，《元和郡县志》卷七"河南道宋州宋城县"："兔园，县东南十里，汉梁孝王园。清泠池，在县东二里。"

诗人说，岑征君你思归鸣皋，想隐居于此山，为此心中平添了无限的烦忧，因为鸣皋山的雄奇险阻，高不可攀，又兼河水深广，冰雪覆盖，其间唯有天籁悲鸣，猿黑哀号，实在不是凡人所居住的地方。

岑征君你为什么要选择这样一个人迹罕至的处所呢？难道是心中不能自已吗？于是我写诗作歌以送之，并且在清泠之楼阁张乐设筵，畅饮而别。岑征君将行未行，若有所待，好比黄鹤将振翅高飞，徘徊盘旋，悲鸣不已，久久不忍离去。为什么呢？是有才难申，壮志未酬而心有不甘？名倾天下，志得意满，功成名就，然后一揖而去，这是多少读书人的梦想，但真正要实现这样的梦想，实在是太困难了。群小在位，贤者无依，是非颠倒，黑白混淆，这样的时代，有才之士如何能够脱颖而出？此时此刻再贪恋禄位，就好比要巢父和许由去做官，好比夔龙被废弃于民间一样，都是极其荒谬的。你所隐居的鸣皋山幽深凄清、恬淡纯净，藤萝杳杳，洪波冲激，峰岩险绝，真是龙、虎所居之所，再也听不见宵小之辈嘈杂的嗷嗷喧闹。至于申包胥悲苦地哭求秦王救楚，鲁仲连谈笑退秦兵，都没有什么值得羡慕的，在你面前，他们的所作所为简直是在沽名钓誉。终有一天，我也将追随岑征君而去。

李白的这篇作品究竟是骚体赋还是七古诗，历来颇有争议。晁补之以为是赋，萧士赟《分类补注李太白诗》云："按归来子晁补之辑《变离骚》，叙此篇曰：《鸣皋歌》者，唐翰林供奉李白之所作也。白天才俊丽，不可矩镬，然要长于诗，而文非其所能也。故白《大鹏赋》辞非不壮，不若其诗盛行于世。至《鸣皋歌》一篇，本末楚辞也，而世误以为诗，因为出之。"朱熹也赞同晁补之的看法，其《楚辞后语》卷四《鸣皋歌》第二十三："《鸣皋歌》者，唐翰林供奉李白之所作也。白天才绝出，尤长于诗，而赋不能及魏晋，独此篇近《楚辞》。"施补华《岘佣说诗》态度最为果决："《鸣皋歌》是骚体，混入七古，大谬。"

倘若此作为赋，当如朱谏所言，应与《大鹏赋》等排列一处，但李白集历来将之编入"歌吟"体中，视之为诗。旧题严羽评点《李太白诗集》说："晁补之谓此为变骚而非诗，不知少陵学富力厚，诗多似赋；太白才情清逸，诗多似骚，不可以定格论也。且《蜀道难》句法亦似此，岂得概以骚判耶？"吴昌祺《删订唐诗解》也明确地说："叠四句而以五句为一韵，又非骚人之法，且多对仗，则亦太白之古诗耳。"今人则多以为是诗。

《唐宋诗醇》一方面引证晁补之、朱熹之说，另一方面又肯定李白的创造与变化，态度颇为模糊："作骚体便觉屈原、宋玉去人不远，其不规规步趋处，正是其才高气逸为之耳。'望不见兮'一段，写出幽居寂寞之况，兴起下文，脉络相贯。陈绎曾谓'白诗祖风骚、宗汉魏，善于掉弄，造出奇怪，惊动心目，忽然撇出，妙入无声'，其知言者乎？王世贞以为'歌行纵横，往往强弩之末，间以长语，英雄欺人'，是不知其错落变化，自有天然节奏，而轻议之也。"

金乡送韦八之西京 ①

客自长安来，还归长安去。
狂风吹我心，西挂咸阳树。
此情不可道，此别何时遇。
望望不见君，连山起烟雾。②

【注释】

① 金乡：今属山东，唐时属兖州。西京：即长安。

② 望望：瞻望，盼望。鲍照《吴兴黄浦亭庾中郎别诗》："连山渺烟雾，长波迥难依。"

【评析】

此诗为李白送韦八回长安而作，其主旨大约有三说。一是思归咸阳。朱谏《李诗选注》说："白送韦八之西京。白与韦八俱西京人，皆唐宰相之旧族也。时白客于山东之金乡，因韦八归西京，白有思归之念，曰心挂咸阳树者，自山东而思咸阳也。心怀旧都，眷恋悲切，离乱之余盖欲归而不得矣。"此说与李白身世不合，不为今人所认可。

一说是眷念君主。萧士赟《分类补注李太白诗》云："太白此诗因别友而动怀君之思，可谓身在江海，心存魏阙者矣。或者谓白诗全无关于人伦风教，其厚诬太白哉。"又唐汝询《唐诗解》云："此因送友人入京而起恋主之思焉。意谓君之返国有期，我之入朝无日，徒使心驰魏阙耳。此情既难语人，此别复难会面，宜其怅然之无已也。"

一说是想念长安，其中有对长安友人的牵挂，也有重回朝廷的渴望。方牧说："总之，这是一首独特的送别诗。送别的对象是韦八，忆念的却是长安；韦八是宾，长安为主；韦八是出发点，长安是目的地；韦八是桥，长安是岸；韦八是引信，长安是火药；韦八是友人，长安是亲人；韦八是送别的一杯酒，长安是杯不离手的酒瘾；韦八是信使是青鸟，长安是正在远处招手的情人是红手绢……古今中外的赠别，少有此例。"（周啸天《唐诗鉴赏辞典》）

诗歌的妙处，或以为在"狂风吹我心，西挂咸阳树"两句之想象奇特。木斋说："'狂风吹我心，西挂咸阳树'为最能体现太白风格之妙句。人之心怎能离开躯体而飘飞至数千里之外的长安，挂在京都的树上呢？……此正太白想落天外，非常人可比处。"（《唐诗评译》）刘文忠说："其中'狂风吹我心'二句，是脍炙人口的名句，在整首诗中，如奇峰壁立，因而使此诗平中见奇。正是这种'想落天外'的艺术构思，显示出诗人杰出的艺术才能。"（萧涤非等《唐诗鉴赏辞典》）

148

或以为在其诗风的轻快与飘逸。旧题严羽评点《李太白诗集》引明人批语云："只是昔人惜别常语，更无新意，然道得快逸，亦是超然。"吴昌祺《删订唐诗解》："此等诗总不费深思，宜其以子美为苦也。"

上李邕

大鹏一日同风起，抟摇直上九万里。①
假令风歇时下来，犹能簸却沧溟水。
时人见我恒殊调，见余大言皆冷笑。
宣父犹能畏后生，丈夫未可轻年少。②

【注释】

①抟摇：乘风。《庄子·逍遥游》："鹏之徙于南冥也，水击三千里，抟扶摇而上者九万里。"

②宣父：即孔子。《新唐书·礼乐志》："（贞观）十一年，诏尊孔子为宣父。"

【评析】

李邕，字泰和，广陵江都（今江苏扬州）人。他是盛唐著名的猖狂之士，又特别喜欢奖掖后进，《旧唐书》本传说，"邕素负美名，频被贬斥，皆以邕能文养士，贾生、信陵之流。……人间素有声称，后进不识，京洛阡陌聚观，以为古人"。李白"十五好剑术，遍干诸侯；三十成文章，历抵卿相"（《上韩荆州书》），曾四处漫游，多方干谒，对于李邕，李白是引为同调的。李邕说过，"不愿不狂，其名不彰"，李白的狂傲之气则有过之而无不及。在诗中，李白认为自己如大鹏一样，时来运转，就会乘风万里，直上云霄。大鹏一飞冲天，扶摇直上九万里，即使不借助风的力量，以它的翅膀一扇，也能将沧溟之水一簸而干。诗人说他即使不得其时，也不会如世俗之人那样默默无闻。

李白这首诗，前人或以为是伪作。萧士赟《分类补注李太白诗》云："此篇似非太白之作。"又朱谏《李诗辨疑》说："按李邕于李白为先辈，邕有文名，时流推重，白至京师，必与相见，白必不敢以敌体之礼自居，当从后进之列。今玩诗意，如语平交。且辞意浅薄而夸，又非所以谒大官、见长者、待师儒之礼也。白虽不羁，其赠崔侍御、韦秘书、张卫尉、孟浩然等，作辞皆谨重而无亵慢之意，次及徐安宜、卢主簿、王瑕丘、韦参军、何判官等，虽有尊卑之殊，俱尽欢洽之情，无有谩辞，矧李邕乎！以此益可疑矣。"

詹锳从两个方面肯定了这首诗的真实性。一是版本方面，"按钱氏绛云楼藏有《李翰林草堂集》，当是未经乐史及宋敏求增订之本，李集板刻，此为最善。钱氏所为《少陵诗笺》及《年谱》亦最审慎，今钱氏既称白有赠邕诗，则此首或见于古本，不致为伪作也。且朱谏以此诗为白在京师作，按白游长安时，邕方为灵昌太守，必无相见之理，朱氏亦失之不考"；一是内容方面，"按萧、李疑此篇非李白之作，皆引诗中口出大言，'非所以谒大官、见长者、待师儒之礼'。此篇只是按常规思路推断，忽略了李白奇才、奇思的一面。……此诗正乃学汉代奇才东方朔之'大言'，以冀李邕另眼相看，不可以常理视之，疑为伪作"（《李白全集校注汇释集评》）。

至于这首诗的创作时间，詹锳引钱谦益《少陵年谱》，据其天宝四载（745）下注："李邕为北海太守陪宴历下亭，李白、高适均有赠邕诗，当是同时。"认为当是天宝五载（746）夏间于济南作。

安旗以为当作于开元八年（720）。"诗中既有'宣父犹能畏后生，丈夫未可轻年少'之语，自应是早年所作。正缘作时尚是年少后生，初入世途，未谙谒大官、见长者、待师儒之礼，又兼年少气盛，如初生之犊，故于李邕敢以敌体之礼自居，如语平交然。若谓作于天宝五载，时白已年近半百，何能自称'年少'？且已富于阅历，又何至唐突若是？天宝五载夏，白与李邕及杜甫、高适相会于济南时，作有《东海有勇妇》一诗，中有句云：'北海李使君，飞章奏天庭。舍罪警风俗，流芳播沧瀛。'于邕之德政颇加揄扬，对邕之态度与此诗迥异，其非同时之作甚明。"（《新版李白全集编年注释》）

　　郁贤皓认为作于天宝四载（745）。"今从'假令'二句看，似赐金还山后作。然李白、杜甫天宝四载在齐州与李邕会面时，李白已四十五岁，似不可谓'年少'。今人或谓此诗乃开元七年拜谒李邕之作，时李白十九岁，可谓'年少'，李邕时为渝州刺史。然缺乏李白十九岁游渝州的实证。诗中谓鹏起又落，似指供奉翰林又被弃，且'年少'只是泛指后辈，非必青年，故系于天宝四载较妥。"（《李白全集注评》）

　　这首诗的主旨，历来多以为表达了诗人之自负及对李邕的期待。葛景春则认为表达了李白对李邕的不满。"李白游渝州谒见李邕时，李邕见他年少气盛，不拘俗礼，狂气十足，且谈论间放言高论，纵谈王霸，使李邕十分不悦。……（李邕）为人自负好名，对年轻后进的态度颇为矜持，当然对青年李白平交诸侯的态度及策士般的'大言'产生不满与反感。李白对李邕轻视后生的态度，也十分不满，因此在临别时写了这首对前辈颇为不恭的《上李邕》一诗，以作对李邕待客倨傲，看不起年轻后辈的轻慢行为的回敬。"（《李白思想艺术探骊》）

鲁郡东石门送杜二甫

醉别复几日，登临遍池台。
何时石门路，重有金樽开。
秋波落泗水，海色明徂徕。①
飞蓬各自远，且尽手中杯。

【注释】

①泗水：水名，在山东省东部。《元和郡县志》："泗水，源出（山东泗水）县东陪尾山。其源有四，四泉俱导，因以为名。"

【评析】

石门，即石门山，位于今山东曲阜东北。天宝元年（742），改兖州为鲁郡。杜二甫，即杜甫，其排行为二。李白被诏许还乡后，在洛阳与杜甫相见，曾一同漫游梁、宋。此时两人在东鲁重逢，连日沉浸在饮酒酣乐之中，几乎游遍了鲁郡附近的亭台楼阁。在石门山临别之际，李白写下此诗。诗人感叹这种尽情欢乐的日子令人陶醉，可惜不能持久，只有希望来日尽快重逢。远处太阳从东海上升起，徂徕山异常明丽。在这山清水秀之处，两人喝下杯中酒，就要各奔东西了。

李白这首诗常被后人引用，作为讨论他与杜甫交谊的重要材料。否定者如都穆《南濠诗话》："李太白、杜子美微时为布衣交，并称于天下后世。今考之杜集，其怀赠太白者多至四十余篇，时太白诗之及杜者，不过沙丘城之寄、鲁郡石门之送，及'饭颗'之嘲一绝而已。盖太白以帝室之胄，负天仙之才，日试万言，倚马可待，而杜老不免刻苦作诗，宜其为太白所诮。"肯定者如余成教《石园诗话》："少陵于太白，或赠或怀，诗凡九见。太白于少陵，惟《鲁郡东石门送杜二甫》《沙丘城下寄杜甫》二作，而皆情溢言外……试玩二公诗及'醉眠秋共被，携手日同行'句，可知其交情也。"

这首诗中所蕴含的深厚情感，也得到后人充分关注。张含辑《李杜诗选》引梅禹金曰："不必言涕，黯然消魂。"《唐宋诗醇》："无限低回，有说不尽处，可谓情深于辞。"朱谏《李诗选注》详细地解说道："此白于鲁东门送杜子美也。言既醉而别，复有几日之相聚乎？俱客于鲁，相与登临，极其欢洽，而一旦分携于石门之路，不知此复于何日重相会乎？斯时也，秋波落于水之中，海色明徂徕之上。吾二人者，迹若飞蓬，随风飘转，各自分散，再会之期不能预定。今兹酌别，且尽掌中之杯，以相缱绻可也。按白游山东之时，适杜甫趋庭之日，故得相会于此。杜将先归，而白送之也。杜尝寻白，误落苍耳中，岂亦在此地欤？二公平生相知相敬，斯文气谊之厚可见矣。"

此外，杜甫《春日忆李白》诗有云："何时一樽酒，重与细论文。"萧士赟《分类补注李太白诗》猜测李、杜这两首诗为同时酬唱之作。安旗驳斥说："萧说误。杜甫于天宝四载秋去东鲁，五载即入长安，六载春在长安作《春日忆李白》诗，中有句：'渭北春天树，江东日暮云。何时一樽酒，重与细论文？'时、地与白诗俱不合，断非一时酬答之作。"（《新版李白全集编年注释》）

秋日鲁郡尧祠亭上宴别杜补阙范侍御

我觉秋兴逸，谁云秋兴悲。①
山将落日去，水与晴空宜。

鲁酒白玉壶，送行驻金羁。^②
歇鞍憩古木，解带挂横枝。
歌鼓川上亭，曲度神飙吹。
云归碧海夕，雁没青天时。
相失各万里，茫然空尔思。

【注释】

① 秋兴：因秋起兴。逸：安逸恬乐。

② 金羁：用金镶制的马络头，此处指马。

【评析】

　　面对秋天枯萎憔悴的花草、萧条冷落的景色，多愁善感的文人不免唏嘘感涕，但李白豁达的胸襟、爽朗的个性、开阔的视野，使他面对深秋的景色并不是一味惋惜感伤。秋天又岂止是萧瑟所能囊括的？在飘逸的诗人看来，它依然透露出勃勃生机，富有诗情画意。傍晚时分，绵延的群山衔着红日，粼粼波光与万里晴空掩映成辉，疏落有致，水净明空，好一幅秋高气爽的图画。尧祠亭上，饯别筵席的帷幕徐徐拉开，良酒美食纷至沓来，友人们拥骑而来，在高大的古木下卸下马鞍，解下衣带挂在横生的树枝上，怀着轻松愉悦的心情步入酒席。这时，音乐响起，欢快的乐曲更助长了大家的豪情逸致。白云终将归于碧海，大雁也会没于青天，诗人与他的朋友们终将分别，各有万里之行。既然分别是不可避免的，也就不要弄得凄凄惨惨，作儿女之状，不如开怀畅饮，把无尽的关爱与思念都融入酒杯之中，免得离别之后，相隔万里，尽是茫然与惆怅。

　　这首诗的情感基调，历来有两说。或以为是低回与惆怅。沈寅、朱昆《李诗直解》云："秋天日暮宴而不觉茫然自失也。言我觉秋兴甚逸，而谁云秋兴悲？秋山日落，而水与晴空两相宜者，正秋气之逸也。当此之时，携薄酒以送行，则歇鞍憩古木以维马，解带挂横枝以畅饮，歌鼓于川亭之上，曲度有神飙之吹，而落日渐去矣。云之归碧海也，雁之没青天也，此时不得不分袂矣。我与二公相别，各有万里之行，徒令我茫然自失，而岂不尔思乎？则行日远耳，故当更尽一杯酒也。"

或以为充满逸兴与豪情。陆时雍《唐诗镜》云："所谓逸兴遄飞，此等处是太白本相。"赵孝思也说："李白这首诗，既是送别，又是抒情，把主观的情感融注到被描写的各种对象之中，语言自然而夸张，层次分明而有节奏。尤其可贵的是，诗的格调高昂、明快、豪放，具有很强的艺术感染力。"（《李白诗歌鉴赏辞典》）

诗题之"鲁郡"，即为山东兖州；"尧祠"，在河南道兖州瑕丘县，《元和郡县志》："尧祠，在县东南七里，洙水之西。"至于"杜补阙"，晚唐以来或以为即指杜甫。郭沫若《李白与杜甫》说："这首诗在题目上有问题。李、杜游齐鲁时，杜甫并无官职。后来有了官职，做过左拾遗，也并不是'补阙'。因此，前人有的怀疑'杜补阙'不会是杜甫。考唐人段成式《酉阳杂俎》已征引此诗：'众言李白惟戏杜考功饭颗山头之句，成式偶见李白《祠亭上宴别杜考功》诗，今录其首尾（按：即上引诗首四句与尾四句）。'这显然误把'考功'弄成了杜甫的功名，'杜考功'，即杜甫是无疑问的。'饭颗山头'之句是李白赠杜甫的诗句，《尧祠亭上宴别》也必然是赠杜甫的诗。因此，李白集中的诗题应该是《秋日鲁郡尧祠亭上宴别杜甫兼示范侍御》……这位范侍御很显然就是杜甫《与李白同寻范十隐居》的那位'范十'了。"

这一猜测，也有人质疑。洪迈《容斋随笔》："至于太白与子美诗，略不见一句，或谓《尧祠亭别杜补阙》者是也，乃殊不然。杜但为右拾遗，不曾任补阙。"郁贤皓《李白全集注评》说："按此说（郭沫若之说）尚嫌缺乏根据。况范十乃隐士，范侍御为御史台官员，当非其人。"

沙丘城下寄杜甫

我来竟何事，高卧沙丘城。
城边有古树，日夕连秋声。
鲁酒不可醉，齐歌空复情。
思君若汶水，浩荡寄南征。[①]

【注释】

① 汶水：鲁地河流名。南征：南行。

【评析】

我为什么会来到山东，为什么会寄居在沙丘城？原本应是施展才华的大好年华，我却只有闲居在东鲁。这里的生活如此单调，令人烦闷。抬眼望去，唯有城边的古树，在瑟瑟秋风之中伫立着，默默地陪伴自己。秋天是伤感的季节，在凄清的氛围里，惆怅将自己紧紧纠缠住，几乎使人透不过气来。人们常常用轻歌曼舞、酣醉痛饮来排遣忧闷，但现在自己却对鲁酒、齐歌没有丝毫兴趣。在这个季节，在这样的环境中，唯有一二知心好友才是最好的安慰。想着远去的杜甫，心中那浩如一川汶水的满腹牵挂之情，也追随杜甫悠悠南去了。

这首诗表现了李白对杜甫的思念之情。唐汝询《唐诗解》："时子美南游，太白北迈，憩沙丘而闻秋声，因以寄忆也。言鲁酒齐歌咸不足以消愁，独汶水南流若解人意，可以寄我思君之情耳。"《李白诗选注》编选组《李白诗选注》："这首诗是李白寄寓沙丘时所作，描写与杜甫分别后饮酒不醉、听歌无趣的心情，并以长流不断的汶水为喻，表达自己与友人的深情厚意。"

用流水来表达思念，虽然屡见不鲜，但李白依然写出了别样的情怀。陈贻焮《杜甫评传》说："李白也好用滔滔不绝的流水比喻一往情深的相思或别意，如《寄远》'相思无日夜，浩荡若流波'、《金陵酒肆留别》'请君试问东流水，别意与之谁短长'等等。这里的'思君若汶水，浩荡寄南征'，虽然也是这么写，但由于感情充沛、感受深切，似乎非如此不足以表达，令人读了并无雷同之感。"

诗作本是寄赠杜甫，但前六句都是李白在自叙行踪与感受，末二句才落到杜甫身上，这种写法也令人耳目一新。马玮《李白诗词赏析》："一、二句交代诗人闲居沙丘城，三、四句交代诗人所居环境，五、六句抒情表达自己歌酒解愁而不得的苦闷。这六句诗，仿若诗人写信给友人，告诉对方自己的近况，不涉一个'思'字，也不用一个'君'字，字里行间却可读出诗人和杜甫之间相知相交的深情厚谊。因为不是知交，不会如此向对方絮叨自己的近况，不是知交，不会有耐心倾听对方的絮叨。"

不过，自此李、杜优劣论兴起之后，常有人指出二人的友情并不存在。他们认为杜甫对李白有倾慕之意，而李白殊不以为然，对杜甫并没有特别的关注。如陈善《扪虱新话》云："唐世诗称李、杜，文章称韩、柳。今杜诗语及太白处，无虑十数篇；而太白未尝有与杜子美诗。只有'饭颗'一篇，意颇轻甚。论者谓以此可知子美倾倒太白至矣。"

《唐宋诗醇》则以此诗为证，阐发李、杜二人深厚之情意："白与杜甫相知最深，'饭颗山头'一绝，《本事诗》及《酉阳杂俎》载之，盖流俗传闻之说，白集无是也。鲍、庾、阴、何，词流所重，李、杜实宗尚之，特所成就者大，不寄其篱下耳，安得以为讥议之词乎？甫诗及白者十余见，白诗亦屡及甫，即此结语，情亦不薄矣。世俗轻诬古人，往往类是，尚论者当知之。"

对于诗中所提及的沙丘城与汶水的关系，大约有两说。一说认定它们都是李白所在之处，沙丘城与汶水相隔甚近，如王琦注《李太白全集》云："据此诗而约其地，（沙丘城）当与汶水相近。"一说沙丘城与汶水并不在一处。或以为这里的"汶水"应该指"泗水"，如宫衍兴《李白占籍东鲁地名考》："其实沙丘就在兖州城东，即唐鲁郡治城东门外，泗水边上。……为什么又出来个'浩荡寄南征'的汶水？实际上浩荡南征的汶水指泗水，泗、汶合流，诗以互授通称。"或以为李白身处沙丘而想到了汶水，如耿元瑞说："'汶阳川'即汶水，在曲阜之北七、八十里。'思君若汶水''因之汶阳川'都只是联想到它，不能认为沙丘城就在它的岸边。"（傅庚生、傅光《百家唐宋诗新话》）

忆旧游寄谯郡元参军

忆昔洛阳董糟丘，为余天津桥南造酒楼。
黄金白璧买歌笑，一醉累月轻王侯。
海内贤豪青云客，就中与君心莫逆。
回山转海不作难，倾情倒意无所惜。
我向淮南攀桂枝，君留洛北愁梦思。[①]
不忍别，还相随。
相随迢迢访仙城，三十六曲水回萦。[②]

158

一溪初入千花明，万壑度尽松风声。
银鞍金络到平地，汉东太守来相迎。③
紫阳之真人，邀我吹玉笙。④
餐霞楼上动仙乐，嘈然宛似鸾凤鸣。
袖长管催欲轻举，汉东太守醉起舞。
手持锦袍覆我身，我醉横眠枕其股。
当筵意气凌九霄，星离雨散不终朝，分飞楚关山水遥。
余既还山寻故巢，君亦归家度渭桥。
君家严君勇貔虎，作尹并州遏戎虏。⑤
五月相呼渡太行，摧轮不道羊肠苦。⑥
行来北凉岁月深，感君贵义轻黄金。⑦
琼杯绮食青玉案，使我醉饱无归心。
时时出向城西曲，晋祠流水如碧玉。
浮舟弄水箫鼓鸣，微波龙鳞莎草绿。
兴来携妓恣经过，其若杨花似雪何。
红妆欲醉宜斜日，百尺清潭写翠娥。
翠娥婵娟初月辉，美人更唱舞罗衣。
清风吹歌入空去，歌曲自绕行云飞。
此时行乐难再遇，西游因献长杨赋。⑧
北阙青云不可期，东山白首还归去。
渭桥南头一遇君，酂台之北又离群。⑨
问余别恨今多少，落花春暮争纷纷。
言亦不可尽，情亦不可及。
呼儿长跪缄此辞，寄君千里遥相忆。

①攀桂枝：指隐居。淮南小山《招隐士》："桂树丛生兮山之幽……攀援桂枝兮聊淹留。"

②仙城：山名。《舆地纪胜》卷三八"随州"："仙城山在州东八十里。"

③汉东太守：即随州刺史。《旧唐书·地理志》"山南东道随州"："隋为汉东郡，武德三年，改为随州……天宝元年，改为汉东郡。乾元元年，复为随州。"

④紫阳之真人：即道士胡紫阳。李白《汉东紫阳先生碑铭》："先生姓胡氏……所居苦竹院，置餐霞之楼，手植双桂，栖迟其下。"

⑤严君：父亲的代称。《易·家人》："家人有严君焉，父母之谓也。"并州，州治在今山西太原。

⑥羊肠：即羊肠坂，在太行山上。曹操《苦寒行》："北上太行山，艰哉何巍巍。羊肠坂诘屈，车轮为之摧。"

⑦北凉：一作"北京"，指今太原。

⑧长杨赋：汉代文学家扬雄所作。《汉书·扬雄传》："雄从（帝）至射熊馆，还，上《长杨赋》。"

⑨渭桥南头：一作"渭水桥南"或"涡水桥南"。酂：古县名，秦置，在今河南省永城市西酂城镇。

【评析】

谯郡，即亳州，州治在今安徽省亳州市。元参军，元演，时为亳州参军。此诗曾收入《河岳英灵集》，其中又提到诗人长安失意之事，故当写于天宝三载（744）至十二载（753）之间。诗人先追忆他在洛阳裘马轻狂的生活及与元演的结识、成为莫逆之交和依依惜别的过程；然后叙述他偕元演同游汉东郡与汉东太守、紫阳真人在餐霞楼上饮酒作乐的情形，仙城山的美景、太守的亲切随和、诗人的醉态，都一一如在眼前；接着诗人写他北游太原时受到元演及其父亲热情款待的情况，重点描绘了晋祠的风光及女妓的歌舞；最后写诗人与元演再度相遇及怅然分手，情绪低落，心中有无限感慨。

诗人为何以"忆旧游"为题？曾国藩认为所谓"忆旧游"，实际上是指李白与元演的四次离合。其《求阙斋读书录》："'君留洛北'以上，洛阳相会，旋即相别；'我醉横眠'以上，汉阳相会，旋又相别；'歌曲自绕'以上，晋州相会，旋又相别；'鄴台之北'以上，关中相会，旋又相别。四会四别，统名曰忆旧游。"

诗人既然是"忆旧游"，往日的生活在他笔下便显得那样令人留恋。在洛阳时，诗人何等张狂，"一醉累月轻王侯"；在汉东时，生活又何等飘逸，如入仙境，"我醉横眠枕其股"；在并州时，元参军父子又何等热情，"使我醉饱无归心"；如今相逢长安，自己又何等失意落魄，"北阙青云不可期"。四次离合，诗人生平便历历可见。李白之诗，多浪漫奇思，飘逸纵横，而这首诗叙事清晰，结构严谨，层次分明，历来备受称赞。

如《唐宋诗醇》："此篇最有纪律可循。历数旧游，纯用叙事之法。以离合为经纬，以转折为节奏。结构极严而神气自畅。至于奇情胜致，使览者应接不暇，又其才之独擅者耳。"唐汝询《唐诗解》也说："此历叙旧游之事以寄忆也。言我与参军凡合而离者四，情好无二焉。夫在洛，则我就君游；适淮，则君随我往；以并州戎马之地，而携妓相遇；以《长杨》落魄之余，而不忘晤对，真所谓金石交者也，离情安有极耶？此篇叙事四转，语若贯珠，又非初唐牵合之比，长篇当以此为法。"

延君寿则认为这首诗最突出的特色是笔法回环曲折而又有条不紊、严丝合缝。其《老生常谈》详细剖析说：《忆旧游寄谯郡元参军》

诗，以董糟丘陪起入题，先用'回山转海不作难'二句一顿，方能引起下文如许热闹。'一溪初入千花明'云云，东坡每能效此种句。前段入汉东太守，主中之宾也；插入紫阳真人，又宾中之宾也。又复折回汉东太守'手持锦袍'云云，不特气力横绝，而用笔回环，亦极奇幻不测。'当筵意气'五句，用单句作过脉，有峰回岭断之妙。'君家严君'云云，又起一波，引起下半首，便不更添一人。只以美人歌曲略作点缀，与前面文字虚实相生恰好。末路回映渭桥，章法完密。一首长歌，以惊艳绝世之笔，写旧游朋徒之从，乍读去令人目炫心摇，不知从何处得来；细心绎之，中之离离合合，一丝不乱。"

此外，还有论者以为这首诗的魅力在于李白独有的非凡气势与奇崛笔力。周珽《唐诗选脉会通评林》说："纵横华藻，如鼍宫蜃市出没变怪于其中。应是胸有日月，笔有风雨，古篇长调绝技。"吴昌祺《删订唐诗解》云："长篇步步奇崛苍劲，亦天然笔力也。"而《王闿运手批唐诗选》说得最为明晰："只序交情，交情又只酒肉，而文自有傲兀之气。"

至于批评，主要集中在两个方面。一是认为这首诗虽气势雄浑，但不免有粗疏之弊。如旧题严羽评点《李太白全集》："气概雄放，非太白无此力量，然亦微觉粗。"一是认为这首诗内容散漫，语词浅俗。朱谏《李诗辨疑》："辞浅俗而意缠绵，如妇人女子相与咕喋呫嗫不可了者，白以刚肠雄文曾若是乎？且以造酒楼与所历之地、所接之人，考之白生平经历，无一事一处相同，非白之作明矣。"

梦游天姥吟留别

海客谈瀛洲，烟涛微茫信难求。①
越人语天姥，云霞明灭或可睹。
天姥连天向天横，势拔五岳掩赤城。②
天台四万八千丈，对此欲倒东南倾。③
我欲因之梦吴越，一夜飞度镜湖月。
湖月照我影，送我至剡溪。④
谢公宿处今尚在，渌水荡漾清猿啼。
脚著谢公屐，身登青云梯。⑤
半壁见海日，空中闻天鸡。⑥
千岩万转路不定，迷花倚石忽已暝。
熊咆龙吟殷岩泉，栗深林兮惊层巅。
云青青兮欲雨，水澹澹兮生烟。
列缺霹雳，丘峦崩摧。⑦
洞天石扇，訇然中开。
青冥浩荡不见底，日月照耀金银台。⑧
霓为衣兮风为马，云之君兮纷纷而来下。
虎鼓瑟兮鸾回车，仙之人兮列如麻。
忽魂悸以魄动，恍惊起而长嗟。
惟觉时之枕席，失向来之烟霞。
世间行乐亦如此，古来万事东流水。
别君去兮何时还？且放白鹿青崖间，须行即骑访名山。
安能摧眉折腰事权贵，使我不得开心颜。

【注释】

① 瀛洲：传说中的海上仙山。《史记 · 封禅书》：“自威、宣、燕昭使人入海求蓬莱、方丈、瀛洲，此三神山者，其传在渤海中。……诸仙人及不死之药皆在焉。”《海内十洲记》：“瀛洲，在东海中，地方四千里。大抵是对会稽，去西岸七十万里。”

② 赤城：赤城山。《元和郡县志》：“赤城山在（台州唐兴）县北六里，实为东南之名山。”

③ 天台：天台山，在浙江天台县城东北。

④ 剡溪：在今浙江嵊州南。即曹娥江上游诸水，古通称剡溪。《元和郡县志》：“剡溪出（越州剡）县西南，北流入上虞县界，为上虞江。”

⑤ 谢公屐：谢灵运穿的木屐。《南史 · 谢灵运传》：“寻山陟岭，必造幽峻，叠嶂数十重，莫不备尽登蹑。常着木屐，上山则去其前齿，下山去其后齿。”

⑥ 天鸡：《太平御览》载，东南有桃都山，上有大树名曰桃都，枝相去三千里。上有天鸡，日初出照此木，天鸡则鸣，天下鸡随之则鸣。

⑦ 列缺：闪电。扬雄《羽猎赋》：“霹雳烈缺，吐火施鞭。”李善注引应劭曰：“霹雳，雷也；烈缺，闪隙也。”

⑧ 金银台：道教中神仙所居的黄金白银宫阙。郭璞《游仙诗》：“神仙排云出，但见金银台。”

【评析】

李白说他经常听海外归来的人谈起海上仙境，令其无限神往；从越州来的人，谈到家乡的美景也如数家珍，称赞天姥山掩映在浮云丽霓之中，不输仙境，也让他兴致盎然。但瀛洲那样的仙山缥缈神秘，隐藏在万顷碧波之中，可遇而不可寻求，不如到天姥山寻幽探胜。天姥山有多高呢？越人这样崇拜它，想必应该是耸立云霄，横跨天宇，在它面前，雄伟的五岳相形见绌，奇丽的赤城山逊色三分，甚至传说中高达四万八千丈的天台山，也只有拜倒在它的东南面。这样的灵秀之地，还是先在梦中去亲近一番。一夜千里，飞至越中，越中靓丽的风景令人目不暇接。美丽的镜湖如明镜，在月光照耀之下，熠熠生辉。剡溪碧波荡漾，蜿蜒曲折，美不胜收。当年，谢灵运在此流连忘返，遗踪至今尚存。诗人追随前贤，也穿上特制的登山的木屐，轻松地登上了陡峭的高峰，放眼望去，海日升空，曙色一片，耳旁天鸡啼晓。天姥山峰峦峭峙，山路盘旋，千岩万转。深山之中，光线幽暗，倚石栖息之时，感觉就像暮色降临。远处又传来阵阵声响，在山林间轰鸣，好似熊的咆哮，龙的低吟，连山巅也为之战栗。一阵乌云飘来，山谷迷蒙一片，雾气腾腾，烟霭层层。电光一闪，霹雳雷至，地动山摇，丘峦崩摧，一个神仙洞府倏然而现。这个洞天福地金碧辉煌，异彩纷呈，光耀夺目。一群群仙人身披虹霓，御风而行，密密麻麻，令人心惊目眩。诗人惊喜交加，突然从梦中醒来，梦里的仙境一下子消失得干干净净，使他惆怅不已。自古以来，美好的事物就如同流水一样，永远无法将它挽留。快乐总是短暂的，何苦折磨自己，周旋在权贵之间，低头哈腰，狼狈不堪？不如身骑白鹿，恣情山水。

这首诗曾被视为李白飘逸诗风的典范作品，正与杜甫沉郁之作形成鲜明对照。严羽《沧浪诗话·诗评》："子美不能为太白之飘逸，太白不能为子美之沉郁。太白《梦游天姥吟》《远离别》等，子美不能道。"高棅《唐诗品汇·七言古诗叙目》："白之所蕴非止是，今观其《远别离》《长相思》《乌栖曲》《鸣皋歌》《梁园吟》《天姥吟》《庐山谣》等作，长篇短韵，驱驾气势，殆与南山秋色争高可也，虽少陵犹有让焉，余子琐琐矣。"

也有人指出，这首诗所展示出来的是李白独有的才力，而不是独有的诗风。《唐宋诗醇》："七言歌行，本出楚骚、乐府，至于太白，然后穷极。笔力优入圣域，昔人谓其以气为主，以自然为宗，以俊逸高畅为贵，咏之使人飘扬欲仙，而尤推其《天姥吟》《远别离》等篇，以为虽子美不能道。盖其才横绝一世，故兴会标举，非学可及，正不必执此谓子美不能及也。此篇夭矫离奇，不可方物，然因语而梦，因梦而悟，因悟而别，节次相生，丝毫不乱。若中间梦境迷离，不过词意伟怪耳。胡应麟以为无首无尾，窈冥昏默，是真不可以说梦也。特谓非其才力，学之立见踬踣，则诚然耳。"

李白天马行空的想象力，在这首诗中展露无遗。桂天祥《批点唐诗正声》："《梦游天姥吟》胸次皆烟霞云石，无分毫尘浊，别是一副言语，故特为难到。"郭濬《增定评注唐诗正声》："恍恍惚惚，奇奇幻幻，非满肚皮烟霞，决挥洒不出。"不过，这首诗的诗境虽极其奇幻，脉络却十分清晰，结构也颇为严谨。延君寿《老生常谈》："《梦游天姥吟留别》诗，奇离惝恍，似无门径可寻。细玩之，起首入梦不突，后幅出梦不竭，极恣肆幻化之中，又极经营惨淡之苦，若只貌其格句字面，则失之远矣。一起淡淡引入，至'我欲因之梦吴越'句，乘势即入，使笔如风，所谓缓则按辔徐行，急则短兵相接也。'湖月照我影'八句，他人捉笔，可云已尽能事矣，岂料后边尚有许多奇奇怪怪。'千岩万转'二句，用仄韵一束，以下至'仙之人兮'句，转韵不转气，全以笔力驱驾，遂成鞭山倒海之能，读去似未曾转韵者，有真气行乎其间也。此妙可心悟，不可言喻。出梦时，用'忽魂悸以魄动'四句，似亦可以收煞得住，试想若不再足'世间行乐'二句，非但喝题不醒，抑亦尚欠圆满。'且放白鹿'二句，一纵一收，用笔灵妙不测。后来惟东坡解此法，他人多昧昧耳。"

诗歌的主旨，前人或以为是写游仙遁世，《李太白诗醇》引谢叠山云："此太白避乱鲁中而留别之作，然以游仙为是，以游宦为非。"唐汝询《唐诗解》："此将之天姥，托言梦游，以见世事皆虚幻也。"

或以为是写远离国都的惆怅，陈沆《诗比兴笺》："太白被放以后，回首蓬莱宫殿，有若梦游，故托天姥以寄意。……题曰'留别'，盖寄去国离都之思，非徒酬赠握手之什。"

经下邳圯桥怀张子房

子房未虎啸，破产不为家。
沧海得壮士，椎秦博浪沙。[①]
报韩虽不成，天地皆振动。
潜匿游下邳，岂曰非智勇？
我来圯桥上，怀古钦英风。
唯见碧流水，曾无黄石公。[②]
叹息此人去，萧条徐泗空。

【注释】

①博浪沙：在今河南省原阳县东南。《史记·留侯世家》："（张良）东见仓海君，得力士，为铁椎重百二十斤。秦皇帝东游，良与客狙击秦皇帝博浪沙中，误中副车。"

②黄石公：秦时隐士。《史记·留侯世家》："子房始所见下邳圯上老父与《太公书》者，后十三年从高帝过济北，果见谷城山下黄石，取而葆祠之。留侯死，并葬黄石。每上冢伏腊，祠黄石。"

【评析】

下邳，在今江苏邳州。圯桥，架在圯水上的桥。一说"圯"就是桥，《汉书·张良传》服虔注云："圯音颐，楚人谓桥曰圯。"据《史记·留侯世家》所载，韩国灭亡后，张良散尽家产为韩报仇，求刺客椎杀秦始皇而不中，逃亡隐匿下邳时，在圯桥遇见一老人，获赠《太公兵法》，后以此建功立业。

这是一首怀古诗，写诗人经过下邳圯桥时想起张良的故事而有所感。整首诗可以为分为两段。前八句说，张良在潜逃至下邳遇见黄石公之前，虽然尚未虎啸生风，展示他运筹帷幄之中而决胜千里之外的雄姿，但博浪一击，震撼天下，已经算得上智勇之士。朱谏《李诗选注》："此李白经下邳圯桥怀子房也。言子房未遇之时，国破失爵之后，思欲为韩报仇，散家财以求壮士，狙击始皇于博浪沙中。事虽不就，志则大矣，而天地为之振动。始皇索之竟不可得，子房乃变姓名，亡匿下邳。夫以匹夫而谋万乘，以臣子而报君父之仇，举动光明而迹无败露，则其智识之高而义理之勇，有非他人所可及者矣。"

后六句写诗人来到圯桥上，想起张良往日的英姿，只见碧水长流，而黄石公那样慧眼识英雄的隐者再也无法遇见，不由感慨万千。朱谏《李诗选注》："言我经过下邳，游于圯桥之上，怀想古人而敬仰子房之英风，但见碧水流于桥边，而所谓黄石公者不可得而见矣。惆怅此人一去而不复还，徐、泗之间，只今空虚而萧条，阒若无人之境，我又安得与斯人而相遇哉！"

这首诗的宗旨，或以为意在称颂张良之勇且有智，表达诗人对他的钦慕之情，诗歌的核心是"岂曰非智勇"一句。桂天祥《批点唐诗正声》："太白志豪，盖有所慕而来，末句尤见感慨。"沈寅、朱昆《李诗直解》："此咏子房之忠韩而多智勇，令人怀之而钦其风也。言英雄用世，如虎之啸。子房未虎啸之时，见秦之灭韩，悉破产而无身家之念。乃见沧海君，得力士以铁椎刺秦王于博浪沙中，误中副车，虽未成报韩之功，而天地皆为震动矣。此时收之急，则潜迹隐匿，以游下邳。保其身复保其壮士，岂曰非智勇而能然乎哉？我来圯桥之上，怀古而钦仰其英风。惟见桥下有碧流之水，曾无授书之黄石公也。子房得此书以作帝王师，叹息此人已去矣，今但见萧条之景，而徐、泗之水，空流于淮而已矣。若子房之忠荩智勇，千古一人也，我安得不怀哉！"

今人也有持这一观点者，如钱志熙、刘青海《李白诗选》："此专咏张子房椎秦未成功，避祸隐居下邳事。篇中'岂曰非智勇'，是李白对此事的评价。盖张良抗暴，是其勇；当始皇大索于天下时，能孤身自藏于下邳，是其智。李白今来圯桥之上，怀古而钦英风……这首诗和李白其他怀古之作一样，融入了很深的豪杰之士间惺惺相惜的感情。"

或以为李白借此诗而为徐、泗乃至天下埋没之士鸣不平，诗歌的核心是"曾无黄石公"一句。唐汝询《唐诗解》："此历叙子房报韩之事，以发圯上吊古之思也。言子房智勇已具，又能屈体受书于此，故我经其地，想见其英风，而所授书之老人已不可复睹。自此人一去，而徐、泗之间绝无英雄。则非独继子房者难，而识子房者尤难，岂今世果无才耶？其寓意深矣。"陆时雍《唐诗镜》："奇杰，似与古人把臂披豁，不徒为欷歔凭吊之辞。"

或以为这首诗言在此而意在彼，表面上是咏张良，实际上是抒写自己怀才不遇的情怀，诗歌的核心是"我来圯桥上"一句。应时《李诗纬》引丁龙友云："寓意深远，终有自负意。"吴烶《唐诗选胜直解》："自寓之意，见于言表。"沈德潜《说诗晬语》："本怀子房，而意实自寓。"今人也多以为最后四句融入了李白个人的身世之感。"本应说物是人非而不见张子房了，却说不见其师黄石公，发人深思。言外之意是：当今未尝没有张子房那样具有'英风'之士，只是没有黄石公那样的人去识拔罢了。最后两句，表面是'叹息此人去'，实际上是以曲笔抒写自己的抱负：谁说'萧条徐泗空'，继张子房而起者，

169

当今之世，舍我其谁。"（江苏文史资料编辑部《历代诗人咏邳州》）

丁都护歌

云阳上征去，两岸饶商贾。①
吴牛喘月时，拖船一何苦。②
水浊不可饮，壶浆半成土。③
一唱都护歌，心摧泪如雨。
万人凿盘石，无由达江浒。
君看石芒砀，掩泪悲千古。

【注释】

① 云阳：今江苏丹阳。

② 吴牛喘月：《世说新语·言语》载："满奋畏风，在晋武帝坐，北窗作琉璃屏，实密似疏，奋有难色。帝笑之。奋答曰：'臣犹吴牛，见月而喘。'"刘孝标注："今之水牛唯生江淮间，故谓之吴牛也。南土多暑，而此牛畏热，见月疑是日，所以见月则喘。"

③ 壶浆：茶水，酒浆。以壶盛，故称壶浆。

【评析】

这首诗载录于《乐府诗集》卷四五《清商曲辞·吴声歌曲》。曲名一作《丁督护歌》，《宋书·乐志》解题说："《督护歌》者，彭城内史徐逵之为鲁轨所杀，宋高祖使府内直督护丁旿收敛殡埋之。逵之妻，高祖长女也。呼旿至阁下，自问殓送之事，每问，辄叹息曰：'丁督护！'其声哀切，后人因其声广其曲焉。"

李白的这首《丁都护歌》，意在借哀怨凄切的曲调，写纤夫在炎炎夏日拖船运石的痛苦。朝廷在云阳一带采石，租船搬运，将之由运河拖运到江岸。适逢盛夏之时，天旱水枯，酷热难当，船夫们头顶烈日，逆流拉纤，不胜劳苦。气候如此炎热，劳动强度如此之大，口渴自然成为纤夫们最强烈的感觉。但河水枯竭，浑浊多泥，盛在壶中，一半是泥浆。这种水，人如何能饮？但天热人渴，不喝它又能喝什么呢？船夫们心中有无限的怨苦，那凄惨的号子真令人潸然泪下。那又多又大的石头，个个贮满了纤夫的凄楚，使人为之感伤千古。一声歌，一行泪，凄切哀怨，令人不忍听闻。

李白为何要写这首诗呢？一说是反对劳民伤财，开凿运河。杨齐贤注《李翰林集》："此意谓行船于河，河水浑浊不可饮，虽使万人凿石以通江水，终不能得。当热而渴饮，千古之人视盘石芒砀然，岂不悲哉！"

一说讽刺秦始皇开凿北坑。萧士赟《分类补注李太白诗》："太白乐府，每篇必檃栝一事而作，非泛然而言者。此篇之意是咏秦皇凿北坑以厌天子气之事，徒尔劳民凿石，而不知真主已在芒砀山泽间矣，非人力之所能胜也。"

一说为朝臣倡言收云阳之税而作。朱谏《李诗选注》云："此诗唐天宝间必有言利之臣倡为云阳之税，以困夫商贾者。李白南游适睹其事，发为声诗以悯之。当是时，天下兵兴，江南调发之烦，淮河之间已骚然矣。故《丁都护》之歌辞哀而意苦也。"

一说为唐时韦坚开凿运河而作。萧士赟《分类补注李太白诗》云："此诗乃是为韦坚开广运潭而作，借秦为喻耳。按唐史，天宝初，江淮南租庸等使韦坚引淮水抵苑东望春楼下为潭，以聚江、淮运船，役夫匠，通漕渠，发人丘陇，自江、淮至京城，民间萧然愁怨，二年而成。三月，上幸望春楼观新潭，名其潭曰广运。太白之诗，其为是欤？"

一说为三国时孙权遣人开凿句容而作。萧氏又引人曰："吴孙权时，亦尝遣校尉陈勋将屯田及作士三万人凿句容中道，自小其至云阳西城，通会市，作邸阁。今以首句观之，似咏此事。"

一说为唐时齐瀚开凿漕运而作。胡震亨《唐音癸签》："白《丁都护歌》所咏云阳水道舟行艰碍之苦，盖为齐瀚所开新河作也。按：润州旧不通江，瀚开元中为刺史，始移漕路京口塘下，直达于江，立埭收课。……京口岸高，水浅浊，用牛曳舟为难。故白有此歌，以言其苦。其名《丁都护歌》者……白感其土俗之事，即用其土之古歌名以为歌也。"

一说为唐时官府取石于芒砀山而作。王琦注《李太白全集》："考之地志，芒、砀诸山，实产文石。意者是时官司取石于此山，傩舟搬运，适当天旱水涸，牵挽而行，期令峻急，役者劳苦，太白悯之而作此诗。"

今人安旗等认为，"这首诗是天宝六载（747）李白南游吴越，途经云阳，有感于船工拖船之苦而作"（安旗、薛天纬、阎琦《李诗咀华》）。

"芒砀"一词，旧注或以为指芒砀山，或以为即"忙荡，言其茫茫然而广荡也"，程千帆认为这是一个叠韵形容词，描绘石之大且多（《李白〈丁都护歌〉"芒砀"解》）。

酬崔侍御

严陵不从万乘游，归卧空山钓碧流。[①]
自是客星辞帝座，元非太白醉扬州。

①严陵：严子陵，东汉人。《后汉书·严光传》："严光字子陵，一名遵，会稽余姚人也。少有高名，与光武同游学。及光武即位，乃变名姓，隐身不见。帝思其贤，乃令以物色访之。……因共偃卧，光以足加帝腹上。明日，太史奏客星犯御坐甚急。帝笑曰：'朕故人严子陵共卧耳。'除为谏议大夫，不屈，乃耕于富春山，后人名其钓处为严陵濑焉。"

【评析】

此诗清浅可爱，如出山泉水，虽一望透底，却并非一览无余。清澈的诗句里，隐藏着无穷的诗意。崔侍御（崔成甫）曾写诗给李白，说他常想见到李白，如今在金陵得偿夙愿。其《赠李十二白》云："我是潇湘放逐臣，君辞明主汉江滨。天外常求太白老，金陵捉得酒仙人。"李白则在诗中以严子陵自比，表白他自辞帝坐，退隐山林，并非太白酒星喜游人间而醉卧扬州。沈寅、朱昆《李诗直解》云："此太白酬崔侍御而以子陵自比，元非好酒也。言严子陵高尚其事，不从帝游，归卧富春山而钓碧流，自适其志也。后帝物色求之，三聘而至，及加足以帝腹，太史奏为客星犯帝。除谏议大夫不拜，是自辞帝座而不仕耳。元非若太白之酒星，喜游人间，其意固有所在也。"

那么，李白的诗中之意究竟在何处呢？或以为表现了旧友重逢的喜悦及面对放归的旷达。"两个老朋友久别重逢的赠答诗，诙谐幽默，喜悦之情溢于言表。太白诗以东汉不臣天子的隐士严光自比，向朋友诉说自己还山以后的情况，也显得比较豁达。"（金涛声《李太白诗传》）

或以为展示了李白的自尊自傲。"在诗中他自比东汉的严子陵，汉光武帝是严氏的老同学，邀他到朝中做官，但为严子陵拒绝了，他宁愿与汉光武帝保持朋友的关系，也不愿屈身为臣。李白的辞京还山与

严子陵相似，其不臣于天子的兀傲之情，跃然纸上。"（葛景春《李白与唐代文化》）

或以为表达了李白的怨望与愤懑。"李白答诗实写其蒙天子赐金放归遭遇的愤懑情绪。……李白并不同意崔氏所说的'君辞明主汉江滨'，也不认为他的浪迹纵酒是真隐士的遁世行为，而这些都反映出他对赐金放还耿耿于怀、怨望深深的心态。"（熊礼汇《李白诗选》）

诗中的崔侍御，郭沫若曾认定就是崔宗之。其《李白与杜甫》说："崔侍御是崔宗之，名成辅，以字行，崔日用之子。韩朝宗荐之于朝，开元中官至右司郎中、侍御史，故被称为崔郎中或崔侍御。他也是'酒中八仙'之一人。……崔宗之后被谪贬于湘阴，有《泽畔吟》之作，李白曾为之序。继又移官金陵，与李白相遇，诗酒唱和。……成辅或作成甫，李白集中附有'摄监察御史崔成甫《赠李十二》'诗一首，即是崔宗之所赠。注家或误以为另一人，另一崔成甫乃崔沔之长子。……此人和李白似无关系。"

郁贤皓《李白诗中崔侍御考辨》梳理了李白诗集中十首与崔侍御有关的诗作，认为这里的崔侍御都是崔成甫而不是崔宗之，"《〈泽畔吟〉序》中说的'崔公'，'起家校书蓬山（秘书省校书郎）、再尉关辅（冯翊尉、陕县尉），中佐于宪车（摄监察御史），因贬湘阴（以事贬黜），从宦二十有八载而官未登于郎署'，与崔成甫的经历事迹完全符合。由此可以断定：这位'崔公'以及李白诗中的崔侍御、崔四侍御，就是崔沔长子崔成甫，可以无疑义了"。

登金陵凤凰台

凤凰台上凤凰游，凤去台空江自流。
吴宫花草埋幽径，晋代衣冠成古丘。
三山半落青天外，一水中分白鹭洲。^①
总为浮云能蔽日，长安不见使人愁。

【注释】

①三山：在今江苏省南京市西南长江东岸，以有三峰而得名。陆游《入蜀记》："三山，自石头城及凤凰台望之，杳杳有无中耳。及过其下，则距金陵才五十里。"白鹭洲：古代长江中的一个小洲，现已与陆地相连，位于今南京市江东门一带。《方舆胜览》："白鹭洲，《丹阳记》：在江中心，南边新林浦，西边白鹭洲。上多白鹭，故名。"

【评析】

凤凰台，故址在今江苏省南京市凤凰山。《太平寰宇记》载，南朝刘宋元嘉十六年（439），有三鸟翔集此山，状如孔雀，文彩五色，音声谐和，众鸟群集。于是人们置凤凰台里，起台于山，号为凤凰山。凤凰本是祥瑞之物，登上此台，诗人想到凤去台空，自然怅然若失。凤凰一去不复返，建筑凤凰台的南朝也为历史的灰尘所掩盖。昔日繁华喧闹的吴国宫廷，如今冷落荒凉，杂草丛生；烜赫一时的东晋名士，也进入坟墓，变成了几抔黄土。朝代兴废，世事更替，无可阻挡。后之视今，犹今之视昔。唯一不变的是青山常在，绿水长流。极目远眺，西南长江边上，三峰并列，南北相连，山岚水气，若隐若现。秦淮河横贯金陵，由城西注入长江，为白鹭洲所横截，一分为二。三

175

山二水可见，而同样位于西北的长安，却是云雾缠绕，杳渺难见，令人怅然。

这首诗开篇两句，令人想到崔颢《黄鹤楼》："昔人已乘黄鹤去，此地空余黄鹤楼。黄鹤一去不复返，白云千载空悠悠。"后人多以为李白创作此诗，与崔颢之作有关。刘克庄《后村先生大全集》："古人服善。太白过黄鹤楼，有'眼前有景道不得，崔颢题诗在上头'之句。至金陵，遂为《凤凰台》诗以拟之。今观二诗，真敌手也。若他人，必次颢韵，或于诗版之傍别着语也。"

李白作此诗，或许有与崔颢《黄鹤楼》一较高下之心，后人也多将两首诗相提并论。有人认为李诗不如崔诗自然，不及崔诗超妙，不如崔诗有气魄，有浓厚的模拟痕迹。王世懋《艺圃撷余》："崔郎中作《黄鹤楼》诗，青莲短气。后题凤凰台，古今目为勃敌。识者谓前六句不能当，结语深悲慷慨，差足胜耳。然余意更有不然。无论中二联不能及，即结语亦大有辨。……青莲才情标映万载，宁以予言重轻？尺有所短，寸有所长，窃以为此诗不逮，非一端也。如有罪我者，则不敢辞。"又屈复《唐诗成法》："三、四熟滑庸俗，全不似青莲笔气。五、六佳句，然音节不合。结亦浅薄。"《王闿运手批唐诗选》则云："学《黄鹤楼》，极可笑，又两拟之，更不知何所取。"

也有人认为李诗气概更为雄伟，情感更为厚实。《唐诗品汇》引刘辰翁云："其开口雄伟，脱落雕饰俱不论，若无后两句，亦不必作，出于崔颢而时胜之。"瞿佑《归田诗话》："崔颢题黄鹤楼，太白过之不更作。时人有'眼前有景道不得，崔颢题诗在上头'之讥。及登凤凰台作诗，可谓十倍曹丕矣。盖颢结句云：'日暮乡关何处是，烟波江上使人愁。'而太白结句云：'总为浮云能蔽日，长安不见使人愁。'爱君忧国之意，远过乡关之念。善占地步矣！"王夫之《唐诗评选》："与崔颢《黄鹤楼》落句语同意别。宋人不解此，乃以疵其不及颢作，觌面不识，而强加长短，何有哉！太白诗是通首混收，颢诗是扣尾掉收；太白诗自《十九首》来，颢诗则纯为唐音矣。"

更多的人认为两诗各有所长。方回《瀛奎律髓》："太白此诗与崔颢《黄鹤楼》相似，格律气势未易甲乙。此诗以凤凰台为名，而咏凤凰台不过起二语已尽之矣。下六句乃登台而观望之景也。三、四怀古人之不见也。五、六、七、八咏今日之景，而慨帝都之不可见也。登台而望，所感深矣。"《唐宋诗醇》："崔诗直举胸情，气体高浑；白诗寓目山河，别有怀抱。其言皆从心而发，即景而成，意象偶同，胜境各擅。论者不举其高情远意而沾沾吹索于字句之间，固已蔽矣。"赵臣瑗《山满楼笺注唐诗七言律》："若论作法，则崔之妙在凌驾，李之妙在安顿，其相碍乎？"

闻王昌龄左迁龙标，遥有此寄

杨花落尽子规啼，闻道龙标过五溪。[①]
我寄愁心与明月，随风直到夜郎西。[②]

【注释】

①杨花落尽：一作"扬州花落"。五溪：今湖南怀化一带。杜佑《通典》卷一八三"古荆州"："五溪，谓酉、辰、巫、武、沅等五溪也。"

②随风：一作"随君"。夜郎：唐县名，治所在今湖南芷江西南，天宝元年（742）后改名峨山，曾为龙标郡（业州）治所。夜郎西：龙标县（治所在今湖南省洪江市黔城镇）在夜郎县的西面。

【评析】

似花还似非花的杨花，飘零殆尽。也许不会有人对漫天飞舞的杨花惋惜，但当耳旁传来阵阵哀切的鸟鸣声时，人们就不会无动于衷了。子规凄惨地叫着"不如归去"，你看花儿随风而去，西园落红难缀，连"唯解漫天作雪飞"的杨花都不愿再多片刻的滞留，追随春天而归去了。就在伤感的时候，又传来了令人惊诧的消息，老朋友被贬谪了，而且是贬到五溪之外的龙标，这怎不让人悲痛？更为遗憾的是，朋友到如此荒远的地方，自己却没能够送他一程。离去的时候，他心中肯定是充满了凄楚；在漫漫征途之中，他肯定是分外独孤；在荒凉的蛮荒之地，他肯定是相当寂寞。千里阻隔，诗人不能亲自陪伴他，为朋友排解忧愁，就把自己的牵挂与关注之情寄给明月吧。天上的明月，不是被风吹着正缓缓西行吗？它一直在默默地关注着友人踯躅的身影，陪伴他流落到夜郎外。我将愁心寄与婵娟，它定会把这份缠绵深挚的友情转达给友人。

这首诗是李白听闻王昌龄被贬为龙标尉后而作，那么王昌龄何时被贬为龙标尉呢？王昌龄被贬的时间，决定了李白诗歌创作时间。一说王昌龄被贬于天宝六载（747）秋，李白这首作于天宝七载（748）春。"王昌龄除天宝二年（743）春因事暂至长安外，一直在江宁任所。约在天宝六载（747）秋，又以所谓'不护细行'被贬为龙标尉。七载春，抵龙标。"（李云逸《王昌龄诗注》）

一说李白诗作于天宝八载（749）。詹锳《李白诗文系年》："按殷璠《河岳英灵集》谓王昌龄'奈何晚节不矜细行，谤议沸腾，垂历遐荒，使知音者叹惜。'当指昌龄贬龙标尉而言。又常建《鄂渚招王昌龄张偾》诗云……似亦在昌龄贬龙标尉时。常建此诗既已选入《河岳英灵集》，则昌龄之左迁龙标当在天宝十二载前。本诗起句云：'杨花落尽子规啼'，疑是天宝八载春夏间于扬州作。"

一说李白诗作于天宝十载（751）或十一载（752）。"王昌龄有《别陶副使归南海》诗……从这些文献记载看来，则这首诗当作于天宝九载春，这与陶副使因涉于刘巨鳞事而被贬，在时间上也是衔接的。从'如何远谪渡湘沅'句看来，王昌龄应还在江宁，未在龙标。那么他自己的被贬，当在这一年或下一年秋，再晚恐怕也不大可能了。"（李珍华《王昌龄研究》）

前人解说这首诗的妙处，或着眼于首句之绘景，以为能融情于景。黄生《唐诗摘钞》："一写景，二叙事，三、四发意，此七绝之正格也。若单说愁，便直率少致，衬入景语，无其理而有其趣。"沈祖棻《唐人七绝诗浅释》："而于景物独取漂泊无定的杨花，叫着'不如归去'的子规，即含有飘零之感，离别恨在内。切合当时情事，也就融情入景。"

或着眼于三句之"愁心"与"明月"，以为情感真挚深婉。沈德潜《唐诗别裁集》："即'将心寄明月，流影入君怀'意，出以摇曳之笔，语意一新。"李锳《诗法易简录》："三、四句言此心之相关，直是神驰到彼耳，妙在借明月以写之。"

或着眼于末句之"随风"，以为想象奇妙。陆时雍《唐诗镜》："寄月随风，何所不到？"近藤元粹《李太白诗醇》引潘稼堂云："前半言时方春尽，已可愁矣；况地又极远，愈可愁矣。结句承次句，心寄与月，月又随风，幻甚。"

寄东鲁二稚子

吴地桑叶绿，吴蚕已三眠。[①]
我家寄东鲁，谁种龟阴田。[②]
春事已不及，江行复茫然。
南风吹归心，飞堕酒楼前。
楼东一株桃，枝叶拂青烟。
此树我所种，别来向三年。
桃今与楼齐，我行尚未旋。
娇女字平阳，折花倚桃边。
折花不见我，泪下如流泉。
小儿名伯禽，与姐亦齐肩。
双行桃树下，抚背复谁怜。
念此失次第，肝肠日忧煎。
裂素写远意，因之汶阳川。[③]

【注释】

①吴蚕：吴地之蚕。吴地盛养蚕，故称良蚕为吴蚕。三眠：蚕初生至成蛹，蜕皮三四次。蜕皮时不食不动，成睡眠状态。第三次蜕皮谓之三眠。

②龟阴田：此处指李白在山东的田地。《左传·定公十年》："齐人来归郓、谨、龟阴田。"孔颖达疏："山北曰阴，田在龟山北，其邑即以龟阴为名。"

③裂素：即剪裁白绢以写信。徐彦伯《拟古三首》："裂帛附双燕，为予向辽东。"

【评析】

　　江南的春天，郁郁葱葱，抬眼望去一片嫩绿。吴越的村妇，却没有闲暇去欣赏这秀丽的景色，她们正忙着采集桑叶。春蚕三次蜕皮，马上就要结茧了。抽丝意味着丰收，村妇们脸上洋溢着幸福的笑容。诗人看着忙碌的村妇，不禁想到东鲁家中春天的农事。自己家中那龟山北面的田地，有人在耕种吗？农忙的时候，家人是否在翘首以待，等着我的归来呢？三年多了，自己浪迹天涯，四处飘零，从来没有对家中的农事有所安排与帮助。想到这里诗人禁不住有些羞愧，思念之情抑制不住，仿佛随着风儿飞越山山水水，回到了山东老家的酒楼前。酒楼前的那株桃树，还是临行之前自己亲手栽种的，现在想必枝叶茂盛，快有酒楼高了吧。心爱的女儿平阳，想必也成为亭亭少女了，也许正伫立桃树下，拈着花蕊，泪眼婆娑，苦苦地等待着远方的父亲。儿子伯禽，也应长得快与姊姊同样高了吧，会不会一起嬉戏在桃树下呢？如今父亲长期在外，又有谁去疼爱他们呢？想到这里，诗人如何不心急如焚，如何不心烦意乱。情急之下，他撕开一块白色的生绢，匆匆写上自己的思念之情，寄给远在汶水的家人。

　　鲁迅曾经说过，陶渊明在后人的心目中飘逸得太久了，人们忘记了他其实还有摩登与深情的一面（《且介亭杂文二集·"题未定"草（六）》）。李白在我们心目中也飘逸了很久，通常我们只看到他纵饮高歌，似乎不食人间烟火，忘记了他其实对家庭、对子女也有牵挂，有思念。天宝八载（749）李白在金陵附近所写《寄东鲁二稚子》，就表达了他对儿女的想念，意兴凄婉，让我们看到了他舐犊情深的一面。

　　与李白其他作品不同的是，这里没有飘逸，没有夸饰，没有豪言壮语，所写的只是一位父亲的絮絮叨叨，但"家常语琐琐屑屑，弥见其真"（沈德潜《重订唐诗别裁集》）。正是这些家书式的琐屑之语，才让我们看到了一位父亲的自责、自咎，看到了一位人性化的诗人对子女的怜爱，从而也让我们认识了一位更为真实的李白。

不过前人虽然认可李白在诗中对日常生活场景的描绘，却往往是从"风雅"传统的承接与发扬去肯定它的价值与意义。范梈批选《李翰林诗》："天下丧乱，骨肉离散，此《北征》入门啼唾以下意。然彼合此离，彼有哭其死，此则怜其生；彼兼时事，此乃单咏：要皆得忧思之正者也。"桂天祥《批点唐诗正声》："太白《寄东鲁二稚子》诗，意兴凄惋，读之流涕，风雅之遗意欤？"

诗题中所言"二稚子"，即李白的一对儿女伯禽与平阳。朱谏曾对李白以"伯禽"为其子之名而大为不满，其《李诗选注》云："按伯禽乃鲁公之名，古之贤君也。白直以名其子，略无顾及回避之意，是不羁也。虽有文辞而暗于礼仪，以圣贤之道律之以白，无所取矣。以古今文辞较之，则白之博洽富丽，倏忽变化，出入鬼神，凡操觚执翰之徒，末之或先者，是可尚也。噫！大道衰而末艺作，若白者又岂多得乎哉！"

北风行

烛龙栖寒门，光耀犹旦开。①
日月照之何不及此？惟有北风号怒天上来。
燕山雪花大如席，片片吹落轩辕台。②
幽州思妇十二月，停歌罢笑双蛾摧。
倚门望行人，念君长城苦寒良可哀。
别时提剑救边去，遗此虎文金鞞靫。③

中有一双白羽箭，蜘蛛结网生尘埃。

箭空在，人今战死不复回。

不忍见此物，焚之已成灰。

黄河捧土尚可塞，北风雨雪恨难裁。

【注释】

① 烛龙：中国古代神话中的龙。《淮南子·地形训》："烛龙在雁门北，蔽于委羽之山。不见日，其神人面龙身而无足。"高诱注："龙衔烛以照太阴，盖长千里，视为昼，暝为夜。吹为冬，呼为夏。"

② 燕山：在今天津市蓟州区境内。王琦注《李太白全集》卷三曰："诗家用'燕山'字，概举燕山之地，犹秦山、楚山之类，不专指一山也。"轩辕台：黄帝与蚩尤战于涿鹿处，遗址在今河北怀来乔山上。

③ 鞞靫：箭囊。

【评析】

诗为乐府旧题，《乐府诗集》卷六五《杂曲歌辞》解题云："《北风》，本卫诗也。《北风》诗曰：'北风其凉，雨雪其雱。'传云：'北风寒凉，病害万物，以喻君政暴虐，百姓不亲也。'若鲍照'北风凉'、李白'烛龙栖寒门'，皆伤北风雨雪而行人不归，与卫诗异矣。"

李白此诗，以一女子口吻感伤其夫征戍不归。传说在极北苦寒之地，终年不见日月，只有依靠烛龙的睁眼、闭眼来区分白天与黑夜。呼啸的北风从天而降，将燕山大片大片的雪花，吹落在轩辕台上。岁暮时分，在这冰天雪地的幽州，一位思妇思念出戍长城的丈夫，紧蹙双眉，倚门远眺。丈夫手提宝剑，慷慨从军而去，遗留下一个箭囊在家中，里面的一双白羽箭结满了蛛网。如今丈夫战死沙场，睹物思人，倍觉心伤，于是就将白羽箭焚成灰烬。黄河虽深，尚能捧土填塞。但这诀别之恨，如同铺天盖地的雪花一样无穷无尽，无边无垠。

诗歌的主旨，一说与鲍照同题之作那样在写离别之恨。朱谏《李诗选注》云："上（指《胡无人》诗）言边地之寒，此言戍边之苦。幽州之人，远居边塞，岁暮之时，室家怀思，蹙眉而愁，倚门而望，念其远行而冒此风寒也。仗剑救边，志存敌忾，遗下箭囊，中有白羽之箭，挂于壁间，蜘蛛结网而生尘埃。其箭虽在，其人战死于边城，不复回家，我又何忍见此物乎？亦将焚之而已矣。夫黄河虽深，捧土可塞，惟此别离之恨，因北风雨雪而愈增者，不可得而灭矣。此北风之曲，所以使人多愁思也。"

一说借征妇思夫之苦，讽谏君王早日息战。唐汝询《唐诗解》："此因塞外苦寒，故写戍妇之词以讽上也。言寒门幽冥，藉烛龙之光以开旦，彼日月何不照此，惟使北风号怒，从天而来乎？是覆载之偏也。以此寒苦之地，而当严冬之时，雪片如席，人谁堪此？是以征戍之妇为之停歌笑、凋形容，以念其夫。既忧其寒，又疑其死，而焚其所备之箭，正以物在人亡，情不能堪耳。然夫之生死未可知，则又不能无念，故言黄河虽汹涌，尚可捧土而塞，北风雨雪，恨不能裁去之，以解征人之患也。"

今人则多以为诗写于天宝十一载（752），描述李白所亲历之见闻。"当时写实，此诗盖天宝十一载严冬太白于幽州作。"（詹锳《李白全集校注汇释集评》）"《北风行》原来是李白深入虎穴、探明危局之后，对北方边地政治形势所作的深刻反映。其时，朝野上下，沉迷未醒，诗人忧心如焚，恨无良图，唯有作诗以讽，其讽意是极其深刻的。"（安旗、薛天纬、阎琦《李诗咀华》）"这首诗表现了北方妇女对出征战死的丈夫的怀念和悲痛，是李白在天宝十一载游幽州时所作。其时，安禄山受玄宗任命治幽州等地，不断向兄弟民族挑起战争……诗中所反映的，即指安禄山所挑起的战争。"（《李白诗选》）

"燕山雪花大如席，片片吹落轩辕台"两句，历来引人瞩目。或以为是写实，旧题严羽评点《李太白诗集》："不知者以为夸饰，知者以为实语。"

或以为是虚景或夸饰，谢榛《四溟诗话》："景虚而有味。"吴瑞荣《唐诗笺要续编》："雪花如席，自属豪句，看下句接轩辕台，另绘一种舆图，另成一种义理。严冲甫訾为无此理致，是胶柱鼓瑟之见。太白诗如'白发三千丈''愁来饮酒二千石'，俱不当执文义观。"

或以为虽为夸张，毕竟有一定的依据。鲁迅《漫谈"漫画"》："'燕山雪花大如席'，是夸张，但燕山究竟有雪花，就含着一点诚实在里面，使我们立刻知道燕山原来有这么冷。如果说'广州雪花大如席'，那就变成笑话了。"

远别离

远别离，古有皇英之二女，乃在洞庭之南，潇湘之浦。[1]
海水直下万里深，谁人不言此离苦。
日惨惨兮云冥冥，猩猩啼烟兮鬼啸雨，我纵言之将何补。
皇穹窃恐不照余之忠诚，雷凭凭兮欲吼怒。[2]
尧舜当之亦禅禹。君失臣兮龙为鱼，权归臣兮鼠变虎。
或云尧幽囚，舜野死，九疑联绵皆相似，重瞳孤坟竟何是。[3]
帝子泣兮绿云间，随风波兮去无还。[4]
恸哭兮远望，见苍梧之深山。
苍梧山崩湘水绝，竹上之泪乃可灭。

①皇、英：唐尧的两个女儿，即虞舜的两个妃子娥皇、女英。《水经注》卷三八《湘水》："大舜之陟方也，二妃从征，溺于湘江，神游洞庭之渊，出入潇湘之浦。潇者，水清深也。"

②皇穹：皇天。《文选》卷一六潘岳《寡妇赋》："仰皇穹兮叹息。"李善注："皇穹，天也。"

③九疑：山名，即苍梧山，在湖南省宁远县南。《史记·项羽本纪》："吾闻之周生曰：舜目盖有重瞳子？"

④帝子：指娥皇、女英。《楚辞·九歌·湘夫人》："帝子降兮北渚。"王逸注："帝子，谓尧女也。"

【评析】

《远别离》为乐府旧题，郭茂倩《乐府诗集·古别离》题下有注云："《楚辞》曰：'悲莫悲兮生别离。'《古诗》曰：'行行重行行，与君生别离。相去万余里，各在天一涯。'后苏武使匈奴，李陵与之诗曰：'良时不可再，离别在须臾。'故后人拟之为《古别离》。梁简文帝又为《生别离》，宋吴迈远有《长别离》，唐李白有《远别离》，亦皆类此。"

李白这里所摹写的，是娥皇、女英的悲伤别离。诗人开篇说道，娥皇、女英在洞庭之南、潇湘之滨，哭得愁云惨淡、日月无光、猿哀鬼泣，她们心中的凄苦，如海水有万里之深。娥皇、女英为何这样伤悲？听说尧不是主动让位，他被囚禁之后，迫不得已禅位于舜；舜也是不明不白地死在野外，他安葬的地方连娥皇、女英也无法找到。可见国君失去了贤臣的辅佐，就会由高高在上的神龙变成区区之凡鱼；权臣一旦把持了朝政大权，就会由老鼠变成猛虎。当年娥皇、女英在洞庭湖边哭得那样凄凉，似乎只有山崩地裂、湘水断绝才能让竹子上的泪痕泯灭，真让人忧心这样的悲剧会重演。

诗中"君失臣兮龙为鱼，权归臣兮鼠变虎"两句，极为引人注目，历来读者便多就此阐述诗旨。《唐诗品汇》云："此太白伤时君子失位，小人用事，以致丧乱，身在江湖之上，欲往救而不可，忠谏之无从，纾愤疾而作也。"

但李白诗中所描写的皇位更迭与权力交接，让人很自然想到了唐玄宗父子，因此不少读者以为这里所暗喻的是唐肃宗上元年间宦官李辅国幽禁唐明皇之事。唐汝询将诗作系于李白晚年流放之时，以为诗人对玄宗眷念不已，自喻为南游之娥皇、女英。《唐诗解》云："时太白长流夜郎，自谓先帝旧臣，不胜感愤，乃以皇、英自比，《竹书》托兴，而作是诗。意谓我之放逐而与君别也，其犹古之二女乎？窜身洞庭潇湘之间，孰不以此别为悲者？又况朝廷紊乱，忠逆无分。日惨云冥者，君不明而蔽于邪也。"

王世懋《艺圃撷余》则以为诗歌由玄宗、肃宗父子之事联想到了古来尧舜禅让之事。"太白《远别离》篇，意最参错难解……其太白晚年之作邪？先是肃宗即位灵武，玄宗不得已称上皇，迎归大内，又为李辅国劫而幽之。太白忧愤而作此诗。因今度古，将谓尧、舜事亦有可疑。……试以此意寻次读之，自当手舞足蹈。"胡应麟《诗薮》说："太白《远别离》旧是难处，范德机知其调之高绝，而不解其意所从来。近王次公独谓太白晚年时事之作，深得之。所称'幽囚''野死'，从古有此议论者。魏、晋以还，篡夺相继，创为邪说，刘知几《史通》载之甚详。"

萧士赟以为李白诗中所表达的，是对即将出现的奸佞当道、社会混乱的忧虑，因此认定诗歌作于天宝末年。"此诗大意谓无借人国柄，借人国柄则失其权，失其权则虽圣哲不能保其社稷、妻子焉。其祸有必至之势也。然则此诗之作，其在于天宝之末乎？太白此时熟识时病，欲言则惧祸及己，不得已而形之诗章，聊以致其爱君忧国之志而已。"（《分类补注李太白诗》）《唐宋诗醇》也说："此忧天宝之将乱，欲抒发其忠诚而不可得也。"

陈沆则提出了一个独特的观点，他把这首诗所表达的主旨，与白居易《长恨歌》联系起来，认为李白这里所描摹的是李隆基、杨玉环两人的悲欢离合。《诗比兴笺》载："此篇或以为肃宗时李辅国矫制迁上皇于西内而作，或以为明皇内任林甫外宠禄山而作，皆未详绎篇首英、皇二女之兴，篇末帝子湘竹之泪托兴何指也。本此以绎全诗，其西京初陷、马嵬赐死时作乎？'海水直下万里深，谁人不言此离苦。'言天上人间永诀也。'我纵'以下，乃追痛祸乱之源，方其伏而未发，忠臣志士，结舌吞声，人人知之而不敢言，一旦祸起不测，天地易位，'六军不发无奈何，宛转蛾眉马前死'。……'苍梧山崩湘水绝，竹上之泪乃可灭'，'天长地久终有尽，此恨绵绵无绝期'也。故《长恨歌》千言，不及《远别离》一曲。"

由于这首诗曾被收入殷璠选编的《河岳英灵集》，后者选诗止于天宝十二载（753），故今人多认定这首诗写于天宝十二载（753）之前。朱金城《李白〈远别离〉诗考释》推测说："《远别离》一诗乃有感于韦坚冤狱及好友崔成甫被放逐湘阴而作……现系于天宝五载（746）或六载（747），似较接近史实。"

书情赠蔡舍人雄

尝高谢太傅，携妓东山门。①
楚舞醉碧云，吴歌断清猿。

188

暂因苍生起，谈笑安黎元。

余亦爱此人，丹霄冀飞翻。

遭逢圣明主，敢进兴亡言。

白璧竟何辜，青蝇遂成冤。^②

一朝去京国，十载客梁园。

猛犬吠九关，杀人愤精魂。^③

皇穹雪冤枉，白日开氛昏。

太阶得夔龙，桃李满中原。^④

倒海索明月，凌山采芳荪。

愧无横草功，虚负雨露恩。^⑤

迹谢云台阁，心随天马辕。^⑥

夫子王佐才，而今复谁论。

层飙振六翮，不日思腾骞。

我纵五湖棹，烟涛恣崩奔。^⑦

梦钓子陵湍，英风缅犹存。^⑧

徒希客星隐，弱植不足援。

千里一回首，万里一长歌。

黄鹤不复来，清风奈愁何。

舟浮潇湘月，山倒洞庭波。

投泪笑古人，临濠得天和。^⑨

闲时田亩中，搔背牧鸡鹅。

别离解相访，应在武陵多。

【注释】

①谢太傅：东晋人谢安。《世说新语·识鉴》："谢公（安）在东山畜妓，简文曰：'安石必出。既与人同乐，亦不得不与人同忧。'"刘孝

标注："宋明帝《文章志》曰：'安纵心事外，疏略常节，每畜女妓，携持游肆也。'"

②青蝇：苍蝇，喻进谗言的人。陈子昂《宴胡楚真禁所》："青蝇一相点，白璧遂成冤。"

③猛犬：比喻权奸。九关：九重门，指朝廷。《楚辞·九辩》："岂不郁陶而思君兮，君之门以九重。猛犬狺狺而迎吠兮，关梁闭而不通。"

④太阶：古星名，即三台。上台、中台、下台共六星，两两并排而斜上，如阶梯。《晋书·天文志》："三台……三公之位也。在人曰三公，在天曰三台。"夔、龙：舜的两位贤臣。

⑤横草：军队行进于草野之中，使草倒伏，比喻功劳低微。《汉书·终军传》："军无横草之功。"颜师古注："言行草中，使草偃卧，故云横草也。"

⑥云台阁：汉代陈列功臣画像的地方。《后汉书·马武传论》："永平中，显宗追感前世功臣，乃图画二十八将于南宫云台。"

⑦纵五湖棹（zhào）：用春秋时越国范蠡典故。五湖，太湖别名。《国语·越语》："遂灭吴，反至五湖。范蠡辞于王，曰：'君王勉之，臣不复入越国矣。'……遂乘轻舟以浮于五湖，莫知其所终极。"

⑧子陵湍：指严陵濑，严光垂钓之处。《后汉书·严光传》："因共偃卧，光以足加帝腹上。明日，太史奏客星犯御座甚急。帝笑曰：'朕故人严子陵共卧耳。'除为谏议大夫，不屈。乃耕于富春山，后人名其钓处为严陵濑焉。"

⑨投汨：指屈原投汨罗江自沉。《史记·屈原贾生列传》："（屈原）怀石自投汨罗以死。"《庄子·秋水》："庄子与惠子游于濠梁之上。庄子曰：'儵鱼出游从容，是鱼之乐也。'"

【评析】

"书情"，陈情之意，常用于投赠权要，以求得理解、荐用。舍人，官名，唐时一般为宫内近侍，专掌书记等职。此诗是李白向蔡雄诉说情怀，希望得到他的引荐。诗人先写自己安抚天下的壮志。楚地轻盈的舞姿，能令碧云陶醉；吴地悠扬的歌声，能使山猿入神，吟啸江湖，是惬意之事。但自己更愿意如谢安那样奋起东山，以展才华。可惜群奸佞臣谗言诬陷，使诗人被撵出长安，十年来沉沦草野之间。诗人也曾梦想如范蠡那样泛轻舟于五湖，如严光那样悠然垂钓于碧溪，但他更希望得到朝廷的重用。他时时刻刻期待着朝廷的召用，可惜势孤力薄，无人荐引。希望如此渺茫，他虽不甘心，也只有隐居武陵了。"首八句，自叙夙有用世之志。'遭逢'十句，叙被谗去国。'皇穹'十句，叙谗谤得雪，再被恩宠。'夫子'四句，颂蔡将得志乘时。'我纵'句至末，自述高蹈之志。"（曾国藩《求阙斋读书录》）

一般认为，这首诗作于天宝十二载（753）。诗中所言"一朝去京国，十载客梁园"，指的是他天宝三载（744）被赐金放还后的十年。那么，诗歌的情感基调是怎样的呢？

一说诗人虽有怨愤，但仍抱有期待，对仕途并未完全绝望。赵翼《瓯北诗话》："青莲自翰林被放还山，固不能无怨望，然其诗尚不甚露怼憾之意，如《赠蔡舍人雄》云：'遭逢圣明主，敢进兴亡言。白璧竟何辜，青蝇遂成冤。'《赠崔司户》云：'布衣侍丹墀，密勿草丝纶。才微惠渥重，谗巧生缁磷。'《答王十二寒夜独酌》云：'一谈一笑失颜色，苍蝇贝锦喧谤声。'《赠宋少府》云：'早怀经济策，特受龙颜顾。白玉栖青蝇，君臣忽行路。'皆不过谓无罪被谤而出耳。独《雪谗诗》……指斥丑行，毫无顾忌。青莲胸怀浩落，不屑于恩怨，何至诽谤如此？恐亦非其真笔也。"

一说诗人选择隐居，走向了逃避现实的道路。《李白诗选注》(《李白诗选注》编选组）说："本篇是李白被谗出京后所作的咏怀诗。诗人以谢安自比，回忆自己在天宝初年怀着济苍生、安黎元的壮志来到京城，'丹霄冀飞翻'，满以为能做出一番事业，不料却因'敢进兴亡言'，遭到了权奸的谗毁，只得离开长安。李白在诗中敢于直率地暴露黑暗，抨击权贵，在当时是难能可贵的。但是在斗争的面前，他却选择了一条逃避现实的道路，反映了他的思想局限。"

一说诗人以选择隐居来作为抗争的形式。顾之京说："它勾勒出诗人十几年来思想情感的运行轨迹，从而透析出诗人的理想、追求、奋争、彷徨、失望直至解脱。这之中有诗人对朝廷对皇帝的一片忠心，有诗人对国事对黎民的一片赤诚，有对最高统治者的希望与失望，有对奸佞小人的鄙夷与斥责。尽管诗人最后选择的是浪迹江湖的隐居之途，但这却是热情正直的浪漫主义诗人对黑暗腐朽现实所作出的痛楚的抉择，仍是他对现实抗争所采取的一种不得已的形式。"（宋绪连、初旭《三李诗鉴赏辞典》）

一说李白极为愤懑，"整节诗充满愤世嫉俗和摆去拘束的情绪，这在李白后期抒情诗中是相当典型的。他不但把自己的去朝归之于宫廷权贵的谗害，对唐玄宗本人也进行了大胆攻击（反用严子陵与汉光武典故以谴责其昏庸与无能）。因为对当权者失望，觉得在政治上没有出路，这才产生弃世归隐的幻想，以致觉得屈原的自沉汨罗未免可笑，不如庄子优游濠上"（裴斐《李白十论》）。

独坐敬亭山 ^①

众鸟高飞尽，孤云独去闲。
相看两不厌，只有敬亭山。

【注释】

①敬亭山，在今安徽省宣城市北。《江南通志》："敬亭山，在府城北十里。《府志》云：古名昭亭，东临宛、句二水，南俯城闉，烟市风帆，极目如画。"

【评析】

这首诗写李白独坐于敬亭山时所见所感。诗歌的主旨，一说以为体现在"独坐"两字上。"独坐"又可以分为两种情形，一种是心境平和，无所挂碍，独自享受山水之乐。《唐诗归》钟惺评云："心中无事，眼中无人。"沈寅、朱昆《李诗直解》："此独坐而有目中无人之景也。游敬亭而有众鸟孤云，不见其为独也。至鸟飞尽、云去闲，而相看不厌者，唯有山而已。不唯摹写独坐之境，无有余蕴，而目中无人之景，直空一境矣。"唐汝询《唐诗解》："鸟飞云去，似有厌时。求不相厌者，惟此敬亭耳。模写独坐之景，非深知山水趣者不能道也。"

另一种是孤独落寞，与世人格格不入，除了敬亭山之外，居然无一知己。朱宝莹《诗式》："首句'众鸟'喻世间名利之辈，'高飞尽'言皆得意去，尽为'独'字写照。'孤云'喻世间高隐一流，'独去闲'言虽与世相忘，而尚有往来之迹。'独'字非题中'独'字，应上句'尽'字。三句看曰'相看'，见人固看著山，山亦似看著人；'两不

193

厌'，见人固恋看山，山亦似恋看人。四句'只有'二字，见恋看山者惟人，而恋看人者似亦惟山。除却敬亭山以外，无足语者，'独坐'二字之神，跃然纸上。"又俞陛云《诗境浅说》："前二句以云、鸟为喻，言众人皆高取功名，而己独悠然自远。后二句以山为喻，言世既与我相遗，惟敬亭山色，我不厌看，山亦爱我。夫青山漠漠无情，焉知憎爱，而言不厌我者，乃太白愤世之深，愿遗世独立，索知音于无情之物也。"

一说诗歌的主旨体现在"不厌"二字上。这里的"不厌"，也有两种情形。一种是诗人把敬亭山视为客观的欣赏对象，享受其所带来的无穷无尽的慰藉。朱谏《李诗选注》："言我独坐之时，有若无情而不相亲者，惟此敬亭，长相看而不相厌也。"吴烶《唐诗选胜直解》："山间之所有者，鸟与云耳，今则飞尽矣，去闲矣。独坐之际对之郁然而深秀者，则有此山，陶靖节诗'悠然见南山'，即此意也，加'不厌'二字，方醒得独坐神理。言浅意深，人所不能道。"

另一种是诗人将敬亭山视为可以交流的对象，视为心灵契合的唯一知己。徐增《而庵说唐诗》："独此敬亭山，万古如斯，鸟飞亦得，云去亦得，我总无心，由他自去。李白一眼看定敬亭山，而敬亭山亦若有眼看定李白，漠然无亲，悠然自远，初不见好，终亦无厌。此时敬亭山上只有一李白，而李白胸中亦只有敬亭山而已。"刘宏煦等选评《唐诗真趣编》："鸟尽天空，孤云独去，青峰历历，兀坐怡然。写得敬亭山竟如好友当前，把臂谈心，安有厌倦？且敬亭而外，又安有投契若此者？然此情写之不尽，妙以'两不厌'三字了之。"

秋登宣城谢朓北楼

江城如画里，山晚望晴空。[1]
两水夹明镜，双桥落彩虹。[2]
人烟寒橘柚，秋色老梧桐。
谁念北楼上，临风怀谢公。[3]

【注释】

[1] 山：指陵阳山。《舆地纪胜》："陵阳山，在宣城。一峰为叠嶂峰，一峰为郡谯楼，一峰为景德寺。"

[2] 两水：指宛溪、句溪。《舆地纪胜》："宛溪，在宣城县东一百步。……句溪，在宣城县东五里。"双桥：横跨溪水的上、下两桥。《江南通志》："宛溪在府城东，源出新田山，纳诸水而来，委蛇数十里，故曰宛溪。上有两桥，上曰凤凰，下曰济川。"

[3] 北楼：即谢朓楼。谢公：谢朓。

【评析】

秋天的傍晚，诗人登上宣城北楼，极目远眺想起了谢朓。那么，所谓"临风怀谢公"究竟是在追慕先贤，还是在感慨知音稀少、仕途蹭蹬呢？前者如沈寅、朱昆《李诗直解》："此登北楼览秋景而因怀谢朓也。言登北楼望之，江城如在画里。山晓晴空，一览无余，尽在目中矣。两水夹绕，如明镜之光映；双桥遥落，如彩虹之驾卧。烟村杳，而秋气以寒橘柚；秋色来，而落叶以老梧桐。此皆凭栏所望之景也。谁念北楼之上，临秋风而怀风流文采之谢公。公不复生矣，吾与公千载一辙，登其楼而得不怀其人哉？"又钱志熙、刘青海《李白诗选》："尾联只是怀谢朓也，英雄相惜，如此不同。"

后者如唐汝询《唐诗解》："宣城山水奇秀，晓望尤佳。水明若镜，桥架成虹，皆画景也。人烟因橘柚而寒，秋色为梧桐而老。斯时也，谁念我登此楼而怀谢朓乎？盖言调谐古人，而世之知己者寡也。"又马玮《李白诗歌赏析》："诗人在晴天的夜晚，登上北楼，触景生情，写下了这首五律。全诗描写了诗人登临宣城谢朓楼所看到的景色，并借对谢朓的深切怀念表达了自己官场失意的抑郁情怀。"

诗歌开篇说"江城如画里"，诗歌在艺术上最醒目之处也是绘景如画。旧题严羽评点《李太白诗集》："入画品中，极平淡，极绚烂，岂必王摩诘？"诗歌对于宣城景色的描绘，在中间两联，历来读者也赞叹不已。如方回《瀛奎律髓》："起句所谓'江城如画里'者，即指此三、四一联之景与五、六皆是也。"沈德潜《唐诗别裁集》："二联俱是如画。"卢斖、王溥《闻鹤轩初盛唐近体读本》引方霞城曰："中四写景如画，正从起句生情。"

不过同样是绘景，五、六两句融入了诗人的感受，情绪更为浓郁，故也更引人关注。陆时雍《唐诗镜》："五、六清老秀出，是天际人语。"《唐宋诗醇》："五、六写出秋意，郁然苍秀。"后人诗作也多受这两句影响，如曾季貍《艇斋诗话》："李白云：'人烟寒橘柚，秋色老梧桐。'老杜云：'荒庭垂橘柚，古屋画龙蛇。'气焰盖相敌。陈无己云：'寒心生蟋蟀，秋色傍梧桐。'盖出于李白也。"又凌宏宪《唐诗广选》引王元美曰："太白'人烟'二语，黄鲁直更之曰：'人家围橘柚，秋色老梧桐。'只易两字，而丑态毕具，直点金作铁手耳。"

熊礼汇指出，"人烟寒橘柚，秋色老梧桐"两句之所以韵味无穷，乃在于"寒""老"两字的多义性："'寒'在句中既关涉'人烟'，又关涉'橘柚'，既可以理解为'人烟'（即'人家'，不用'家'而用'烟'，更能使人家之'寒'形象化）之'寒'显现在橘柚之'寒'（主

196

要见于树叶的深碧、茂密）上，也可以理解橘柚之'寒'出自'人烟'之'寒'，或理解为'人烟''橘柚'都处于寒凉的氛围中。'老'在句中既关涉'秋色'，也关涉'梧桐'，既可理解为'秋色'之'老'显现'梧桐'之老（主要见于树叶枯黄、凋谢）上，也可理解为梧桐之'老'原本出自'秋色之老'，或理解为'秋色''梧桐'都处于'老境。'"（《李白诗》）

宣州谢朓楼饯别校书叔云

弃我去者，昨日之日不可留；
乱我心者，今日之日多烦忧。
长风万里送秋雁，对此可以酣高楼。
蓬莱文章建安骨，中间小谢又清发。①
俱怀逸兴壮思飞，欲上青天览明月。
抽刀断水水更流，举杯消愁愁更愁。
人生在世不称意，明朝散发弄扁舟。②

【注释】

① 蓬莱：此东汉时藏书之东观。《后汉书·窦融列传》附《窦章传》："是时学者称东观为老氏藏室，道家蓬莱山。"李贤注："言东观经籍多也。蓬莱，海中仙山，为仙府，幽经秘录并皆在焉。"建安骨：指刚健道劲的诗文风格。小谢：即谢朓。《南齐书·谢朓传》："少好学，有美名，文章清丽。"

② 散发：披发，指隐居不仕。《文选·答何劭诗》："散发重阴下，抱杖临清渠。"张铣注："散发，言不为冠所束也。"弄扁舟：乘小舟归

隐江湖。《史记·货殖列传》："范蠡既雪会稽之耻……乃乘扁舟，浮于江湖。"

【评析】

日月如流，光阴如逝，已去之昨日无法挽留，方来之烦恼忧愁又难以抵御，令人心烦意乱。人生本来聚散难定，更何况在萧瑟的秋天，秋色阴暗，秋声凄切，秋意萧条，烟气飘飞，山河空寂，怎能不愁绪满怀。万里长风之中，大雁悠然而过，人生亦如白马过隙，不可稍驻，何苦自寻烦恼，不如开怀畅饮。人生不朽，亦非难事，文章自可博取后世声名，你我也不必沮丧。昔日蓬莱文章、建安骨力，都是逸兴不群，壮思飞越，中间又有谢朓，诗风清新秀发。畅饮高楼，酒酣耳热，豪情逸兴也就油然而生。飘逸之兴，雄壮之思，似乎也要腾空而起，直冲云霄，摘取天上的明月。豪情过后是寂寞，眼前的现实终究难以直面。人生不朽，莫如立德、立功、立言。立德、立功已如泡影，立言亦非易事。前人文章，高旷清远，不易企及。想到这里，忧愁又扑面而来，滔滔不绝，无法排遣。人生在世，贵在称心得意，为何我总是流落不偶，蹭蹬失意？长此以往，不如抛弃头巾，披散头发，驾一叶扁舟，遨游江湖之上！

宣州为江南名城，在今安徽南部。谢朓楼，是南齐谢朓任宣州太守时所建，又称谢公楼，位于宣州城陵阳山巅。登此楼而望，满城风光尽收眼底。叔云，指李白族叔、校书郎李云。诗题一作《陪侍御叔华登楼歌》，叔华，即李白族叔李华，开元、天宝年间著名的古文家，曾任监察御史。詹锳《李白〈宣州谢朓楼饯别校书叔云〉应是〈陪侍御叔华登楼歌〉》以为诗题当为后者，其理由如下：首先，这首诗有登楼之感而无饯别之意；其次，李云无诗文传世，不能成为诗中称颂的对象；第三，诗中"蓬莱文章"当为"蔡氏文章"，这里诗人是在与李华讨论历代文学，而非称颂对方。

这首诗的主旨，旧时有三说。一说因厌世而有隐逸之意。唐汝询《唐诗解》："此厌世多艰思栖逸也。言往日不返，来日多忧，盍乘此秋色登楼以相酣畅乎？子校书蓬莱宫，所构之文有建安风骨；我若小谢，亦清发多奇，此皆飞腾超拔者也。然不得近君，是以愁不能忘。而以抽刀断水起兴，因言人生既不称意，便当适志扁舟，何栖栖仕宦为也？"周珽《唐诗选脉会通评林》："厌世多艰，兴思远引。韵清气秀，蓬蓬起东海，蓬蓬起西海。异质快才，自足横绝一世。"

一说因饯别之际谈论诗文而兴归隐之思。沈寅、朱昆《李诗直解》："此饯别校书叔，论其文彩而动乘桴之感也。言光阴迅速，愁思难遣，昨日既不可留，今日又多烦忧，长风送雁，对此酣畅，从来惟文章为不朽耳。今蓬莱文章，建安之骨，中间小谢，亦清发而超群也。俱怀飘逸之兴，雄壮之思，欲上青天以览日月，而文章之高远光明不可及矣，我今抽刀断水，水痕潜没而水更流；举杯消愁，愁思旋生而愁复愁。人生贵得意耳，何我之在世，而流落不称意也！叔今往矣，我亦明日散发弄扁舟于江湖之间，一任东西之飘泊耳。"

一说因怀才不遇而起归隐之念。王尧衢《古唐诗合解》："此言校书文章，足以追踪谢朓也。……言校书蓬莱宫，其文章有建安之风骨，中间亦有如小谢之清发，此皆逸兴不群，壮思飞越，似此才华，宜依日月之光，而胡乃远去也。……因才之不遇而生愁，而以抽刀断水起兴，且言人生既不称意，不若效袁门散发、范蠡扁舟以自适，何栖栖于宦途为哉？"

今人多以为诗中的思想情绪较为复杂。复旦大学古典文学教研组《李白诗选》："这首诗意气豪迈，辞语慷慨，深刻地抒发了诗人怀才不遇的苦闷，同时也流露出消极出世的思想。"郁贤皓《李白全集注评》："末两句自明心迹：既然报国无路，壮志难酬，忧愁不断，唯一的途径只有'散发弄扁舟'来摆脱苦闷了。这里兼有放浪不羁和傲视权贵两层意思。"

对于这首诗的起笔，前人赞不绝口。旧题严羽评点《李太白诗集》载明人评云："太白起笔，每如天马腾空，神龙出海，真是妙绝千古。"王夫之《唐诗评选》："兴起超忽。"沈德潜《唐诗别裁集》评首二句云："此种格调，太白从心化出。"吴闿生《古今诗范》："起二句破空而来，不可端倪。再用破空之句作接，非绝代雄才，那得有如此奇横。"

不过也有訾议此诗者，认为起笔终究不够稳妥，"蓬莱文章建安骨"四句与前后不连。如旧题严羽评点《李太白诗集》载明人评云："首四句极醒快，然终伤雅道，不可为常。'逸兴'二句正是太白自道。中四句赞校书文章，与前后绝不干涉。通篇说愁，竟不知所愁何事。"朱谏《李诗辨疑》："前八句辞气虽云雄壮，用字犹有未稳。……以下四句，意既不相连续，辞又软弱粗俗。"

哭晁卿衡

日本晁卿辞帝都，征帆一片绕蓬壶。①
明月不归沉碧海，白云愁色满苍梧。②

【注释】

①帝都：指长安。蓬壶：即蓬莱、方壶。

②苍梧：山名。《水经注·淮水》："东北海中有大洲，谓之郁洲。《山海经》所谓郁水在海中者也。言是山自苍梧徙此云，山上犹有南方草木。"

【评析】

晁衡，原名阿倍仲麻吕，开元五年（717）随日本第九次遣唐使团来中土，先就学于太学，后在唐朝为官，历任左补阙、左散骑常侍、镇南都护等职，与王维、储光羲、李白等人结下深厚友谊。天宝十二载（753）冬，晁衡随同日本第十一次遣唐使团返回日本，途中遇大风，传说溺死于大海。李白听到传闻后，写这首诗来追悼他。

这首诗先追忆晁衡离开长安的情形，当时唐玄宗亲自题诗相送，众多好友也以诗相赠。接着诗人想象晁衡在海上航行的情景，一片征帆驶入浩渺的大海，时起时伏，时隐时现，暗示了前途的艰险。后两句运用了比兴手法，先以皎洁的明月比喻晁衡人品高洁、才华出众，他的遇难，如明月入海，令人叹惋，不仅诗人悲痛万分，连苍穹也愁云密布，为之痛惜。这是一首悼诗，作者没有直叙他的惋惜与哀愁，而是通过景物的描绘来烘托渲染，情感丰富含蓄而风格清丽幽婉，毫无凄唳之气，体现出了李白诗特有的清新飘逸的特色。

《旧唐书·东夷传·日本国》载，阿倍仲麻吕"慕中国之风，因留不去，盖姓名为朝衡……上元中，擢衡为左散骑常侍、镇南都护"。其中，晁衡写作"朝衡"，王琦以为"朝"即"晁"之古字，且以为李白此诗悼念晁衡，或是传闻所致。其注《李太白全集》云："《旧唐书》：日本国，开元初遣使来朝，因请儒士授经，诏四门助教赵元默就鸿胪寺教之，所得锡赍尽市文籍，泛海而还。其偏使朝臣仲满，慕中国之风，因留不去。改姓名为朝衡。仕历左补阙、仪王友。衡留京师五十年，好书籍，放归乡，逗留不去。上元中擢衡为左散骑常侍、镇南都护。《新唐书》：朝衡历左补阙、仪王友，多所该识，久乃还；天宝十二载，朝衡复入朝云云。王维有《送秘书晁监还日本国诗序》，赵骅有《送晁补阙归日本诗》，储光羲有《洛中贻朝校书衡诗》。盖

'晁'字即古'朝'字，朝衡、晁衡实一人也。新、旧《唐书》俱不言衡终于何年，据太白是诗，则衡返棹日本而死矣。岂上元以后事耶？抑得之传闻之误耶？"

今人均以为晁衡此次回转日本并没有遇难，而是随风飘到南海，后辗转回到长安，仍仕于唐。詹锳《李白诗文系年》："按源松苗《日本国史略》卷二曰：'仲麻吕……唐玄宗爱之，改名曰朝衡。……"朝"或作"晁"。'王辑五《中国日本交通史·唐日交通章》：'天宝九载，日廷任命藤原清河为遣唐大使，天宝十一载起程赴唐。至唐后，玄宗命仲麻吕接伴。……清河与仲麻吕归国途中遭飓风，漂至安南，仅以生命全。旋复至长安，留唐不去。'贺昌群《唐代文化之东渐与日本文明之开发》：'天宝十二载仲麻吕与藤原清河、真备吉备等同船东归，发扬州，海上遇风，漂至安南，同行多为土人所害，仲麻吕与清河仅免于难，复返长安，特进秘书监。……当时以为仲麻吕已死，故翰林供奉李白有《哭晁卿衡》。'（《文史杂志》）《新唐书》所谓'朝衡复入朝'者，即自安南归来也。此诗当是天宝十二载朝衡尚未归唐以前所作。"

又瞿蜕园、朱金城《李白集校注》："按：唐人与晁衡往还者尚有包佶《送日本国聘贺使晁巨卿东归》诗。或称校书，或称补阙，或称少监，是其所历之官不同，李诗称卿，包诗称聘贺使，乃泛称也。巨卿盖其字。又按：近年日本方面考证朝衡事迹之文字有长勋《阿倍仲麻吕及其时代》、杉本直次郎《安南与朝衡》等文，我国则缪凤林有《留学中国之日本诗人》等文。今摘其大要于下：……大历初罢归长安，五年正月卒，年七十三。日本宝龟十年，唐使孙兴进及藤原女喜娘至日，凶问始达。衡之归国遇难，白闻之，其飘至安南仍返长安，复升显职，则非独白不及知，中国人亦少知之者，赖日本纪载犹存其大略耳。"

当涂赵炎少府粉图山水歌

峨眉高出西极天，罗浮直与南溟连。①
名工绎思挥彩笔，驱山走海置眼前。
满堂空翠如可扫，赤城霞气苍梧烟。②
洞庭潇湘意渺绵，三江七泽情洄沿。
惊涛汹涌向何处，孤舟一去迷归年。
征帆不动亦不旋，飘如随风落天边。
心摇目断兴难尽，几时可到三山巅。
西峰峥嵘喷流泉，横石蹙水波潺湲。
东崖合沓蔽轻雾，深林杂树空芊绵。
此中冥昧失昼夜，隐几寂听无鸣蝉。
长松之下列羽客，对座不语南昌仙。③
南昌仙人赵夫子，妙年历落青云士。
讼庭无事罗众宾，杳然如在丹青里。
五色粉图安足珍，真山可以全吾身。
若待功成拂衣去，武陵桃花笑杀人。

【注释】

①罗浮：山名，为粤中名山。《元和郡县志》："罗浮山，在县西北二十八里，罗山之西有浮云，盖蓬莱之一阜，浮海而至，与罗山并体，故曰罗浮。高三百六十丈，周回三百二十七里，峻天之峰，四百三十有二焉。"

②赤城：山名，在浙江省天台县。王琦注《李太白全集》引薛应旂

《浙江通志》："赤城山，在台州天台山西北六里，土皆赤色，状似云霞，望之如城堞然。右有玉京洞，道书第六洞天也。"

③ 羽客：指神仙或道士。汉代栾大曾穿羽衣，后世因而称道士之衣为羽衣，道士为羽客。南昌仙：汉成帝时，九江梅福为南昌尉。后来他离开家乡，传说是得道成仙。

【评析】

这是一首题画诗，写诗人观赏赵县尉山水壁画的感受。粉图，绘于粉壁上的图画，即壁画。赵炎曾任当涂（今属安徽省马鞍山市）县尉，于天宝十五载（756）被流放南方，李白的这首诗写于此前。

诗歌先写画图的雄伟壮观：上有奇高无比的峨眉；有横亘数百里、直与浩瀚的南海连成一片的罗浮山；有云霞环绕的赤城山、雾气氤氲的苍梧山；还有缅邈的潇湘和迂回的"三江七泽"，仿佛天下秀奇的山水都被画工收集在眼前。然后诗人将目光凝聚在一叶孤舟之上。在壮丽的山水中，它是那样引人注目。它不惧汹涌的波涛，究竟是要驶向何处？是想到"海上三山"吗？那么什么时候可以到达？诗人仿佛已置身于这小舟之上。那些画面不也是仙境吗？西面奇峰参天，飞泉挂川，清波荡漾；东面层嶂叠起，云树苍茫，树下默然不动的，也许就是仙人吧。这些幽丽景色让诗人如此迷恋，他甚至感叹如果等到功成名就再拂身而去，定会受到这些大好风景的讥笑。

这首诗的创作主旨，大约有三种说法。一是认为充分展示出了粉图山水的生动与画工技艺的神奇，同时也表现出李白对高山幽水的由衷喜爱。《唐宋诗醇》："写画似真，亦遂驱山走海，奔辏腕下。'杳然如在丹青里'，又以真为画，各有奇趣。康乐之模山范水，从此另开生面。"《李太白诗醇》引谢叠山云："歌画图而思游山水，亦其志如此。"

一说表现了李白的求仙之意。唐汝询《唐诗解》："此观图而有慕仙意。言山之极天者非峨眉、连海者非罗浮乎？今公之笔力，能驱走山海，则是兼二山形胜而有之。潇湘、洞庭无非君图中物也。见孤舟之逝，而发三山之想，因少府所画，而忆南昌之仙，盖以梅福况赵也。因言赵以妙年，而志在青云，便当及此时而仙去。必功成然后拂衣，则年岁已暮，徒为武陵桃花所笑耳。"

一说表达了李白希望退隐的愿望。朱谏《李诗选注》说："言画中群仙列于长松之下。对坐而不语者，南昌之仙也。南昌仙人岂唯梅福而已哉？乃今之赵少府亦与其列也。少府历落，贵作青云之士。讼庭无事，同众客以闲游，杳然清远之思，如在丹青之内，真仙人也。粉图中所画羽客者，乃描古人之陈迹耳，何足贵乎！唯此真仙庶可全身，挟羽客以遨游，超凡俗而长生也。然为仙有术，亦须及时。若不早为之计，必待功成而后身退，此时求仙亦已晚矣，岂不贻笑于武陵桃花乎？此则归美之辞而寓规戒之意也。"熊礼汇《李白诗》："诗人实以观画领悟的人生艺术精神，对赵炎功成身退的人生方式作了善意的否定。联系诗人强烈表达的用世之心和礼赞谢安'暂因苍生起'的诗篇，这种否定，实际上反映出李白在安史之乱以前有意退隐山林的心态。"

诗歌对壁画的描述，或以为散漫无纪，如《王闿运手批唐诗选》："与杜《昆仑图》对看，此觉散漫。"或以为布局严谨，如朱谏《李诗选注》："按白之题画，咏山则以峨眉、罗浮、赤城、苍梧、三山等言之，咏水则以南溟、洞庭、潇湘、三江等言之，终以羽仙武陵之事归之主者。云烟、草木、舟帆、泉鸟，杂然布置，情思流动，辞气激扬。初看若无统纪，细玩则界限分明，有如韩信用兵而多多益善也。"又王伯敏《李白杜甫论画诗散记》说："这是一首'五色粉图'。根据诗意，无疑是重山复水的全境图。……李白的这首诗，较多地涉及山

205

水画的创作之法。他在赞许这铺壁画的点景时说：'征帆不动亦不旋，飘如随风落天边。'上句写征帆之远，看去不觉其动，但是作为绘画，仍然要把它画得生动，所以诗人在下句又以'飘然随风'来形容，这就点出了'天边'。无疑是说画家把征帆的位置画得很高，感觉上与水天一色了。这些都说明这幅壁画具有我国传统山水画所特有的布局手法。"

清溪行

清溪清我心，水色异诸水。
借问新安江，见底何如此？[①]
人行明镜中，鸟度屏风里。
向晚猩猩啼，空悲远游子。[②]

【注释】

① 新安江：河流名，发源于安徽。《元和郡县志》："新安江，自歙州黟县界流入县，东流入浙江。"沈约《新安江至清浅见底贻京邑同好》："洞彻随清浅，皎镜无冬春。千仞写乔树，百丈见游鳞。"

② 猩猩啼：猩猩的啼叫声。《文选·蜀都赋》："猩猩夜啼。"刘逵注："猩猩生交趾封溪，似猿，人面，能语。夜闻其声，如小儿啼。"

【评析】

安徽池州风景宜人，尤其是清溪，蜿蜒曲折，清澈见底，与众不同，让人的心也仿佛为之变得清净明亮起来。新安江向来以水清著称，但即使如此也无法与清溪媲美。人行走在清溪岸边，鸟穿越在山间，这一切倒映在溪水中，就如同人在明镜中，鸟在屏风里，恍如进入一个绿色的仙境。诗人面对如此美景，自有一番怡然之情，但沉浸在清寂的氛围里，孤独也随之滋生。所以傍晚时猩猩的啼叫，就勾起了诗人思乡的情怀，似乎是在为他的长期飘零而哀鸣。

这首诗的妙处，一说在于绘景如画，尤其是"人行明镜中，鸟度屏风里"两句，虽然有所承袭，却能推陈出新，显得更为精妙。胡仔《苕溪渔隐丛话后集》："《复斋漫录》云：山谷言'船如天上坐，人似镜中行'，又云'船如天上坐，鱼似镜中悬'，沈云卿诗也。老杜云'春水船如天上坐'，祖述佺期之语也，继之以'老年花似雾中看'，盖触类而长之。予以云卿之诗，原于王逸少《镜湖》诗所谓'山阴路上行，如坐镜中游'之句。然李太白《入青溪山》亦云：'人行明镜中，鸟度屏风里。'虽有所袭，然语益工也。"

朱谏却认为整首诗老气横秋，尤其这两句颇为纤弱牵强。其《李诗辨疑》说："辞虽不鄙，犹失老气。如'见底何如此'及'人行明镜中，鸟度屏风里'，或失牵强，或伤纤巧，恐亦非白之大家所道者，疑而阙之可也。"

这首诗的妙处，一说还在于结尾余音袅袅。《唐宋诗醇》："亻兴而言，铿然古调，一结有言不尽意之妙。"那么，结句所展示的落寞悒郁，究竟是如何造成的呢？

或以为是李白仕途上的不如意所带来的。复旦大学古典文学教研组《李白诗选》："这首诗末句的情调较凄凉，反映了诗人不得志的悒郁情绪。"安旗等《李白诗选译》："诗中描写了清溪山水的秀丽景色，又含蓄表达了诗人抑郁不得志的苦闷心情。"

或以为是当时政局的动荡所带来的。郁贤皓《李白全集注评》："清溪虽能清新，却不能解忧。其时诗人已到过幽州，目睹安禄山的气焰，深感唐王朝政局不稳，所以在游求秋浦的同期作品中，多有'秋浦猿夜愁，黄山堪白头''猿声催白发，长短尽成丝'之句，诗人之心虽同清溪之水，却'空'而无补政局，所以只有'空悲'之愁了。"

或以为是远游他乡所带来的旅愁。熊礼汇《李白诗选》："诗写他行经清溪的感受，一是为它的水色之清而着迷，一是因傍晚听见猩猩啼叫而生旅愁。说后者，仅以'空悲'二字道尽无奈之感；说前者，则见于对水色清澈的再三强调。"马玮《李白诗歌赏析》："诗人在清溪的美景中流连忘返，直至暮色渐重时分，才被沿岸山中猩猩一声声的啼叫唤回了仙游的心绪。他乡再好，岂可当故乡？在诗人听来，这猩猩的啼鸣声就是猩猩为诗人仗剑去国远游他乡而发出的悲啼。"

宿清溪主人

夜到清溪宿，主人碧岩里。
檐楹挂星斗，枕席响风水。
月落西山时，啾啾夜猿起。[1]

【注释】

①啾啾：猿鸣声，象声词。《楚辞·九歌·山鬼》："猿啾啾兮狖夜鸣。"

【评析】

主人住在碧岩之上，已是奇特不凡；而其地势之高，更令人惊讶，那里房屋的屋檐似乎就要与星斗相连了。诗人卧在枕席之上，欣赏着下面潺湲的流水声，享受着阵阵凉风带来的快意，感受到无比的宁静安详。而时不时传来的猿猴的清鸣，更增加了这里幽静的氛围。

这首诗写诗人夜晚在清溪留宿的感受，历来多以为写出了凄清静寂之感。朱谏《李诗选注》说："此夜宿清溪之诗，所言皆清溪之夜景。星斗近而风水响，月西沉而猿声啼。景物凄凉若此，夜宿客怀当何如乎？此白客游于宣城时也。"沈寅、朱昆《李诗直解》也说："此宿清溪而咏所见所闻之夜景也。言我夜到清溪宿矣，主人居碧岩之里，使与尘世不同。故檐楹之间挂明星朗斗，目之所见也；枕席之上，响风声水声，耳之所闻也。又见月落西山之时，闻夜猿之声，啾啾然起也。其夜景固属清爽，而旅怀亦未免岑寂矣。"

关于诗中所言"月落西山"，论者均以为指月亮西沉，天将拂晓。如詹福瑞等翻译全诗为："夜里到清溪住下，主人的家高在碧岩中。屋檐上建着闪亮的星星，枕席上响着风声水声。当月亮落入西山的时候，响起了啾啾的猿鸣。"（詹福瑞等《李白诗全译》）又霍松林、尚永亮《李白诗歌鉴赏》有云："如果说，三、四两句主要展现了一个高远、清雅的境界，五、六两句则更趋向于境界的苍凉、幽邃。'月落'，回应'星斗'；'西山'，回应'碧岩'。时间流逝，夜色将尽。遥望西山残月，近聆夜猿哀啼，该是何等凄切！它别是一种风格的美，同样能给人以巨大的艺术享受。"

但何家荣提出，"月落西山"在这里实际上是说，月光洒在西山上。"诗写夜宿清溪深山人家，所见所闻之景。深山之夜，不清自清，主人又居碧岩之下，清溪之滨，风声、水声、猿声，星光月色，固是更其清冷。'月落西山'，朱谏以为是月西沉，似不当。日落，是西沉；月落，则是指月光落下，照烛西山。唯其如此，才引得啾啾夜猿起。'人闲桂花落''月落乌啼霜满天'等，皆当如此理解。"（《李白皖南诗文千年遗响》）

秋浦歌十七首（选四）

其一

秋浦长似秋，萧条使人愁。
客愁不可度，行上东大楼。^①
正西望长安，下见江水流。
寄言向江水，汝意忆侬不？
遥传一掬泪，为我达扬州。

【注释】

① 大楼：指大楼山。《江南通志·舆地志·山川·池州府》："大楼山在府西南十里，李白《秋浦歌》'行上东大楼'者指此。"

【评析】

秋浦河发源于安徽省祁门县，经石台县流入贵池注入长江，是纵贯石台县、贵池区的最长河流。它因"溪流澄碧长秋"而得"秋浦"之名，自隋开皇十九年（599）改石城县为秋浦县之后，秋浦河便成了贵池的象征。秋浦河沿途名胜古迹众多，常使骚人墨客流连忘返。李白对秋浦感情很深，曾于唐天宝八载（749）至上元二年（761）五次光临，足迹踏遍秋浦河两岸，留下了四十多首诗作。其中最著名的就是描写秋浦风土人情的《秋浦歌》十七首。

这组诗的数量，宋人所见并不一致。或称十五首，如黄庭坚《山谷题跋》："绍圣三年五月乙未新开小轩，闻幽鸟相语，殊乐。戏作草，遂书彻李白秋浦歌十五篇。"又刘克庄《后村诗话》云："《秋浦

歌》十五首……虽五言，然多佳句。"或称十七首，如陆游《入蜀记》
云："李太白往来江东，此州所赋尤多，如《秋浦歌》十七首……诸
诗是也。"明朱谏则提出当为十六首，其《李诗选注》云："按《秋浦
歌》原一十七首，以第十首不相类，故阙之，故得十六首也。"

这组诗的创作时间，一说在天宝十三载（754）之后的一段时间，
如安旗《新版李白全集编年注释》："白本年自秋及冬均在秋浦，此
十七首或作于初至之时，或作于久客之后。"

一说就在天宝十四载（755）秋天，如郁贤皓《李白全集注评》：
"此组诗乃天宝十四载秋天游秋浦时所作。当时诗人从幽州归来，往
来于宣州、金陵、广陵及秋浦一带。由于在幽州目睹安禄山的嚣张气
焰，心中一直为唐王朝的安危担忧着，故诗中多笼罩愁色。"

第一首说，秋浦水啊长如秋，景色萧条，诗人烦忧。忧愁如此之
多，无法排遣，就来到了大楼山。登高远望，西边的长安邈然不可见，
只见长江之水滚滚东流。于是诗人寄言江水，不知对方是否还记得自
己，请江水将思念之泪水，捎去给扬州的朋友。

虽然结语所提及的目的地是扬州，但历来读者认定这首诗的诗眼
是长安。胡震亨《李诗通》说："白时从金陵客宣，故不能忘情于扬
州，然其意实在长安也。"朱谏《李诗选注》也说："今登大楼之山，
西望长安，长安不可见矣，但见山下江水之流也。乃寄言于江水云：
汝亦能忆于我否？我自长安而来，尝由扬州以至于此。今忆故乡而挥
泪，欲将一掬之泪付汝江水，达于扬州，庶自扬州至长安，以泄吾怀
土之情也。"

心系长安，则说明诗中的"客愁"并非乡愁。《唐宋诗醇》说："触
物怀人，抑郁谁语？泽畔行吟，深情宛露，自是骚人之绪。"如此，
李白之愁则是心忧政局了。艾治平说："总之，这首诗的'客愁'，绝
非泛泛的客子思乡，它反映出诗人李白'济苍生，安社稷'的政治理

想付诸东流不能实现的创痛。"（《艾治平解读名诗》）

其二

秋浦猿夜愁，黄山堪白头。^①

青溪非陇水，翻作断肠流。^②

欲去不得去，薄游成久游。

何年是归日，雨泪下孤舟。

【注释】

① 黄山：指秋浦县黄山岭，俗称小黄山，在青溪上游。

② 陇水：河流名，以源出陇山得名。《乐府诗集》卷二五《陇头歌辞》："陇头流水，鸣声幽咽。遥望秦川，肝肠断绝。"

【评析】

第二首说，在秋浦的夜晚，听见小黄山猿猴的哀鸣，使人忧愁得头发都白了。清溪原本不是陇水，却一样发出了幽咽的悲鸣，令人肝肠断绝。我多么想离开这里，却始终不能成行，没有想到短暂的游历变成了长久的滞留。何年何日才能归去啊？想起这些，身处孤舟的我不禁潸然泪下。

这首诗的主旨，诚如胡震亨《李诗通》评末联"何年"两字所言："望归切而未归乃雨泪，情故生于久游。"但李白这里的"归日"，是归向何方呢？一说联系本诗所言之"陇水"，李白所谓"归日"是指"归乡之日"。朱谏《李诗选注》说："此白客于秋浦而思乡也。白本陇西李氏之裔，故在秋浦闻黄山之猿而夜愁，见清溪则思陇水而悲也。夫山猿岂能使人白头，清溪使人断肠哉？盖忧戚之生于情，触物而动，物无彼此，而情则一也。白之客于秋浦，欲归不得，初意又谓暂游于此，今乃淹留已久，归期未定，泛舟上下于清溪，挥泪如雨之多也。"

一说联系上首诗所言之"长安"，李白此处所谓"归日"是指"归长安之日"。周岚说："去，离开，表面是指离开长安，实际上是说结束在外的漫游，返回长安。李白诗中言思归，永远是指长安，而不是指蜀中故园。然而，此刻他被迫离开长安已达十年，仍旧是'帝乡三千里，杳在碧云间'（《登敬亭北二小山》），回归如此之难，是他始料未及的。这当然不是因为路途遥远，而是因为君昏臣佞，贤者见疑，长安宫廷才那样难于登攀。但是，对于始终怀着远大政治抱负的李白，这毕竟是他唯一的出路啊。"（裴斐《李白诗歌赏析集》）

其十四

炉火照天地，红星乱紫烟。
赧郎明月夜，歌曲动寒川。

【评析】

炉火熊熊燃烧，把天地都照亮，火星四溅，紫烟乱窜。烧火的人满面通红，在寒川旁高歌。

这里的"炉火"究竟指什么呢？杨齐贤认为是炼丹之火，萧士赟以为是渔火，胡震亨则猜测是藏丹处夜里散发的火光。王琦根据秋浦的矿产分布，指出这里的"炉火"是炼铜之火。其注《李太白全集》云："炉火，杨注以为炼丹之火，萧注以为渔人之火，二火俱不能照及天地，其说固非。胡注谓'山川藏丹处，每夜必发火光。所在有之。《舆地纪胜》：宣州有朱砂山，石窍中每发红色，其大如月。又，赤溪神龙初有赤气冲天，诏凿之，溪水尽赤。第难定其所咏何处。'此解亦未是。琦考《唐书·地理志》，秋浦固产银、产铜之区，所谓'炉火照天地，红星乱紫烟'者正是开矿处，冶铸之火，乃足当之。"

这一说法得到普遍认可。不过，王琦进一步指出，"赧郎"之"赧"指诗人，为羞愧之意。王琦说："郎，亦即指冶夫而言，于用力作劳之时，歌声远播，响动寒川，令我闻之，不觉愧赧。盖其所歌之曲适有与心相感者故耳。'赧'字，当属已而言。旧注谓'赧郎'为吴音歌者助语之词，或谓是土语呼其所欢之词，俱属强解。"

郭沫若指出，"赧"指冶炼工人脸被熏红了。郭沫若《李白与杜甫》："'秋浦，有银有铜'，见《新唐书·地理志》。'赧郎明月夜'与'歌曲动前川'为对句。'赧郎'，旧时注家不得其解，其实就是银矿或铜矿的冶炼工人，在炉火中脸被焕红了，故称之为'赧郎'，这是李白独创的词汇。'明月夜'的'明'字当作动词解，是说红色工人的脸面使'月夜'增加了光辉。工人们一面冶炼，一面唱歌。歌声使附近的贵池水卷起了波澜。"

今人陈钧又推崇杨氏之说，其理由有五。一是李白曾经在秋浦一带从事过炼丹活动；二是诗中所写的景象与炼丹的景象完全相符；三是"紫烟"多与神仙密切相关；四是这首诗的亢奋轻快的情调合乎炼丹时的愉悦情感；五是诗中的"赧郎"指李白自己愧于炼丹无成。他指出"采矿说"的理由有三：秋浦固产银、产铜之区；炼丹之火不能"照天地"；《搜神记》中鼓铸时之景象正与此诗相符合。但秋浦有银有铜也有铅，这不足于说明在开矿；李白没有其他诗文与冶矿有关，而多留连山水、采药炼丹、感伤时事之作；"照天地"是夸张的修饰手法。（《李白〈秋浦歌〉十四索解》）

其十五

白发三千丈，缘愁似个长。^①
不知明镜里，何处得秋霜。

【注释】

① 缘：因为。个：这般。

【评析】

对于这首诗的主旨，前人大约有三说。一说描述诗人愁多易老。朱谏《李诗选注》云："言人之白发如此之长者，何也？因愁多而致然也。照于镜中皓然如霜，不知明镜之中，何由有此霜乎？乃白发之如霜也。岂真霜耶？设为怪问之词而含不尽之意。白之诗清新而变化者如此。按此白在秋浦作客，而自言其多愁而易老也。"

一说抒写迟暮之感。沈寅、朱昆《李诗直解》："此因胸怀不遂而生迟暮之感也。言幼学，壮行，老至则无能为也。今白发盈头，有三千丈之多，缘我之愁与发而俱长矣。不知明镜之里，何处得此秋霜之白也？回视少壮之时，宁得不愁乎？"

一说有所寄托，唐汝询《唐诗解》："发因愁而白，愁既长发亦长矣。故下句解之曰：'缘愁似个长。'言愁如许而发亦似之也。我想平时初未尝有是，不知镜中从何处得此秋霜乎？托兴深微，辞实难解，读者当求之意象之外。"李攀龙《唐诗训解》："托兴深微，真难实解，读者当味之意象之外。"今人郁贤皓《李白全集注评》："诗人怀有'安社稷''济苍生'的理想，却一直无法施展，所以'何处得秋霜'的明知故问中，包含着对国事的忧怀和虚度年华的悲慨。"

这首诗的艺术特色，一说是巧妙地运用了倒装句法。黄叔灿《唐诗笺注》："因照镜而见白发，忽然生感，倒装说人，便如此突兀，所谓逆则成丹也。唐人五绝用此法多，太白落笔便超。"《唐宋诗醇》："突然而起，四句三折，格力极健，要是倒装法耳。陈师道云'白发缘愁百尺长'，语亦自然。王安石云'缫成白雪三千丈'，有斧凿痕矣。"

一说生动地运用了夸张手法。郭兆麒《梅崖诗话》："太白诗'白发三千丈''燕山雪花大如席'，语涉粗豪，然非尔便不佳。……如少陵言愁，断无'白发三千丈'之语，只是低头苦煞耳。故学杜易，学李难。然读杜后不可不读李，他尚非所急也。"

当然也有人对"三千丈"之语深表质疑。严有翼《艺苑雌黄》"豪句"条："吟诗喜作豪句，须不畔于理方善。……李太白《北风行》云：'燕山雪花大如席。'《秋浦歌》云：'白发三千丈。'其句可谓豪矣，奈无此理何！"

或以为愁可以如此之长，并非指头发。如明方弘静《千一录》："李'白发三千丈，缘愁似个长'，句奇而非诬，缘愁故也，愁之长虽三千丈可矣。"又："严沧浪云：'诗有别趣非关理也，诗有别调非关书也。'其言似是而非。'读书破万卷，下笔如有神。'子美岂欺人哉！其诗无一字不从古文来，注者不能发，乃妄云工耳。理之所无，恶得有趣。陶诗所以佳者，其趣真也。其趣真也，其理真也。'白发三千丈'，乍疑无理，玩其意，乃以'缘愁似个长'，非真谓发也。"

或以为当会之以意，不必胶柱鼓瑟。潘焕龙《卧园诗话》："说诗须是以意逆志，子舆氏谓周诗'靡有孑遗'之句，不可拘泥，深得论诗之妙。太白诗'白发三千丈，缘愁似个长'，老杜诗'犹有泪成河，经天复东注'，苟非妙于解悟，'发'何能若是之长，'泪'何能若是之多乎？"又冒春荣《葚原诗说》："诗肠之曲……诗思之痴……诗趣之灵，如李白'岁晚或相访，青天骑白龙'，又'白发三千丈，缘愁似个长。不知明镜里，何处得秋霜'，杜甫'山鬼迷春竹，湘娥倚暮花'。唐人唯具此三者之妙，故风神洒落，兴象玲珑。自宋以后，此妙不传，所以用尽气力，终难与唐人作敌也。"马位《秋窗随笔》："太白'白发三千丈'下即接云'缘愁似个长'，并非实咏。严有翼云：'其句可谓豪矣，奈无此理。'诗正不得如此讲也。"

邝健行《韩国诗话中论李白诗新义举隅评析》引李瀷《星湖僿说》之新说，"白发所属的主体是水车岭。白发其实也不是真正的头发，而是岭上的积雪。李白看到水车岭上白雪在水中的倒影，'如发照镜里'，水车岭山脉绵延，因而生成出白发三千丈的感觉"。

赠汪伦

李白乘舟将欲行，忽闻岸上踏歌声。[①]
桃花潭水深千尺，不及汪伦送我情。[②]

【注释】

①踏歌：唐代广为流行的民间歌舞形式。《旧唐书·睿宗纪》："上元日夜，上皇御安福门观灯，出内人连袂踏歌。"《资治通鉴》："（阎知微）为虏蹋歌。"胡三省注："蹋歌者，连手而歌，蹋地以为节。"

②桃花潭：在今安徽泾县西南一百里。《舆地纪胜·宁国府》："桃花潭在南陵县赏溪。"

【评析】

古往今来，能够在历史上留下身影的，或是建立了不朽功勋，或是具备非凡才华，或是拥有传奇经历。芸芸众生，则须因缘巧合，或因附骥尾而行显。明人唐汝询读到李白的《赠汪伦》一诗，就对汪伦颇为嫉妒。他在《唐诗解》中说："伦，一村人耳，何亲于白？既酿酒以候之，复临行以祖之，情固超俗矣。太白于景切情真处，信手拈出，所以调绝千古。"李白之诗调绝千古，汪伦也随之名垂千古。

汪伦究竟是何许人也，他是不是如唐汝询所言是一位普通村民呢？"村人"之说，或出自宋人。宋本《李太白全集》题下有注云："白游泾县桃花潭，村人汪伦常酝美酒以待白。伦之裔孙至今宝其诗。"不过明清以来人们注意到李白同时写过《过汪氏别业二首》，李兆洛《养一斋文集》有云："泾川山水之美，李白之所亟赏之，诗篇稠叠，读者艳之。林峦溪涧明秀之气，固宜钟而为文采风流之士，白诗所称：'粲粲吴与史，衣冠耀天京。'意必一时英亮，而至今无能举其名者。白所往来投赠，则有万巨、汪伦，于汪氏池馆尤眷眷；而二人无一诗传后世，盖久而佚之耳。"

拥有别业的汪氏，自然不宜视之为普通村人。瞿蜕园、朱金城《李白集校注》猜测其或为当地豪宗之后裔："《通鉴》卷一八九：'隋末，歙州贼汪华据黟、歙等五州，有众一万，自称吴王。甲子，遣使来降，拜歙州总管。'泾县正其境内，汪氏当即其地之豪宗，汪伦或与汪华之族有关也。"

汪光泽依据其所发现的《汪氏总谱》，推断汪伦为泾县县令："汪伦，又名凤林，仁素公之次子也。为唐时知名士。与李青莲、王辋川诸公相友善，数以诗文往来赠答，青莲居士尤为莫逆交。开元、天宝间，公为泾县令，青莲往候之，款洽不忍别。"

詹锳更倾向于汪伦为豪族，他认为"汪伦虽作过泾县县令，但只云在开元、天宝间，并未确定何时。据诗意，似不像赠县令者，可能当时是闲居在家之'村人'。故自宋以来有'村人'之说。只是此'村人'并非一般平民百姓，而是当地一门豪士。"（《李白全集校注汇释集评》）郁贤皓则更强调汪伦县令的身份，认为他当时是任满辞官闲居在桃花潭（《李白全集注评》）。当然，更多学者只是含混地称汪伦为"当地人"或"隐士"。

这首《赠汪伦》为人所称道之处，一方面固然是李白大胆地将两个人的人名嵌入诗中，如黄生《唐诗摘钞》所言："直将主客姓名入诗，老甚，亦见古人尚质，得以坦怀直笔为诗。若今左顾右忌，畏首畏尾，其诗安能进步古人耶？"又如于源《灯窗琐话》所言："赠人之诗，有因其人之姓借用古人，时出巧思；若直呼其姓名，似径直无味矣。不知唐人诗有因此而入妙者，如'桃花潭水深千尺，不及汪伦送我情''旧人惟有何戡在，更与殷勤唱渭城''平生不解藏人善，到处逢人说项斯'，皆脍炙人口。"

另一方面，则是诗人借用眼前所见桃花潭水来抒写离别之情，自然、巧妙又妥帖。李锳《诗法易简录》云："言汪伦相送之情甚深耳，直说便无味，借桃花潭水以衬之，便有不尽曲折之意。"沈德潜《重订唐诗别裁集》云："若说汪伦之情比于潭水千尺，便是凡语。妙境只在一转换间。"黄生《唐诗摘钞》云："'请君试问东流水，别意与之谁短长？'意亦同此，所以不及此者，全得'桃花潭水'四字衬映入妙耳。"

北上行

北上何所苦，北上缘太行。①
磴道盘且峻，巉岩凌穹苍。
马足蹶侧石，车轮摧高岗。

沙尘接幽州，烽火连朔方。②

杀气毒剑戟，严风裂衣裳。

奔鲸夹黄河，凿齿屯洛阳。③

前行无归日，返顾思旧乡。

惨戚冰雪里，悲号绝中肠。

尺布不掩体，皮肤剧枯桑。

汲水涧谷阻，采薪陇坂长。

猛虎又掉尾，磨牙皓秋霜。

草木不可餐，饥饮零露浆。

叹此北上苦，停骖为之伤。

何日王道平，开颜睹天光。

【注释】

① 太行：山名。程大昌《北边备对·太行山》："太行山，南自河阳怀县，迤逦北出，直至燕北，无有间断。此其为山，不同他地，盖数百千里，自麓至脊，皆陡峻不可登越，独有八处，粗通微径，名之曰陉。"

② 朔方：唐方镇名，治所在灵州（今宁夏灵武西南）。

③ 奔鲸：奔驰的鲸。《文选》卷三〇谢朓《和王著作八公山》："长蛇故能翦，奔鲸自此曝。"李善注："杜预曰：鲸鲵，大鱼名，以喻不义之人吞食小国也。"凿齿：传说中的猛兽。《淮南子·本经训》："逮至尧之时……凿齿……为民害，尧乃使羿诛凿齿于畴华之野。"高诱注云："凿齿，兽名，齿长三尺，其状如凿，下彻颔下，而持戈盾。"

【评析】

北上之路为何艰苦，是因为有太行山之险阻。狭窄的石径盘曲险峻，高高的岩石矗立苍穹。马足总会为倾侧的石块而折断，车轮常因高冈难上而损毁。从幽州到朔方，沙尘蔽野，战火连天，肃杀之气毒于剑戟，寒冽之风撕裂衣裳，乱军如奔鲸一样吞食黄河沿岸，像凿齿那般祸害洛阳。继续前行，恐怕无法归来，回首眷思故乡。在冰天雪地里伤心痛哭，凄楚悲伤，衣不蔽体，皮肤皲裂如枯桑。想去汲水，有山谷阻隔；想去采薪，山高路远。何况还有猛虎摇尾磨牙，蹲守在一旁。山上没有食物，唯有草木。想起北上的艰难，停下车来悲伤不已，何时才能天下太平，使人重见天子而消去愁苦？

　　这首诗收录于《乐府诗集·相和歌辞·平调曲》。《乐府古题要解》卷上解题说："《苦寒行》，晋乐奏魏武帝'北上太行山'，备言冰雪溪谷之苦。或谓《北上行》，盖因魏武帝作此词，今人效之。"李白这首诗，也可以视为曹操《苦寒行》的拟作。范晞文《对床夜语》列举说："李太白《北上行》，即古之《苦寒行》也。《苦寒行》首句云'北上太行山，艰哉何巍巍'，因以名之也。太白词有云：'磴道盘且峻，巉岩凌穹苍。马足蹶侧石，车轮摧高冈。'又：'杀气毒剑戟，严风裂衣裳。'此正古词'羊肠阪诘屈，车轮为之摧。树木何萧瑟，北风声正悲'。太白又有'奔鲸夹黄河，凿齿屯洛阳''猛虎又掉尾，磨牙皓秋霜'，亦古词'熊罴对我蹲，虎豹夹路啼'。又'汲水涧谷阻，采薪陇阪长''草木不可餐，饥饮零露浆'，是亦古词'行行日已远，人马同时饥。担囊行取薪，斧冰持作糜'，特词语小异耳。陆士衡、谢灵运诸作，亦不出此辙。"

　　李白这首诗所描写的史实，也被与安史之乱爆发时的情形一一对应。王琦注《李太白全集》云："按：天宝十四载，安禄山反于范阳，引兵南向。河北州县望风瓦解，遂克太原，连破灵昌、陈留、荥阳诸郡，遂陷东京。范阳，本唐幽州之地，诗所谓'沙尘接幽州'者，盖指此事而言。其曰'烽火连朔方'者，禄山遣其党高秀岩寇振武军，朔方节度使郭子仪击败之。振武军去朔方治所甚远，其烽火相望，告急可知。其曰'奔鲸夹黄河'者，指从逆诸将，如崔乾祐之徒，纵横于汲、邺诸郡也。其曰'凿齿屯洛阳'者，谓禄山据东京僭号也。"

不过关于这首诗具体的创作时间，还是有不同的看法。或以为作于天宝十四载（755）。郁贤皓说："此诗当作于天宝十四载（755）冬安禄山初占洛阳之时。是年冬李白从秋浦至梁苑，正遇安禄山叛军渡河占领陈留、洛阳，李白夫妇被困沦陷区。疑是时曾拟北上，后不果，终于西奔函谷关。"（《李白选集》）

安旗说："据《通鉴·唐纪》记载：天宝十四载十一月甲子（初九日）安禄山发所部兵凡十五万众，号二十万，反于范阳。引兵而南，烟尘千里。所过州县，望风瓦解。十二月丁亥（初二日），禄山自灵昌渡河。丁酉（十二日），禄山陷东京洛阳。本年正月乙卯朔（初一日），禄山在洛阳自称大燕皇帝。李白北上宋城及此诗之作，在当本年岁初，禄山称帝后。"（《新版李白全集编年注释》）

或以为作于至德后。萧士赟《分类补注李太白诗》："按《北上行》者，征行之曲，言行役者之苦也。太白此诗，其作于至德之后乎？隐然有《国风》爱君忧国、劳而不怨、厌乱思治之意，读者其毋忽诸。"

扶风豪士歌

洛阳三月飞胡沙，洛阳城中人怨嗟。
天津流水波赤血，白骨相撑如乱麻。①
我亦东奔向吴国，浮云四塞道路赊。
东方日出啼早鸦，城门人开扫落花。

梧桐杨柳拂金井，来醉扶风豪士家。

扶风豪士天下奇，意气相倾山可移。

作人不倚将军势，饮酒岂顾尚书期。^②

雕盘绮食会众客，吴歌赵舞香风吹。

原、尝、春、陵六国时，开心写意君所知。^③

堂中各有三千士，明日报恩知是谁。

抚长剑，一扬眉，清水白石何离离。

脱吾帽，向君笑，饮君酒，为君吟。

张良未逐赤松去，桥边黄石知我心。

【注释】

① 天津：桥名，故址在今河南洛阳西南的洛水之上。

② 作人：为人。

③ 原、尝、春、陵：战国四公子之平原君、孟尝君、春申君、信陵君。

【评析】

暮春三月沙土飞扬，安史乱军气焰嚣张，天津桥下血流成河，郊外白骨散乱如麻，城中百姓怨气冲天。我逃难东奔吴国而去，道路艰难而遥远。东方日出，鸟雀嘈杂，早起的人们打开城门，清扫沿街的落花。我穿过排排梧桐树，绕过杨柳轻拂的井栏，大醉在扶风豪士之家。扶风豪士天下少有，他与我意气相投，为人爽朗好客，以珍馐歌舞款待嘉宾。想当初战国四公子礼贤下士，各有门客数千，后来不少人脱颖而出，挺身报恩。我扬眉抚剑，光明磊落，今日与君恣意欢谑，他日必将有所报效。

扶风，即岐州，治所在今陕西省宝鸡市凤翔区。《元和郡县志》卷二"关内道凤翔府":"大业三年罢州为扶风郡,武德元年复为岐州。天宝元年改为扶风郡。"诗中所咏"豪士",多认为是扶风人氏,后流落到东吴。萧士赟《分类补注李太白诗》:"扶风乃三辅郡,意豪士亦必同时避乱于东吴,而与太白衔杯酒、接殷勤之欢者。"唐汝询《唐诗解》:"按豪士无姓氏可考,疑扶风人而就居于吴者。太白避禄山之乱,尝舍其家,故作此歌赠之。"曾国藩《求阙斋读书录》:"自叙避乱来吴,因至扶风豪士之家。扶风豪士,当亦秦人而同时避乱于吴者。"

一说这里的豪士,指泾县人万巨。《宁国府志·人物志·隐逸类》:"万巨,世居震山,天宝间以材荐不就。李白有《赠扶风豪士歌》,即巨也。因巨远祖汉槐里侯修封扶风,因以为名。"

一说诗歌并非赠人之作,豪士只是泛言。洪亮吉《北江诗话》:"李白《扶风豪士歌》,在吴中所作,非赠人也。泾县旧志以为赠县人万巨所作,凿矣。"

一说其人不可考。郭沫若《李白与杜甫》:"'扶风豪士'不知道是甚么人,看来也不外是一个逃亡分子,并不能算作甚么'豪'!但李白不仅誉之为'豪士',而且还跟着一道胡闹——大开酒宴,吴歌楚舞,脱帽在手,抛向空中,却自比张良,实在是太不成话。"

何静《"扶风豪士"是谁》一文提出新说,考证"扶风豪士"即为溧阳主簿窦嘉宾。"这首诗中'我亦东奔向吴国'句下原注:'一作来奔溧溪上。'溧溪,在溧阳县(今江苏省溧阳县)境内。称溧溪,就是指溧阳。可见,李白是在溧阳参加了扶风豪士所举行的盛宴。那么,在溧阳的扶风豪士又是谁呢?我读了《李太白全集》中的《溧阳濑水贞义女碑铭并序》一文后,就找到了明确的答案。李白在文中记叙了该县史姓贞义女搭救伍子胥的动人事迹,并大加赞扬,同时,对当地的地方官县令荥阳郑晏、主簿扶风窦嘉宾、县尉广平宋陟等人发起为贞义女树碑立传的义举称颂不已。白撰写的这篇碑文，最好不过地表明，扶风豪士是原籍扶风郡、当时在溧阳县任主簿的窦嘉宾，而决不是万巨，也不是从扶风逃难到吴地的豪士或'逃亡分子'。"

赠王判官，时余归隐居庐山屏风叠

昔别黄鹤楼，蹉跎淮海秋。
俱飘零落叶，各散洞庭流。
中年不相见，蹭蹬游吴越。
何处我思君，天台绿萝月。
会稽风月好，却绕剡溪回。
云山海上出，人物镜中来。
一度浙江北，十年醉楚台。
荆门倒屈宋，梁苑倾邹枚。
苦笑我夸诞，知音安在哉？
大盗割鸿沟，如风扫秋叶。[①]
吾非济代人，且隐屏风叠。[②]
中夜天中望，忆君思见君。
明朝拂衣去，永与海鸥群。

【注释】

①鸿沟：指楚汉分界线。《史记·项羽本纪》："汉王复使侯公往说项王，项王乃与汉约，中分天下，割鸿沟以西者为汉，鸿沟而东者为楚。"

②济代：济世。避唐太宗李世民讳而改。

【评析】

王判官是我的老朋友了，可惜这些年来音讯不通。记得上次见面，两人在黄鹤楼开怀纵饮，执手而别，各自西东，当时没有想到一别竟是十年。这十年来，我如落叶一样随风飘零，滞留楚地，蹭蹬失意，寒偃潦倒，一无所成。后来漫游吴越，天台山上、会稽月下、剡溪侧畔都留下了我的足迹。吴越真是满眼风光啊，云山雾海，融淡雅清秀与雄奇壮阔为一体，峰峦叠出，烟波浩渺，气象万千。吴楚两地也真是人才济济，自古以来涌现出了多少文人墨客。不过，又有谁是我的知音呢？又有谁知晓我心中的隐痛、明白我的志向呢？这些吴楚之士纷纷指责我狂妄夸诞，面对这些斥责，我唯有苦笑。如今安史之乱爆发，叛军恣肆，横扫中原，不可一世，虽有心报国，却无路申怀，只有隐居庐山，任岁月虚度。

屏风叠，在庐山五老峰之下，因九叠如屏风而得名。一般认为，这首诗是至德元载（756）秋，诗人避难剡中回来后，在庐山隐居时所写。在诗中，李白回顾了自己十年来的经历，感慨万千，情不能已。在诗歌末尾，诗人告诉我们，他要去庐山隐居。但事实上，他还是追随李璘而出。关于这一选择，历来有不同的解读。

朱谏认为，李白对形势判断不明，隐居态度不够坚决，最终为权势所迫，做出了错误的选择。其《李诗选注》说："按白在屏风叠，又欲与海鸥为群，恐避世之不远也。然而不能决去，卒蹈永王之祸。是乃怵于势利，昧于几先，非有真知，有欲故也。欲则蔽，蔽则迟疑，迟疑则缓不及事。虽是中心之隐微有可取者，似涉两端，终不能自白矣。故君子务穷理而贵果断也。"

赵山林说，李白在诗末的表达，实则是报国无门的愤激，是焦急心情的流露，他本无意于隐居。"'且隐屏风叠'是作者此时不得不作出的抉择。这是一个痛苦的抉择。……这一愿望诗人曾经多次表述过，但诗人的初心是'功成拂衣去，归入武陵源'（《登金陵冶城西北谢安墩》），而这次的表述却是面临着国难当头，自己却不能有所作为的痛苦现实，这对诗人的政治理想来说，不能不说是一个沉重的打击，因此本诗的情调便于豪放和旷达之中又带有激愤和伤感。"（《三李诗鉴赏辞典》）

郁贤皓也认为李白并非真心避世隐居，"诗人一直在找知音为他荐举入世，做一番事业。故永王水师至寻阳，三次派人敦请，诗人昧于对永王野心的洞察，误以为报国灭敌机会已来，遂入幕而蹈祸耳"（《李白全集注评》）。

永王东巡歌十一首（选四）

其一

永王正月东出师，天子遥分龙虎旗。
楼船一举风波静，江汉翻为雁鹜池。^①

【注释】

① 江汉：长江和汉水之间及附近地域。《汉书·严助传》："陛下以四海为境，九州为家，八薮为圃，江汉为池。"

【评析】

永王，即唐玄宗第十六子李璘。天宝十四载（755）安史之乱爆发，翌年六月，唐玄宗在前往四川的途中，诏以李璘为山南东道、岭南、黔中、江南西道等四道节度使，江陵大都督。九月，李璘在江陵招募将士数万。时李亨即位于灵武，诏李璘归觐。李璘不从，十二月引舟师东下。途经九江时，遣使征召李白入幕。李白这组诗写于永王幕府之中。

李白之人永王幕，或以为是被胁迫。苏轼《东坡集·李太白碑阴记》云："李太白，狂士也。又尝失节于永王璘，此岂济世之人哉？而毕文简公以王佐期之，不亦过乎？……太白之从永王璘，当由迫胁；不然，璘之狂肆寝陋，虽庸人知其必败也。太白识郭子仪之为人杰，而不能知璘之无成，此理之必不然者也。吾不可以不辨。"

或以为是李白有志于建功立业而识人不明。蔡启《蔡宽夫诗话》："太白之从永王璘，世颇疑之，《唐书》载其事甚略，亦不为明辨其是否。……然太白岂从人为乱者哉？盖其学本出纵横，以侠气自任，当中原扰攘时，欲藉之以立奇功。……大抵才高意广如孔北海之徒，固未必有成功，而知人料事，尤其所难。讥者或责以璘之猖獗，而欲仰以立事，不能如孔巢父、萧颖士察于未萌，是矣。若其志，亦可哀矣。"

或以为李白赞同永王之所作所为。葛立方《韵语阳秋》："安禄山反，永王璘有窥江左之意……白传止言永王璘辟为府僚。璘起兵，遂逃还彭泽。……若非赞其逆谋，则必无是语矣。"

或以为在当时情形下，李白之选择永王璘也是情有可原。瞿蜕园、朱金城《李白集校注》："《永王东巡歌》既为李白自抒抱负之作，亦足证天宝、至德间史事，非浅人所解也。……当时玄宗号令不出剑门，肃宗崎岖边塞，忠于唐室之诸将皆力不足以敌安、史，则身处江南如李白者，安得不思抒奇计以济时艰？……或疑永王本镇在江陵，而镇广陵者为盛王琦，永王越俎而擅引兵东出无解于谋叛，殊不知玄宗诸子中唯永王出镇在前，事在天宝十四载，而次年与盛王、丰王同被命

228

时，二王皆始终未行，则永王之独以兴兵恢复为己任何容疑乎？李白之佐永王，在永王初败时诚不得不稍自隐饰以求免责，未几而事过境迁亦不必讳矣。在唐时且不讳，后人反欲百计为之回护，尤可笑也。此事不从当时情势探究，惜未能得要领。”

第一首写永王李璘承天子之命而东巡。不过这里的“天子”，究竟是指唐玄宗还是唐肃宗呢？朱谏以为是初即位的唐肃宗。其《李诗选注》云：“此白美永王璘承命而东巡也。言永王于天子即位之初，以巡东南。分以龙虎之旗任以藩屏之职，王乃启行楼船，一举而风波即静，江汉之地皆为我王雁鹜之池也。以江汉为雁池，则我王封疆之广，而天子锡命之厚从可知也。”

今人多以为指唐玄宗。郭沫若《李白与杜甫》：“永王一出师，长江流域首先就安定了下来，江汉变成了鹅鸭的池塘。情绪是多么乐观！他们要乐观，当然也有道理。在他们看来，‘制置’是玄宗的意旨，论理会为肃宗所同意。”

其二

三川北虏乱如麻，四海南奔似永嘉。[①]
但用东山谢安石，为君谈笑静胡沙。

【注释】

①三川：秦郡名，以有黄河、洛水、伊水而得名，治所在今河南洛阳东北。永嘉：晋怀帝年号。永嘉五年（311），刘曜攻陷洛阳，中原人士相率南奔，避乱江左。

【评析】

这首诗写安史乱军在洛阳一带烧杀掠夺，局势十分混乱，中原士人纷纷南奔，如逢永嘉之难。朝廷如果能起用谢安那样的人才，谈笑之间就会平定叛乱。

那么，这里的谢安究竟指谁呢？刘克庄《后村诗话·新集》："按永王辟客如孔巢父亦在其间，白其一尔。此篇所谓'谢安石'，不知属谁？可见自负不浅，然十篇只目王为帝子受命东巡，与王衍、阮籍劝进事不同。"

一说为李白自喻。旧题严羽评点《李太白诗集》："自负不浅。"郭沫若《李白与杜甫》："李白在自比谢安，以为'谈笑'之间便可以扫荡胡尘。自负得有点惊人，乐观得也有些惊人。"郁贤皓《李白全集注评》："后两句诗人以谢安自比，抒写建功立业的抱负，自信能在谈笑间克敌制胜，平定叛乱。"

一说不当为李白自况。唐汝询《唐诗解》："永王璘之行师，盖横暴之极者。太白以安石起之，欲其务镇静也，然璘竟取败，而太白几坐诛，悲夫！一说：太白尝卧东山，此云安石，当是自况。若然，置永王于何地？青莲亦不应放诞至此。"丁绍仪《听秋声馆词话》："'但用东山谢安石，为君谈笑静胡沙'，太白诗也。人或讥其大言不惭，然其时邺侯、汾阳均未显用，殆有所指，非自况也。"

其五

二帝巡游俱未回，五陵松柏使人哀。①
诸侯不救河南地，更喜贤王远道来。

【注释】

① 五陵：指玄宗以前的唐代五位皇帝（高祖、太宗、高宗、中宗、睿宗）的陵墓。

【评析】

　　这首诗说，唐玄宗避难于蜀中，唐肃宗在灵武即位，他们都不在长安，唐朝五位先皇陵墓无人祭扫，令人悲哀。而各地的军政长官拥兵自重，不去救援洛阳，唯有贤王李璘将远道而来，前去平乱。

　　李璘之师出河南，究竟是李璘的计划，还是李白的想法呢？前人多以为是李白的劝谏与期待。萧士赟《分类补注李太白诗》曰："此诗白欲讽永王为勤王赴难之举，如本传中所载广琛等语是也。诗以抒下情而通讽谕，太白有之矣。"朱谏《李诗选注》说："按此诗白之劝谏于永王者，辞正义切，略无阿党之私。所以蹈祸者，特以不能察识永王之志，被其欺而受其饵，依随迟回，失于见几，故罹于祸也。呜呼！白不可谓无智，智而不断与无智同。故知白者必将有以贷之也。"

　　郭沫若认为是永王李璘本身有这个想法。其《李白与杜甫》说："诗的后两句把永王出师的目的点明了，就是要'救河南地'，企图去收复洛阳。当时没有从旱路出兵，而是采取的水路，看来有直捣幽燕（安禄山的根据地）的想法。"

　　郁贤皓则采取了折中的说法，其《李白全集注评》说："后二句则写洛阳本是天子陪都，如今已沦陷为逆贼首府，各地州郡军政大官都不去征讨逆贼，诗人认为永王是从远道前去救河南沦陷区人民的。"

其十一

试借君王玉马鞭，指挥戎虏坐琼筵。
南风一扫胡尘静，西入长安到日边。①

【注释】

　　①日边：旧时以太阳象征君王，京师附近或帝王左右称为"日边"或"日下"。

【评析】

这首诗说，向君王借来指挥作战的权力，镇定自若，在筵席之上就可以平定叛乱，如同南风所至，将胡尘清扫得一干二净，然后再西入长安，进入京师。

首句之"君王"，一说指肃宗，则"指挥戎虏"者为永王李璘。朱谏《李诗选注》云："借君王之玉鞭以指挥者，永王之受天子，坐于琼筵，麾斥虏戎，嘘其南风，以扫胡尘，乘胜逐北，西入长安以到日边，复我先王之故土。乘舆不日而返，正庶有以副天子之重托也。"

一说指永王李璘，则"指挥戎虏"者为诗人自己。"试借君王玉马鞭"，"意思是向永王取得节制下属的权力"（复旦大学古典文学教研组《李白诗选》）。

郁贤皓则将两说综合起来，以为指挥权属于肃宗，但此刻交付给了永王，故诗人特向永王转借，"此句谓试向永王借来君王赐予的军权"（《李白全集注评》）。

赠何七判官昌浩

有时忽惆怅，匡坐至夜分。[1]
平明空啸咤，思欲解世纷。
心随长风去，吹散万里云。
羞作济南生，九十诵古文。[2]
不然拂剑起，沙漠收奇勋。
老死阡陌间，何因扬清芬。
夫子今管乐，英才冠三军。[3]

终与同出处，岂将沮溺群。④

【注释】

①匡坐：正坐。《庄子·让王》："上漏下湿，匡坐而夜歌。"成玄英疏："匡，正也。"

②济南生：西汉伏生，济南人。《汉书·儒林传》："伏生，济南人也，故为秦博士。孝文时，求能治《尚书》者，天下亡有。闻伏生治之，欲召。时伏生年九十余，老不能行。于是诏太常，使掌故晁错往受之。"

③夫子：指何昌浩。管乐：指春秋时齐相管仲、战国时燕国名将乐毅。

④沮溺：春秋时两位隐士长沮、桀溺。《论语·微子篇》："长沮、桀溺耦而耕。"何晏集解："郑曰：长沮、桀溺，隐者也。"

【评析】

有时候忽然为自己的失意而感到惆怅忧伤，独自一人端坐到夜半，等到天明时分，又狂呼大叫以倾泻心中苦闷。为何会如此呢？那是因为我也想如宗悫那样乘长风、破万里浪，安邦定国，经世济民，或者如卫青、霍去病那样拔剑而起，征战沙场，建立功勋，终不愿如济南伏生，九十岁还在诵念经文，以至于老死乡间，默默无闻。何判官你有管仲、乐毅之才，勇冠三军，我终究要与你并驾齐驱，岂肯与长沮、桀溺躬耕田亩、退隐闾里？

这首诗表面上看起来是赠人之作，实际上却是自述之作，其最大特色是将对何昌浩的颂赞与自己的抱负融为一体。如周珽《唐诗选脉会通评林》所言："开口慷慨，便能吞吐凡俗。盖用世之志，由夜及旦，思得同心者并驱建树，以扬芬千古，故既羞为章句宿儒，复不甘与耕隐同类。白自负固高，其赞何亦不浅也。"唐汝询《唐诗解》也说："此因昌浩典军，而自陈己志也。言我尝竟夕不眠，以思用世，此心已驰骛乎风云之表矣。羞为章句之老儒，窃慕沙场之剑客，斩将搴旗，以取勋庸耳。假令没身畎亩，何以显功名于竹帛耶？今夫子以英才治兵，正我所与同志者也。方将并驱中原，其不终于耦耕决矣。"

何昌浩在何处任判官一职，即这首诗作于何时何地呢？一说在西北。瞿蜕园、朱金城《李白集校注》："按：《旧唐书·职官志》，节度使下有判官二人。原注：皆天宝后置，检讨未见品秩。考唐代朝廷所命诸使，其常置者如度支盐铁转运使，暂置者如入蕃使，皆有判官以执行其文书事务，兼为之参赞。……各有本官，事毕即解，故无品秩。此何昌浩当是西北面节度使之判官，故有'沙漠收奇勋'及'英才冠三军'之句。"

一说在幽州。安旗《新版李白全集编年注释》："判官，唐方镇文职僚佐。何昌浩，幽州范阳节度使幕府判官。本年（天宝十载）秋来访李白于叶县石门山，意欲邀白入幕。白赠以此诗，虚与委蛇之辞也。"又阎琦《李白诗选评》："天宝十载暮秋，李白有北上幽州之行。幽州之行的契机，于此诗微露端倪。何昌浩或是在幽州节度使府任职、邀李白北上者。天宝九载，李白五十岁，一再说到'五十知非'（《雪谗诗》）、'四十九年非'（《寻阳紫极宫感秋作》）的话，所以此诗的'不然拂剑起，沙漠收奇勋'，绝非一时心血来潮。李白开元、天宝初的个人功业计划是成为'帝王之师'，现在却是投笔从戎，要走军旅建功一途了。"

一说在边地。马茂元《唐诗选》："这诗借赠友抒写自己经世致用的抱负，对逃避现实、泉石鸣高的隐士和死守章句、迂拘无用的儒生表示了轻蔑和嘲讽。诗的起结转折，超忽不平，有如天风海涛，给人以开拓胸怀之感。何昌浩，生平不详。寻绎诗意，此行当是赴边地军幕，担任节度判官。"

一说在江南。郁贤皓《李白全集注评》："拓本《唐故登州司户参军何府君墓志铭并序》……可知何昌浩一生仅有一次入幕，即'为宣歙采访使宋若斯辟署支使'。其为判官即在此时。唐人常以'判官'概指节度使幕僚。宋若思为宣歙采访使在至德二载，则何昌浩为判官亦当在此年。李白亦于是年出寻阳狱后曾入宋若思幕，当于何昌浩为同僚。……此诗当为至德二载（757）在宋若思幕中作。"

赠张相镐二首（选一）

其二

本家陇西人，先为汉边将。
功略盖天地，名飞青云上。①
苦战竟不侯，当年颇惆怅。
世传崆峒勇，气激金风壮。
英烈遗厥孙，百代神犹王。
十五观奇书，作赋凌相如。
龙颜惠殊宠，麟阁凭天居。
晚途未云已，蹭蹬遭谗毁。②
想像晋末时，崩腾胡尘起。
衣冠陷锋镝，戎虏盈朝市。
石勒窥神州，刘聪劫天子。
抚剑夜吟啸，雄心日千里。
誓欲斩鲸鲵，澄清洛阳水。③
六合洒霖雨，万物无凋枯。

我挥一杯水，自笑何区区。

因人耻成事，贵欲决良图。

灭虏不言功，飘然陟方壶。

惟有安期舄，留之沧海隅。④

【注释】

① 功略：功绩谋略。《文选·李陵答苏武书》："陵先将军功略盖天地，义勇冠三军。"刘良注："先将军广也，功绩谋略甚大，可盖于天地。"

② 蹭蹬：路途艰阻难行，比喻失意潦倒。

③ 鲸鲵：即鲸，雄曰鲸，雌曰鲵。《左传》："古者明王伐不敬，取其鲸鲵而封之，以为大戮。"杜预注："鲸鲵，大鱼名，以喻不义之人。"

④ 舄（xì）：鞋子。刘向《列仙传》："期先生者，琅邪阜乡人，卖药于东海边，人皆言千岁公。秦始皇东游请见，与语三日三夜。赐金璧，度数千万，出于阜乡亭，皆置去，留书，以赤舄一双为报，曰：'后数年，求我于蓬莱山。'"

【评析】

《赠张相镐》共两首，一本题下有自注云："时逃难，病在宿松山作。"宿松山在今安徽省宿松县。唐肃宗至德二载（757），李白因参加永王璘幕府，被捕入浔阳狱，八、九月间，经宣慰大使崔涣和御史中丞宋若思的营救出狱，十月左右病卧于宿松山。此时，正逢宰相张镐率军东征睢阳（在今河南境内），征讨安史叛军，李白就写了《赠张相镐》诗二首给他，这是其中的第二首，一本又作《书怀重寄张相公》。

李白出生在西域碎叶，成长于四川江油，但他始终自称为陇西成纪（今甘肃秦安）人，因为他认定自己是汉代飞将军李广的二十五世孙，也总是以身为李广的后人而自豪。当年李广全身心投入抗击匈奴的事业中，身经大小七十余次战斗，气概像秋风一样劲壮，其谋略为人惊叹，其功绩为人景仰，可是由于意外的挫折没有能够封侯，让后人无不痛惜。他英武的气概与壮越的情怀留传给了他的子孙，直至百代之后还旺盛地保持着。诗人认为自己作为李广的后裔，也继承了这种奋勇杀敌的精神。他十五岁就饱读诗书，文韬武略无不齐备。后来得到天子的倚重，给予前所未有的殊荣。本以为可以完成祖先的遗志，建立不朽功业，可惜也是晚年蹭蹬，遭受谗言，郁郁不得志，失意潦倒。回想西晋末年，五胡乱华，祸及中原，石勒野心勃勃，窥视神器，刘聪也不甘落后，乘机劫持天子。如今安史之乱起，中原又陷入危机，战火蔓延，明皇幸蜀。在这山河破碎之时，他更不愿置身事外，即使年老多病，也要为澄清天下贡献一己之力，也要为恢复中原竭尽所能。待到歼灭胡虏，平定叛乱，然后自己再功成身退，飘然而去。

对于《赠张相镐二首》，前人曾有所质疑。萧士赟《分类补注李太白诗》说："以上八首（《赠张相镐二首》《闻谢杨儿吟猛虎词因有此赠》《宿清溪主人》《系寻阳上崔相涣三首》《巴陵赠贾舍人》）恐非太白之作，吾故置卷末以别之，以俟具眼者。"又旧题严羽评点《李太白诗集》载明人批语说："是有意学太白者，亦有近似处，然尚觉费力。"并批评"自笑"等句"力弱应不起，炼调未圆，读之殊不快"。詹锳引《旧唐书·张镐传》及《资治通鉴》相关记载，以为"诗中所叙与太白身世及当时史实俱相吻合，且二诗已见于《文苑英华》，当非伪作"（《李白诗文系年》）。

至于诗歌的创作背景，历来论者多紧扣题下自注所云"时逃难，病在宿松山作"，认为这首诗是李白卧病宿松时所作。如："李白出狱后卧病于宿松，听到张镐督师往救睢阳的消息，曾两次作诗给张镐，这里选的是第二首。诗人病中回忆一生遭遇拂逆,面对当时叛军窜扰、国家震荡的局面,心潮起伏,忧虑重重,希望能参加平乱,发挥'一杯水'的作用。'誓欲斩鲸鲵,澄清洛阳水',就是这种思想感情的集中反映。"(《李白诗选注》编选组《李白诗选注》)又如:"李白写这首诗的时候,刚刚出狱,而且身染重病,但他得知宰相张镐率军东征睢阳安史叛军的消息,就满怀激情地向张镐表示,要为消灭安史叛军贡献一份力量。"(李晖《李白诗选读》)

这些诠释抓住了自注中的"病"字,或遗忘了"逃难"两字。詹锳猜测说:"第二首云:'誓欲斩鲸鲵,澄清洛阳水。'此时尚未闻东京克复捷音也。但此诗既在太白出狱之后,则逃难云云,不知何指。意者白之出狱,乃宋若思擅为之主,迨宋上书荐白,朝廷非但不加赦免,且欲穷追,致白又离宋中丞幕而逃难宿松耳。"(《李白诗文系年》)

上皇西巡南京歌十首（选一）

其四

谁道君王行路难,六龙西幸万人欢。
地转锦江成渭水,天回玉垒作长安。^①

【注释】

①锦江:岷江支流,流经成都南。玉垒:山名,在今四川省都江堰市西北。

【评析】

天宝十五载（756）六月，安禄山攻陷潼关，唐玄宗避难西逃至蜀中。七月，太子李亨即位于灵武，尊唐玄宗为上皇天帝。至德二载（757）十月，肃宗会长安，遣使迎玄宗。十二月丁未（初四），玄宗还长安。戊午（十五日），以蜀郡（成都）为南京，凤翔为西京，西京（长安）为中京。这组诗作于至德二载（757）唐玄宗从蜀中返回长安后。

这一首写道，谁说君王行路艰难呢？他的车驾抵达蜀郡，万人欢呼，民心愉悦，刹那间锦江变成了渭水，玉垒山俨然就成为了长安城。

关于李白的这首诗，一说核心在首句，为颂诗。朱谏《李诗选注》云：“言世人之行路皆有所难也，惟天子之行无所凝滞，复何难哉？御六龙以周四海，则无所不通矣。故西幸于蜀而人心皆悦也。且天子以四海为家，长安、渭水固为旧都，今兹西幸，锦江即渭水，玉垒即长安矣。随吾皇所至之地，造化亦为之斡旋也。”

唐汝询《唐诗解》首先肯定这首诗是颂诗：“明皇初入蜀，太白尝作《蜀道难》以忧之，至是而乘舆无恙，喜而作歌。初疑其难，后知其易，故以‘谁道’发之，万姓咸悦，见行路之非难也，且蜀中山水无异京师，庶可安我君矣。”但同时又自我否定说：“夫玄宗弃国出奔，太白乃盛称蜀中之美。西巡果盛事乎？《猗嗟》讥庄而赞其艺，《副笄》刺宣而美其容，太白虽为亡国讳，而亡国之耻，正在言表。”

一说诗歌的核心在结句，为谏诗，即有“直把杭州作汴州”之意。叶矫然《龙性堂诗话初集》：“太白‘地转锦江成渭水，天回玉垒作长安’、子美‘锦江春色来天地，玉垒浮云变古今’，乃是铺张明皇幸蜀微意，似宋人‘直把杭州作汴州’语意。”

一说作颂诗与讽诗讲，都不合适。翁方纲《石洲诗话》：“太白五律之妙，总是一气不断，自然入化，所以为难能。苏长公'横翠峨嵋'一联，前人比于杜陵《峡中览物》之句。然太白作《上皇西巡南京歌》云：'地转锦江成渭水，天回玉垒作长安'，则更大不可及矣。《西巡》之歌，殊于风雅之旨不类。安、史之乱，岂得云'轻拂边尘'？不观杜公直书'仙仗离丹极，妖星照玉除'乎？甚且铺张蜀中浓丽，尤为非体。若反言之则不必，若正言之则不宜，即不作能《北征》之篇，亦何必有《西巡》之颂也。此事在唐，自非细故，而李、杜二家为有唐一代诗人冠冕，若此之类，何以立诗教乎？"

今人安旗《李白诗秘要》也说："若谓此诗为颂，则玄宗奔蜀确非盛事；若谓此诗为刺，则又未谙太白此时之心情。安史之乱，玄宗虽属罪魁祸首，然其开元之治，使天下太平达数十年之久，功在社稷，泽及苍生，亦良非浅鲜。故其返长安时，文武百僚，京城士庶，夹道欢呼，靡不流涕。见《通鉴·唐纪》及两《唐书》。太白此时虽在狱中，其情谅亦同乎众人；况玄宗于彼当年礼遇之隆，使太白终生难忘，故其情当有更甚于众人者。然'西巡'毕竟非属盛事，而太白此时又是'有罪'之身，且已在长流待发之时。举国大庆而不得参与，以'南冠'而颂'北阙'，其强颜为欢，亦歌亦哭，可知矣。诚如《文心雕龙·夸饰》所云：'义深褒赞，遂成矫饰。'故令后人读之，致有讽刺之疑。"

公无渡河

黄河西来决昆仑，咆哮万里触龙门。[①]
波滔天，尧咨嗟。

大禹理百川，儿啼不窥家。②

杀湍堙洪水，九州始蚕麻。

其害乃去，茫然风沙。

被发之叟狂而痴，清晨径流欲奚为。

旁人不惜妻止之，公无渡河苦渡之。

虎可搏，河难凭，公果溺死流海湄。③

有长鲸白齿若雪山，公乎公乎挂胃于其间，④

箜篌所悲竟不还。

【注释】

①昆仑：昆仑山。《尔雅·释水》："河出昆仑墟。"龙门：龙门山。
《尚书·禹贡》："导河积石，至于龙门。"

②理：治理，唐人避唐高宗之讳，改"治"为"理"。

③凭：徒步渡过河流。

④胃（juàn）：一作"骨"。

【评析】

《公无渡河》为乐府旧题。《乐府诗集·相和歌辞·相和六引》：
"《箜篌引》，一曰《公无渡河》。崔豹《古今注》曰：《箜篌引》者，
朝鲜津卒霍里子高妻丽玉所作也。子高晨起刺船，有一白首狂夫，披
发提壶，乱流而渡，其妻随而止之，不及，遂堕河而死。于是援箜篌
而歌曰：'公无渡河，公竟渡河。堕河而死，将奈公何！'声甚凄怆，
曲终亦投河而死。子高还，以语丽玉。丽玉伤之，乃引箜篌而写其声，
闻者莫不堕泪饮泣。丽玉以其曲传邻女丽容，名曰《箜篌引》。"

《公无渡河》本是四言四句，刘孝威、张正见等改写为五言诗，在
李白手中，则变为杂言，从三言、四言、五言到七言、八言、九言。

句式的参差自由，和诗人情感的汪洋恣肆相一致，历来多有赞誉。如范德机批选《李翰林集》："乐府任句短长犹本情性，古人语多参差，太白加铿锵矣。歌之使人易感发，亦才高故耳，然得古诗意。"许学夷《诗源辩体》亦云："然《公无渡河》等，虽出自古乐府、齐梁，然高畅俊逸，观者知其为太白，不知为古乐府、齐梁也。"但也有人对李白的改造并不认可，如旧题严羽评点《李太白全集》云："虽出语亦豪肆，但构法不密，颇觉散漫少味。"

李白在诗中说，昆仑山横亘天地，黄河滚滚西来，咆哮而下，雷鸣之声响彻万里之外的龙门。滔天巨浪吞噬了无数生民，让帝尧浩然叹息，大禹为治水，三过其门而不入，黄河之害从此驱除，只留下两岸茫茫风沙。黄河狂暴肆虐，一位老头，披头散发，如痴似狂，大清早来到咆哮的黄河边，竟想涉水渡河。旁观者嘻嘻而笑，只看热闹。唯独他的妻子号啕大哭，拼命阻拦。老虎尚可与它拼死一搏，黄河却是不可轻涉，滚滚波涛很快吞没了老叟，耳边只剩下了他妻子的恻怛悲泣，令人不忍卒听。"狂而痴"的披发之叟，究竟为什么要涉水而过，他在追求什么呢？

这首诗的主旨，争议颇大。萧士赟认为"被发之叟"为"不靖之人"，其《分类补注李太白诗》云："诗谓洪水滔天，下民昏垫，天之作孽，不可违也。当地平天成，上下相安之时，乃无故冯河而死，是则所谓自作孽者，其亦可哀而不足惜也矣。故诗曰：'旁人不惜妻止之。'是亦讽止当时不靖之人自投宪网者，借此以为喻云耳。"

陈沆认为"被发之叟"喻永王李璘。《诗比兴笺》云："是诗自昔不言所指，盖悲永王璘起兵不成诛死。而《新唐书》言永王璘辟白为府僚佐，及璘起兵，白逃还彭泽。盖永王初起事时，太白实望其勤王，不图其猖獗江淮，是以见机逃遁。及璘兵败身戮，太白被诬，坐流夜郎，至后遇赦得还，乃追悲之。……谓肃宗出兵朔方，诸将戮力，转

242

战连年，乃克收复也，艰难若此，岂狂痴无知之永王所能立功乎？乃既无戡乱讨贼之才，复无量力守分之智，冯河暴虎，自取覆灭，与渡河之叟何异乎？"瞿蜕园、朱金城驳斥说："陈氏能知此诗必有所指，是其卓识，但李白于永王但有拥护而无刺讥，陈氏于旧史犹泥而不化，非李集中悲悼永王各诗之意也。"（《李白集校注》）

郭沫若认为"被发之叟"为李白自喻。他在《李白与杜甫》中说："'昆仑'喻唐代的朝廷。'尧'喻唐玄宗，因为他把帝位让给了他的儿子李亨。'大禹'，有人以为即肃宗李亨，其实是指当时的天下兵马元帅——李亨的长子广平王李俶。李亨是处在虞舜的地位，诗中没有点出。'披发之叟'有人以为喻永王李璘，其实是李白自喻。'旁人不惜妻止之'的'妻'，不就是'出门妻子强牵衣'的那位宗氏吗？'长鲸白齿'喻当时的谗口嚣嚣，杜甫《不见》诗中的'世人皆欲杀'。'挂胄于其间'喻系寻阳狱中及长流夜郎。这首乐府很可能是在长流夜郎的途中所作。他当时没有料到，仅仅三个年头便在中途遇赦，故有'箜篌所悲竟不还'的结语。"

流夜郎赠辛判官

昔在长安醉花柳，五侯七贵同杯酒。①
气岸遥凌豪士前，风流肯落他人后。
夫子红颜我少年，章台走马着金鞭。②
文章献纳麒麟殿，歌舞淹留玳瑁筵。③
与君自谓长如此，宁知草动风尘起。
函谷忽惊胡马来，秦宫桃李向明开。

我愁远谪夜郎去，何日金鸡放赦回。④

【注释】

①五侯：《汉书·元后传》载："河平二年，上悉封舅谭为平阿侯、商成都侯、立红阳侯、根曲阳侯、逢时高平侯。五人同日封，故世谓之五侯。"《文选》卷一〇潘岳《西征赋》："窥七贵于汉庭。"李善注："七贵为吕、霍、上官、赵、丁、傅、王也。"

②章台：汉代长安城有章台街。《汉书·张敞传》："敞无威仪，时罢朝会，过走马章台街。"颜师古注："孟康曰：在长安中。臣瓒曰：在章台下街也。"

③麒麟殿：汉代宫殿名。《三辅黄图》卷三："未央宫有麒麟殿。"

④金鸡放赦：指大赦。《新唐书·百官志》："赦日，树金鸡于仗南，竿长七丈，有鸡高四尺，黄金饰首，衔绛幡长七尺。"

【评析】

这首诗写于乾元元年（758），为李白流放夜郎之初所作。辛判官，可能是李白任职翰林供奉时的朋友。诗人在流放途中遇见故人，想起往日在一起时的欢乐时光，心情之复杂，可以想见。又或许这位辛判官在与诗人对饮时，反复安慰诗人，于是诗人慷慨高歌，尽情向他倾诉郁悒之情。

流放夜郎的打击，一直让李白难于承受。二入长安任翰林待诏的两年时间，成为诗人一生中最美好的记忆，让他念念难忘。李白多次在诗中叙述他的这段生活，一半为夸耀，一半是失落。那时候，他风华正茂，豪气干云。诗人手握金鞭，走马章台，流连琼筵，醉眠花柳，出入宫掖，睥睨权豪。花红酒绿时纵情喝酒，歌舞声中尽情享受，他以为这种幸福的时光会永远持续下去，谁知好景不长，平地云雷，安史乱起。更为荒谬的是，自己一心一意想尽心报国，不料反成罪人，身陷囹圄。昔日同僚多因兵兴之际，被朝廷越次擢用，就好像桃花李花在阳光下盛开，诗人自己却独自远谪夜郎，漂泊天涯，什么时候朝廷能够大赦让自己重归中原呢？

诗中今昔处境的强烈对比，自然有博取对方同情之心，也暗含有期待援引之意。由于李白此诗直露肺腑，对当年得意生活颇有炫耀之意，不无庸俗之态，所以有读者认为它非李白所作，即使肯定其豪迈气象，也显得极为勉强。《李诗选注》说："此诗辞气粗豪，直而不婉，虽为白之所作，亦是流离患难之余，吐露不平之气，率意狂吟以成章耳。或疑为非白之作者，似亦有所见矣。"

也有人认为，李白所夸耀的不仅仅是个人当日的春风得意，更是其时大唐王朝的强盛与荣耀。"盖直抒心志，意气所寄，不为凡俗的格法束缚，自能形成这种磊落潇洒的风格。还有一点，读此诗者未免会说，太白这种夸饰长安得意之日，为庸俗炫耀之心理。此为误解，太白这里所要表达的是一种自然任真的个性。另外，作者奢叙长安昔日之气岸、风流、走马章台、献纳麟殿的往事，更主要的是为表现国家当日之盛，与杜甫《秋兴》回忆长安盛日是一样的用意，即所谓'彩笔昔曾干气象，白头吟望苦低垂'。"（钱志熙、刘青海《李白诗选》）

还有人指出，李白回忆往日在长安流连琼筵的生活，是为了表达对唐玄宗知遇之恩的感激。"李白流夜郎，自寻阳首途，沿江西上。按唐刑律，斩首最重，其次流刑。以夜郎与长安距离及偏僻程度看，长流夜郎又几乎为流刑中最重者。诗中愁远谪而多以恋往昔之笔出之，曲折地表述他对玄宗知遇之恩的感激。"（阎琦《李白诗选评》）

诗中最有争议的是"秦宫桃李向明开"一句，旧题严羽评点《李太白诗集》云："'向明开'三字终未明，白转调颇觉草草。"《唐宋诗醇》持论正好相反，以为"中间转掉处甚健"。

"秦宫桃李向明开"，一本作"秦宫桃李向胡开"，因此杨齐贤注解云："桃李，指公卿归禄山也。"萧士赟以为当为"明"字，其《分类补注李太白诗》辨析说："太白诗意是指同时侪类如辛判官之辈，因兵兴之际，不次被甲，为人桃李，我独遭谪也。向明者，向阳花木之义。详观末句，诗意显然。倘如子见所言，殊失大礼。"朱谏《李诗选注》也说："秦宫，长安也。桃李喻贤臣，向明而开者，喻新君即位，而贤才效用也。"

但胡震亨《李诗通》依然强调为"胡"字。"杨注以为指当时受禄山伪署诸人，萧注以为世乱，唐朝士不次被用，皆非也。详其语意，似斥宫掖，第非所宜言耳。"安旗则以为"'明'字于义不妥"（《新版李白全集编年注释》）。詹锳详细解说道："各家均系此诗于乾元元年，是时两京已收复，玄宗亦自蜀返京。如作'向胡开'，无论如杨注或胡注所解，均非当时所宜言，且与先两句不相连贯，故仍当作'明'。"（《李白全集校注汇释集评》）

上三峡

巫山夹青天，巴水流若兹。①
巴水忽可尽，青天无到时。
三朝上黄牛，三暮行太迟。②
三朝又三暮，不觉鬓成丝。

【注释】

①巫山：在今重庆市巫山县东，即巫峡。《水经注》卷三四《江水》："江水又东经巫峡……自三峡七百里中，两岸连山，略无阙处，重岩叠嶂，

隐天蔽日，自非亭午时分，不见曦月。"

②黄牛：山名，在今湖北省宜昌市西北。《太平寰宇记》卷一七四"峡州夷陵县"："黄牛山，盛弘之《荆州记》云：南岸重岭叠起，最外高崖间有石状如人负力牵牛，人黑牛黄，成就分明。此岩既高，加以江湍纡回，虽途经信宿，犹望见之。行者谣：朝发黄牛，暮宿黄牛。三朝三暮，黄牛如故。"

【评析】

这首诗写三峡逆行之艰难。前四句说，巫山高耸入云，江水急流滚滚，舟行峡中，倏忽而过，而青天总也到达不了。后四句借用了民歌回环往复的手法，描绘入峡之艰辛，行走了三天三夜，还在黄牛峡打转，使人愁苦、焦虑，不知不觉中鬓发都已发白。沈寅、朱昆《李诗直解》："此极言三峡之险而难上也。言巫峡两壁，直夹青天。下有巴水之流，巴水可尽，而青天则无到之时矣。三朝上黄牛之峡，即三暮亦不速行，三朝三暮，黄牛如故，令人愁之，不觉鬓成丝矣。上三峡舟行之难如此哉！"

由于这首诗多被认定为乾元二年（759）李白流夜郎而途经三峡时所作，故诗末之"鬓成丝"，不仅因三峡险峻而发愁，亦为贬谪之旅而生忧。"连续这样行走了三天三夜，突然发现鬓角的头发都白了。'鬓成丝'一方面说明诗人因为行路艰难，一路煎熬成了白发，实际上也是因为诗人被流放影响，一路上心绪难平，悲愤情绪才有了这样的外化：头发都白了。"（马玮《李白诗歌赏析》）

这首诗在艺术上最醒目之处，是对古谣谚"朝发黄牛，暮宿黄牛。三朝三暮，黄牛如故"的巧妙化用。《唐宋诗醇》："质处似古谣，惟其所之，皆可以相肖也。爽直之气，自是本色。"

或以为从这首诗可以看出，李白在创作上深受乐府诗的影响。杨慎《升庵诗话》："古乐府'朝见黄牛，暮见黄牛。三朝三暮，黄牛如故。'李白则云：'三朝上黄牛，三暮行太迟。三朝又三暮，不觉鬓成丝。'……古人谓李诗出自乐府古《选》，信矣。"又田雯《古欢堂杂著》："青莲善用古乐府，昔人曾言之。……'三朝见黄牛'……皆自古乐府来。如李光弼将郭子仪军，旌旗改色；又如禅僧拈佛祖语，信口无非妙谛。"

王夫之则以为是继承了《诗经》《古诗十九首》以来的优秀传统。其《唐诗评选》："落卸皆神，袁淑所云'须捉著，不尔便飞'者，非供奉不足以当之。真《三百篇》，真《十九首》，固非历下、琅邪所知，况竟陵哉！"

当然，也有对此诗之爽直提出质疑者，如朱谏《李诗辨疑》："辞太轻浅而近俗，非白作也。"《唐诗归》钟惺评末两句云："二句落得轻捷无意，甚可惜。"

早发白帝城

朝辞白帝彩云间，千里江陵一日还。^①
两岸猿声啼不尽，轻舟已过万重山。^②

【注释】

① 江陵：今湖北荆州。《水经注》："自三峡七百里中……至于夏水襄陵，沿溯阻绝，或王命急宣，有时朝发白帝，暮至江陵。其间千二百里，虽乘奔御风，不以疾也。……每至晴初霜旦，林寒涧肃，常有高猿长啸，属引凄异，空谷传响，哀啭久绝。故渔者歌曰：巴东三峡巫峡长，猿鸣三声泪沾裳。"

②尽：一作"住"。轻舟已过：一作"须臾过却"。

【评析】

旧时以为这首诗是李白早年所作，描写他出峡时意气风发，心雄万夫，乘一叶轻舟，飘过万重山。朱谏《李诗选注》："此李白自蜀而东游时也。言朝辞白帝城于彩云之间，顺流而下，一日千里，晚至江陵。两岸猿啼声犹未了，而扁舟已过乎万重之山矣。水峻舟速有如此也。"

此后学者注意到诗歌第二句中的"还"字，多以为不应当是初出川时所写。杨慎《升庵诗话》解释说："太白娶江陵许氏，以江陵为还，盖室家所在。"瞿蜕园、朱金城《李白集校注》辨析说："此诗若作于初出峡时，则尚未就婚许氏；若作于贬夜郎遇赦时，则许氏久亡矣。且许氏在安陆，亦不能遽指为江陵。此'还'字，恐不能当作如是解。"

近年来学者多认为它是晚年流夜郎遇赦归来时所写。复旦大学古典文学教研组《李白诗选》："乾元二年（759），诗人在长流夜郎途中，行至夔州白帝城，遇赦得释，回到江陵一带。这首诗是归途上的作品，通过水行迅捷的描写，表现了诗人遇赦获释的轻快心情。"傅庚生《中国文学欣赏举隅》："李青莲《早发白帝城》……当亦是成于长流夜郎，遇赦得还，放舟大江之顷，可与杜诗之'即从巴峡穿巫峡，便下襄阳向洛阳'比并以吟哦也。"

上述两说均以为这首诗作于出峡途中，郭沫若则以为是回到江陵以后所写。"这首诗，有人说是开元十三年（725）李白初出夔门时所作，也有人说是乾元二年遇赦白帝城东下时所作，都没有说准确。他们都忽略了第二句的一个'还'字和第四句的'已过'两个字。那明明是遇赦东下，过了三峡，回到了荆州时做的。"（《李白与杜甫》）

这首诗的宗旨，一般认为是写峡江之险峻与舟行之迅捷。沈寅、朱崑《李诗直解》："此咏峡江之水流而舟行神速也。清晨之时，每多霞彩，舟于此时而辞白帝之城，暮至江陵，千里之遥，一日而还，虽乘奔御风，无此疾也。两岸猿声，啼犹未住，是声尚在耳也，轻舟疾飞，已过万重之山矣，此千里所以一日也。"又俞陛云《诗境浅说》："四渎之水，惟蜀江最为迅急。以万山紧束，地势复高，江水若建瓴而下，舟行者帆橹不施，疾于飞鸟。自来诗家无专咏之者，惟太白此作，足以状之。诵其诗，若身在三峡舟中，峰峦城郭，皆掠舰飞驰。诗笔亦一气奔放，如轻舟直下。惟蜀道诗多咏猿啼，李诗亦言两岸猿声。今之蜀江，猿声绝少，闻猱玃皆在深山，不在江畔。盖今昔之不同也。"

这首诗艺术上的创新，或以为在一、二句对前人语句的点铁成金。《唐诗选脉会通评林》引焦竑曰："盛弘之谓白帝至江陵甚远，春水时行舟，朝发暮至。太白述之为韵语，惊风雨而泣鬼神矣。"黄生《唐诗评》："一、二即'朝发白帝，暮宿江陵'语，运用得妙；以后二句证前二句，趣。"

或以为在第三句之转折或铺垫。桂馥《札朴》："友人请说太白'朝辞白帝'诗，馥曰：但言舟行快绝耳，初无深意，而妙在第三句，能使通首精神飞越。若无此句，将不得为才人之作矣。"施补华《岘佣说诗》："太白七绝，天才超逸，而神韵随之。如'朝辞白帝彩云间，千里江陵一日还'，如此迅捷，则轻舟之过万山不待言矣。中间却用'两岸猿声啼不住'一句垫之，无此句，则直而无味；有此句，走处仍留，急语仍缓。可悟用笔之妙。"又刘永济《唐人绝句精华》："此诗写江行迅速之状，如在目前。而'两岸猿声'句，虽小小景物，插写其中，大足为末句生色。正如太史公于叙事紧迫中，忽入一二闲笔，更令全篇生动有味。"

赠从弟南平太守之遥二首（选一）

其一

少年不得意，落魄无安居。
愿随任公子，欲钓吞舟鱼。①
常时饮酒逐风景，壮心遂与功名疏。
兰生谷底人不锄，云在高山空卷舒。
汉家天子驰驷马，赤车蜀道迎相如。②
天门九重谒圣人，龙颜一解四海春。
彤庭左右呼万岁，拜贺明主收沉沦。
翰林秉笔回英眄，麟阁峥嵘谁可见。③
承恩初入银台门，著书独在金銮殿。④
龙钩雕镫白玉鞍，象床绮席黄金盘。
当时笑我微贱者，却来请谒为交欢。
一朝谢病游江海，畴昔相知几人在。
前门长揖后门关，今日结交明日改。
爱君山岳心不移，随君云雾迷所为。
梦得池塘生春草，使我长价登楼诗。⑤
别后遥传临海作，可见羊何共和之。⑥

【注释】

①吞舟鱼：形容鱼之大。《庄子·外物篇》："任公子为大钩巨缁，五十犗以为饵，蹲乎会稽，投竿东海，旦旦而钓，期年不得鱼。已而大鱼食之，牵巨钩，錎没而下，骛扬而奋鬐，白波若山，海水震荡，声侔

鬼神，惮赫千里。任公子得若鱼，离而腊之，自制河以东，苍梧以北，莫不厌若鱼者。"

②驷马：指显贵者所乘的驾四匹马的高车。《华阳国志·蜀志》："城北有升仙桥，有送客观。司马相如初入长安，题市门曰：'不乘赤车驷马，不过汝下也。'"

③翰林：古代官名。《旧唐书·职官志二》："翰林院，天子在大明宫，其院在银台门内。"

④金銮殿：唐朝宫殿名，文人学士待诏之所。李阳冰《草堂集序》："天宝中，皇祖下诏，征就金马……置（李白）于金銮殿，出入翰林中，问以国政，潜草诏诰，人无知者。"

⑤"梦得"二句：以灵运和惠连喻己与之遥。《南史·谢惠连传》载："谢惠连十岁能属文，族兄灵运嘉赏之，云：'每有篇章，对惠连辄得佳句。'尝于永嘉西堂思诗，竟日不就，忽梦见惠连，即得'池塘生春草'，大以为工。尝曰：'此语有神助，非吾语也。'"

⑥临海：今属浙江。谢灵运有诗《登临海峤初发疆中作与从弟惠连可见羊何共和之》。羊：羊璿之。何：何长瑜。《宋书·谢灵运传》："灵运既东还，与族弟惠连、东海何长瑜、颍川荀雍、泰山羊璿之，以文章赏会，共为山泽之游，时人谓之四友。"

【评析】

从弟，堂弟。南平，唐郡名，即渝州（今重庆一带），天宝元年（742）改为南平郡。李之遥，事迹不详。一本有题注云："时因饮酒过度贬武陵后诗赠。"武陵，即朗州，天宝元年（742）改为武陵郡。李白在《江夏赠韦南陵冰》中曾写道："赖遇南平豁方寸，复兼夫子持清论。"一般认为，诗人遇赦回江夏时曾与李之遥、韦冰相遇同游。

李白在这首诗中以自述口吻向从弟李之遥畅谈了自己的人生经

历和感受，并由此引出了对李之遥的称赞。诗人先叙述他流放前后的经历，着重夸耀了他在长安裘马轻狂的那段生活。"少年不得意，落魄无安居"，开口就与众不同，即使落魄，也不见沮丧之色，即使不遇，也难掩豪士本相。后来说自己想做隐士，也并非人们印象中那种安静地栖息于岩石洞穴中的隐士，而是要追随《庄子》中的任公子，逍遥于江海之上，以五十头牛为鱼饵在东海中钓得大鱼，志向实为不凡。遭受冷落，乏人问津，诗人也无愠色，不焦躁，直把自己想象为谷中幽兰孤芳自赏，高山白云舒卷自如。说到自己供奉翰林为天子礼遇、为名流倾慕时，则不厌其烦，词采飞扬，唯恐形容不尽，夸饰不足，详细描述了在都城的种种奇遇：天子龙颜大展，左右高呼万岁，自己作诗金銮殿，著书翰林院，宝马香车，象床绮席……自得之色溢于笔墨之外。

李白这种对长安生活的夸耀，招致不少批评。如陆游曾由此批评李白见识不高，格局不大，仅仅得到一个小小的官职，就终生念念不忘，只是因为他诗歌写得豪放，人们没有深究罢了。其《老学庵笔记》说："世言荆公《四家诗》后李白，以其十首九首说酒及妇人，恐非荆公之言。白诗乐府外，及妇人者实少，言酒固多，比之陶渊明辈，亦未为过。此乃读白诗不熟者，妄立此论耳。《四家诗》未必有次序，使诚不喜白，当自有故。盖白识度甚浅，观其诗中如：'中宵出饮三百杯，明朝归揖二千石''揄扬九重万乘主，谑浪赤墀青琐贤''王公大人借颜色，金章紫绶来相趋''一别蹉跎朝市间，青云之交不可攀''归来入咸阳，谈笑皆王公''高冠佩雄剑，长揖韩荆州'之类，浅陋有索客之风。集中此等语至多，世俱以其词豪俊动人，故不深考耳。又如以布衣得一翰林供奉，此何足道，遂云：'当时笑我微贱者，却来请谒为交亲。'宜其终身坎壈也。"

朱谏又指出其中一些诗句过于浅薄、俚俗，这首诗或许不是李白所为。其《李诗辨疑》云："此诗为太白自叙之辞，纯驳不一，如云：'麟阁峥嵘谁可见'及'当时笑我微贱者，却来请谒为交欢''前门长揖后门关，今日结交明日改。爱君山岳心不移，随君云雾迷所为'等语，一皆稚俗不成文理，疑非白之作也。"近藤元粹《李太白诗醇》也讥笑说："'龙驹雕镫白玉鞍'四句，轻薄可笑。"旧题严羽评点《李太白诗集》所引明人批语态度则更为激烈，以为整首诗"全涉粗俗"。

也有人认为这些诗句虽然直白，却写出了李白的真实经历与感受。《唐宋诗醇》："炎而附，寒而去，自是俗情之薄。翟公书门，殷浩咏诗，白何见之晚耶？"《李白诗选注》编选组《李白诗选注》说："这首诗是乾元二年（759）李白在流放途中所作。诗人根据流放前后的不同遭遇，用对比的手法讥刺当时一些旧友的势利奸诈。'当时笑我微贱者，却来请谒为交欢''前门长揖后门关，今日结交明日改'，形象地揭露了士大夫阶级虚伪的处世态度。"又复旦大学古典文学教研组《李白诗选》："和诗人的其他投赠诗一样，诗中着力夸耀在长安的一段时期的生活，反映了对富贵荣华的留恋；还以切身体验，嘲笑了当时世态炎凉。"安旗也说："朱谏谓第一首为伪，非是。第一首自叙生平，其中'当时笑我贫贱者，却来请谒为交欢''前门长揖后门关，今日结交明日改'数句，正是其一入、二入长安时情势，非白不能道也。应是白作。"（詹锳《李白全集校注汇释集评》）

江夏赠韦南陵冰

胡骄马惊沙尘起，胡雏饮马天津水。[①]

君为张掖近酒泉，我窜三巴九千里。②

天地再新法令宽，夜郎迁客带霜寒。

西忆故人不可见，东风吹梦到长安。

宁期此地忽相遇，惊喜茫如堕烟雾。

玉箫金管喧四筵，苦心不得申长句。

昨日绣衣倾绿樽，病如桃李竟何言。③

昔骑天子大宛马，今乘款段诸侯门。④

赖遇南平豁方寸，复兼夫子持清论。⑤

有似山开万里云，四望青天解人闷。

人闷还心闷，苦辛长苦辛。

愁来饮酒二千石，寒灰重暖生阳春。

山公醉后能骑马，别是风流贤主人。

头陀云月多僧气，山水何曾称人意。⑥

不然鸣箭按鼓戏沧流，呼取江南女儿歌棹讴。

我且为君捶碎黄鹤楼，君亦为吾倒却鹦鹉洲。

赤壁争雄如梦里，且须歌舞宽离忧。⑦

【注释】

① 胡骄：匈奴单于自称。《汉书·匈奴传》："南有大汉，北有强胡。胡者，天之骄子也。"胡雏：年幼的胡人。《晋书·载记第四·石勒上》："（石勒）年十四，随邑人行贩洛阳，倚啸上东门，王衍见而异之，顾谓左右曰：'向者胡雏，吾观其声视有奇志，恐将为天下之患。'"天津水：天津桥下之水。天津桥，位于洛阳西南洛水之上。

② 张掖、酒泉：唐代的郡名，属陇右道，即今甘肃张掖、酒泉一带。

③ 绣衣：指御史台的官员。《汉书·百官公卿表》："侍御史有绣衣直指，出讨奸猾，治大狱。"瞿蜕园、朱金城《李白集校注》："此句似指

在江夏遇使幕宴会，唐之幕职多带御史衔，常以绣衣骢马等语称之也。"

病如桃李：病得像不会说话的桃李。《汉书·李广苏建传》："谚曰：'桃李不言，下自成蹊。'"

④ 大宛（yuān）马：古代西域大宛国产的名马。款段：行走缓慢的马。《后汉书·马援传》："乘下泽车，御款段马。"李贤注："款，犹迟也，言形段迟缓也。"

⑤ 南平：南平郡，在今重庆一带。这里指南平太守李之遥。

⑥ 头陀：即头陀寺。《元和郡县志》卷二七"鄂州江夏县"："头陀寺，在县东南二里。"

⑦ 赤壁争雄：指赤壁之战。赤壁，山名，今湖北武昌西赤矶山。一说是湖北赤壁西之赤壁山。

【评析】

韦南陵冰，指南陵（今属安徽）县令韦冰。乾元二年（759），李白在流放夜郎的途中遇赦东归，途经江夏时，得遇时为南陵县令的故人韦冰，心中百感交集，便将多年的委屈、流放的酸辛以谈心的方式一一倾诉出来。

当年安史之乱爆发，胡虏肆虐中原，你我天各一方。你到西北张掖一带为官，我南奔巴蜀，从此音讯茫茫。后来肃宗即位，收复两京，自以为两人可以重新相聚于长安，高歌痛饮，未曾想自己银铛入狱，远窜夜郎，看来只有在梦中与老友诉说衷情了。如今你我相会于此，实在是意外之喜，焉能不开怀畅饮，细说平生之情？一位年近花甲的老头，衣裳沾满了旅途的灰尘，尽管在筵席上受到了那些权要的礼遇，但又有多少人理解我心中的凄楚呢？他们所看重的，无非是我的才名罢了。我所遭受的屈辱，只有你们这些老朋友才能了解。先前南平太守李之遥的谆谆开导，让我豁然开朗；如今又得到你的中肯之论，就好比拨开了郁积在心中的云雾，驱散了长久笼罩在心头的阴霾。从前自己一直在痛苦酸辛中挣扎，心有余悸，心如冷灰，只有借酒消愁。汉代韩安国身陷绝境之时，还坚信死灰可以复燃，难道我的前途真是一片黯淡吗？假如所谓的功名事业真难以成就，倒不如流连歌舞，快意人生。既然青山绿水也为世俗之气所沾染，了无乐趣，不如呼朋引伴，召来乐伎，逍遥江湖。心中倘若还郁积愤懑，就干脆"捶碎黄鹤楼，倒却鹦鹉洲"。

这首诗以七言为主，除却两句五言外，四句九言尤其是后两句"我且为君捶碎黄鹤楼，君亦为吾倒却鹦鹉洲"，颇为突兀，前人曾多有訾议，如黄彻《碧溪诗话》："《剑门》云'吾将罪真宰，意欲铲叠嶂'，与太白'捶碎黄鹤楼''铲却君山好'语亦何异。然《剑门》诗意在削平僭窃，尊崇王室，凛凛有忠义气；'捶碎''铲却'之语，但觉一味粗豪耳。故昔人论文字，以意为上。"又如旧题严羽评点《李太白诗集》："'我且'二句太粗豪。此太白被酒语，是其短处。"他们都认为，这两句固然豪放，却无甚意义，内容方面无可取之处。

朱谏则着重从艺术形式方面否定了这两句乃至整首诗。其《李诗辨疑》说："按此诗前十二句颇顺，然亦柔弱，恐非白作。自'昨日绣衣倾绿樽'以下驳杂支离。如云：'四望青天解人闷。人闷还心闷，苦辛常苦辛'等句，村俗之甚，及'愁来饮酒二千石'，又夸而无伦；'捶碎黄鹤楼''倒却鹦鹉洲'是甚言醉状，亦自不成文理。为此诗者肆无忌惮，徒知效李白之放，殊不知白之豪放由规矩准绳，出入于范围也，岂徒放而已乎？彼不求其本，徒事其末，将流荡而忘返矣，岂可得哉！"

对于这两句的肯定，也体现上述两方面。近藤元粹《李太白诗醇》说："外史云：长短错综，豪语冲吻出，是太白长处，他人决不能道。沧浪以为'短处'者，何哉？"毛水清《李白诗歌赏析》说："这首诗在语言上虽基本是七言，但感情激荡时节奏就起了变化。……在表达诗人舒郁积、宽离忧的感情时，诗人将七字句又改成九字句，把对句和散文句法结合起来，犹如流水奔腾，滔滔不尽；振臂呼唤，悠悠送远。"这是从句式的变化上肯定这两句。

延君寿《老生常谈》："《江夏赠韦南陵冰》，是初从夜郎放归，忽与故人相与，一路酸辛凄楚，闲闲著笔。末幅'头陀云月多僧气，山水何曾称人意'二句，忽然掷笔空际。此下以必不可行之事，抒必当放浪之怀，气吞云梦，笔扫虹霓。中材人读之，亦能渐发聪明，增其豪俊之气。"倪其心也说："'我且为君捶碎黄鹤楼，君亦为吾倒却鹦鹉洲'，是此篇感情最激烈的诗句，也是历来传诵的名句。……游仙不是志士的理想，而是失志的归宿；不遇本非明时的现象，却是自古而然的常情。李白以知己的情怀，对彼此的遭际表示极大的激愤，因而要'捶碎黄鹤楼''倒却鹦鹉洲'，不再怀有梦想，不再自寻苦闷。然而黄鹤楼捶不碎，鹦鹉洲倒不了，诗人极大的愤怒中包含着无可奈何的悲伤。"（萧涤非等《唐诗鉴赏辞典》）这是从情感的表达方面肯定这两句。

江上吟

木兰之枻沙棠舟，玉箫金管坐两头。[①]
美酒樽中置千斛，载妓随波任去留。
仙人有待乘黄鹤，海客无心随白鸥。[②]
屈平词赋悬日月，楚王台榭空山丘。
兴酣落笔摇五岳，诗成笑傲凌沧洲。[③]

功名富贵若长在，汉水亦应西北流。

【注释】

①木兰：即辛夷，香木名。《文选》卷四《蜀都赋》："其树则有木兰、櫻桂。"刘逵注："木兰，大树也。叶似长生，冬夏荣，常以冬华。其实如小柿，甘美。南人以为梅，其皮可食。"楫：同"檝"，船桨。《楚辞·九歌·湘君》："桂棹兮兰楫。"王逸注："楫，船旁板也。"沙棠：木名。《山海经·西山经》："有木焉，其状如棠。黄华赤实，其味如李而无核，名曰沙棠，可以御水，食之使人不溺。"

②乘黄鹤：用黄鹤楼的神话传说。《舆地纪胜》卷六六引《南齐书》，以仙人为王子安；《太平寰宇记》卷一一二以为仙人为费祎。海客：海边的人。《列子·黄帝》："海上之人有好沤鸟者，每旦之海上，从沤鸟游，沤鸟之至者百住而不止。其父曰：'吾闻沤鸟皆从汝游，汝取来，吾玩之。'明日之海上，沤鸟舞而不下也。"

③沧洲：泛指隐居之处。谢朓《之宣城郡出新林浦向板桥》："既欢怀禄情，复协沧洲趣。"

【评析】

坐在木兰、沙棠等名贵树木制作的游船之上，船头有箫管等精美乐器在吹奏，船中载着万千斗美酒和艳丽的歌伎，就这样随波逐流，可谓欢愉至极。这样的生活恐怕连仙人也无法相比，他们还要骑黄鹤才能飞去，而海客没有心机，就能与白鸥嬉戏。但这种欢娱终究无法持久，唯有文学才是不朽之盛事。屈原的辞赋与日月争光，至今仍在流传，而楚王所建造的台榭，早已荡然无存。兴酣执笔，可以摇动五岳；诗成吟啸，可以凌越沧海。功名富贵如果能够长久，汉水就要向西北倒流了。

这是一首李白自创的歌行体。诗歌的主旨，或以为是表现诗人的旷达豪迈。沈寅、朱昆《李诗直解》："此江上之吟，乃任达之词也。言江上得逍遥，木兰之枻，沙棠为舟，带箫管以坐两头，而美酒千斛，载名妓，随清波，任流之上下，以为去留，而乐亦极矣。盖仙人之乘黄鹤，必有待也，不若海客之随白鸥，无容心焉。然人生之富贵皆易尽，惟文采为可传耳。故屈平之词赋，可与日月争光，而楚王之台榭，徒有山丘空存也。况我亦词赋之列乎！当兴酣落笔之时，而造意之高，可摇五岳；及诗成笑傲之际，而构思之远，可凌沧洲。吾人惟此为长在，至功名富贵，亦草头露也。若能长在，则水无逆流之事，而汉水亦应向西北矣。岂理也哉！"

或以为表达了诗人因世路窘困而产生的愤激之情。唐汝询《唐诗解》："此因世途迫隘而肆志以行乐也。言泛珍异之舟，奏金玉之管，多赍美酒，载妓适情，随波去留，意无所着。彼仙之乘鹤，犹有所待，人与鸥狎，乃为无心。时盖不减忘机之客矣。因想屈平尽忠于君，作《离骚》以讽谏，其文堪与日月争光，然而主危国削，无补于楚，我又何必眷眷于朝廷乎？惟以诗酒自娱耳。今兴酣之际，落笔足以摇五岳，笑傲可以凌沧洲，何藉于功名富贵，而使之长在耶？汉水西流，必无之理也。"

或以为表达了对酒的钟爱以及作为诗人的自信。郭沫若《李白与杜甫》："且引他的《江上吟》一首为例，那是酒与诗的联合战线，打败了神仙丹液和功名富贵的凯歌。……这是他从长流夜郎半途赦回，流连在江夏一带时所做的诗。在这里，他在嘲笑仙人，轻视海岳，浮云富贵，看重诗歌。……他这时得到'千斛酒'的力量，好像得到了百万雄兵，顷刻之间，战胜了一切的神仙妖异、帝王将相，然而，只是暂时的。等他的酒一醒，他又成为一个极其庸俗的人，为'万古愁''万古愤''万古恨'所重重束缚着，丝毫也动颤不得。"

这首诗的结构，朱谏以为极其散漫。其《李诗辨疑》："按此诗文不接续，意无照应，故为豪放而无次序，似白而实非也。故疑而阙之，不敢强为之说。辞颇整饬，又非《猛虎行》《去妇词》可比。虽非白作，亦是当时之能诗者。不知何故混入白之集中，为可疑耳。"

也有论者盛赞其为精心撰构之作。陆时雍《唐诗镜》："一起四语，写作特佳。""突然而起，矫然而止，人知其句语之美，不知其体制之佳。"王琦注《李太白全集》："'仙人'一联，谓笃志求仙，未必即能冲举，而忘机狎物，自可纵适一时。'屈平'一联，谓留心著作，可以传千秋不刊之文，而溺志豪华，不过取一时盘游之乐。有孰得孰失之意。然上联实承上文泛舟行乐而言，下联又照下文兴酣落笔而言也。特以四古人事排列于中，顿觉五色迷目，令人骤然不得其解。似此章法，虽出自逸才，未必不少加惨淡经营，恐非斗酒百篇时所能构耳。"

峨眉山月歌送蜀僧晏入中京

我在巴东三峡时，西看明月忆峨眉。[①]
月出峨眉照沧海，与人万里长相随。
黄鹤楼前月华白，此中忽见峨眉客。
峨眉山月还送君，风吹西到长安陌。
长安大道横九天，峨眉山月照秦川。
黄金师子乘高座，白玉麈尾谈重玄。[②]
我似浮云滞吴越，君逢圣主游丹阙。
一振高名满帝都，归时还弄峨眉月。

①巴东：唐郡名，治所在今湖北秭归。《通典·地理志》："唐武德二年，分夔州秭归、巴东二县置归州，后为巴东郡。"

②麈尾：古时驱虫、掸尘的一种工具。古人清谈时必执麈尾，相沿成习，为名流雅器。重玄：即《老子》"玄之又玄"意。

【评析】

我在巴东三峡的时候，曾经向西眺望明月，看见明月从峨眉山上升起，普照沧海大地，与我万里相随。如今在黄鹤楼前的月光中，我又遇见你这位来自峨眉山的僧人，想必也是峨眉山上的月光一路陪伴而来。你一路西行，还将前往长安，想必峨眉山月还会与长风一起，送你至长安。抵达京师，你定会如鱼得水，被达官贵人盛情款待。而我滞留吴越，徘徊无所归依。等你名满京师而荣归故里之日，我们再共同欣赏峨眉山月。

由于此前李白写有《峨眉山月歌》，朱谏认定此首为伪作，《李诗选注》有云："按《峨眉山月歌》前后共二首。前一首但云《峨眉山月歌》而已，后一首则云《峨眉山月歌送蜀僧晏入中京》。二诗皆送人之辞，前云思君者则题下不见其人之姓名，后云'峨眉山月送蜀僧晏'，疑蜀僧晏即前所送之人也。盖后人伪为是歌者，乃以白本章所送之人移植题下，而欲取信于人也。今考其辞气，后章之鄙俚粗俗又无伦序，决非太白之诗，诚伪作也。更其题而欲窃取其名，不知玉石之分，皎然自见。其用心也亦浅矣。譬之西施、无盐并立，使无盐谓盲人曰：'我西施也。'盲或可欺；谓明者曰：'我西施也。'则瞭然眸子之下，安可以妍媸掩乎？凡伪作皆存旧本，考之可见。"

詹锳进行反驳："按西京之改名中京，仅在至德二载至上元二年之四年间，此诗题中有'中京'二字，设是伪作不致如此周密，且

《峨眉山月歌》为开元中太白未出蜀以前所作，此诗则太白晚年作于江夏者，取意不同，朱氏一例论之，亦有未审。又此诗杨升庵全集卷七十八已见引录，盖乐史本亦有之矣。……而朱氏竟以为粗俗牵强，非真知太白者也。"(《李白诗文系年》)

这首诗之主旨，大约有三说。一说希望蜀僧晏入京后有所遇合。沈寅、朱昆《李诗直解》："此作峨眉山月之歌送蜀僧入京，而冀其有所遇也。言我在巴东三峡之时，西看皎月，以忆峨眉，何其峻极于天也。月出峨眉，实照沧海，与人万里常相随而不去。而又于黄鹤楼前，玩此月华，忽见峨眉之客，来自峨眉山也。峨眉山月，还以送君，清风吹此，西到长安陌矣。长安大道，横于八方之中，峨眉山月，不以秦川远而不照也。然秦川亦菩萨所在，黄金狮子乘八万四千之高座，执玉柄麈尾以谈玄。晏僧固得参禅之所矣。奈我以浮云无定之身，滞留吴越之地，不得与君同行也。君行必逢圣主而游丹阙使高名满于帝都也。其倦游而归，皎月亦随之而归，而正可弄峨眉之月矣。我宁无忆乎哉？"

一说劝蜀僧晏及早引退，返归蜀中。安旗说："此诗作于上元元年，李白时在江夏。上年，李白在流夜郎途中遇赦获释，返至江夏，意欲再起，多次从事干谒，终不果。此诗自始至终不离'峨嵋月'，确如严羽所云：'回环散见，映带生辉，真有月映千江之妙。'其所以如此，盖在以'峨嵋月'反复致意，讽劝蜀僧晏勿贪恋帝京荣华，而应早返蜀中。亦犹次年所作《庐山谣寄卢侍御虚舟》，以庐山胜景反复致意，讽劝卢侍御及时引退。二诗作意与作法俱同。"(《我读李太白》)

一说将对蜀僧晏的祝愿之情与自己的失意之感都融入了诗中。熊礼汇《李白诗》："此诗作于乾元二年（759），诗人当时遇赦归来，正在江夏一带。因为送别对象释晏为蜀地僧人，故诗人以主、客皆熟之峨眉山月为题材，作歌送他入京。从诗可以看出，诗人对蜀僧入京讲经有颂扬意，对他有可能步入丹阙、名振京都有祝福意，而对自己遇赦后滞留吴越有沮丧感。"

与史郎中钦听黄鹤楼上吹笛

一为迁客去长沙，西望长安不见家。
黄鹤楼中吹玉笛，江城五月落梅花。[①]

【注释】

　① 落梅花：《梅花落》，汉乐府横吹曲名。

【评析】

　这首诗的歧义，首先在于"迁客"所指。一说为李白自喻，朱谏《李诗选注》有云："长沙迁客，李白以贾谊自喻也。"今人多持此说，如王启兴、毛治中、熊礼汇《千家诗新注》："这首诗是李白在流放途中遇赦后，在江夏时写的。在诗中，作者以贾谊自比，表现了他流放遇赦后仍然愁闷不已的胸怀和对政治前途绝望的难受心情。"

　一说"迁客"指诗题所提及的史钦。王尧衢《古唐诗合解》："史郎中同时坐贬，而为迁徙之客，同赴长沙。"今人毛水清《李白诗歌赏析》："诗一、二句明写史郎中贬官的经历，'西望长安不见家'，意即复官无望，长安难归，这是两人都共有的心情，因而引出下面听笛解愁来。"

　其次，诗末之"落梅花"固然是指《梅花落》之笛曲，但此时的江城，究竟有没有梅花吹落呢？也就是说，"江城五月落梅花"究竟是诗人所听，还是诗人所见，抑或是诗人所想象？

或以为诗人既闻笛声而又见梅落。胡仔《苕溪渔隐丛话》："《复斋漫录》云：'古曲有《落梅花》，非谓吹笛则梅落。诗人用事，不悟其失。'余意不然之。盖诗人因笛中有《落梅花》曲，故言吹笛则梅落，其理甚通，用事殊未为失。"沈寅、朱昆《李诗直解》："此与史郎中听笛，而有迁谪思乡之感也。言一为迁客而去长沙之郡，西望长安杳杳不见家矣。忽听黄鹤楼中有吹笛之声，当此五月之时，而梅花落于江城，则五月与梅花两相左而时过矣，宁得不思家乎？"

或以为诗人只闻笛声而未见梅落。朱谏《李诗选注》："又以当五月非梅花之时也，白流夜郎过鄂州，与史郎中会于州之黄鹤楼，五月本无梅花，以笛中所吹有落梅之曲，故云耳。诗人假借用事，化无为有，而无所拘泥也如此。此绝句之妙也。"诗人只是用典而已，梅花落与不落，不必在意。《唐宋诗醇》："凄切之情，见于言外，有含蓄不尽之致。至于《落梅》笛曲，点用入化，论者乃纷纷争梅之落与不落，岂非痴人前不得说梦耶？"

至于诗中的"落梅花"，或谓是《梅花落》之曲声在风中散落。王尧衢《古唐诗合解》："'五月'，是听笛之时候；'落梅'，乃笛中曲名《梅花落》也。又《风俗通》云：'五月有落梅风，江淮以为信风。'此因押韵而倒置，亦含笛声因风散落之意。"

或谓是诗人听见笛声后，想象出梅花飞舞的样子。高步瀛《唐宋诗举要》："因笛中《落梅花》曲而联想及真梅之落，本无不可。然竟谓吹笛则梅落，亦傅会也。复斋说虽稍泥，然考核物理自应有此，不当竟斥为妄。"郁贤皓《李白全集注评》："笛中吹的是《梅花落》乐曲，诗人听后却幻化出梅花飞舞的景象。五月当然不会有梅花，这是现实中听觉与想象中视觉的通感结晶。"

诗人为何听闻笛曲而眼前会幻化出梅花飞舞的景象呢？一说是

梅花代表着家乡，笛曲《梅花落》倾诉了乡愁客思，诗人听闻此曲而滋生了思家的情怀。唐汝询《唐诗解》："按太白未尝家长安，今云不见家者，疑史钦亦同时坐贬，故语及之耳。《落梅》本笛中曲，今于五月听之，旅思所以生也。"前人多以为诗歌所抒发的是羁旅之愁，如凌宏宪集评《唐诗广选》引蒋仲舒评云："无限羁情，笛里吹来，诗中写出。"应时《李诗纬》："旅愁含蓄无尽。"黄生《唐诗摘钞》："因闻笛益动乡思，意自联络于外。"

　　一说是梅花盛开的季节在冬天，诗人借此衬托他凄凉的心情。今人阎昭典说："江城五月，正当初夏，当然是没有梅花的，但由于《梅花落》笛曲吹得非常动听，便仿佛看到了梅花满天飘落的景象。梅花是寒冬开放的，景象虽美，却不免给人以凛然生寒的感觉，这正是诗人冷落心情的写照。同时使人联想到邹衍下狱、六月飞霜的历史传说。"（萧涤非等《唐诗鉴赏辞典》）

巴陵赠贾舍人

贾生西望忆京华，湘浦南迁莫怨嗟。[①]
圣主恩深汉文帝，怜君不遣到长沙。

【注释】

　　① 贾生：西汉人贾谊。《史记·屈原贾生列传》："孝文帝悦之，超迁，一岁中至太中大夫。……于是天子后亦疏之，不用其议，乃以贾生为长沙王太傅。贾生既辞往行，闻长沙卑湿，自以寿不得长，又以适去，意不自得。及渡湘水，为赋以吊屈原。"

【评析】

巴陵，即岳州，天宝元年（742）改为巴陵郡，乾元元年（758）复为岳州，州治在今湖南岳阳。贾舍人，即贾至，曾任中书舍人，乾元元年（758）春出守汝州刺史，次年秋被贬为岳州司马。李白与其本为旧识，乾元二年（759）正由江夏南来游洞庭。两人劫后重逢，感念畴昔，自然不免感慨万千。

这首诗的前两句清楚明了。诗人巧用双关，将贾至与贾谊进行类比。李白在诗中说，当年洛阳大才子贾谊，曾被贬为长沙王太傅，如今你贾至又由朝廷重臣外放为岳州司马，你们二人才高命蹇，令人唏嘘。以贾谊比贾至，既是对贾至当前处境的同情，也是对他的称颂。

后两句看起来也很简单，大意是诗人在劝慰贾至，说你与贾谊相比，你还是更为幸运。因为当今皇帝对你的恩德超过了汉文帝对待贾谊。文帝将贾谊贬到长沙，而肃宗只将你贬到岳阳。岳阳比长沙，离长安毕竟近了一点点。

不过这两句究竟是真心实意在宽慰，还是正话反说在讥讽呢？朱谏曾认为这首诗是伪作。其《李诗辨疑》云："按'湘浦南迁莫怨嗟'，辞气粗俗，旧注谓非太白所作，是矣。"唐汝询也认为这首诗不是李白所作，不过他强调说，李白虽然不会写出这种温婉和润的作品，但这首诗确实写得不错。《唐诗解》："首美其恋主，次勉其无怨，次又为婉言以谕之。意谓文帝谪贾生于长沙，而地极远；今君巴陵之谪，稍近于彼。是今皇之待君，非汉主比矣。李集以此诗为伪作，观其词，稍觉不类。然文极和缓，亦自足传。"

更多学者则强调说，这首诗就是李白所写，李白也会写一些风格深婉的诗篇。杨慎《升庵诗话》："贾至左迁巴陵有诗云：'极浦三春草，高楼万里心。楚山晴霭碧，湘水暮流深。忽与朝中旧，同为泽畔

吟。感时还北望，不觉泪沾襟。'太白此诗解其怨嗟也，得温柔敦厚
之旨矣。"《唐宋诗醇》："可谓深婉。萧士赟以此与前篇（按指《系
寻阳上崔相涣三首》为非白作，观其气味，非白不办。"宋咸熙《耐
冷谭》："唐人赠迁谪诗，率用贾太傅事，不过概作惋惜之词耳。太
白《巴陵赠贾舍人》……真得温柔敦厚之旨。唐汝询疑其词气不类，
非也。"

　　总之，他们都认为这是一首忠厚温婉的诗歌。诗人真以为唐代皇
帝对待贾至，要远远好过汉文帝对待贾谊，而巴陵真比长沙也更接近
长安许多。正如王琦注《李太白全集》所言："长沙在洞庭湖之南，去
巴陵又远五百五十里。"

　　但也有学者指出，就与长安的距离之远而言，其实岳阳与长沙相
差无几。李白强作安慰之辞，其实就是在讥讽当朝天子。"此诗妙处
在于对挚友的同情用含蓄手法表现出来，表面上看似在庆幸友人比古
人有较好的待遇，实际却是说贾至的遭遇是贾谊无辜放遣的重演，显
示贾至被贬与当年贾谊一样受到不公正待遇。岳州与长沙，距长安都
很远，岳州只近两百余里，以此宽慰，只是'五十步笑百步'，实在
是曲为之词，是为友人鸣不平，讽刺唐肃宗的寡恩正如汉文帝对贾谊
的疏远。"（郁贤皓《李白全集注评》）

陪族叔刑部侍郎晔及中书贾舍人至游洞庭五首
（选二）

其一

洞庭西望楚江分，水尽南天不见云。
日落长沙秋色远，不知何处吊湘君。^①

【注释】

①湘君：湘水之神。《史记·秦始皇本纪》："上问博士曰：'湘君何神？'博士对曰：'闻之，尧女，舜之妻，而葬此。'"

【评析】

伫立在洞庭湖上，向西眺望，岷江与楚江之水到岳阳开始汇合成茫茫一片，极目四望，茫无涯际，水天一色。三人虽然身处洞庭，心却依然在魏阙之下，对长安不无眷念。只是天高水长，难以望见，正所谓举头见日而不见长安。如今秋意正浓，日薄西山之时，连长沙亦在渺渺浩浩之中，不可辨识，也不知道哪里是湘君之神而可前往吊唁。

这组诗写李白与族叔李晔陪同贾至游历洞庭湖的情景。贾舍人即贾至，曾任中书舍人，时由汝州刺史贬为岳州司马。第一首写他们三人在黄昏时分来到洞庭湖，眺望远方。朱谏《李诗选注》："言从洞庭向西而望，但见楚江自岷水而来者，分流而未合。渺茫无际，上接于天，极目千里，无有云翳之隔也。然长沙在洞庭上游，古湘君所葬之地，于此落日之时，远望长沙，秋色遥遥，未知何处而可以吊湘君也。夫湘君者，帝尧之子也。吾将怀其为明德之后而欲致一奠之诚，远莫能伸，徒怅怏于落日秋草之间而已矣。"

这首诗的重心，或认为是"洞庭"两字，即诗歌旨在绘景，展示秋日洞庭湖之阔大气象。所谓"不知何处吊湘君"，也意在形容洞庭湖之浩瀚无边，并非刻意寻找湘君而凭吊。沈寅、朱昆《李诗直解》："此贾至与白均是逐臣，邂逅而为洞庭湖之游而作是诗也。言洞庭湖中，从西望之，则岷江与楚江之水分，至岳阳而始合也。且水尽南天，茫无涯际，而不见云气，是水天一色矣。今秋景日落之时，长沙亦远，渺渺浩浩之中，不知何处为湘君之神而吊之也。此正形容秋色远耳，岂苦吊湘君耶？"《唐诗归》钟惺评后两句曰："此句正形容秋色远耳。俗人不知，恐误看作用湘君事。"

或以为诗歌的重心为"湘君"二字，即诗歌旨在怀古，以表达他对长安的牵挂。萧士赟以为湘君之事暗喻唐明皇、杨贵妃诸人。其《分类补注李太白诗》云："此时贾至贬岳州司马，与白均是逐臣，邂逅而为洞庭之游作是诗也，亦屈原眷顾宗国系心怀王之意乎？时帝在西京，故曰'西望'也。'楚江分'者，有秦、楚之隔也。'水尽南天不见云'者，犹晋明帝所谓举目只见日、不见长安之义云者，就之如日、望之如云之义，亦谓南天隔远，西望吾君，不可得而见也。'日落长沙秋色远'者，谓晚景而遭末造之时也。远者，日以疏远也；'不知何处吊湘君'者，盖舜之葬也，二妃不得从焉，是又即湘君之事而重感明皇、王后、杨妃之事，故曰'不知何处'也。寄兴深远，无非爱君忧国之意，而全不着迹，其得《国风》之体欤？晦庵所谓圣于诗者，此之谓矣。"

唐汝询则认为"湘君"为李白之自喻。《唐诗解》云："乾元中，白流夜郎，至亦被谪，逐臣相遇，故诸篇俱有恋主意。洞庭西望者，怀京师也。楚江分者，山川间之也。如是安所布其衷悃乎？吾其吊湘君而想之尔，然水光接天，秋色无际，吊之无从，终于饮恨而已。湘君不得从舜，有类逐臣，故思吊之。幼邻亦云'白云明月吊湘娥'，白盖反其语意尔。旧注谓湘君指杨妃，明皇无从而吊，此与青莲何关？信是痴人说梦。"

其二

南湖秋水夜无烟，耐可乘流直上天。
且就洞庭赊月色，将船买酒白云边。[①]

① 就：一作"问"。赊：一作"明"。

【评析】

月亮升起来了，洞庭湖一片空明澄澈，碧海青天，诗人逸兴遄飞，甚至希望乘流轻棹，直上银河。或者就洞庭湖赊此皎洁月光，将船买酒于白云边，相与醉于舟中，直至拂晓降临。

此诗写三人泛舟湖上。沈寅、朱昆《李诗直解》："此咏洞庭之寥廓，且赊月买酒以为游乐也。言南湖之水，至秋而碧且澄矣。夜深则天水相映，而无烟气朦胧，直可乘流轻棹以上天也。且就洞庭赊此皎月之光，将船买酒于白云边，相与醉卧舟中，一任东方之白焉。"

此诗的妙处，历来均认为在于展示了李白的奇思逸想。郁贤皓《李白全集注评》说："此诗之佳不在景物描写的工致，而在于诗人将强烈而独特的奇想融进景中，使景色充满奇情异趣。"

前两句的争议之处在于"耐可"一词。"耐可"为唐人俗语，涵义难以确指。一说其为"似乎可以"，如王琦注《李太白全集》："犹言若可也。"一说为"稍待"，如朱谏《李诗选注》："方言也，如云少待也。或曰如俗言正好之类，大抵耐有忍之意。云小待者，义稍通。"总之，这两说都认为坐船可以直通天上，借以描写南湖秋水之渺渺。

一说为"那可、安得"。张相《诗词曲语辞汇释》："耐可，有那可与宁可两解。李白《陪族叔晔及贾舍人至游洞庭》诗……此当作那可解，犹云安得也。"这样看来，诗人是希望乘船上天，却未意识到无法实现这一梦想，两句诗重在表现诗人之感受。

后两句的争议之处在"赊月色"三字。为什么要赊月色呢？此时究竟有没有月色呢？一说此刻洞庭湖上尚未有月色，故希望借来一片月光。唐汝询《唐诗解》："天不可乘流而上，觉思君为徒劳，聊沽酒以相乐耳。'赊'者，预借之意，时盖未有月也。"

一说此刻月光洒在湖面，希望凭借月光而能够飞升到白云边。吴昌祺《删订唐诗解》："言天可上，须直到白云取醉耳，月其送我乎？"又近藤元粹《李太白诗醇》引潘稼堂曰："乘流直可上天，故将船买酒，可至云边也。无非形容月色之妙。"或认为"既不能乘流上天，姑且借洞庭湖月光，在船上喝酒为乐"（郁贤皓《李白全集注评》）。

陪侍郎叔游洞庭醉后三首（选一）

其三

划却君山好，平铺湘水流。^①
巴陵无限酒，醉杀洞庭秋。

【注释】

① 划（chǎn）却：铲去。君山：又名洞庭山、湘山，位于洞庭湖中。《北梦琐言》卷七："湘江北流至岳阳，达蜀江。夏潦后，蜀涨势高，遏住湘波，让而退溢为洞庭湖，凡阔数百里。而君山宛在水中，秋水归壑，此山复居于陆。"

【评析】

乾元二年（759）的秋天，李白在岳阳与李晔不期而遇。李晔是他的族叔，此前由刑部侍郎贬官岭南，现在正狼狈地前往贬谪之地。而李白，春天的时候还在流放的途中，后在巫山遇赦而返。一个流放归来，一个将要被流放，两人相遇，各自会是怎样的一种心情呢？这只有洞庭湖才能知晓了。

亲人他乡相聚，自然少不了唏嘘庆幸。相似的境遇，自然少不了感伤悲涕。劫后余生者，会有再世为人的恍惚；流放岭南者，会有生死未卜的惧虑。无论是唏嘘庆幸，还是感伤悲涕，或是恍惚惧虑，都需要相互倾诉，需要相互安慰。于是，两人联袂出游，泛舟洞庭湖上，临风酾酒，提笔赋诗，以遣郁悒。话儿说得越来越少，酒却喝得越来越多。酒喝多了，什么样的想法都可能出现。诗人满肚子的郁闷，看着这君山，怎么都觉得碍眼，于是他说他要铲平君山，使湘水浩浩荡荡地流向前方。满眼的碧波，也变成了美酒。连洞庭湖都有些醉意了，看那君山的红叶，不就是一抹酡红吗？

铲平君山的想法，匪夷所思，赞成者有之，反对者亦不少。赞成者说，这是诗人的豪放之举，文人就应该大胆地想象，"诗豪语辟，正与少陵'斫去月中桂，清光应更多'匹敌"（黄叔灿《唐诗笺注》）。他们还说，李白的这一奇思妙想，正显示出诗人胸襟的阔达，"划去君山而令湘水平铺，太白胸中放旷、豪迈可知"（吴烶《唐诗选胜直解》）。而杜甫的相关诗作，就缺乏这种气势。瞿存斋云："太白诗：'划却君山好'……是甚胸次！少陵亦云：'夜醉长沙酒，晓行湘水春。'然无许大胸次也。"（陈伟勋《酌雅诗话》引）

但也有人不以为然，"洞庭有君山，天然秀致。如划却，是诚趣也。诗情豪放，异想天开，正不须如此说。既如此说，亦何大胸次之有？"（陈伟勋《酌雅诗话》）折中者说，划却君山与胸襟无关，与诗趣无关，只与诗人的遭遇有关。为什么呢？因为兀立在洞庭湖中的君山，挡住湘水不能一泻千里直奔长江大海，就好像诗人人生道路上的坎坷障碍，破坏了他的远大前程。他要铲去君山，表面上是为了让浩浩荡荡的湘水毫无阻拦地向前奔流，实际上是抒发他心中的愤懑不平之气。他希望铲除世间的不平，让自己和一切怀才抱艺之士有一条平坦的大道可走。

"划却君山好，平铺湘水流"两句，历来有两种解读。第一种解读是"划却君山"作为尚未实施的畅想，或以为铲除君山后，景色当更好，如沈寅、朱昆《李诗直解》："此咏湖景而欲醉酒以为乐也。言洞庭之广阔无际，独君山砥柱其中，今铲去君山，则水面平铺，而湘水益流也。况巴陵有无限之酒，相与醉煞洞庭之秋，而日游泛于中，不洵可乐哉。"或为避免沉湎于君山，不如将之铲却为好。黄生《唐诗摘钞》："首尾倒叙，意言恐恋君山之好，醉杀于洞庭之上，故欲划山填水云云。"

第二种解读是将"划却君山"作为业已存在的景观，君山之妙处，在于铲却而成，即诗句为倒装。唐汝询《唐诗解》："山如铲成，水如铺就，天下之至胜也，况有酒堪尽醉，能负此洞庭秋色乎？"

早春寄王汉阳

闻道春还未相识，走傍寒梅访消息。
昨夜东风入武昌，陌头杨柳黄金色。[1]
碧水浩浩云茫茫，美人不来空断肠。
预拂青山一片石，与君连日醉壶觞。

【注释】

[1] 武昌：唐时在鄂州，此处指江夏（今武汉武昌）。一作"武阳"。

【评析】

诗人迫不及待地盼望着春天的归来，不停地寻觅着春天来临的迹象，甚至在寒梅绽放的时候就已经开始期待了。现在，终于可以听到春天的脚步声了，他感觉春天已经离他很近了。昨夜东风悄然潜入武昌，第二天起床一看，春光骀荡，原野上杨柳已经呈现出黄金之色，诗人欣喜若狂，春天它回来了。春水漫漫，碧云悠悠，如此美景怎能不与人共享，怎能不高歌酣饮。他想到了汉阳的友人，一位豪放、洒脱而又善饮的同道中人，便盛情邀请，希望他能速速渡江，来作郊外之饮。为了迎接友人的到来，他做好了一切准备工作，好酒自然少不了，甚至青山中的一片石头都已被拂拭得干干净净。他期待着与王县令坐在青石之上，以青山为庐，白云为盖，以满眼春色佐酒，连日痛饮。

王汉阳，即汉阳县令王某。他和李白一样都当是善饮之人，李白在不少诗中都写到了与他共饮的事情，如《寄王汉阳》："南湖秋月白，王宰夜相邀。锦帐郎官醉，罗衣舞女娇。"《醉题王汉阳厅》："我似鹧鸪鸟，南迁懒北飞。时寻汉阳令，取醉月中归。"《赠王汉阳》："天落白玉棺，王乔辞叶县。……与君数杯酒，可以穷欢宴。"《自汉阳病酒归寄王明府》："莫惜连船沽美酒，千金一掷买春芳。"两人都是嗜饮之人，此诗则可视为李白邀请王县令前来酣饮的帖子。"此诗前四句由梅入柳，写早春景色似无意得来，妙甚。后四句写思念之情，邀请王汉阳前来江夏，拟连日畅饮。"（郁贤皓《李白全集注评》）

不过，朱谏认为这首诗或许是王县令邀请李白前去饮酒，当是王氏所作。《李诗选注》云："按此诗旧本皆为李白寄王汉阳之作，但辞气轻浅而太薄，如晚唐体格，非李白作也。今玩其诗意，如'预拂青山一片石，与君连日醉壶觞'，乃是主待客之辞，当为王汉阳寄李白也。是时，汉阳居邑中，当为主；李白寓西塞，为客。岂有白期汉阳而望其来者乎？然此诗为王汉阳之作无疑矣。宜附于白之诗下，以见酬答之意。如杜子美《奉和严郑公军城早秋》，则附以郑公之诗。唐宋诗集中，多有此类。"总之，朱谏认为诗中所言"武昌"是在湖北鄂州一带，而郁贤皓等人则以为当指武汉江夏一带。

至于诗歌的风格，或以为笔调轻快，语清辞秀，逸兴雅致溢于言表，如《唐宋诗醇》："秀骨天成，偶然涉笔，无不入妙。"也有论者以为格调陈旧，如陆时雍《唐诗镜》："一起四语，乃诗家排调，然语气自老。"

王琦曾以为此诗与《自汉阳病酒归寄王明府》同作于乾元二年（759），詹锳《李白诗文系年》辨析说："按乾元二年早春，太白方在夜郎途中，尚未遇赦，此诗之作应在上元元年（760）。"

鹦鹉洲

鹦鹉来过吴江水，江上洲传鹦鹉名。[①]
鹦鹉西飞陇山去，芳洲之树何青青。[②]
烟开兰叶香风暖，岸夹桃花锦浪生。
迁客此时徒极目，长洲孤月向谁明。

【注释】

① 吴江：这里指武昌一带的长江。

② 陇山：在今陕西、甘肃一带。

【评析】

李白在诗中既以"迁客"自居，则诗篇当为流夜郎回归至江夏时作。朱谏《李诗选注》："此李白过鹦鹉洲而作。言鹦鹉产于陇山，客有持之而献于江陵者，祢衡善赋，卒于洲中，至今江上之洲，遂传为鹦鹉之名。然鹦鹉有时而归于故山，祢生一去，无时而还。洲中之树，徒青青也。但见兰叶之引乎香风，桃花之侣乎锦浪。我为迁客，经过此洲，极目一望，徒然景物之伤情，而斯人不可复作矣。洲中之月向谁而明乎？"

鹦鹉洲，在今湖北武汉西南长江中。《舆地纪胜》卷六六"荆湖北路鄂州"："鹦鹉洲，旧自城南跨城西大江中，尾直黄鹄矶，黄祖杀祢衡处。衡尝作《鹦鹉赋》，故遇害之地得名。"亦即崔颢《黄鹤楼》诗"芳草萋萋"之鹦鹉洲，故历来以为李白此诗受到了崔诗影响。唐汝询《唐诗解》："此登览而伤迁逐也。洲名鹦鹉，因《黄鹤楼》以成篇。兰叶、桃花，即洲上之景也。末言我方极目伤神，月果为谁而明耶？岂不益我之愁也。"方回《瀛奎律髓》："鹦鹉洲在今鄂州城南，对南楼；黄鹤楼在城西，向汉阳。太白此诗，乃是效崔颢体，皆于五、六加工，尾句寓感叹，是时律诗犹未甚拘偶也。"

李白此诗，多以为不及崔颢之原作。王世贞《艺苑卮言》："太白《鹦鹉洲》，效颦《黄鹤》，可厌。"许学夷《诗源辩体》："太白《鹦鹉洲》拟《黄鹤楼》为尤近，然《黄鹤》语无不炼，《鹦鹉》则太轻浅矣。至'烟开兰叶香风暖，岸夹桃花锦浪生'，下比李赤，不见有异耳。"《瀛奎律髓汇评》纪昀评云："崔是偶然得之，自然流出。此是有意为之，语多衬贴，虽效之而实不及。"又引冯班评云："与崔语一例，而词势不及，似稍逊《凤凰台》。"

也有学者认为两诗各有千秋。如王夫之《唐诗评选》："此则与《黄鹤楼》诗宗旨略同，乃颢诗如虎之威，此如凤之威，其德自别。"赵臣瑗《山满楼笺注唐诗七言律》："人谓此必又拟《黄鹤楼》，似也。圣叹云：一蟹不如一蟹。以予观之，则殊未肯让崔独步也。前半亦是顺叙法，而却以凤凰台之二句展作三句，可见伸缩变化，皆随乎人，岂当为格律所拘耶？'芳洲之树何青青'，较'白云千载空悠悠'

更具情趣。"

诗歌之体式，或以为是七古，毛先舒《诗辩坻》："李白《鹦鹉洲》诗，调既急迅，而多复字，兼离唐韵，当是七言古风。"

或以为是七律。毛奇龄等《唐七律选》："此七律变体。初唐沈詹事《龙池篇》已发其端，崔颢《黄鹤楼》便肆意为之，太白于《金陵凤凰台》效之最劣，此则生趣勃然矣。"沈德潜《唐诗别裁集》："以古笔为律诗，盛唐人每有之，大历后，此调不复弹矣。"

或以为可视为古体，亦可视为律诗。汪师韩《诗学纂闻·律诗通韵》："李白《鹦鹉洲》一章，乃庚韵而押'青'字，此诗《文粹》编入七古，后人编入七律。其体亦可古可今，要皆出韵也。"

庐山谣寄卢侍御虚舟

我本楚狂人，凤歌笑孔丘。
手持绿玉杖，朝别黄鹤楼。
五岳寻仙不辞远，一生好入名山游。
庐山秀出南斗旁，屏风九叠云锦张，影落明湖青黛光。①
金阙前开二峰长，银河倒挂三石梁。②
香炉瀑布遥相望，回崖沓嶂凌苍苍。
翠影红霞映朝日，鸟飞不到吴天长。
登高壮观天地间，大江茫茫去不还。
黄云万里动风色，白波九道流雪山。
好为庐山谣，兴因庐山发。
闲窥石镜清我心，谢公行处苍苔没。③

早服还丹无世情，琴心三叠道初成。④
遥见仙人彩云里，手把芙蓉朝玉京。⑤
先期汗漫九垓上，愿接卢敖游太清。⑥

【注释】

①庐山：春秋时属吴国，为斗宿的分野。庐山自五老峰下，山峰九叠如屏风。《舆地纪胜》卷二五"江南东路南康军"："九叠屏，在五老峰之侧。唐李林甫女学道此山。山九叠如屏。"南斗：星宿名，即二十八宿中的斗宿。明湖：这里指鄱阳湖。

②金阙：即金阙岩，又名石门山，形似双阙，中有瀑布。《水经注》卷三九"庐江水"："庐山之北有石门水，水出岭端，有双石高竦，其状若门，因有石门之目焉。"《太平御览》卷四一引慧远《庐山记》："西南有石门山，其形似双阙，壁立千余仞，而瀑布流焉。"三石梁：庐山屏风叠之左有三叠泉，水势三折而下，如银河倒泻于石梁。《水经注》卷三九"庐江水"引《寻阳记》："庐山上有三石梁，长数十丈，广不盈尺，杳然无底。"

③石镜：圆石，平滑如镜，可见人影。《太平寰宇记》卷一一一"江南西道江州"："石镜，在庐山东悬崖之上，其状团圆，近之则照见形影。"《文选》卷二六谢灵运《入彭蠡湖口》："攀崖照石镜，牵叶入松门。"李善注引《浔阳记》："石镜山东，有一圆石，悬崖明净，照人见形。"

④还丹：相传道教炼丹，使丹砂烧成水银，积久又还成丹砂，因称还丹，道教以为服此可以成仙，长生不老。琴心三叠：道教修炼术语，指修炼身心。《黄庭内景经》："琴心三叠舞胎仙。"

⑤玉京：道教称天帝所居之处。葛洪《枕中书》："元始天王在天中心之上，名玉京山。山中宫殿，并金玉饰之。"

⑥卢敖：战国时燕国人。《淮南子·道应训》载，卢敖游于北海，见一形貌古怪之士，卢敖邀请其同游北阴之地，士笑曰：吾与汗漫期于九垓

之外，吾不可以久驻，随即纵身跳入云中。高诱注云："卢敖，燕人，秦始皇召以为博士，使求神仙，亡而不反也。"太清：道教以玉清、上清、太清为三清，太清为最高仙境。

【评析】

诗人说他本来就像楚国狂人接舆，有隐居的夙愿。当年孔子去游说楚王，接舆在车旁唱歌嘲笑，现在诗人也不会汲汲于出仕，而是要游览名山，做一位真正的隐士。他在晨曦中辞别黄鹤楼，手持绿玉杖，离开武昌，踏上了前往庐山的旅程，开始了他所喜欢的寻仙访道的生活。庐山真不愧为天下名山，它高耸入云，挺拔在南斗星旁。五老峰下九叠如屏风，云霞像锦绣一般张开，山影倒映在鄱阳湖上，分外秀丽。金阙岩前两座高峰巍然屹立，屏风叠左面的三叠泉石梁瀑布飞泻而下，有如银河倒挂。在这里，满眼皆是曲曲折折的山崖，重重叠叠的山峰，树木苍翠，山花烂漫，在朝阳红霞的映衬下极其明媚。吴天苍茫辽阔，伫立在庐山骋目四望：黄云滔滔汩汩，变幻无穷；长江浩浩荡荡，直奔东海；九条支流，波涛汹涌，堆叠似山。这样壮丽的景色，让李白诗兴大发。照照石镜，心情会清澈许多。想想当年谢灵运游览的足迹已经为青苔覆盖，心情又有些黯淡。世事变幻，人生短暂，唯有炼丹成仙才能摆脱俗世的烦恼。三丹和积，可谓学道初成，仿佛望见仙人脚踏彩云，手捧莲花，前去朝拜天帝。他已经和仙人订下约会，终有一天，将同卢敖共游仙境。

卢侍御虚舟，即殿中侍御史卢虚舟。《全唐文》卷三六七载有贾至所作《授卢虚舟殿中侍御史制》，詹锳据此推定李白这首诗的创作时间："卢虚舟初为侍御史，当不出于至德乾元元年之间。李白至德后被系狱、流放，倘非流放归来，不可能如此咏庐山之胜景，故系于上元元年（760）。"（《李白全集校注汇释集评》）

这首诗的创作宗旨，或以为是游仙。唐汝询《唐诗解》卷一三："此咏庐山之胜而相约游仙也。言我本狂士，好游名山，今庐阜峭峻多奇，峰峦非一，凭凌星河，掩映云日。登之则天地之大，江流之分，靡不在目，岂非登高之壮观乎？故我好为此谣，而兴不浅，然昔人所游已成陈迹矣，其惟长生以度世耳。今我真丹已就，亲见玉京之仙，先与汗漫有期，而约卢敖以俱往，彼侍御果能从我乎？"沈德潜《唐诗别裁集》："先写庐山形胜，后言寻幽不如学仙，与卢敖同游太清，此素愿也。"《金性尧注唐诗三百首》："这时李白既遭挫折，又入晚年，寄情山水之余，求仙学道之思也更切了，故前人评此诗为'笔下殊有仙气'。求仙目的为了长生，但在此诗作后两年，李白就死了。"

　　或以为是夸耀庐山之胜景。郁贤皓说："卢虚舟是诗人好友，曾写有《通塘曲》，夸庐山之美；李白有《和卢侍御通塘曲》：'君夸通塘好，通塘胜耶溪。通塘在何处，宛在寻阳西……'所以诗人又以此首歌唱庐山的诗寄给他。"（《李白全集注评》）

　　或以为表达了李白对现实的不满，希望遁世远去。《霍松林历代好诗诠评》："中间十七句写庐山，首尾数句呼应，表现狂放、隐逸思想，并劝友人与自己同过悠闲生活，乃是对腐朽朝政不满的曲折反映。"马茂元《唐诗选》："据黄锡珪《李太白编年诗集目录》定为天宝十五载（756）秋间李白隐居庐山时所作。当时安史乱起，两京沦陷，烽烟蔓及江淮，诗中所表现的消极避世思想，说明作者无可奈何而希图超度现实。"

　　或以为反映了李白内心矛盾的一面。"此诗思想内容比较复杂，既有对儒家孔子的嘲弄，也有对道家的崇信；一面希望摆脱世情，追求神仙生活，一面又留恋现实，热爱人间风物。"（俞平伯《唐诗鉴赏辞典》）

豫章行

胡风吹代马，北拥鲁阳关。①
吴兵照海雪，西讨何时还。
半渡上辽津，黄云惨无颜。②
老母与子别，呼天野草间。
白马绕旌旗，悲鸣相追攀。
白杨秋月苦，早落豫章山。
本为休明人，斩虏素不闲。
岂惜战斗死，为君扫凶顽。
精感石没羽，岂云惮险艰。
楼船若鲸飞，波荡落星湾。③
此曲不可奏，三军发成斑。

【注释】

① 鲁阳关：在今河南鲁山西南。

② 上辽津：即《水经注》中的潦水，源出江西奉新，西流永修县，与修水汇合。

③ 落星湾：又称落星湖，在今江西鄱阳湖西北部。

【评析】

北风呼啸，战马拥挤于鲁阳关。新近征集的吴越士卒，冒着寒雪西上征讨胡虏。黄云惨淡之际，官军渡过了潦水。老母与爱子相别于草野，呼天抢地；白马围绕着旌旗，追逐悲鸣。秋月凄凄，白杨萧索，豫章一派衰飒。这些士卒本来生活在太平盛世，虽然没有与胡人作战的经验，但为了报效朝廷，又怎会畏难畏死？战船飞驰，迅疾若长鲸；波涛汹涌，回荡于落星湾。我这一曲《豫章行》不能再演奏下去了，否则三军将士的头发就要白了。

《乐府诗集·相和歌辞·清调曲》收录李白此诗，并解题说："《古今乐录》曰：'《豫章行》，王僧虔云《荀录》所载《古白杨》一篇。今不传。'《乐府解题》曰：陆机'泛舟清川渚'，谢灵运'出宿告密亲'，皆伤离别，言寿短景驰，容华不久。傅玄《苦相篇》云'苦相身为女'，言尽力于人，终以华落见弃。亦题曰《豫章行》也。豫章，汉郡邑地名。"

由此可见，《豫章行》原是以豫章山白杨被砍伐修建洛阳宫殿述说根、叶离别之苦，后人以此写离别之情。李白此篇则是以古题写时事。那么，李白诗中所描绘的是哪一段史实呢？胡震亨以为李白此诗与永王李璘之事有关。其《李诗通》云："此白咏永王璘事自悼也。……白初从庐山误陷于璘。事败，又于浔阳系狱，其地皆属豫章，故巧取此题为辞。以白杨之生落于豫章者自况，写身名堕坏之痛，而伤璘败，终不忍斥言璘之逆，则犹近于厚。得风人之意焉。"

又其《唐音癸签·诂笺六》："古《豫章行》，咏白杨生豫章山，秋至，为人所伐。太白亦有此辞，中间止着'白杨秋月苦，早落豫章山'两句，首尾均作军旅丧败语，并不及'白杨'片字，读者多为之茫然。今详味之，如所云'吴兵照海雪'及'老母与子别，呼天野草间''楼船若鲸飞，波荡落星湾'，皆永王璘兵败事也。盖白在庐山受璘辟，及璘舟师鄱湖溃散，白坐系浔阳狱，并豫章地。故以白杨之生落于豫章者自况，用志璘之伤败，及己身名隳坏之痛耳。其借题略点白杨，正用笔之妙，巧于拟古，得乐府深意者。"

《唐宋诗醇》也赞同此说："胡震亨说得诗之意。其以'胡风吹代马'起，而继曰'西讨何时还'，若曰禄山之乱未弭，璘之起兵，原为国家讨贼耳。故下以'本为休明人'六句申之，至于鄱湖溃败，若隐若显，全不径露，此白微意所在。其词意危苦，笔墨沉郁，真古乐府之遗。"

陈沆也由此进一步申说，其《诗比兴笺》说："璘败于江西，故以豫章名篇。'胡风'，指渔阳之叛；'吴兵'，谓璘拥江淮之师。'上辽津'，故隐其词，寄之边塞也。'本为休明人，斩虏素不闲'，言承平帝胄，生长深宫，本无武略也。'岂惜战斗死'四语，惜其不知一意讨贼，勤王北上，纵令败死，犹不失为忠义也。落星湾，在江州浔阳，璘由此战败走鄱阳也。"

王琦则认为李白此诗为征戍将士而写，与永王李璘事无关涉。其注《李太白全集》云："按《唐书·来瑱传》：上元二年，破史思明余党于鲁山，俘其贼渠，又战汝州，获其牛马、橐驼。知是时汝、邓之间为贼兵往来之地，所谓'胡风吹代马，北拥鲁阳关'，乃安、史之兵，而非永王之兵也。集中有《中丞宋公以吴兵三千赴河南军次寻阳》之文，又《为宋中丞祭九江文》中有'遵奉王命，大举天兵，楼船先济，士马无虞'之辞，是知所谓'吴兵'者，即宋中丞所统三千之兵；所谓'上辽津'者，即楼船所济之津。诗之作也，当在是时无疑，与永王璘事全无干涉，而胡氏更于每段中必引璘事以强合之，牵扯支离，尽失本诗辞意矣。"

今人郁贤皓赞同王琦之说，以为"此诗当是上元元年（760）秋在豫章一带目睹南方人民应征入伍，赴前线抗击安史之乱，有感而作。诗中充满对国事的关心和对战士们的同情"（《李白选集》）。

醉后赠从甥高镇

马上相逢揖马鞭，客中相见客中怜。
欲邀击筑悲歌饮，正值倾家无酒钱。①
江东风光不借人，枉杀落花空自春。
黄金逐手快意尽，昨日破产今朝贫。
丈夫何事空啸傲，不如烧却头上巾。
君为进士不得进，我被秋霜生旅鬓。
时清不及英豪人，三尺童儿唾廉蔺。
匣中盘剑装鲨鱼，闲在腰间未用渠。②
且将换酒与君醉，醉归托宿吴专诸。③

【注释】

① 击筑：演奏时用竹尺敲击，故称击筑。筑，古乐器，形如琴。《史记·刺客列传》："荆轲嗜酒，日与狗屠及高渐离饮于燕市，酒酣以往，高渐离击筑，荆轲和而歌于市中，相乐也，已而相泣，旁若无人者。"

② 鲨鱼：鱼名。《太平御览》卷九三八引《南越记》："鲨鱼，南越谓为环雷鱼。长一丈……其鳃鳞皮有珠文，可以饰刀剑。"王琦注《李太白全集》云："鲨鱼，古谓之鲛鱼，今谓之沙鱼。以其皮为刀剑鞘者是也。"

③ 专诸：春秋时期吴国刺客。《史记·刺客列传》："专诸者，吴堂邑人也。伍子胥之亡楚而如吴也，知专诸之能。……既至王前，专诸擘鱼，因以匕首刺王僚，王僚立死。左右亦杀专诸，王人扰乱。公子光出其伏甲以攻王僚之徒，尽灭之，遂自立为王，是为阖闾。阖闾乃封专诸之子以为上卿。"

【评析】

诗人与高镇两人行色匆匆，不期而遇，马上相逢，各自一愣，随即以马鞭拱手，相携而下。流落在外，遇见亲人，分外亲切，更何况长久以来郁积的幽愤侠气无以倾泄，此时此刻，自当开怀畅饮以浇胸中之块垒，如荆轲、高渐离那样击筑高歌，仰天长啸，弹剑低吟。但多年来的困顿奔波，早已使行囊空空，枉对着江东明媚春色，诗人欲醉不能，落花本是无情物，乏酒空自为春。五花之马，千金之裘，也曾为求一醉而快意散尽。大丈夫当壮怀激越，纵酒高歌，何必为区区身外之物而喋喋不休、焦躁不安？沦落到今天这种地步，虽不免赧然之情，却也无须空为啸傲，不如烧掉头上儒巾，儒冠误身，戴之无益。时逢清平之世，而英豪之士却得不到重用，高镇为进士不得进用，诗人在旅寓之中秋霜生鬓。三尺孩童，也知道廉颇、蔺相如之交颇为可贵。你我他乡偶遇，惺惺相惜，怎能不把臂痛饮？即使没有饮酒之资，也无须烦恼。匣中宝剑，悬挂腰间，投闲散置，无用武之所，干脆就用它换来美酒，与你悲歌酬饮而醉。也许只有在醉中，方能忘却心中的落寞、愤激、悲愁，才能行其所当行。

李白另有诗《赠别从甥高五》，高镇与高五为同一人。由诗中可知，李白与高镇际遇相似，高镇因为进士考试没有及第，不能入仕进取；诗人则四处干谒，一无所成。两人在他乡相逢，自然有无限感慨，正所谓"有触而鸣，微露愤意，醉后披写，自饶天趣"（《唐宋诗醇》）。但朱谏《李诗辨疑》以为："辞意鄙俗，如云'客中相见客中怜''江东风光不借人，枉杀落花空自春''不如烧却头上巾'及'君为进士不得进'之语，尤为村俗。此等诗不知何人所作。唐有七百余家，虽至下者亦不道此，以之污蔑谪仙可乎？厕鬼颠狂，理或有之。"

至于这首诗的创作时间，萧士赟以为在早年。其《分类补注李太

286

白诗》云:"此太白少年任侠之作。"《唐宋诗醇》引李白《上裴长史书》"昔东游维扬,不逾一年,散金三十余万,有落魄公子悉皆济之",以为证据。

安旗以为作于宝应元年(762)。"杜甫暮年诗中屡有'时清'之语,如'今日时清两京道'(《戏赠阌乡秦少府短歌》),又如'洛阳大道时再清'(《李鄠县丈人胡马行》),皆作于两京收复之后。两京收复后,白赴江东,时在上元二年秋,而诗中时令为春,当作于本年(宝应元年)春日。"(《新版李白全集编年注释》)

詹锳以为作于天宝八载(749)。"按'时清不及英豪人,三尺童儿唾廉蔺',正说明天宝之乱以前,英雄无用武之地。如在放夜郎归来之后,史思明之乱尚未尽除,何得云'时清'?又焉能以'廉蔺'自比?"(《李白全集校注汇释集评》,第1579页)

"三尺童儿唾廉蔺",一作"三尺童儿重廉蔺"。沈寅、朱昆《李诗直解》云:"此太白贫困不遇,欲与高甥纵饮以任侠也。言我与高甥马上相逢,即以马鞭拱手,客中相见,亦以客中相怜也。奈胸中侠气无所消遣,欲邀高甥如荆轲渐离,为击筑悲歌,豪饮市上,正值倾家囊乏,无沽酒之钱也。且江东风光不借人,枉杀落花无酒,以空自春焉。黄金逐我之手,快意散尽,是昨日破产之时尚富,而今朝贫矣。为丈夫者,何事空为啸傲,不如烧却头上巾。盖儒冠误身,戴之无益也。君为进士之科,不得进用。我在旅寓之中,秋霜生鬓。是时盛偏不及英豪之人,但三尺童儿亦知廉蔺之人为可重也。虽倾家无酒钱,又何愁哉?匣中盘剑,闲在腰间,且将换酒,与君悲歌酣饮而醉。醉归托宿专诸,即许身与人以任侠气,犹不负头上巾也。"

瞿蜕园、朱金城《李白集校注》也认为"唾"当作"重":"此二句颇费解,作'唾'似不可从。其意盖谓无事之时,无人齿及英豪;虽有廉颇、蔺相如之能,反不如三尺童儿之足重。重廉蔺者,重于廉蔺也。犹圣主恩深汉文帝,谓恩深于汉文帝也。"

安旗持论相反,以为"作'唾'可通。唾,弃也,不齿也。谓虽有廉蔺之贤,非但君王不能用之,即三尺童儿亦可唾之也"。詹锳也说:"按'唾'字可通。'时清'二句,谓太平日久,世人不尊重过去之功臣和有名气之老人,故连儿童亦竟然唾弃如廉、蔺之有功老臣,对太白就更看不起,无人知其廉、蔺抱负。"(《李白全集校注汇释集评》)

临路歌

大鹏飞兮振八裔,中天摧兮力不济。
余风激兮万世,游扶桑兮挂石袂。①
后人得之传此,仲尼亡兮谁为出涕。

【注释】

① 石袂:一作"左袂",即左袖。《楚辞·哀时命》:"衣摄叶以储与兮,左袪挂于榑桑。"王逸注:"袪,袖也。"

【评析】

李白在诗文中多以大鹏自比,把它作为自己的精神化身。早年他写有《大鹏赋》,抒写远大抱负;后来在《上李邕》诗中,他还是充满信心:"大鹏一日同风起,扶摇直上九万里。假令风歇时下来,犹能簸却沧溟水。"在这首诗中,大鹏虽然想展翅翱翔,但飞到半空,就遭受摧折,无力继续了,给人一种英雄失路的悲凉之感。诗人说,当年鲁人猎获麒麟,孔丘见之而悲泣;如今世无孔丘,谁又会为大鹏的折翼而悲伤呢?

李白为何会有这种慨叹呢？一说无法确指。旧题严羽评点《李太白诗集》："是何等语？殆不可晓。"朱谏《李诗辨疑》："此章辞义不可强解，以俟知者。"

一说诗原为李白拟孔子之《临河歌》而作，"路"当作"河"字。胡震亨《李诗通》："拟《琴操》仲尼适楚，闻简子杀鸣犊，临河不济而叹，作《临河歌》。此'临路'，或'河'字之误。"

一说为李白的绝笔之作，"路"字当作"终"字。王琦注《李太白全集》卷八："按：李华《墓志》谓太白赋《临终歌》而卒，恐此诗即是。'路'字盖'终'字之讹。……诗意谓西狩获麟，孔子见之而出涕。今大鹏摧于中天，时无孔子，遂无有人为出涕者，喻己之不遇于时，而无人为之隐惜。太白尝作《大鹏赋》，实以自喻，兹于临终作歌，复借大鹏以寓言耳。"

郭沫若也认为诗题就是《临终歌》。其《李白与杜甫》说："《临终歌》今存集中，刊本误作《临路歌》……照样自比为大鹏，自负之心至死不变。然而自叹'力不济'，这和《古风五十九首》的第一首'吾衰竟谁陈'是有一脉相通的。在那首《古风》里面，他想到了孔仲尼泣麟：'希圣如有立，绝笔于获麟'；在这首《临终歌》里面，他又想到了孔仲尼泣麟。他一方面在自比仲尼，一方面又在叹息时无仲尼，而却寄希望于'后人'。实际上如果仲尼还在，未必肯为他'出涕'；而'后人'是没有辜负他的。"

瞿蜕园、朱金城也认可这首诗为李白的绝笔之作，但提出诗题中"路"字无误，"临路"二字取典于汉书。其《李白集校注》说：《汉书》卷六三《广陵王胥传》所载死时自歌云：'千里马兮驻待路'，疑'临路'二字取此义。"

历来评论此诗者，均以为李白以"大鹏"自喻，以孔子比拟知音。安旗另立新说，以为李白自拟为孔子，且认为诗歌当三句作为一解，由两段组成。其《我读〈临终歌〉》说："由此观之，所谓'仲尼亡兮'者，实以孔子自拟也。其所以如此，又意在以其诗为盛唐之《春秋》。此意除已见于《古风》（其一）之末外，亦见李阳冰《草堂集序》之末：'论《关雎》之义始愧卜商，明《春秋》之辞终惭杜预。'李白既以《春秋》自许，阳冰亦以《春秋》许之，盖知李白之心念兹在兹也。其下所谓'谁为出涕'者，非是怀疑无人为其死'隐惜'，而是深望后人勿忽其诗中之苦心孤诣、微言大义也。如有人'得之传此'，自然有人'为之出涕'，且岂仅出涕哉？必表而出之，发而扬之，则其'余风'信足以'激兮万世'矣。"

不编年诗

古风五十九首（选六）

其一

大雅久不作，吾衰竟谁陈。①

王风委蔓草，战国多荆榛。②

龙虎相啖食，兵戈逮狂秦。

正声何微茫，哀怨起骚人。③

扬马激颓波，开流荡无垠。

废兴虽万变，宪章亦已沦。

自从建安来，绮丽不足珍。

圣代复元古，垂衣贵清真。④

群才属休明，乘运共跃鳞。

文质相炳焕，众星罗秋旻。⑤

我志在删述，垂辉映千春。⑥

希圣如有立，绝笔于获麟。⑦

【注释】

①大雅：《诗经》中的一部分。郑玄《毛诗笺》："《小雅》《大雅》

者，周室居西都丰、镐之时诗也。"《毛诗序》："雅者，正也，言王政之所由废兴也。"

②王风：《诗经》国风之一，周室东迁后都城一带的民歌。

③骚人：指屈原。萧统《文选序》："又楚人屈原……吟泽有憔悴之容。骚人之文，自兹而作。"

④垂衣：称颂帝王无为而治。《周易·系辞下》："黄帝、尧、舜垂衣裳而天下治。"

⑤秋旻：秋天。《尔雅·释天》："秋为旻天。"李巡注："秋万物成熟，皆有文章，故曰旻天。"

⑥删述：著述。《尚书序》："先君孔子……删《诗》为三百篇，约史记而修《尚书》，赞《易》道以黜《八索》，述职方以除《九丘》。"

⑦获麟：鲁哀公十四年（前481），西狩获麟，孔子曰："吾道穷矣！"其所作《春秋》，绝笔于此年。

【评析】

李白这组古诗，原非一时一地所作，篇数、篇目与编次在流传中亦有所变化，如赵翼《瓯北诗话》所言："《古风》五十九首，非一时之作，年代先后亦无伦次，盖后人取其无题者汇为一卷耳。"其篇数，或曾言为五十首，如《朱子语类》："太白五十篇《古风》，是学陈子昂《感遇诗》。"或曾言为六十首，如刘克庄《后村诗话》："太白《古风》……六十八首，与陈拾遗《感遇》之作，笔力相上下，唐诸人皆在下风。"或曾言七十首，葛立方《韵语阳秋》："李太白《古风》，近七十篇。"或曾言八十二首，陆时雍《诗镜总论》："太白《古风》八十二首，发源于汉魏，而托体于阮公。"

其"古风五十九首"之说，郁贤皓以为源于宋代："此五十九首诗中，李白原来有取名为'咏怀''感遇'之类的题目，也有'古风'

的题目，在流传过程中有些题目失落，至李阳冰编集时，将这些诗集合在一起，题目为《古风若干首》，至宋人乐史、宋敏求编集，增成《古风五十九首》。"（《李白全集注评》）

关于这首诗的主旨，大致有三种说法。第一种说法是，这首诗主要展示了李白的文学思想，诗歌的核心是"自从建安来，绮丽不足珍"两句。刘克庄《后村诗话》认为它是作家论，即表达了李白对历来作家的批评："此今古诗人断案也。"《唐宋诗醇》认为它是风格论，即李白对绮丽与清真诗风的褒贬："观白此篇，即刘（勰）氏之意指，归大雅，志在删述。上溯风骚，俯观六代，以绮丽为贱，清真为贵，论诗之义，昭然明矣。"复旦大学古典文学教研组所编《李白诗选》认为它表达了李白的文学倒退观："这首诗表现了李白的文艺思想。李白强调《风》《雅》传统，认为诗歌的发展，自周代以来，走着下坡路，尤其是建安以来，专门追求绮丽的形式，不值得珍贵。"詹锳也认为它表达了李白对诗歌发展史的认识："此太白对诗史的叙述和评论。上祖风雅，下扫梁陈，贵清真，贱绮靡，具体地反映了李白的文学思想。"（《李白全集校注汇释集评》）

第二种说法是，这首诗主要展示了李白的理想与抱负，诗歌的核心是"我志在删述，垂辉映千春"两句。王琦说："将复古道，非我而谁！此诗乃自明其素志欤？"（王琦注《李太白全集》）那么，李白所恢复之古道究指何而言？

唐汝询所理解的"复古"，是继承孔子的"述作"传统："此太白以文章自任而有复古之思也。言《大雅》既绝，而宣尼又衰，时以无复陈诗者。王风则随蔓草消亡，世路则皆荆榛蔽塞。当七雄相啖之际，正声已微，即骚人哀怨之作不足以追风雅，而扬、马广骚之末流，又恶足法乎？是以宪章日就沦没，至建安以后，绮丽极矣。惟我圣朝，倡复古道，变六朝之习而尚清真。于是群才并兴，如鳞之跃，文质相杂，如星之罗。我亦欲乘时删述，垂光耀于千秋，以续获麟之貌耳。夫太白以辞章之学，欲空千古而绍素王，亦夸矣哉。"（《唐诗解》）王运熙进一步指出，李白曾希望如孔子那样编一部诗歌选集来实现他的文学主张（《李白〈古风〉其一中的两个问题》）。

赵翼所理解的"复古"，是继承"风雅"传统："青莲一生本领，即在五十九首《古风》之第一首。开口便说：《大雅》不作，骚人斯起，然词多哀怨，已非正声；至扬、马益流宕；建安以后，更绮丽不足为法；迨有唐文运肇兴，而己适当其时，将以删述，继获麟之后。是其眼光所注，早已前无古人，后无来者，直欲于千载后上接《风》《雅》。盖自信其才分之高，趋向之正，足以起八代之衰，而以身任之，非徒大言欺人也。"（《瓯北诗话》）今人王运熙详细解释说，李白"实际上还是要继承《诗经》的美刺和褒贬传统"（《略谈李白的文学思想》）。

杨齐贤所理解的"复古"，是恢复文学的刚健之风："《诗·大雅》凡三十六篇。《诗序》云：雅者，正也，言王政之所由废兴也。《大雅》不作，则斯文衰矣。平王东迁，《黍离》降于《国风》，终春秋之世，不复能振。战国迭兴，王道榛塞。干戈相侵，以迄于秦。中正之声，日远日微。一变而为《离骚》，轩翥诗人之末，奋飞词家之前。司马、扬雄，激扬其颓波，疏导其下流，使遂闳肆，法乎无穷。而世降愈下，宪章乖离。建安诸子夸尚绮靡，摘章绣句，竞为新奇，雄健之气，由此萎尔。至于唐，八代极矣。扫魏、晋之陋，起骚人之废，太白盖以自任乎？"（《分类补注李太白诗》）

当然，也有不少学者强调李白所说的复古，实际上是革新。刘大杰《中国文学批评史》云："李白继陈子昂之后，大力进行以复古为革新的诗歌创作实践。……李白在诗歌创作上以复古来革新的主张，鲜明地表现在《古风》（其一）中。……他推崇《诗经》为正声，鄙薄建安以后的创作，把文学改革的任务放在自己肩上，其宗旨是很明确的。"

第三种说法是将前两者融合起来，认为这首诗既展示了李白的理想与抱负，也表达了李白的文学观念，诗歌的核心在"大雅久不作，吾衰竟谁陈"两句，如王琦说："徐昌毅谓首二句为一篇大旨，'绮丽不足珍'以上是申第一句意，'圣代复元古'以下是申第二句意，其说极为明了。"（王琦注《李太白全集》）至于两者的关系，或以为偏于文学，所谓抱负主要指文学方面的抱负，乃是李白通过对诗赋发展历史的追溯表达了自己的文学使命，即胡震亨《李诗通》所言"统论前古诗源，志在删述垂后，以此发端，自负不浅"。郁贤皓具体分析指出："诗中对《诗经》以来的历代诗赋作了概括性的总结和评价，并抒写了自己的文学主张和抱负，实为中国文学史上最早的一首论诗诗。首二句为全诗大旨，以下分两段申述二句之意。"（《李白全集注评》）

或以为偏于政治，所谓抱负主要指政治方面的抱负，乃是李白以文学为手段来实现自己的政治理想。沈寅、朱昆《李诗直解》说："此太白志复古道，而以作述自任也。……将复古道，舍我其谁！我固师之，如《春秋》之绝笔获麟也。有所感而起，故有所以为终也。太白盖以自任也。"俞平伯则强调说："这诗的主题是借了文学的变迁来说出作者对政治批判的企图。从本诗的后半节可以看出，他所提的方案，非但不是制造一批假古董，而且意义要比创作文学更大一些。……他既想学孔子修《春秋》，何尝以文学诗歌自限呢。因之，局限于文学的变迁，讨论他的复古，是不易诠明本篇大意的。"（《李白〈古风〉第一首解析》）安旗也说道："此诗为李白自述'立言'之作，亦其论诗之作……可见李白退而立言亦自负不浅。明乎此，则其诗作之富于微言大义可知矣。"（《新版李白全集编年注释》）

关于这首诗的诗风，朱熹曾以为是和缓："李太白诗不专是豪放，亦有雍容和缓底，如首篇'大雅久不作'，多少和缓。"但周敬却更看重其激切的一方面，《唐诗选脉会通评林》有曰："今诵之，和缓中实多感慨激切，发一番议论，开一番局面，真古韵绝品。"吴昌祺则认为是悲壮，其《删订唐诗解》云："此诗起手音节悲壮，而晦翁又以为和缓。"

这首诗创作的具体年代，历来难以确定。裴斐猜测为李白早年之作："诗中对《诗经》以后历代制作之贬抑，与平时言论亦多不相合。窃疑此诗当属早期'大言'之作。"（《李白与历史人物》）安旗以为是李白五十岁时所作："诗云'吾衰'，当为晚年之作。又云'我志在删述，垂辉映千春'，亦犹《雪谗诗赠友人》'立言补过，庶存不朽'之意，因并系于五十岁之年。"

其八

咸阳二三月，宫柳黄金枝。
绿帻谁家子，卖珠轻薄儿。①
日暮醉酒归，白马骄且驰。
意气人所仰，冶游方及时。
子云不晓事，晚献长杨辞。②
赋达身已老，草玄鬓若丝。③
投阁良可叹，但为此辈嗤。④

【注释】

①帻（zé）：包发头巾。

②长杨辞：即《长杨赋》，扬雄曾向汉成帝献《甘泉赋》《羽猎赋》《长杨赋》等。

③ 草玄：指扬雄作《太玄》。《汉书·扬雄传》："哀帝时，丁、傅、董贤用事，诸附离之者或起家至二千石。时雄方草《太玄》，有以自守，泊如也。"

④ 投阁：用扬雄之典。《汉书·扬雄传》："（王）莽诛丰父子，投菜四裔，辞所连及，便收不请。时雄校书天禄阁上，治狱使者来，欲收雄。雄恐不能自免，乃从阁上自投下，几死。莽闻之曰：'雄素不与事，何故在此？'间请问其故，乃刘棻尝从雄学作奇字，雄不知情。有诏勿问。然京师为之语曰：'惟寂寞，自投阁。爱清静，作符命。'"

【评析】

这首诗一本作"《感寓二首》其二"，主要叙述了两个故事。一是西汉的董偃，本以卖珠为业，却因馆陶公主的宠幸而骄横猖狂，在阳春三月醉酒暮归，得意洋洋，气焰嚣张；一是扬雄不识时务，晚年还向汉成帝献《长杨赋》，谏止其游猎，又在众人竞相钻营之际，淡泊自守，在家撰写《太玄》，结果却莫名受到牵连，投阁几死。

诗人为何重提这两个故事呢？一说是诗人目睹了类似的故事又在重演，对当时骤然得志的小人深为不满，故大加鞭挞，诗歌的重点在前一个故事。或以为诗人意在抨击当时的佞幸之徒，朱谏《李诗选注》："疑此诗为刺当时之佞幸者。言咸阳帝都之内，阳春之时，宫柳初生，彼戴绿帻而嬉游者，谁氏之子乎？乃卖珠者之轻薄儿，汉董偃之徒也。身叨嬖幸，骤得一时之富贵，饮酒至暮，既醉乃归，身骑骏马，骄而且嘶，意气洋洋，而自得市井之人皆仰视之。彼绿帻者，方且自以冶游之及时也。"

或以为诗人将矛头指向了当时的外戚。萧士赟《分类补注李太白诗》："此篇之意，盖言戚里骄纵逾制，儒者沉困下僚，必有所感讽而作。"沈寅、朱昆《李诗直解》："此感当时戚里骄纵逾制，儒者沉困下僚，咏古以寓讽也。言咸阳二三月时，宫柳若黄金。绿帻谁家之子，乃卖珠轻薄儿也。公然日暮醉归，白马骄驰，其意气之豪，人所共仰，而冶游方及时也。小人之得志如此。若子云之好学，真若不晓事者。晚献《长杨》之赋，赋达而身已老，草《玄》而鬓若丝，投阁徒为人所嗤也。"

一说是李白见小人得志，咏史以自况，诗歌的重点在扬雄的遭遇上。唐汝询《唐诗解》："此刺戚里骄横而以子云自况也。言当春色明媚之际，彼冠绿帻而出游者，得意如此，岂若子云以著书终身而又有投阁之厄哉？徒为此辈所笑耳。盖太白虽无心仕进，然亦不能不忿激于此也。所谓绿帻，必有所指，未详其人。"

一说诗人只是单纯咏叹诗史，并非映射时事或借以自况。吴昌祺《删订唐诗解》："言子云不能自守，则反为小人所嗤。唐（汝询）谓以子云自况者，非也。"郁贤皓《李白选集》："此诗当是天宝三载（744）春在长安有感而作。诗中以扬雄与轻薄儿对比，显为有感而发。前人或谓以扬雄自况，恐未必是，不如视为咏史为妥。"

诗歌的前四句，有本作"咸阳二三月，白鸟鸣花枝。玉剑谁家子，西秦豪侠儿。"五代陶毅《清异录》又云："唐剑具稍短，常施于肋下者名腰品。陇西人韦景珍有四方志，呼卢酣酒，衣玉篆袍，佩玉铐腰品，修饰若神人。李太白常识之，见《感寓》诗云：'玉剑谁家子，西秦豪侠儿。'谓景珍也。"故詹锳《李白诗文系年》认为此诗并无讥刺之意。瞿蜕园、朱金城《李白集校注》则说："《清异录》说此诗姑无论有无确证，即使李诗意果指韦景珍而言，篇末'但为此辈嗤'一语，显非褒许之词。"

其十

齐有倜傥生，鲁连特高妙。①

明月出海底，一朝开光曜。②
却秦振英声，后世仰末照。③
意轻千金赠，顾向平原笑。
吾亦澹荡人，拂衣可同调。

【注释】

① 鲁连：鲁仲连。《史记·鲁仲连邹阳列传》："鲁仲连者，齐人也。好奇伟俶傥之画策。"

② 明月：明月珠，即夜光珠。李斯《谏逐客书》："今陛下致昆山之玉，有随、和之宝，垂明月之珠。"

③ 却秦：鲁仲连游赵国，时秦军围困邯郸。赵求救于魏，魏王派新垣衍前去说服赵尊秦为帝以求罢兵。鲁仲连即向新垣衍陈述帝秦之危害，秦将得知，退军五十里。后平原君欲赠千金为谢，被鲁仲连谢绝。

【评析】

齐国的士子中，鲁仲连最为洒脱俶傥，他如同那从海底跃出的明月之珠，刹那间就光芒四射，照耀天地。他曾却秦退敌而解邯郸之围，留下千古英名，使人仰慕；而在功成之后又不受赏，悠然一笑，辞谢平原君所赠千金，更令人惊叹。我也是淡泊名利而不受拘束之人，希望能够像他一样功成隐退，拂衣而去。

这首诗前八句颂扬鲁仲连的高风亮节，后两句抒写自己的志向。因此，有读者便以为诗歌的核心人物是鲁仲连，主旨为李白对鲁仲连的仰慕。杨齐贤说："此篇盖慕鲁仲连之为人，排难解纷，功成无取也。"萧士赟说："太白平生豪迈，藐视权臣，浮云富贵，此诗盖有慕乎仲连之为人也。"（《分类补注李太白诗》）唐汝询《唐诗解》亦云："此慕鲁连之为人也。言鲁连立谈而名显，犹明珠乍出而扬光。彼却秦之英声，既为后世所仰，又能轻千金，藐卿相，以成其高，故我慕其风而愿与之同调也。"钱志熙、刘青海《李白诗选》以为李白在为鲁仲连作传："这是一首歌颂战国奇士鲁仲连的诗，主要依据《史记·鲁仲连邹阳列传》所记载的事迹……这是咏史诗的常法。"

但也有不少读者指出这首诗的核心人物应该是李白自己，诗人通过对鲁仲连的颂扬表达了他自身的愿景。方东树《昭昧詹言》："此托鲁连起兴以自比。"《唐宋诗醇》："曹植诗'大国出良材，譬海出明珠'，即'明月出海底'意。白姿性超迈，故感兴于鲁连。"赵翼《瓯北诗话》："青莲少好学仙……然又慕功名，所企羡者，鲁仲连、侯嬴、郦食其、张良、韩信、东方朔等，总欲有所建立，垂名于世，然后拂衣还山，学仙以求长生。"

今人亦多持这一看法。瞿蜕园、朱金城《李白集校注》总结说："以鲁连功成不受赏自比，为李诗中常用之调。"复旦大学古典文学教研组所编《李白诗选》解析道："李白在这首诗中，通过对鲁仲连的赞美，寄寓了自己'功成身退'的政治思想。"

当然，也不乏读者将鲁仲连形象的描摹与李白的理想融为一体，以为诗颂扬鲁仲连，亦即烘托或建构自身形象，李白与鲁仲连同为这首诗的核心，如安旗、阎琦《李白诗集》："鲁仲连是李白最敬慕的古人之一……此可视作李白处处为人的主观设想。"王洪、乔力《中国文学宝库·唐诗精华分卷》："此诗在塑造鲁仲连形象的同时，也完成了诗人自身理想的升华。"但朱谏《李诗选注》却指出鲁仲连与李白两人形象存在着较大差异："按白欲慕仲连之为人，连不贪而白多欲，连不污于乱世而白丧身于权臣；连与白似有间矣，迹虽相仿而实不同也。"

其十五

燕昭延郭隗，遂筑黄金台。^①
剧辛方赵至，邹衍复齐来。^②
奈何青云士，弃我如尘埃。
珠玉买歌笑，糟糠养贤才。
方知黄鹤举，千里独徘徊。^③

【注释】

①燕昭：燕昭王。《战国策·燕策一》："燕昭王收破燕后即位，卑身厚币以招贤者，欲将以报仇，故往见郭隗先生曰：……于是昭王为（郭）隗筑宫而师之。乐毅自魏往，邹衍自齐往，剧辛自赵往，士争凑燕。"黄金台：《文选·放歌行》："岂伊白璧赐，将起黄金台。"李善注："《上谷郡图经》曰：黄金台，易水东南十八里，燕昭王置千金于台上，以延天下之士。"

②剧辛：战国时期燕国将领，原为赵国人。邹衍：战国末期阴阳家代表人物，齐国人。

③举：高飞。《韩诗外传》："田饶事鲁哀公而不见察。田饶谓哀公曰：臣将去君，黄鹄举矣。"

【评析】

诗歌分为两层。前四句述说燕昭王礼贤下士，他卑身厚币，延揽郭隗而以师礼尊之，并为之筑起了高高的黄金台，于是天下才士闻风而至，赵国人剧辛、齐国人邹衍纷纷前来。后六句抒发诗人的感慨，说如今的当政者只顾自己享乐，以珠玉买笑，以糟糠养才，对我不屑一顾，视为尘埃，我这才明白为何黄鹄要高飞千里，独自徘徊。

李白是在什么样的背景下创作这首诗的呢？一般认为，诗歌写于天宝三载（744）李白被"赐金放还"离开长安时。天宝元年（742），李白为玄宗皇帝下诏征入长安，仰天大笑而来，谁知不满三年，就黯然离去。对于此次入京，诗人心中或不无悔意。萧士赟《分类补注李太白诗》曰："太白少有高尚之志，此诗岂出山之后，不为时相所礼，有轻出之悔欤？不然，何以曰'方知黄鹄举，千里一徘徊'？吁！读其诗者，百世之下，犹有感慨。"唐汝询《唐诗解》云："按太白素有高尚之志，意出山之后不为时相所礼，悔恨而作是诗。言我始以天子招贤，群才争赴，故亦有希世之想。不意竟为当涂者所弃。彼其贵色贱士，无足与游，曷为而轻就之耶？方知黄鹄之徘徊不进，良有以也，吾甚愧之矣。"

萧士赟与唐汝询都以为李白这首诗所表达的情绪是悔恨，是对自己行为的反思；但今人多以为李白离开长安时的心情应该是愤激，是对当权者的强烈的不满与批评。"这首诗用借喻的手法，通过燕昭王筑台尊礼郭隗、招聘贤士的历史故事，反衬当时统治者的昏庸腐朽：为了享乐，他们不惜珠玉买笑，对待贤士却是弃之如尘埃，养之以糟糠。结处以黄鹄为喻，坦率地表露了自己的愤激心情。"（《李白诗选注》编选组《李白诗选注》）

萧士赟与唐汝询都以为李白这首诗所批评的对象是"时相"，即当时的宰相。陈沆则进一步将矛头对准了李林甫与杨国忠："刺不养士求贤也。天宝之末，宰臣媢嫉，林甫贺野无遗贤，国忠非私人不用。庙堂惟声色是娱，而天地否，贤人隐矣。"（《诗比兴笺》）杨齐贤曾以为"太白意谓吴姬越女资其一歌笑，则不惜珠玉之费；至于贤人才士，则待之以糟糠，其好色而不好德如此，则贤者将远去，徘徊顾望而不肯辄下"（《分类补注李太白诗》），瞿蜕园、朱金城按语云："诗意似指李林甫之蔽贤，'珠玉买歌笑'不过比喻谗诌面谀之近倖。杨

说似失之浅。"（《李白集校注》）

也有人认为李白这首诗并不是针对"时相"而发，郭云鹏重刊《分类补注李太白集》引徐祯卿云："此篇刺时贵也。"甚或李白只是在慨叹古今之不同，批评当今人才不受重视的普遍现象。吴昌祺《删订唐诗解》："此以古人之招贤，斥当世之弃士。唐（汝询）谓我以招贤而来，似以燕昭比明皇，非诗意。"复旦大学古典文学教研组所编《李白诗选》也对此抱有更为审慎的态度："这首诗赞美古代燕昭王能够尊重贤能之士，对比讽刺当前黑暗，贤能之士虽然关心政治，也只能引身远去。"

诗歌的主旨是怀才不遇，这已成为今人的共识。"李白怀才不遇，在激愤中想到了战国时代的中兴之主燕昭王筑台尊礼延请郭隗的事。"（杜逸泊《李太白诗歌欣赏》）"这是一首以古讽今、寄慨抒怀的五言古诗。诗的主题是感慨怀才不遇。"（萧涤非等《唐诗鉴赏辞典》）"全诗借古讽今，抒发怀才不遇的深切感慨。"（郁贤皓《李白全集注评》）

也正因为将这首诗批评的矛头模糊化，安旗提出了一种更为大胆的猜测，以为"此诗与本年《行路难》（其三）词意俱类，当为同时之作"（《新版李白全集编年注释》），即作于开元十九年（731）。

其十九

西上莲花山，迢迢见明星。①
素手把芙蓉，虚步蹑太清。
霓裳曳广带，飘拂升天行。
邀我登云台，高揖卫叔卿。②
恍恍与之去，驾鸿凌紫冥。
俯视洛阳川，茫茫走胡兵。
流血涂野草，豺狼尽冠缨。

【注释】

①莲花山：即华山。《太平御览》卷三九引《华岳记》云："山顶有池，生千叶莲花，服之羽化，因曰华山。"明星：华山仙女名。《太平广记》引《集仙录》："明星玉女者，居华山，服玉浆，白日升天。"

②云台：云台峰，在华山东北。卫叔卿：神仙名。《神仙传》卷八载，卫叔卿为中山人，服云母得仙，曾乘云车、驾白鹿从天而来见汉武帝，后倏然而去。武帝遣使者寻找，至华山绝壁之下，见其与数人博戏于石上。

【评析】

登上高高的西岳华山，我远远就看见了仙女明星。她手持莲花，凌空而行，身姿轻盈，霓裳飘拂。仙女邀请我同登云台峰，去拜见仙人卫叔卿。恍惚之中，我和他们一起骑着鸿雁飞向了云霄；蓦然回首，却看见洛阳胡兵肆掠，鲜血染红了野草，逆臣贼子纷纷加官进爵。

诗歌前十句写华山游仙，后四句写战乱中的洛阳。这两者关联何在呢？陆时雍《唐诗镜》论此诗说："有情可观，无迹可履，此古人落笔佳处。"虽然如此，但一般认为这首诗的核心是后四句，前面所写游仙之事只是一种寄托，如陈沆《诗比兴笺》所云："皆遁世避乱之词，托之游仙也。《古风》五十九章，涉仙居半，惟此二章（按指本诗及'郑客西入关'）差有古意，则词含寄托故也。世人本无奇臆，好言升举，云螭鹤驾，翻成土苴。太白且然，况触目悠悠乎？"奚禄诒亦云："只是悼长安之乱，不甚重仙耳。"（《李白全集校注汇释集评》）

后四句写战乱中洛阳的惨状，那么这些景象是不是李白亲眼所见呢？萧士赟说："太白此诗似乎纪实之作，岂禄山陷洛阳之时，太白适在云台观乎？"朱谏《李诗选注》提出异议："此白悼禄山之陷东京，而幸己之不与其难。……当禄山陷洛阳之时，白卧于庐阜也。言登华山云台而见胡兵者，亦托言耳，岂真在于洛川而见之乎？意亦自幸处高视下，邈然而不相及也。"

王琦也肯定这首诗是洛阳陷落后所作，但对于诗中之景象是否为李白亲眼目睹，却不置一词。"此诗大抵是洛阳破没之后所作。'胡兵'，谓禄山之兵；'豺狼'，谓禄山所用之逆臣。"（《李太白全集》）瞿蜕园、朱金城则不赞同萧士赟的推测，以为萧氏"此说不妨姑作拟议之据，但诗云'恍恍与之去，驾鸿凌紫冥'，恐不能即谓身在云台也"（《李白集校注》）。

安史之乱爆发后，许多学者认定李白正在江南，因此也坚信这首诗作于江南。"这是李白在安史叛乱发生、洛阳陷落后的作品。这时李白正在江南漫游，由于政治上的失意，他幻想脱离他所厌恶的不合理的现实，而置身于他所理想的境地。这首诗的前十句，就是这种思想感情的写照。"（《唐诗选注》）"是时中原横溃，白不得已避乱东南，而魂系中原，故托游仙之词以寄其国家之痛。"（安旗《新版李白全集编年注释》）

或以为作于江南的庐山："从末二句可知作于安史乱初起时。白《古风》中咏时事，以此篇时、地最明确。然乱起时白行迹并未止于华山，故托以游仙，藉仙人之辞，驰骋其想象，错乱其时空。这是李白对游仙诗的一个创造。安史乱起，白隐于庐山屏风叠，避世也；然中原横溃，萦绕于怀，欲避世而不得，于是有末二句之陡然跌入。真正长歌当哭之辞。"（阎琦《李白诗选评》）

或以为作于安徽宣城："安史之乱起来时，李白正在江南宣城一带。战乱爆发使他十分关注现实，认识到敌人的凶暴和人民的苦难。本篇以幻想的方式表现了诗人这时期的生活和思想感情。"（《李白诗选》）"天宝十四载（755）冬安史乱起，十五载正月安禄山于洛阳自立为大燕皇帝。诗当作于此际，李白时年五十五。作诗地点当在宣城一带。或以为此时李白可能正北上函谷一带，然证据可疑。"（赵昌平《李白诗选评》）

也有不少学者支持萧士赟的猜测，霍松林进一步解释道："当时安禄山已陷洛阳，自称大燕皇帝，作者逃亡至华山，感慨现实而作此诗。"（《霍松林历代好诗诠评》）熊礼汇《李白诗》详细阐述了其行止："李白目睹洛阳陷落，遂西进函谷关，上华山，继而南奔宣城。诗作于登华山之后。"郁贤皓经过仔细辨析，认定为纪实之作："此诗当作于天宝十五载（756）初春，是一首游仙体的纪实之作。据诗人《奔亡道中五首》，安史之乱初起时，他在洛阳一带目睹叛军暴行，乃西奔入函谷关，上华山避乱，至次年春又南奔宣城。"（《李白全集注评》）

总之，以上评析大多瞩目于诗歌后四句所描写的洛阳战乱景象，将诗作的创作年代系于洛阳沦陷的天宝十五载（756），并由李白此时之行踪来判断这首诗的创作状况。

其三十九

登高望四海，天地何漫漫。
霜被群物秋，风飘大荒寒。
荣华东流水，万事皆波澜。
白日掩徂晖，浮云无定端。[①]
梧桐巢燕雀，枳棘栖鸳鸾。[②]
且复归去来，剑歌行路难。[③]

【注释】

①徂晖：落日之余晖。

②枳棘：有棘刺的灌木。《后汉书·仇览传》："枳棘非鸾凤所栖，百里岂大贤之路？"

③归去来：陶渊明有《归去来兮辞》。剑歌：《史记·孟尝君列传》载冯谖弹剑作歌。行路难：属乐府杂曲歌辞。《乐府古题要解》："《行路难》，备言世路艰难及离别悲伤之意。"

【评析】

登临高处，极目远眺，但见茫茫天地间，寒霜普降，西风凛冽，万物萧索，荒野苍凉。美好的年华如同滚滚东流之水转瞬即逝，世间万事也像波澜一样起伏无常。夕阳西下，余晖黯淡；浮云飘忽，往来无定。梧桐树上，聚集着燕雀；荆棘丛中，栖息着鸳鸯。社会如此混乱，我还是退隐而去吧。

陶渊明弃官归隐之际，作有《归去来兮辞》。在诗中，李白也要弹剑高歌而去，学者即认为诗作于天宝三载（744）李白离开长安之时。萧士赟指出，李白之所以离去，是源于对朝政的失望，诗中的每一句都隐喻着诗人对朝廷的态度。"此篇'登高望四海，天地何漫漫'者，以喻高见速识之士，知时世之昏乱也。'霜被群物秋，风飘大荒寒'者，以喻阴小用事而杀气之盛也。'荣华东流水，万事皆波澜'者，谓遭时如此，所谓荣华者如水之逝，万事之无常亦犹波澜之无有底止也；日，君象；浮云，奸臣也；掩者，蔽也；徂辉者，日落之光也：以喻人君晚节为奸臣蔽其明，犹白日将落为浮云掩其辉也。无定端者，政令之无常也。'梧桐巢燕雀'者，喻小人在上位而得志也。'枳棘栖鸳鸯'者，喻君子在下位而失所也。'且复归去来，剑歌行路难'者，白意盖谓危邦不入、乱邦不居，识时知几之士，当此之际，惟有归隐而已。"（《分类补注李太白诗》）

王琦却认为，李白之所以离去，并非一定是辞官，也有可能是对所依附之人失望而远去。这里所讽喻的并非专指朝廷。"'登高望四海,天地何漫漫',见宇宙广大之意。'霜被群物秋,风飘大荒寒',见生计萧索之意。'荣华东流水',言年华日去,如水之东流,滔滔不返。'万事皆波澜',言生事扰扰,反覆相乘,如水之波澜,无有静时。'白日掩徂辉',谓日将落而无光,如人将有去志而意色不快。'浮云无定端',言人生世上,行踪原无一定,何必恋恋于此。或以落日为浮云所掩,喻英明之人为谗邪所惑,两句作一意解者亦可。梧桐之木,本凤凰所止,而燕雀得巢其上,喻小人得志;枳棘之树,本燕雀所萃,而鹓鸾反栖其间,喻君子失所。以上皆即景而寓感叹于间,以见不得不动归来之念。意者,是时太白所投之主人,惑于群小而不见亲礼,将欲去之而作此诗。旧注以时世昏乱、阴小用事为解,专指朝政而言,恐未是。"(王琦注《李太白全集》)

朱谏也不赞同此诗为李白弃官所作,其《李诗选注》云:"此诗必是安史陷京师之后,白在流窜之际而作。"陈沆将它与《古风》中的"倚剑登高台""八荒驰惊飙"归为同时所作:"此皆天宝作乱以后无志用世,而思远逝之词。"(《诗比兴笺》)萧士赟、王琦之解说,认为李白诗中之感喟,源于自身的经历;朱谏、陈沆之解说,则认为李白之感喟,源于时事的触发。曾国藩则更进一步,提出李白的感喟并非针对时政或具体的人事变迁,而是一种人生感受:"此首言万事反覆,波澜千变。"(《求阙斋读书录》)复旦大学古典文学教研组《李白诗选》则采取了折中的说法:"这首诗感叹光阴飘忽,世事翻复,也寓有当时政治黑暗,自己将见机归隐之意。"

不过,今人大多依然将诗作系于李白离职之天宝三载(744),如詹锳以为"诗中'且将归去来,剑歌行路难'等句,似应指被谗去朝而言"(《李白全集校注汇释集评》),郁贤皓以为"从诗意看,此诗亦当为天宝三载被谗去朝时所作"(《李太白全集校注》),惟有安旗

据诗中所描写秋天之景象，以为当作于天宝二年（743）秋天。（《新版李白全集编年注释》）

长相思三首（选一）

其三

长相思，在长安。

络纬秋啼金井阑，微霜凄凄簟色寒。①

孤灯不明思欲绝，卷帷望月空长叹。

美人如花隔云端。上有青冥之高天，下有渌水之波澜。

天长路远魂飞苦，梦魂不到关山难。

长相思，摧心肝。

【注释】

①络纬：虫名。崔豹《古今注》卷中："莎鸡，一名促织，一名络纬，一名蟋蟀。促织谓鸣声如急织，络纬谓其鸣声如纺绩也。"簟：竹席。

【评析】

《长相思》为乐府旧题，《乐府诗集》卷六九收入《杂曲歌辞》，原为汉人诗中常见之语，如托名李陵诗："行人难久留，各言长相思。"托名苏武诗："生当复来归，死当长相思。"《古诗十九首》："客从远方来，遗我一书札。上言长相思，下言久别离。"六朝诗人多以此命篇。李白《长相思》共有三首。这首诗写秋夜之相思。蟋蟀在井栏旁悲鸣，如霜的月色洒在清寒的竹席上，孤灯摇曳欲灭，卷起窗帘，不禁对月长叹。如花之美人，远在缥缈之云端，上有茫茫之青天，下有荡漾之绿水，天长路远，关山重阻，即使梦魂不辞辛苦，也难以相见。这长相思啊，真令人肝肠摧折。

诗歌开篇所云"在长安"，究竟是指身处之地，还是指相思之所呢？倘若是前者，则诗篇作于李白开元年间入长安之时。"《长相思》一诗，无论从它产生的生活背景来看，还是从艺术渊源来看，都是一首政治抒情诗。它表现的是李白第一次入长安时期'慕君'的心情，而这种心情的实质是急于要实现他以身许国的理想。……这种强烈而又迫切的政治热情，很难直书其事；即使直书其事也很难淋漓尽致；即使淋漓尽致却又会失于浅露，使人一览无余，反倒乏味。于是，诗宗风骚的李白自然便采用了比兴手法来曲尽其意，借用缠绵悱恻的男女之情来托喻君国之恩。"（安旗、薛天纬、阎琦《李诗咀华》）

倘若是后者，则诗作于长安之外，情况就颇为复杂。一说作于入长安之前，与另外一首《长相思》同时作于安陆。"前人论评《长相思》二首，多以为以情辞写君臣不遇之感。不过在没有确证的情况下，我们更愿意相信清人宋长白《柳亭诗话》的一则记载：'李白尝作《长相思》乐府一章，末云：不信妾肠断，归来看取明镜前。其妻从旁观之曰：君不闻武后诗乎：不信比来常下泪，开箱验取石榴裙。李白爽然自失。此即所谓相门女也。'此条注家都因语近小说而不予注意。其实宋世去唐未远，或有所本；又所述情节，细腻而又合理，深得闺房之趣；而二诗体涉轻艳，又非比兴寓愤之所宜，故从宋说而系于此，以与上诗并读，可见李白初居安陆生活之一斑。"（赵昌平《李白诗选评》）

一说作于放归初出长安之时。"此太白被放之后，心不忘君而作。不敢明指天子，故以京都言之，意谓所思在此。而当秋虫鸣号、微霜凄厉之夕，孤灯耿耿，愁可知矣。于是望月长嗟，而想美人之所在，杳然若云表而不可至也。以此天路辽远，即梦魂犹难仿佛，安能期其会面乎？是以相思益深，五内为之摧裂也。"（唐汝询《唐诗解》）"这是一首刻画相思之苦的抒情诗，形容与所念之人如隔云端，相思而不能相见，反映了诗人被迫离京后的心情。"（《李白诗选注》）

诗中长相思之对象，或以为是"夫君"。"此篇戍妇之词，然悲而不伤，怨而不诽，可以追三百篇之旨矣。"（近藤元粹《李太白诗醇》引谢叠山语）"'美人'，指夫君言。"（沈德潜《唐诗别裁集》）

或以为是君王。"'络纬秋啼'，时将晚矣。曹植云：'盛年处房室，中夜起长叹。'其寓兴则同，然植意以礼义自守，此则不胜沦落之感。《卫风》曰：'云谁之思，西方美人。'《楚辞》曰：'恐美人之迟暮。'贤者穷于不遇而不敢忘君，斯忠厚之旨也。词清意婉，妙于言情。"（《唐宋诗醇》）"此诗开头就点明相思对象在长安，这就引导读者联想到与政治的关系。……此诗深刻地写出痛苦绝望的相思之情，表面看是一首情诗，但考虑到自屈原《离骚》以来，诗人们常用比兴手法，将自己的政治理想比作美女，或把君王比作美人，此诗显然继承了这一传统。以'长安'作为美人所在地，此美人显然是指君王。"（郁贤皓《李白全集注评》）

或以为仅仅是模拟乐府旧题，未必别有寓意。"长相思，本汉人诗中语。……太白此篇，正拟其格。"（蘅塘退士编、章燮注疏《唐诗三百首》）"实则此诗盖亦寄赠远人自道相思之词，未必别有寓意。"（詹锳《李白全集校注汇释集评》）

前有樽酒行二首

其一

春风东来忽相过，金樽渌酒生微波。
落花纷纷稍觉多，美人欲醉朱颜酡。[①]
青轩桃李能几何，流光欺人忽蹉跎。[②]
君起舞，日西夕。
当年意气不肯倾，白发如丝叹何益。

【注释】

① 酡：因醉酒而面红。《楚辞·招魂》："美人既醉，朱颜酡些。"王逸注："朱，赤也。酡，著也。言美女饮啖醉饱，则面著赤色而鲜好也。"

② 青轩：借指豪华的居室。南朝齐虞炎《咏帘诗》："青轩明月时，紫殿秋风日。"

【评析】

此为乐府旧题，见载于《乐府诗集》卷六五《杂曲歌辞》。李白在这首诗中说，时光过得真快，仿佛东风刚刚吹拂，端着酒杯还没来得及细细欣赏，花儿就纷纷凋落了。美人为花落而惋惜，醉后的脸庞鲜艳如桃花。青春易逝，岁月如梭，富贵也难以持久。红日就要西落了，不如翩翩起舞以获取暂时的快乐。年轻时志高气盛，不肯与世俯仰，等到白发如丝再叹息又有什么用处呢？

在李白之前，傅玄、张正见等人所作均为祝寿之辞，如傅玄《前有一樽酒行》云："置酒结此会，主人起行觞。玉樽两楹间，丝理东西厢。舞袖一何妙，变化穷万方。宾主齐德量，欣欣乐未央。同享千年寿，朋来会此堂。"故论者多以为李白是用其题而变其意，王琦注《李太白全集》说："即古乐府之《前有一樽酒行》也。傅玄、张正见诸作，皆言置酒以祝宾主长寿之意，太白则变而为当及时行乐之辞。"

及时行乐，被认定为这首诗的基调。如朱谏《李诗选注》说："言春风自东而来，忽然过我，吹彼金樽，渌酒生波。风和酒香，春又老矣。落花之多，何纷纷也！彼美人者，惜余春而取醉，面发赭而颜酡。青轩桃李，虽曰芳菲，曾几何时，而又零落！是知流光之欺人，忽来忽去，蹉跎易迈，不为我而少留，可不及时以为乐乎？"

也有人提出异议，认为李白此诗之核心为"当年意气不肯倾"一句，重在表现他的自信与倔强："此诗末句'当年意气不肯倾，白发如丝叹何益'，当与《古风》第八首'意气人所仰，冶游方及时。……投阁良可叹，但为此辈嗤'之语参看，有兀傲不肯随俗之意。王氏指为当及时行乐，恐未的。"（瞿蜕园、朱金城《李白集校注》）旧题严羽评点《李太白诗集》也说："结语令人不胜慷慨。"

郁贤皓则认为诗歌仅仅在描述暮春景象，感慨时光虚度："诗意谓时光过得很快，春风刚吹过，就进入落花的暮春季节，桃李花的鲜艳实在太短暂了。美人惜春而醉酒，感到自己虚度年华，于是起舞，当年的意志和气概决不肯丢掉，等到白发如丝再叹息就没有用了。诗中显然以美人自喻，感叹时光虚度。"（《李白全集注评》）

在诗歌风格上，许学夷以为其有齐梁之风，其《诗源辩体》云："《乌夜啼》《乌栖曲》《长相思》《前有樽酒行》《阳春歌》《杨叛儿》等，出自齐梁《捣衣篇》，亦似初唐。"但《唐宋诗醇》持论正好相反："即古所云'浮生如梦、为欢几何'之意，写来偏自细致，不是一味豪放，又不是齐梁卑靡之音，故妙。"吴闿生《古今诗范》评论开篇"春风东来忽相过"句云："开后世妙远之境，欧公即是此种。"

其二

琴奏龙门之绿桐，玉壶美酒清若空。①
催弦拂柱与君饮，看朱成碧颜始红。
胡姬貌如花，当垆笑春风。②
笑春风，舞罗衣，君今不醉将安归。

【注释】

①龙门：山名，在今山西河津、陕西韩城之间，产桐，可制琴。枚乘《七发》："龙门之桐，高百尺而无枝。……使琴挚斫斩以为琴。"

②胡姬：古代西域出生的少数民族少女。垆：酒店中放酒瓮的台子。辛延年《羽林郎》："胡姬年十五，春日独当垆。"

【评析】

这一首写开怀畅饮之情景。弹奏着龙门绿桐所制之琴瑟，痛饮着玉壶所盛之清澈美酒，一杯又一杯，直喝得满面红光，双眼迷蒙。貌美如花的胡姬，着罗衣而起舞于春风之中，面对此情此景，不一醉方休，又将何去何从？

这是一首劝酒之诗，及时行乐的主旨更为显豁。朱谏《李诗选注》说："言鸣琴弹筝而饮美酒，饮而至醉，两目昏花，不辨物色也，看朱成碧而颜始红也。然当垆而卖酒者，乃胡姬也。胡姬之貌如花，对春风而笑，着罗衣而舞。君若对此而不醉，又将何所归乎？"郁贤皓也说："此诗意境与前首略有不同，及时行乐的情态较明显。"（《李白全集注评》）

向达认为此诗可能作于长安。其《唐代长安与西域文明》："李白天纵其才，号为谪仙。篇什中道及胡姬者尤多。如《前有樽酒行》

云：'胡姬貌如花，当垆笑春风。'《白鼻䯄》诗云：'细雨春风花落时，挥鞭直就胡姬饮。'……当时长安，此辈以歌舞侍酒为生之胡姬亦复不少。"

安旗则以为李白于开元二十年（732）作于洛阳，因为诗中开篇所提及之"龙门"在洛阳（《新版李白全集编年注释》）。詹锳就此提醒说，"琴奏龙门之绿桐"，未必即指洛阳龙门（《李白全集校注汇释集评》）。

夜坐吟

冬夜夜寒觉夜长，沉吟久坐坐北堂。[①]
冰合井泉月入闺，金钉青凝照悲啼。[②]
金钉灭，啼转多；掩妾泪，听君歌。
歌有声，妾有情；情声合，两无违。
一语不入意，从君万曲梁尘飞。[③]

【注释】

① 北堂：妇女盥洗之所。《仪礼·士昏礼》："'妇洗在北堂。'……房半以北为北堂。堂者，房室所居之地也。"

② 金钉：铜制的灯盏。《文选》卷一班固《西都赋》："金缸衔璧。"吕延济注："金钉，灯盏也。"

③ 梁尘飞：形容歌曲高妙动人。《太平御览》卷五七引刘向《别录》："汉兴以来善歌者，鲁人虞公，发声清哀，盖动梁尘。"

【评析】

此诗为乐府旧题，见录于《乐府诗集》卷七六《杂曲歌辞》。李白在诗中写道，寒冷的冬夜，格外漫长。一位女子久久坐在北堂，沉吟不已。天寒地冻，井水都已结冰，清冷的月光窥入女子闺房。房中青灯明灭，女子满怀忧思，潸然泪下。她忽然听见了男子的歌声，这歌声倘若与女子的情思契合，则郎情妾意，两不相违；若有一语不合意，任他唱出万首婉转的歌曲，也绝不动心。

鲍照原有同题之作，其辞为："冬夜沉沉夜坐吟，含情未发已知心。霜入幕，风度林。朱灯灭，朱颜寻。体君歌，逐君音。不贵声，贵意深。"论者或以为李白此诗为拟作，主旨亦相同，胡震亨《李诗通》说："鲍照本辞'冬夜沉沉夜坐吟，含情未发已知心'，言听歌逐音，不贵声而贵意，白辞亦同。"王琦注《李太白全集》："盖言听歌逐音，因音托意也。"

或以为是翻案之作。应时《李诗纬》卷一引丁谷云评曰："鲍明远篇中是男解女意，此篇是女察男情，然是喻意。"《唐宋诗醇》："空谷幽泉，琴声断续。恩怨尔汝，昵昵如闻，景细情真。结语从鲍照诗翻案而出。"

那么，李白这首诗的主旨究竟是什么？一说写不得志而寒夜独坐。沈寅、朱昆《李诗直解》："此寒冬夜坐，而有不得意之词也。言冬夜凝寒之极，而逾觉其夜之长。有事于怀，故沉吟久坐而坐于北堂之中。夜长寒极，则冰结于井泉，而月入于闺内。此时灯光青凝，以照我愁妇之悲啼：金釭灭息，而暗坐不寐，则啼转多矣。掩妾之泪，听君之歌，歌则有声，妾则有情。情与声两相合而无违。奈我独处无聊之人，一语有不合意，即有绕梁之妙音，虽万曲一任梁尘之飞，而非我心之乐闻也，只增其悲啼耳。"

一说写相处相依之难。詹锳《李白全集校注汇释集评》："此诗拟鲍照本辞而反其意，故设为妇人之口以出之，以见舍己从人之苦。"

一说写对爱情的看法。复旦大学古典文学教研组《李白诗选》："这首诗表现了诗人的进步思想：真正的爱情应该建立在男女双方彼此了解、感情契合的基础上。"

一说喻君臣之相处。陈沆《诗比兴笺》："人之相知，贵相知心，而知心之言不在多。苟于此心曲之一言既不合，则万语款洽，皆虚文矣。喻君臣之际，惟志同而后道合。"安旗将此诗系于天宝二年（743），云："诗旨可从陈沆说，则是作年当在待诏翰林后期，其时太白已感慨玄宗志不同道不合。"（《新版李白全集编年注释》）

朱谏怀疑此诗非李白所作，其《李诗辨疑》云："辞鄙弱而意凄惨，多妇人女子之态，结语涣散无归宿，不知谁之效白者也。"詹锳以为朱谏的说法是错误的，"盖亦由不得其解故耳"，且以为"此诗与君臣无涉"（《李白全集校注汇释集评》）。

日出入行

日出东方隈，似从地底来。
历天又入海，六龙所舍安在哉？
其始与终古不息，人非元气，安得与之久徘徊？
草不谢荣于春风，木不怨落于秋天。
谁挥鞭策驱四运？万物兴歇皆自然。[①]
羲和，羲和，汝奚汩没于荒淫之波？[②]
鲁阳何德，驻景挥戈？[③]

317

逆道违天，矫诬实多。

吾将囊括大块，浩然与溟涬同科。④

【注释】

① 四运：即春夏秋冬四时。《文选》卷二二殷仲文《南州桓公九井作》："四运虽鳞次。"吕向注："四运，四时也。"

② 羲和：传说中为日神驾车的人。《广雅·释天》："日御谓之羲和。"

③ "鲁阳"二句：典出《淮南子·览冥训》："鲁阳公与韩构难，战酣日暮，援戈而挥之，日为之反三舍。"

④ 大块：自然天地。《庄子·齐物论》："夫大块噫气，其名为风。"成玄英疏："大块者，造物之名，亦自然之称也。"溟涬：元气。《庄子·在宥》："大同乎涬溟，解心释神。"司马彪注："涬溟，自然元气也。"

【评析】

诗为乐府旧题，见录于《乐府诗集》卷二十八《相和歌辞·相和曲》，又卷一《郊庙歌辞》中有汉《日出入》古辞，其云："日出入安穷？时世不与人同。故春非我春，夏非我夏，秋非我秋，冬非我冬。泊如四海之池，遍观是邪谓何？吾知所乐，独乐六龙，六龙之调，使我心若。訾黄其何不徕下。"意思是说，日出日又落，冬去春又来，时光似循环，岁月却流逝，人的一生渺小如大海之一滴，惟有驾驭六龙直上青天，才能永葆快乐。

李白则在诗中说，太阳东升西落，亘古如此；花开花落，草荣草枯，四季循环，也是自然规律。那些人为干涉太阳运转的传说，实在是荒谬绝伦。人不是元气，不可能与太阳一样天长地久；我将与天地合而为一，浩然与元气融为一体。因此，不少读者认为李白的《日出入行》，正是针对汉祭日神之辞《日出入》，反其意而言之。胡震亨说："汉《郊祀歌·日出入》言日出入无穷，人命独短，愿乘六龙，仙而升天。太白反其意，言人安能如日月不息，不当违天矫诬，贵放心自然，与涄涬同科也。"（《李诗通》）

由于《日出入》辞中解决人生短暂的方式是成仙飞升，所以在一些读者看来，李白在这里所强调的是学仙的荒谬。"言鲁阳挥戈之矫诬，不如委顺造化之自然也，总见学仙之谬。"（沈德潜《唐诗别裁集》）或者说，李白以为学仙不仅仅是为了长生不老。"诗意似为求仙者发，故前云'人出元气，安得与之久徘徊'，后云'鲁阳挥戈，矫诬实多'，而结以'与涄涬同科'。言不如委顺造化也。若谓写时行物生之妙，作理学语，亦索然无味矣。观此，盖益知白之学仙盖有所托而然也。"（《唐宋诗醇》）

萧士赟提出，这首诗主旨来自《庄子·在宥》而不是古辞《日出入》。《分类补注李太白诗》："此篇大意全是祖《庄子》内云将、鸿蒙问答之意，语多不能尽录，试索观之，则见矣。谓日月之运行，万物之生息，皆元气之自然，人力不能与乎其间也。"如此一来，李白诗中所谈论的是人与自然之关系，以及面对着生生不息的大自然所应该采取的人生态度。"这首诗表现出李白的宇宙观，诗人认为四时的变化是自然发生的，并没有神的主持。这种思想带有朴素唯物主义的因素。但他又认为人对自然无能为力，只能顺从自然，这是不对的。"（复旦大学古典文学教研组《李白诗选》）

关于诗中由此衍生出的人生旨趣，有消极与积极两种看法。徐嘉瑞《颓废之文人李白》云：《日出入行》一篇，对于人生是抱决定论同宿命论，对于宇宙是抱机械观。"钱钟书《谈艺录》："自天运立言，不及人事兴亡，与长吉差类。然乘化顺时，视长吉之感流年而欲驻急景者，背道以趣。"

还有人提出，李白这首诗是承接屈原《天问》而来。周珽《唐诗选脉会通评林》："必用议论，却随游衍，得屈子《天问》意，千载以上人物呼之欲出。"郁贤皓也说："诗中继承屈原《天问》的浪漫主义表现手法，探索宇宙的奥秘。但屈原只是'问'，李白的可贵之处是推出问题而又回答了问题，表达了自己朴素唯物主义的观点。"（《李白全集注评》）

陈沆曾一反众说，认为李白这首诗有所寄托，是愤激之辞。其《诗比兴笺》云："夫叹羲和之荒淫，悲鲁阳之回戈，此岂无端之泛语耶？盖叹治乱之无常，兴衰之有数，姑为达观以遣愤激也。……皆愤激之反词也。汉以来乐府，皆以抒情志，达讽喻，从无空谈道德、宗尚玄虚之什。岂太白而不知体格如诸家云云哉？"这一说法，为詹锳所否定："按此诗别无讽兴，陈氏所解非也。"（《李白全集校注汇释集评》）

关山月

　　明月出天山，苍茫云海间。
　　长风几万里，吹度玉门关。
　　汉下白登道，胡窥青海湾。①
　　由来征战地，不见有人还。
　　戍客望边色，思归多苦颜。
　　高楼当此夜，叹息未应闲。②

【注释】

　　①白登：山名，在今山西大同东北。汉高祖与匈奴作战，曾被围困

320

于白登七日。

②高楼：指闺阁。徐陵《关山月》："思妇高楼上，当窗应未眠。"

【评析】

诗为乐府旧题，见载于《乐府诗集》卷二三《横吹曲辞》。吴兢《乐府古题要解》云："《关山月》，皆言伤离别也。"李白这首诗也是写征人远戍、离别相思之苦。沈寅、朱昆《李诗直解》："此征戍者之苦情，而叹其不得归也。言月出于天山，而苍苍茫茫于云海之间。长风几万里而吹月以度玉门之关。盖天山与玉门关不甚远，而曰几万里者，以月如出于天山耳，非以天山为度也。试以战地言之，汉下白登而与冒顿为难，得窥青海而有吐蕃之变。从来征战之地，士皆丧于沙尘，而不见有人还也。今我戍卒望边色之杳杳，致劳心之叨叨，而颜因归思以憔悴矣。因念室家在高楼之中，而当此良夜迢迢，征夫未还，口念心唯，应叹息未应闲也。彼此相思，两情脉脉，何日得平胡虏而罢远征乎？"

那么，李白的这首诗是单纯的拟古之作，还是对现实有所感触呢？一种看法立足于李白在艺术形式方面的继承与突破，认为李白在这里沿袭了传统题材并有所开拓。"诗大半皆自征人言之，末二句转，悬揣高楼中人（征人之妇）相思之苦，则征人之苦更进一层。"（阎琦《李白诗选评》）"本诗写戍边战士与长安思妇的两地相思，是《关山月》的传统题材，立意并无新异处。它之所以成为名篇，全因前四句。寓月托风以表达异地情思，本也属常见，但没有人能像李白本诗那样写得不仅情思遥深，而且开宕苍茫。"（赵昌平《李白诗选评》）

另一种看法立足于诗歌的内容，认为李白是有感而发，对当时频繁的开边战争有所反思。"这诗写征戍之情，感叹于边地兵连祸结。当是天宝年间所作。"（马茂元《唐诗选》）"诗人从戍客的视角写思乡，以边塞万里的苍凉做背景，以战士苦战多思乡情更切为主题，抒写战事频仍带给征人及其家人的巨大痛苦，将乐府旧题《关山月》多写离伤的抒情范围做了大的拓展，在抒写离殇之外，更是揭示了唐时穷兵黩武带给百姓的痛苦，容易引发读者'乃知兵者是凶器，圣人不得已而用之'（《战城南》）的联想。诗歌的境界因此更为深远，诗风更显雄浑，颇有雄奇悲壮之气。"（马玮《李白诗词赏析》）

此外，对于诗中所提及的"天山"与"几万里"，究竟该如何看待呢？或以为这里的地名与距离都是虚指。旧题严羽评点《李太白诗集》："天山亦若云海，皆虚境。若以某处山名实之，谓与玉门关不远，即曲为解，亦相去万里也。"

或以为天山为实指，至于天山与玉门关的位置，刚好与诗中所言相反，当源于特殊的视角与特别的感觉。王琦将天山考索为祁连山，并引《通典》辨析说："《元和志》于张掖县既著祁连山矣，而伊、西、庭三州皆有此山，则是自甘张掖而西，至于庭州，相去三千五六百里，而天山皆能周遍其地，则此山亦广长矣。月出于东而天山在西，今曰'明月出天山'，盖自征夫而言已过天山之西，而回首东望，则俨然见明月出于天山之外也。"（《李太白全集》）复旦大学古典文学教研组《李白诗选》说："兵士戍守在西方边塞，东望月亮从背后升起。"

天山与玉门关的距离为何是"几万里"呢？萧士赟《分类补注李太白诗》引杨齐贤注引《吴氏语录》："太白诗如'明月出天山，苍茫云海间。长风几万里，吹度玉门关'，皆气盖一世，学者能熟味之，自不褊浅矣。天山在唐西州交河郡天山县，天山至玉门关不为太远，而曰几万里者，以月如出于天山耳，非以天山为度也。"余恕诚认为依然要从望月的角度去解释距离问题："其实，这两句仍然是从征戍者角度而言的，士卒们身在西北边疆，月光下伫立遥望故园时，但觉长风浩浩，似掠过几万里中原国土，横度玉门关而来。……这里表面上似乎只是写了自然景象，但只要设身处地体会这是征人东望所见，那种怀念乡土的情绪就很容易感觉到了。"（萧涤非等《唐诗鉴赏辞典》）

登高丘而望远海

登高丘，望远海。
六鳌骨已霜，三山流安在。①
扶桑半摧折，白日沉光彩。②
银台金阙如梦中，秦皇汉武空相待。③
精卫费木石，鼋鼍无所凭。④
君不见骊山茂陵尽灰灭，牧羊之子来攀登。⑤
盗贼劫宝玉，精灵竟何能。
穷兵黩武今如此，鼎湖飞龙安可乘。⑥

【注释】

①"六鳌"二句：《列子·汤问》载，渤海东面有五座仙山，常随波漂流，后被十五只巨鳌顶着才固定下来。龙伯国的巨人钓走六只鳌后，仙山中的岱舆、员峤漂到北极，沉于大海，只剩下蓬莱三山。

②扶桑：传说中的神木，长在日出的地方。《山海经》卷九《海外东经》："汤谷上有扶桑，十日所浴。"郭璞注："扶桑，木也。"《十洲记》："扶桑在大海中，树上数千丈，一千余围，两干同根，更相依倚，日所出处。"

③银台：仙人所居住的处所。《文选》卷一五张衡《思玄赋》："聘王母于银台兮，羞玉芝以疗饥。"李善注："王母，西王母也。银台，王母所居。"

323

④ "精卫"二句：言精卫、鼋鼍的故事皆为虚幻无凭。《山海经》卷三《北山经》载，炎帝女儿溺于东海，化为精卫鸟，常衔西山之木石以填东海。《竹书纪年》卷八载，周穆王在九江架鼋鼍为梁，渡过长江，南伐楚国。

⑤ 骊山：在陕西省西安市临潼区东南，因古骊戎居此而得名，秦始皇葬于此。茂陵：汉武帝刘彻陵墓，在今陕西兴平东北。《汉书·刘向传》载，有一只羊跑入秦始皇墓中，牧人持火把寻找，不慎失火，烧掉了秦始皇的藏椁（外棺）。

⑥ 鼎湖飞龙：《史记·封禅书》载，黄帝在荆山（位于今河南灵宝）下铸鼎，鼎成后乘龙升天，后世名其地为鼎湖。

【评析】

此诗见录于《乐府诗集》卷二七《相和歌辞》魏文帝《登山而远望》之后，题中原无"海"字，或以为是乐府旧题。王琦疑拟曹丕前作："此题旧无传闻。郭茂倩《乐府诗集》编是诗于《相和曲》中魏文帝'登山而远望'一篇之后，疑太白拟此也。然文意却不类。"（《李太白全集》）胡震亨《李诗通》疑诗题来自曹操《观沧海》："今考魏武《碣石篇》首章'东临碣石，以观沧海'，白诗似采此句为题。"马茂元《唐诗选》则说："这诗是讽刺时政之作。诗中备述求仙的荒诞，而以'穷兵黩武今如此'作结，其对秦皇、汉武的嘲弄，正所以为唐玄宗提出鉴戒，词系新创，非袭旧题。"安旗等也以为诗题是李白所创："首句六字应题面。也可以说题目即从首句来。古代诗歌无题（例如《诗经》），后人遂以其首句数字为题。唐人的诗多有效此的。……不过李白这首诗，虽以首句为题，却可以概括全诗内容，这又与一般无题诗不同了。"（安旗、薛天纬、阎琦《李诗咀华》）

诗歌以登高临海、极目远眺开篇，却不从眼前景色落笔，不写秀丽的山川或壮阔的大海，而直接写他当时心中所感。古往今来，曾经出现许多有关大海的美丽神话，但在诗人看来，这些神话都是虚无缥缈的。负载仙山的六鳌，已经骨白如霜，仙山更不知道飘往何处了。如果太阳是栖息在大树上，那么这树早该枯朽摧折，太阳也会沉沦下去。精卫填海和周穆王架鼋鼍渡江，更不足为信。秦始皇、汉武帝费尽心机以求成仙，最终只是一场梦。秦始皇即位后就开始修造陵墓，积数十年之功，至死尚未完成；汉武帝即位一年后也开始修墓，墓中珍宝无数。但如今的骊山、茂陵，已成为荒原废墟。

这首诗目的不在怀古而在咏时，表面上讥讽秦皇汉武，实则是批评唐玄宗，几乎已成论者之共识。王夫之《唐诗评选》："后人称杜陵为诗史，乃不知此九十一字中有一部开元、天宝本纪在内。俗子非出像则不省，几欲卖陈寿《三国志》，以雇说书人打囫鼓，夸赤壁鏖兵。可悲可笑，大都如此。"复旦大学古典文学教研组《李白诗选》说："这首诗抨击和讽刺秦始皇、汉武帝的求仙行为。唐玄宗也好神仙，本篇或有托古喻今之义。"

李白此诗之批评，或以为重在结句"鼎湖飞龙安可乘"，不满唐玄宗之好神仙、求长生。萧士赟《分类补注李太白诗》："太白此诗不过引秦皇、汉武巡海求仙之事讽谏耳。"唐汝询《唐诗解》："此讥明皇喜方士之无益也。言我登高望海，求所谓六鳌负山、扶桑拂日者，绝不可睹。且以银台金阙为有之乎？何秦王、汉武之虚慕也？彼精卫虽费木石填海，鼋鼍非可凭藉为梁，而谓三山可至邪？观二主之陵墓俱已灰灭，为牧孺盗贼所侵犯，而其精灵不能保护之，则仙之无益明矣。唐之人主宜鉴此，今乃穷兵黩武，一遵其迹，飞龙安可乘哉？"

或以为重在"穷兵黩武今如此"一句，批评唐玄宗好大喜功，开边未已。胡震亨《唐音癸签》："《古风》六十篇中，言仙者十有二……虽言游仙，未尝不与讥求仙者合也。时玄宗方用兵吐蕃、南诏，而受箓、投龙、崇尚玄学不废，大类秦皇、汉武之为。故白之讥求仙者，亦多借秦汉为喻。白他诗又云：'穷兵黩武今如此，鼎湖飞龙安可乘？'其本指也欤！"陈沆《诗比兴笺》："黄帝治天下，几若华胥之国，民享其利，服其教，故致乘龙上升之祥。今秦皇、汉武杀人开边，毒痛天下，大伤上帝好生之德，而欲己之长生，得乎？"

荆州歌

白帝城边足风波，瞿塘五月谁敢过。[①]
荆州麦熟茧成蛾。
缫丝忆君头绪多，拨谷飞鸣奈妾何。[②]

【注释】

① 白帝城：故址在今重庆奉节。《元和郡县志》阙卷逸文卷一"夔州"："白帝山即州城所据也，与赤甲山接。初，公孙述殿前井有白龙出，因号白帝城。"瞿塘：即瞿塘峡。

② 拨谷：鸟名，即布谷。《本草纲目》引陈藏器曰："布谷，鸤鸠也。江东呼为获谷，亦曰郭公。北人名拨谷。"

【评析】

仲夏五月，江陵城外，麦浪滚滚，收割的季节马上就要到了。一位缫丝的少妇，看着渐渐成熟的麦子，不禁想起出门在外的丈夫，思绪万千。丈夫惦记着家里，肯定正归心似箭，匆匆忙忙从蜀地赶回。但是，五月的瞿塘峡，水流湍急，危机四伏，稍不小心，就可能出现意外。她热切盼望丈夫早日归来，以解相思之苦，但丈夫归家途中的危险，又使她忧心忡忡。正心烦意乱之际，耳旁又传来阵阵布谷鸟的叫声，反复说着"行不得也哥哥"，似乎是对乘舟欲行的丈夫的劝阻，又似乎是对她的责备，这更使她方寸大乱，不知所措，只能徒然叹息。

诗为乐府旧题，见载于《乐府诗集》卷七二《杂曲歌辞》，并有解题云："《荆州乐》盖出于清商曲江陵乐，荆州即江陵也。有纪南城，在江陵县东。梁简文帝《荆州歌》云'纪城南里望朝云，雉飞麦熟妾思君'是也。"论者或以为李白此诗即深受梁简文帝同题之作影响。郁贤皓说："本篇写荆州商人之妇在麦熟时思念客于白帝城的丈夫，与梁简文帝之作同意。"（《李白全集注评》）

或以为深受南北朝民歌之影响。旧题严羽评点《李太白诗集》："词如《竹枝》，意同《子夜》。"王运熙等《李白研究》："全诗语言明白，音节浏亮，声情摇曳，贯彻着民歌风味。第四句使用了两个双关语，以'丝'双关'思'，以丝的头绪多双关思念丈夫的头绪纷繁、心神不定，明显地受到六朝民歌的影响。"

或以为有汉魏歌谣之风。杨慎《李诗选》："此歌有汉谣之风。唐人诗可入汉魏乐府者，惟太白此首，及张文昌《白鼍谣》、李长吉《邺城谣》三首而止。杜子美却无一篇可入此格。"

或以为继承了先秦《风》《雅》传统。《唐宋诗醇》："古质入汉，得风人之遗韵，乐府妙处，如是如是。桂临川曰：李诗短章，若《荆州歌》等作，俱出《风》《雅》，可以被之管弦者也。"

诗中女子所思念者，一说为旅客。朱谏《李诗选注》："白帝城边，五月之时，江水暴涨而多风波，瞿塘之险，舟人所戒，则上者不敢下，下者不敢上矣。斯时也，荆州之麦熟，荆州之蚕已成矣。荆州之人客于瞿塘者，其妻独居，于蚕成缫丝之时，念夫之行远，意绪之多有若乱丝。谓蚕成麦熟，春已老矣，布谷飞鸣，奈我何哉？恐亦不能解我之忧而愈增其忧也。"复旦大学古典文学教研组《李白诗选》说:"这首诗写荆州女子思念在外的丈夫,为丈夫旅途的风险担忧。"

一说为商人。沈寅、朱昆《李诗直解》:"此商人之妇因夫客蜀,见时去而思欲切也。言蜀客之还荆也,白帝瞿塘所必经之路。白帝城边向有风波之险,今犹可行,至五月而瞿塘谁敢过矣?此时我荆州之麦已熟,蚕作之茧又已成蛾,我手缲其丝,心忆乎君,乱思恍惚,而若丝之头绪多也。且布谷之鸟飞鸣而过我,时去矣,君未还,奈妾之愁绪何哉。"

一说为农夫。熊礼汇《李白诗》:"此诗写荆州农妇在麦熟、茧熟季节对远在巴蜀的丈夫的思念。……这心绪的复杂,正反映农妇的善良、朴质和对夫君情感的真挚。农妇以两难之心缲丝,手忙脚乱、神色不定,可以想见。如果说情感上的思念还可以勉强可知,那割麦、犁田、下种、栽秧的农活可实在不能耽误啊!诗中一句'拨谷飞鸣奈妾何',正写出了她既怀两难之心,又为农事所忧的焦灼感和窘迫感。此诗风格酷似汉代民谣,又似今日江汉平原流行的'赶五句'。"

久别离

别来几春未还家,玉窗五见樱桃花。
况有锦字书,开缄使人嗟。[①]
至此肠断彼心绝,云鬟绿鬓罢梳结,愁如回飙乱白雪。
去年寄书报阳台,今年寄书重相摧。[②]
东风兮东风,为我吹行云使西来。
待来竟不来,落花寂寂委青苔。

①锦字书:《晋书·列女传》载,窦滔妻苏蕙,字若兰,织锦为《回文璇玑图》诗赠滔,宛转循环读之,词甚凄婉。

②阳台:山名,在今重庆市巫山县。一说在今湖北汉川。

【评析】

丈夫离开家乡,独自在外漂泊,已经有些年头了。屈指一算,妻子伫立在窗前,已经连续五年,独自看着樱桃花开了又落。丈夫知道妻子的内心充满凄苦,无数次的期待换来的是无数次的失望,看着妻子寄来的锦字书,看着斑斑泪痕,他仿佛看见了妻子因相思而憔悴的样子,仿佛能感受到妻子的百转愁肠、万般哀怨。她那凄楚的相思,好比那漫天飞舞的雪花,密密麻麻,无所不在。不堪相思之苦,妻子心乱如麻,无意梳妆,脸色苍白得让人心痛。相思已极,难以会面,只能在梦中相伴随。去年寄来书信,妻子说她愿且为朝云,暮为行雨,朝朝暮暮,永远在丈夫身边,不弃不离,如影随形。今年又寄来书信,催促早日能相伴相随。去年已经过去,今年会怎么样呢?会如去年一样,会面只是一个遥远的梦想吗?丈夫的行踪既然像白云一样漂泊不定,那就请东风把他吹到我的身边吧。我在这里等着他的归来,韶华一天天流逝,花儿四处飘零,散落在青苔之上,又一年的春天过去了,还是不见丈夫的踪影,他究竟什么时候能回来呢?

《古诗十九首》有"行行重行行,与君生别离",后来就出现了《长别离》《生别离》《古别离》等乐府古曲,都是用来写离别相思之苦,见录于《乐府诗集》卷七二《杂曲歌辞》。李白的这首诗也是写夫妻久久别离的痛苦。沈寅、朱昆《李诗直解》云:"此妇人思夫之久役,期其来而惜春之去也。言夫之别我,几春未还,玉窗独处,已见樱桃之花五开矣。望眼将穿,幸有锦字之音书至也。开缄捧读,旋归无期，宁不使人嗟乎？至此则肠益断而彼心绝矣。故自伯之东，首如飞蓬，而云鬟绿鬓罢梳结，谁适为容也。愁如回飙，飘乱白雪之靡定焉。愁极则想亦极，不觉梦寐以相从也。去年寄书报阳台之会合，今年寄书重为之相催。去年去而今年又来矣。东风兮，我夫之行踪如行云，东风为我吹之使西来。待其来也而竟不来，落花寂寂，飘委青苔之上，春又去矣，可奈何？年复一年，不知几时得还家也。"

盛赞其诗者，以为情感深挚，语言纯净，陆时雍《唐诗镜》："幽思飘然，绝去绮罗色相。"《唐宋诗醇》："一往缠绵，所谓缘情之什，却自不涉绮靡。"

疵议此诗者，则以为语言鄙俗，甚或判定为他人之伪作。旧题严羽评点《李太白诗集》："此首稍有风致，然未为极思。"朱谏《李诗辨疑》："按诗意似为妇思夫之辞，言其未还家，见书而愁也。后云寄书报阳台者，则又为夫思妇之辞矣。及至'风吹行云不来'等语，全与前意自相背驰，抑且辞多鄙俚，疑为厕鬼之作也。"

詹锳解释说，朱谏产生猜疑，是因为他没有读懂这首诗。"按诗云：'别来几春未还家，玉窗五见樱桃花'，乃言离家业已五载。'至此肠断彼心绝，云鬟绿鬓罢梳结，愁如回飙乱白雪'，乃想象其妇在家相思之愁苦。'今年寄书重相催'者，催其妇去家来就。故下文又云：'东风兮东风，为我吹行云使西来。'盖家在行人之东，去家来就，正使西来也，孰意'待来竟不来'，惟见'落花寂寂委青苔'而已。朱氏疑为伪作，亦由未得其旨耳。"（《李白全集校注汇释集评》）

诗中相思之对象，奚禄诒以为是唐玄宗："吹行云使其西来，意在叹玄宗滞蜀乎？锦字书，玄宗有诏至也。"詹锳驳斥说："按玄宗幸蜀时，太白并无被征之说，且'为我吹行云使西来'者，乃盼其吹行云西来之意，奚氏说与白之碑传及此诗大旨皆不合。其实此诗即直言离家日久之苦，别无寓意。"（《李白全集校注汇释集评》）

朱金城等则认为此篇为纪实，所思之人是确指，在东方。"此篇与《古有所思》一篇语意略相似。此篇云：'五见樱桃花'亦必有实事，非泛指也。前篇云'西来青鸟东飞去'，此篇云'为我吹行云使西来'，则所思之人，在东方可知。"（《李白集校注》）

安旗等以为是李白思念妻子所作。"本年（开元二十七年）春江淮之行途中，行至江东时忆内之作，通篇拟为许氏之语。……按：太白离家在外未有连续五年不归者，此必是合前后数年之事而言之。开元十八年初入长安，首尾三年在外；此次远游江淮，又是两年未归，合之恰是五年。……此时太白行至江东，许氏在安陆，故祈东风使之'西来'，即早日归家也。"（《李白诗秘要》）

古朗月行

小时不识月，呼作白玉盘。
又疑瑶台镜，飞在青云端。[①]
仙人垂两足，桂树何团团。
白兔捣药成，问言与谁餐。
蟾蜍蚀圆影，大明夜已残。[②]
羿昔落九乌，天人清且安。[③]
阴精此沦惑，去去不足观。[④]
忧来其如何，凄怆摧心肝。

【注释】

① 瑶台：神仙居住的地方。《拾遗记·昆仑山》："傍有瑶台十二，各广千步，皆五色玉为台基。"

②蟾蜍：两栖动物，俗称癞蛤蟆。《淮南子·说林训》："月照天下，蚀于詹诸。"高诱注："詹诸，月中蛤蟆，食月。"

③羿：后羿，古代神话中射落九个太阳的英雄。《楚辞·天问》："羿焉彃日，乌焉解羽？"王逸注："《淮南》言尧时十日并出，草木焦枯。尧命羿仰射十日，中其九日，日中九乌皆死。"

④阴精：指月。《艺文类聚》卷一引张衡《灵宪》："月者，阴精之宗，积而成兽，像蟾兔。"

【评析】

《乐府诗集·杂曲歌辞》录《朗月行》两首。鲍照之作，内容是佳人对月弦歌；李白此篇，则以旧题写新意。诗人先写一个天真的儿童对明月幼稚而美好的情思。诗篇以"白玉盘"和"瑶台镜"作比，不仅描绘出月亮的形状，更写出了月光的皎洁可爱，在新颖中透出一股令人感叹的稚气。"呼"与"疑"字，信手拈来，生动地表现出了儿童的天真。李白写月的诗句非常多，这四句情采俱佳，最耐人回味。诗人接着借助丰富的想象和神话传说，写月亮的升起及至圆而蚀。传说月亮中有仙人和桂树。月亮初升时，先看见仙人的两足，然后逐渐看清仙人与桂树，看见月中有白兔在捣药，这时的月亮十分明朗。然而不久，月亮又为蟾蜍所啮食而变得晦暗，失去了皎洁的光华。

关于这首诗的主旨，历来文人多认为李白在咏月中有深沉的政治寄托，他是在以"月"指代唐玄宗，以"蟾蜍"指代杨贵妃等人。萧士赟认为诗作于安史乱起之后。"按此诗借月以引兴。日，君象；月，臣象。盖为安禄山之叛兆于贵妃而作也。玄宗自天宝后，内嬖贵妃，妃复私禄山，倾动天下。禄山叛，帝幸蜀，至马嵬，陈玄礼等以天下计诛国忠，国忠死，兵不解。帝使力士问故，答曰：'祸本尚在。'不得已，与妃诀，引去缢祠下。此即所谓'蟾蜍蚀圆影，大明夜已残'

也。至于'羿昔落九乌，天人清且安'，盖天无二日、民无二王之义，谓时无能诛禄山之人扫清国步也。'阴精此沦惑，去去不足观'者，谓贵妃以淫乱召祸，言之耻也，固不足观也。然天下由此而乱，乃白之所深忧，而心肝为之摧也。"（《分类补注李太白诗》）

陈沆以为作于安史之乱爆发前夕。"忧禄山将叛时作。月，后象；日，君象。禄山之祸兆于女宠，故言蟾蜍蚀月明，以喻宫闱之蛊惑。九乌无羿射，以见太阳之倾危。而究归诸阴精沦惑，则以明皇本英明之辟，若非沉溺色荒，何以安危乐亡而不悟耶？危急之际，忧愤之词。萧士赟谓禄山叛后所作者，亦误。"（《诗比兴笺》）

当然，对于以月喻指杨贵妃，也有人提出质疑。胡震亨的立场较为模糊："白借月刺阴之太盛，或似指太真妃言。"奚禄诒则表示怀疑："不必指太真妃亦可。若以为指太真，则羿射九乌句为太伤。"詹锳则说："谓以月喻杨妃不可通，此诗盖以月喻朝政。"（《李白全集校注汇释集评》）。这与曾国藩的看法一致，其《求阙斋读书录》云："蟾蜍蚀影，阴精沦惑，似亦讽谗谄蔽明之意。"

安旗等人提出新观点，认为"月"都暗喻唐玄宗，只不过圆月与蚀月分别对应开元、天宝两个时期的唐玄宗。"可以说，'月'的形象，都指帝王——唐玄宗。诗的第一段，以'小时'唤起回忆，那明月，正代表了唐玄宗初期的政治，即所谓'开元盛世'。……然而，天宝后期的唐玄宗，日见其昏愦，朝廷政治也日渐沦替，皎洁、明丽的圆月，只存在儿时的记忆里，现实中的月，已被蟾蜍之类吞食，光华已丧失殆尽了。"（安旗、薛天纬、阎琦《李诗咀华》）

妾薄命

汉帝重阿娇，贮之黄金屋。①
咳唾落九天，随风生珠玉。②
宠极爱还歇，妒深情却疏。
长门一步地，不肯暂回车。
雨落不上天，水覆难再收。
君情与妾意，各自东西流。③
昔日芙蓉花，今成断根草。
以色事他人，能得几时好。

【注释】

①汉帝：指汉武帝。《汉武故事》："胶东王（汉武帝）数岁，长公主置膝上，问曰：'儿欲得妇否？'长公主指左右长御百余人，皆云不用，指其女阿娇好否。笑对曰：'好！若得阿娇作妇，当作金屋贮之。'"

②"咳唾"两句：化用《庄子》里的故事。《庄子·秋水》："子不见夫唾者乎？喷则大者如珠，小者如雾，杂而下者不可胜数也。"

③君：指汉武帝。妾：指阿娇。汉卓文君《白头吟》："闻君有两意，故来相决绝。今日斗酒会，明旦沟水头。躞蹀御沟上，沟水东西流。"

【评析】

当初汉武帝宠爱陈阿娇的时候，说过要给她黄金屋；陈皇后受宠时，就是一口唾沫也会随风化为珠玉。但是宠到极致，爱也会消歇。陈皇后固然善妒，而汉武帝疏远她之后，哪怕离长门宫仅一步之遥，都不肯回车一顾。雨滴落了下来，就无法回到天上；水泼了出来，就难以收回。汉武帝与陈阿娇的情意，就这样如同流水而各自东西。昔日陈阿娇如芙蓉花一样娇媚，如今却似无根之草那样无助。用美色来侍奉他人，是无法长久的啊。

此诗见载于《乐府诗集》卷六二《杂曲歌辞》，其书引《乐府古题要解》云："《妾薄命》，曹植云'日月既逝西藏'，盖恨燕私之欢不久。梁简文帝云'名都多丽质'，伤良人不返，王嫱远聘，卢姬嫁迟也。"李白此诗，向来以为咏陈皇后阿娇之事而有所感喟。萧士赟《分类补注李太白诗》："《乐府》佳丽四十七曲中有《妾薄命》，亦曰《惟日月》。曹植有《妾薄命》篇，其事出于《汉书·许后传》曰：'奈何妾薄命，端遇竟宁前。'今太白则为汉武废后陈皇后而作，末章诗句则有所感寓也。"

那么，李白究竟有何感触呢？一说是有感于唐玄宗与王皇后之事。萧士赟说："太白之诗，其旨出于古风，往往寄兴深远，欲言时事则借古喻今。此诗虽言汉武之事，而意则实在于明皇、王后也。二后事前后一辙，虽各以无子巫蛊厌胜，然究其所原，实卫子夫、武惠妃争宠有以激之也。陈后之废，相如作《长门赋》；王后之废，王诒作《翠羽帐赋》，冀以讽帝，而夫妇之天卒莫能回。太白此诗其作于《翠羽帐赋》之后乎？不然何以有'雨落不上天，水覆难再收。君情与妾意，各自东西流'之语哉？辞意凄断，读之令人感叹。"

又沈寅、朱昆《李诗直解》解说道："此诗虽言汉武陈皇后之事而意则有所感寓也。言武帝之宠陈后，自幼即欲以金屋贮之，其珍爱如此。彼其咳唾落于九天，随风而生珠玉，盖一启口而言无不珍贵也。天下事极则必反，故宠极而爱还歇。又惟有容则宠，固陈皇后于子夫之得幸而妒之深，即武帝之情亦却疏矣。长门一步之地，岂肯暂回车乎？故事去则难返，情离则难合，雨落不复上天，水覆难以再收，君情与妾意，各自东西流而不相涉也。昔贮之黄金屋，是如芙蓉花；今置之长门地，又如断根草矣。夫陈后以色事人者，色衰则爱弛。能得几时好乎？此与唐玄宗事同出一辙也。"

对于这种说法，瞿蜕园、朱金城《李白集校注》驳斥说："王后之废在开元十年，李白甫逾弱冠，身在蜀中，何事而为之作诗？"

一说李白借陈阿娇之事自喻。奚禄诒说："说者谓玄宗宠武惠妃而废王后，是矣。然或太白自喻其放还，亦未可知。"安旗说："此诗当与《白头吟》并读，二诗作意略同，皆伤君恩之不终也。一则借汉武欲废陈后事，一则借相如弃文君事。……此亦借宫怨而抒其在朝失意之情。太白供奉翰林期间，为文学侍从，不过以其艳词丽句博取君王欢心而已，谓之'以色事他人'亦其宜矣。"（《新版李白全集编年注释》）

一说李白此诗并没有针对具体的人与事，仅仅描述女子被抛弃的痛苦。《唐宋诗醇》："因题见意，与《白头吟》同，不必妄傅时事也。"复旦大学古典文学教研组《李白诗选》说："《妾薄命》是乐府古题，古诗内容多写妇女的哀怨。本篇主题相同，借汉武帝陈皇后故事，写妇女被遗弃的痛苦。色衰爱弛本是男尊女卑的多妻制社会中的一种普遍现象，诗人用'以色事他人，能得几时好'作结，反映了夫妻关系没有真诚健康的基础，就不能平等，也不能圆满。"

黄葛篇

黄葛生洛溪，黄花自绵幂。①
青烟蔓长条，缭绕几百尺。
闺人费素手，采缉作絺绤。②

缝为绝国衣，远寄日南客。③

苍梧大火落，暑服莫轻掷。

此物虽过时，是妾手中迹。

【注释】

①黄葛：葛的一种，茎皮纤维可织葛布或作造纸原料。王琦注《李太白全集》："葛草，延蔓而生，引长二三丈，其叶有三尖，如枫叶而长，面青背淡，茎亦青色。取其皮沤练作丝，以为绤绤。谓之黄葛者，是取既成缯绤绤色而名之，以别于蔓草中之白葛、紫葛、赤葛诸名，不致相混耳。七、八月开花成穗，累累相承，红紫色。"

②绤绤：葛布的统称。《诗经·周南·葛覃》："为绤为绤。"毛传："精曰绤，粗曰绤。"

③日南：郡名，唐属岭南道，在今越南。

【评析】

黄葛生长在洛水边，黄色的花儿开得密密麻麻，长长的藤蔓四处延伸。闺中的少妇费尽周折，将亲手采来的葛藤制成丝锦，织成葛布，最后缝制为葛衣，寄给远在日南的丈夫。但这路途如此遥远，或许等它寄到之时，已经是秋天了。请求丈夫千万不要就此把这过季的衣服抛弃，因为这葛衣是她亲手所制，凝结着她无限的情意。

这是一首新题乐府。古乐府《清溪歌》有"黄葛结蒙笼，生在洛溪边"，李白这首诗或因此而来。胡震亨《李诗通》说："白取黄葛命篇据此。本曲以葛花逐流不还，喻欢情不终。此言织葛寄远，欲其无轻掷，似另出一意而实合。"

诗歌的核心是"暑服莫轻掷"，这里希望不要轻易抛弃的是什么呢？今人多以为是妻子亲手制作的衣服。复旦大学古典文学教研组

《李白诗选》说："这首诗写女子缝制暑服寄给远在日南的丈夫，因物托兴，并希望对方珍视自己的劳动成果。"

或以为是爱情。乔象钟《李白论》："诗的前半所描述的采缉、缝制过程，都是表达闺人对丈夫深切的情意。'此物虽过时，是妾手中物'才是思妇要倾诉的话，深怕丈夫抛弃了对自己的爱情。"

古人多以为诗有所寄托，即诗人希望不要被君王所抛弃。朱谏《李诗选注》说："言采缉黄葛以成绨绤，缝为绝国之衣，远寄日南之客。然日南之地乃在苍梧之境，苍梧大火已西流矣。大火西流，暑将退矣。暑退凉生而绨绤过时，无所用矣。然虽过时，又岂可以横掷乎？是乃贱妾所自成者，刀尺之勤皆出己手。君如念之，宁忍以相弃乎？以比君子抱有用之才，怀事君之忠，特以时过而不见用，而所怀抱者终不可弃，犹有望君之意也。"奚禄诒也说："讽轻弃其材者也。"又曰："独言日南苍梧，想流夜郎途中所作。"（詹锳《李白全集校注汇释集评》）

陈沆也认为这首诗作于李白流放夜郎之时，不过他认为诗中的"过时"之物，比喻李白不合时宜的著述言论。其《诗比兴笺》说："此欲以其所言达之君也。'缝为绝国衣，远寄日南客'，谓己之乐府古诗诸作，皆主文谲谏，以达下情，而通讽喻，冀幸君之一悟，俗之一改焉。'此物虽过时，是妾手中迹。'虽处放逐，不忘匡君之谓也。漆室之女忧鲁，恤纬之嫠念周，足证是诗比兴非远。"

虽然今人认为这种看法不免穿凿，但前人就此称赞李白乐府有古意，继承《风》《雅》传统，也往往是从这个立场出发。萧士赟《分类补注李太白诗》："太白此诗，忠厚之意发乎情性，《风》《雅》之作也。今世蚍蜉辈作诗评，乃谓太白诗全无关于人伦风教，吁，是亦未之思耳。"赵翼《瓯北诗话》："李阳冰序谓唐初诗体，尚有梁、陈宫掖之风，至青莲而大变，扫尽无余。然细观之，宫掖之风，究未扫尽也。盖古乐府本多托于闺情女思，青莲深于乐府，故亦多征夫怨妇惜别伤离之作，然皆含蓄有古意。如《黄葛篇》之'苍梧大火流，暑服莫轻掷。此物虽过时，是妾手中迹'、《劳劳亭》之'春风知别苦，不遣柳条青'、《春思》之'春风不相识，何事入罗帏'，皆酝藉吞吐，言短意长，直接国风之遗。少陵已无此风味矣。"

玉阶怨

玉阶生白露，夜久侵罗袜。^①
却下水精帘，玲珑望秋月。^②

【注释】

①玉阶：玉石砌成或装饰的台阶。《文选·班固〈西都赋〉》："玄墀扣砌，玉阶彤庭。"张铣注："玉阶，以玉饰阶。"

②玲珑：一本作"胧朦"。王琦注云：《韵会》：玲珑，明貌。毛氏《增韵》云：胧朦，月光也。然用'胧朦'不如'玲珑'为胜。"

【评析】

是诗见录于《乐府诗集》卷四三《相和歌辞·楚调曲》，多以为受到谢朓同题之作影响。谢诗云："夕殿下珠帘，流萤飞复息。长夜缝罗衣，思君此何极。"胡震亨解释说："班婕妤失宠，借养太后长信宫，作赋自悼，有'华殿尘兮玉阶苔'之句，谢朓取之作《玉阶怨》，白又拟朓作。"王琦注《李太白全集》也解题说："题始自谢朓，白盖拟之。"

朱谏曾怀疑此诗是伪作。其《李诗辨疑》说："辞意浅薄，不足为有无也。凡若此者，盖学白之轻清也。"但论者大多对此作称赞不已。其佳处，或即在于紧扣"怨"字，字字不见"怨"而字字呈露"怨"意。萧士赟《分类补注李太白诗》："太白此篇，无一字言怨，而隐然幽怨之意见于言外，晦庵所谓圣于诗者欤？"沈寅、朱昆《李诗直解》："此拟宫词，不言怨而怨之意隐然于言外也。言玉阶之上，白露生矣。夜久而徘徊阶际，零露瀼瀼，湿侵罗袜，不得不入屋内。却下水晶之帘，而月光与水晶，相映玲珑，以望秋月，则迢迢长夜，寂坐以守之，安忍孤眠也。"

立足"怨"字来解读此诗，论者还注意到诗篇对"怨"情的极力摹写。如旧题严羽评点《李太白诗集》："上二句，行不得，住不得；下二句，坐不得，卧不得。赋怨之深，只二十字，可当二千首。"俞陛云《诗境浅说》："题为《玉阶怨》，其写怨意，不在表面，而在空际。第二句云露侵罗袜，则空庭之久立可知。第三句云却下精帘，则羊车之绝望可知。第四句云隔帘望月，则虚帏之孤影可知。不言怨而怨自深矣。"

诗中"怨"情之含蓄委婉，也历来得到赞许。桂天祥《批点唐诗正声》："怨而不怒，可入《风》《雅》。后之作者多少，无此浑雅。"郭濬《增定评注唐诗正声》："怨而不怒，浑然风雅。"

另一种解读，是从"望"字出发来诠释诗意。或以为紧扣"望"字，把宫人"望幸"之情态描绘得生动细腻。徐增《而庵说唐诗》："宫人望幸，伫于玉阶，不觉已夜深矣。露侵罗袜，已见立不耐烦，则走入室中，倚于水晶帘下，不强立于露中。却性急，把帘子放下，于是去睡便了。而望幸之心尚未断绝，却又在帘缝里望月，真是绝倒。'玲珑'，正指帘缝处而言。夫在玉阶只见白露，在帘下只见秋月，而君之消息杳然，那得不愁。"

或以为紧扣"望"字，把宫人"望幸"之悲凉凄婉表露得充分。

李锳《诗法易简录》:"无一字说到怨,而含蓄无尽,诗品最高。'玉阶生自露',则已望月至夜半,落笔便已透过数层。次句以'夜久'承明,露侵罗袜,始觉夜深露重耳。然望恩之思,何能遽止?虽入房下帘以避寒露,而隔帘望月,仍彻夜不能寐,此情复何以堪?又直透到'玉阶'后数层矣。二十字中,具有如许神通,而只淡淡写来,可谓有神无迹。"

少年行二首(选一)

其二

五陵年少金市东,银鞍白马度春风。^①
落花踏尽游何处,笑入胡姬酒肆中。

【注释】

①金市:古代大城市里金银店铺集中的街市。陆机《洛阳记》:"洛阳旧有三市:一曰金市,在宫西大城内;二曰马市,在城东;三曰羊市,在城南。"

【评析】

此诗见录于《乐府诗集·杂曲歌辞》,后者解题说:"《后汉书》曰:'祭遵尝为部吏所侵,结客杀人。'曹植《结客篇》曰:'结客少年场,报怨洛北邙。'《乐府解题》曰:'《结客少年场行》,言轻生重义,慷慨以立功名也。'《广题》曰:'汉长安少年杀吏,受财报仇,相与探丸为弹,探得赤丸斫武吏,探得黑丸杀文吏。尹赏为长安令,尽捕之。长安中为之歌曰：何处求子死，桓东少年场。生时谅不谨，枯骨复何葬。按结客少年场，言少年时结任侠之客，为游乐之场，终而无成，故作此曲也。'"

李白这首诗，也写少年任侠游乐之场景。沈寅、朱昆《李诗直解》："此咏少年游侠之情也。言五陵为豪侠之地，年少者游于金市之东，驾银鞍，跨白马，意气扬扬，驰骋于春风之中，落花踏尽，游何处乎？见有娇艳当垆，笑入酒肆。拥红粉而醉歌，不知天地之高下，是真少年之行径也。"

诗歌之佳处，也在于充分展露了少年人的豪情。唐汝询《唐诗解》："金市，地之豪也。银鞍，骑之华也。春风，时之丽也。踏落花入酒肆，游之冶也。模写少年之态，曲尽其妙。"应时《李诗纬》："豪气活现笔端。"朱之荆《增订唐诗摘钞》："极写豪华之盛，曲尽少年之态。"

阎琦以为诗中所展示的是权贵子弟的浮浪生活。"唐人以《少年行》为题的诗很多，诗中的'少年'，多为出身豪贵的宫中'执戟'之士，即宫廷或京城卫戍部队。他们在'值勤'之余，'银鞍白马'，招摇过市，生活浮浪。'笑入'胡姬酒肆，画龙点睛地写出他们浮浪生活的一个侧面。"（《李白诗选评》）

也有人认为，这首诗之转折最具神韵。应时《李诗纬》引丁谷云评曰："绝句大约紧关在第三句一转，第四句揭明则全神俱醒矣。如此作，虽三句直叙，亦要看他转关之妙。"

胡应麟则盛赞此诗有古时风味，《唐宋诗醇》引其评论说："唐人七言绝有作乐府体者，如此诗及《横江词》尚是古调。"

渌水曲

渌水明秋日，南湖采白蘋。[①]
荷花娇欲语，愁杀荡舟人。

【注释】

① 白蘋：水草，叶浮水面，根生水底，五月有白花。柳恽《江南曲》："汀洲采白蘋，日暖江南春。"

【评析】

这里描写的是一幅迷人的胜似春光的秋景。诗人就其所见先写渌水，南湖的水碧绿澄澈，映衬得秋月更明。一个"明"字，写出南湖秋月之光洁可爱。后两句构思别致精巧，"荷花"不仅"娇"而且"欲语"，不特"欲语"而且十分媚人，以至于使荡舟采蘋的姑娘对她产生妒意。这首诗写出了典型的南方秋景，它不仅无肃杀之气，无萧条之感，而且生机勃勃，胜似春日。从景色的描写中，我们也可以感受到诗人愉悦的情绪。

《乐府诗集·琴曲歌辞》收录此诗。王琦注《李太白全集》解题云："《渌水》，本琴曲名，太白袭用其题，以写所见，其实则《采菱》《采莲》之遗意也。"沈寅、朱昆《李诗直解》也强调说："此乐府之琴操曲也。言渌水之清，明映秋月。而南湖之滨采取白蘋，不惟蘋也，而湖中之荷花，亦艳丽矣。花娇逞色而半含半吐，似人之欲语。然荡舟者见之，宁不爱其馨香，憎其妖媚，而愁煞人也乎哉？"

这首诗的主题，一说是描写泛舟嬉戏之情景，所谓"愁杀"也只是为了烘托荷花娇艳，令人爱怜不已。唐汝询《唐诗解》："此泛舟为水戏之辞。言渌水清澈如月，适采蘋于此。见荷花之艳，令人意不自持也。"朱谏《李诗选注》曰："白言南湖渌水，秋月明而白蘋生。采蘋之人，荡舟于荷花之间。荷花娇而欲语，荡舟者见之而伤情也。曰'愁杀'者，甚之之辞，荡舟盖指泛湖之人而言也。"《唐宋诗醇》："逸调。末句非有轶思，特妒花之艳耳。"刘文蔚《唐诗合选详解》："采蘋而忽见荷花之娇艳，因转而为愁，盖妒其艳也。"

一说诗有所寄托，荡舟人见此美景，而愁不能自禁。王尧衢《古唐诗合解》："荷花娇艳迷人，因转而为愁情不自持，盖有所托也。"朱宝莹《诗式》："首句先叙时景，见水月入秋，愈臻清澈，盖为泛舟点染。二句设为采蘋，以寄秋意，起下荡舟之人。三句本为采蘋而见荷花，系从旁面烘托；荷花又娇如欲语，系从生情。四句'愁杀'二字，所谓如顺流之舟矣。'荡舟人'对上'荷花'，'愁杀'对上'娇欲语'。此盖心有所属，情不能已，而有所托也。"

今人或以为其"愁"即为相思所引起。"这首诗写女子在秋日荡舟时思念爱人的情景。"（复旦大学古典文学教研组《李白诗选》）或以为"愁"男子移情别恋。"此荡舟女心有所欢，见荷花娇羞欲语，亦生戒备之心，盖恐所欢移情别恋也。"（钱志熙、刘青海《李白诗选》）

秋思

春阳如昨日，碧树鸣黄鹂。
芜然蕙草暮，飒尔凉风吹。①
天秋木叶下，月冷莎鸡悲。②
坐愁群芳歇，白露凋华滋。③

【注释】

①蕙草：香草名。又名薰草、零陵香。《礼记·月令》："孟秋之月，凉风至，白露降。"

②莎鸡：一名洛纬，俗称纺织娘，一种昆虫。

③华滋：繁盛的枝叶。《古诗十九首》："庭中有奇树，绿叶发华滋。"

【评析】

这是一首思妇诗。诗中少妇的情绪颇为低落。昨天好像还是春光明媚的艳阳天，怎么今天一转眼，就已是寒秋光景。不但碧树已经叶落，就连秋花也都凋谢了。更不用说黄鹂那欢快婉转的春歌，早已变成了莎鸡凄凉哀怨的秋鸣。日子就在这无穷无尽的等待与期盼中，无声无息地过去了。

《乐府诗集·琴曲歌辞》收录此诗，并引《琴集》说："五弄：《游春》《渌水》《幽居》《坐愁》《秋思》，并宫调，蔡邕所作也。"萧士赟《分类补注李太白诗》也说："《秋思》，古琴操商调之曲。"但胡震亨不认可这一说法，其《李诗通》云："郭茂倩、梅禹金收《春思》及《秋思》入乐府者，殊数牵合，今入古诗。"

这首诗的主题，朱谏以为是感慨时光之流逝。其《李诗选注》云："言凉风至，天已秋矣，于是木叶下，莎鸡鸣，白露降，而草木皆凋零。景物凄惨，未免诗人有所感触而伤情也。"

萧士赟则认为是以男子口吻，慨叹岁月将老，功业无成。其《分类补注李太白诗》云："此诗亦叹夫光景易流，功业不建，不知老之将至，徒与草木俱腐。"

郁贤皓则将两者看法融合起来。"此诗感叹春光易失，奄忽之间秋风至而百花凋零，感物伤情，有时不我待而惜时之意。"（《李白全集注评》）

春思

燕草如碧丝，秦桑低绿枝。[①]
当君怀归日，是妾断肠时。
春风不相识，何事入罗帏。

【注释】

① 燕草：泛指北方的草。碧丝：染青绿色的蚕丝。

【评析】

当秦地的少妇看到桑叶绿枝繁茂低垂的样子，她想到正在燕地戍守的丈夫，一定会发现青草已经如丝绒那样柔软纤细了。丈夫应该明白啊，当你盼望早日归来的时候，家中的妻子早已因相思而柔肠寸断了。春风与妻子素不相识，为何要吹进罗帐呢？

这首诗末见载录于《乐府诗集》。朱谏《李诗选注》以为是乐府，所谓"《春思》当为古琴操角调之曲"，胡震亨以为是古诗，今人郁贤皓则以为是新题乐府，"当是李白制的新题乐府，仿《秋思》之意"（《李白全集注评》）。

诗歌的主旨，大约有三说，主要源于对"春风不相识，何事入罗帏"的理解不同。或以为写妻子的温柔与坚贞，她对春风的引诱毫不动情。萧士赟《分类补注李太白诗》云："燕草者，燕地之草；秦桑者，秦地之桑也。燕北地寒，草生迟，当秦桑低绿之时，燕草方生，如丝之碧。秦桑低枝者，兴思妇之断肠也。言其夫方萌怀归之心，犹燕草之方生，妾则思君之久，先已肠断矣。犹秦桑之已低枝也。末句则兴此心贞洁，非外物所能动也。此诗可谓得国风不淫不诽之体矣。"

唐汝询也赞同这一说法，其《唐诗解》云："此为戍妇之辞。盖夫在燕而己在秦，故言燕草碧则君思归，秦桑低则妾肠断矣，并感时物之变而兴怀也。因言我所欲见者，惟此怀归之征客。今春风素不相识，何故入我罗帏耶？其贞静纯一，不为外物所摇如此。萧注以为不淫不诽者，得之。"

　　沈寅、朱昆《李诗直解》也说："此征妇之思夫情之正而贞也。言燕地苦寒，草生迟迟。当秦桑低绿之时，燕草方生如丝之碧也。值此春时，而有不动情者乎？当君方萌怀归之心，犹燕草之才生。妾则思君之久而肠已先断。犹秦桑之低绿枝也。且我心之贞洁非外物所能动。何事不相识之春风，入我罗帏乎？君乎来归，毋念妾之肠为君而终断也。"

　　或以为诗人描写妻子苦苦相思，以春风能回来而丈夫未归进行反衬。朱谏《李诗选注》云："此为征妇言也。言燕草初生之时，细如碧丝；秦桑初抽之时，低于绿枝。斯时也，君子于役而怀归。吾室家者，亦怀念君子之不置也。君子去而罗帏空矣。春风于吾初无相识，何故入我罗帏？君子与我偕老者，却乃不同于帏内，如之何使我不思乎？"吴昌祺《删订唐诗解》："又以末二句为贞静，则犹浅。诗盖以风之来，反衬夫之不来，与简文'只恐多情月，旋来照我床'同意。"

　　或以为诗人描写春日生发相思之情，"春风"只是说明季节。《唐诗归折衷》引吴敬夫云："当两地怀思之日，而春风又生，能不悲乎？若以不为他物所动摇毁诋春风，真俗见矣。"

秋思

燕支黄叶落，妾望白登台。^①
海上碧云断，单于秋色来。
胡兵沙塞合，汉使玉关回。
征客无归日，空悲蕙草摧。

【注释】

① 燕支：燕支山。

【评析】

这首诗见录于《乐府诗集·琴曲歌辞》，与"春阳如昨日"为同题。诗写征妇闺怨之情。在萧瑟的秋日，她眺望丈夫出征之地。盘旋在这位少妇脑中的，是边塞的种种艰险。边塞战事的不断，使其丈夫回归遥遥无期，她只有独守空闺，暗自垂泪，虚度青春。

"汉使玉关回"一句，历来有三种说法。一说指使者从玉门关返回中原。萧士赟《分类补注李太白诗》云："按《春思》《秋思》二诗，戍妇词尔。征夫不归，春而秋矣。登台而望，木叶黄落矣。秋高马肥，戎事兴矣。汉使之出关者，亦既回矣。今而不归，是无归之日矣。兰蕙乃女所佩以宜男者，亦复就摧，是一年之光景又虚度矣。思妇之心，当如何其悲也。《东山》'其新孔嘉，其旧如之何'之气象，安得复见于后世哉。"

一说指使者从关外回到了玉门关。沈寅、朱昆《李诗直解》云："此戍妇思夫而深有所感也。言尔征夫不归，春而复秋矣。登台而望，木叶黄落矣。海上秋高而碧云断，故单于马肥而乘秋来，胡兵会合于沙塞，汉使亦回于玉关。今而不归，是无归之日矣。蕙草乃妇人所佩以宜男者，亦复摧谢，则一年之光景虚踯，而思之之心当问如其悲也耶？"

一说前往玉门关的使者为战争所阻隔，无法继续前进而折回。唐汝询《唐诗解》："此为征妇之词。燕支盖屯戍之所，故念彼叶落。而我登台望之，此正碧云断绝，单于入寇之时也。苟塞上之胡兵已合，则玉关之使不通，征客岂有还期？空悲蕙草之摧耳。盖自惜其容华凋谢也。魏文云：'寄书浮云往不还。'此言碧云断，亦谓音问绝也。两国和则通使，汉使回则兵不解矣。"

"单于秋色来"之"单于"，多解为匈奴之首领，王琦提出又可以理解为地名。其注《李太白全集》云："单于本是匈奴位号，犹中国天子称也。然在此处又作地名解。刘昫《唐书》：单于都护府，秦、汉时云中郡地也。唐龙朔三年置云中都护府，麟德元年改为单于大都护府，东北至朔州五百五十七里，在京师东北二千三百五十里，去东都三千里。"吴昌祺《删订唐诗解》："单于对碧云，是言北地也，非指可汗。秋色来，亦非兵至。"

捣衣篇

闺里佳人年十余，颦蛾对影恨离居。
忽逢江上春归燕，衔得云中尺素书。[1]
玉手开缄长叹息，狂夫犹戍交河北。[2]
万里交河水北流，愿为双鸟泛中洲。
君边云拥青丝骑，妾处苔生红粉楼。[3]

楼上春风日将歇，谁能揽镜看愁发。
晓吹员管随落花，夜捣戎衣向明月。
明月高高刻漏长，真珠帘箔掩兰堂。
横垂宝幄同心结，半拂琼筵苏合香。④
琼筵宝幄连枝锦，灯烛荧荧照孤寝。
有使凭将金剪刀，为君留下相思枕。
摘尽庭兰不见君，红巾拭泪生氤氲。
明年若更征边塞，愿作阳台一段云。

【注释】

① 尺素：书信。《文选·饮马长城窟行》："呼儿烹鲤鱼，中有尺素书。"吕向注："尺素，绢也。古人为书，多书于绢。"

② 交河：在今新疆吐鲁番西。

③ 红粉：脂粉。刘孝绰《淇上人戏荡子妇示行事诗》："不见青丝骑，徒劳红粉妆。"

④ 宝幄：华丽珍贵的帐幔。同心结：这里指帐幔上所用的带子，在帐幔垂下时，将两端打成结系起来。苏合香：由许多香料混合制成，据说从大秦和西域传入。一说用苏合树胶制成的香料。

【评析】

深闺中的佳人，成婚未久，年纪轻轻，却已经饱尝了离别相思之苦。深深庭院之中，她常常紧锁双眉，面对孤灯，在寂寥中度过一个又一个不眠之夜。豆蔻梢头般的年华，别人还散发着天真烂漫的气息，而这位小妇人却整天牵挂着边关的夫君。等了很久，终于等到了丈夫的家信。她欣喜地捧着书信，仔细地读了一遍又一遍，一颗心也渐渐沉了下去。丈夫戍守在交河之北，离家万里之遥，那里的气候极其恶劣，条件极其艰苦，生活环境与家乡完全不同，听说连河水都是流向北方，真不知道丈夫能不能适应。情急之下，她甚至希望自己变成一只燕子飞到丈夫身边，更希望丈夫也能化为燕子，一起在河中嬉戏，相伴相随，永不分离。丈夫披盔戴甲，手持长戈，坐拥骏马，驰骋在疆场。妻子独处小楼，日思夜想，芳心可可，无意赏花寻春，红粉之妆楼已经长满了青苔。春光将歇，斯人憔悴，坐在梳妆台前，不敢正视镜中的容颜。孤寂之中，又一个不眠之夜在辗转反侧中熬过去了。拂晓时分，远处传来觱管之声，伴随着凄凉的曲调，花儿飞舞盘旋，坠落在红尘之中，春天渐渐地远去了。秋风吹起，带来阵阵凉意，在明月默默的注视下，妻子忙着捣制寒衣。自从丈夫从军而行，日子便分外悠长，孤帷横垂，珠帘空掩，同心之结、苏合之香毫无用武之地，妻子用金剪刀，为丈夫留下了相思之枕，等到夫君衣锦还乡之日，再来倾诉当时的情思。庭中的兰花，据说佩戴身上宜生男孩，但如今花儿已经摘尽，夫君还未归来，妻子不觉凄然泪下。今年春天已经过去，只好等到来年。倘若明年春天夫君还不能返乡，那她宁愿自己变成阳台之云，如神女之梦，以伴随夫君奔波四方。

南北朝至唐代出现了大量的"捣衣诗"及运用"捣衣"诸物象抒发感情的诗作。在此期间，捣衣诗的意象也有一个明显的嬗变过程。南北朝时的捣衣诗经历了由"宫怨"到"闺怨"的发展过渡，并长期以"宫怨""闺怨"为基调；进入唐代以后，"捣衣"意象有所拓宽；盛唐之后，捣衣诗在"怀念"这一层面上完全宽泛化，即除传统的"宫怨""闺怨"诗外，还可以运用"捣衣"诸物象来表达思夫、怀乡、怀友等多种感情。李白的这首诗沿袭了传统的主题，写思妇对远戍在边塞的丈夫深沉的相思之情，但铺陈更为充分，意象更为繁富，对女主人公内心活动的描写也更为细腻，不再限于秋夜明月、落叶鸣虫。故近藤元粹《李太白诗醇》引谢叠山云："此篇为戍妇之词，幽郁之情，怀思之切，形容殆尽。"

不过由于这首诗风格颇为秾丽，朱谏据此认为它并非李白所作，其《李诗辨疑》说："辞意缠绵而浅俗，结语涣散而无味，以此诬白，多见其不知量也。"

邢昉《唐风定》认为它虽是齐梁诗风的延续，却也风清神朗。"子安《捣衣》尚袭梁陈，此虽绮丽有余，而神骨自胜矣。"

毛先舒认为这首诗有初唐四杰的风范，其《诗辩坻》云："'闺里佳人年十余'，颇有四杰风格，差逸宕耳，要此等是太白佳作。"

近藤元粹则以为它开启了白居易流丽之风，其《李太白诗醇》云："押韵平仄互用，通篇无一句不协，声律可谓奇矣"，"好句法，是开白香山模范者，不似谪仙平生口吻"。

横江词六首（选二）

其一

人道横江好，侬道横江恶。
一风三日吹倒山，白浪高于瓦官阁。①

【注释】

①瓦官阁：王琦注《李太白全集》引《幽怪录》："上元县有瓦棺寺，寺上有阁，倚山瞰江，万里在目，亦江湖之极境，游人弭棹，莫不登眺。"又引《江南通志》："升元阁，在江宁城外，一名瓦官阁，即瓦官寺也。阁乃梁朝所建，高二百四十尺，南唐时犹存，今在城之西南角。杨、吴未城时，正与越台相近，长干之西北也。唐以前江水逼石头，李

白诗'白浪高于瓦官阁',以此。"

【评析】

横江,指今安徽和县东南横江浦与东岸采石矶相对的一段江面。《元和郡县志》阙卷逸文卷二"淮南道和州历阳县":"横江,在县东南二十六里,直江南采石渡处。东汉建安初,孙策自寿春经略江都,扬州刺史刘繇遣将屯横江,孙策击破之于此。隋将韩擒虎平陈,自横江济,亦此处也。"

这组诗见载于《乐府诗集·新乐府辞》。詹锳认为"为李白拟乐府,诗言江渡风波险恶,亦寄托身世之感与家国之忧"(《李白全集校注汇释集评》),郁贤皓认为"此六诗非乐府诗,乃李白即地名题的歌吟体诗"(《李白全集注评》)。

关于组诗的写作时间,或以为是在李白初入长安之前。"这六首诗描写横江浦波浪的险恶和行人被阻的心情。从第五首中横江馆津吏称作者为'郎',说明李白这时年纪尚轻,大约是入长安前所作。"(复旦大学古典文学教研组《李白诗选》)

或认为这组诗是"天宝元年秋李白由南陵奉诏赴京途中"所作,诗中"显示当时李白初受玄宗信任,急欲马上到西秦为玄宗效力,大展宏图"(李协民《关于〈横江词〉的两个问题》《再谈〈横江词〉的写作年代》)。

或以为是李白从幽州归来南下宣城时所作。"它和《远别离》为同年之作,均作于天宝十二载幽州之行归来南下宣城之际,一作于南下之始,一作于南下途中。"(安旗、薛天纬、阎琦《李诗咀华》)

或以为是天宝十三载(754)李白游历阳时所作。东南二十六里,直江南采石渡处。"此六首约作于天宝十三载(754)游历阳时,其中备言横江风浪之险恶,隐含着诗人对天宝末政治形势的隐忧。"(詹

福瑞等《李白诗全译》）

或认为是"安史之乱爆发前夕的天宝十四载秋"所作，诗中的横江风波象征着"岌岌可危的国家命运""大乱将兴、大祸将起、迫在眉睫的危急形势"（何庆善《谈〈横江词〉的写作背景》）。

或以为这组诗并非纪实，或有所寄托，故无法编年。"此六诗类似古题乐府，多比兴寄托。故谓六首诗寓政治险恶之意不无可能，姑暂不编年。"（郁贤皓《李白选集》）

第一首的前两句，读者一般将"人"与"侬"对讲，如朱谏《李诗选注》所言："此李白游金陵时渡横江而作。言人皆谓横江为好，我独谓横江为恶者，何也？若大风一起，连日不休，将有摧山之势，则江中白浪高于城中瓦官之阁矣。此所以为恶者，安得谓之好耶？"

但齐豫生却指出这两句运用了互文的修辞手法。"'人道横江好，侬道横江恶。'人们有时说横江好，有时又说横江险恶。'侬'是我的意思，多在古代诗词中作此意解释。此句运用了互文见义的手法，即我和人们一样，有时认为横江好，有时认为横江恶。并非别人只见横江好处，我只见横江恶处。"（《李白诗集》）

其五

横江馆前津吏迎，向余东指海云生。[1]
郎今欲渡缘何事，如此风波不可行。

【注释】

①横江馆：故址在今安徽马鞍山采石公园里。王琦注《李太白全集》引《太平府志》云："采石驿，在采石镇，滨江，即唐时之横江馆也。"

此首借管辖渡口小吏之言，叙述恶风大浪即将到来。或以为单纯描绘横江一带险恶之风波，沈寅、朱昆《李诗直解》："此用风波之险，不可冒行也。言横江馆前，管济渡之津吏来迎，向东指曰：凡风起则云先生。今海云忽生，必有大风也。郎今欲渡缘何事乎？此飘风鼓雷，云浪排空。虽有事，亦不可行矣。"

或以为有所寄托。唐汝询以为比喻仕途之风浪。其《唐诗解》："此以横江之险，喻仕路之难，故设为津吏劝勉之词。按天宝三载，白供奉翰林，为妃子、力士所嫉，因求还山与崔宗之泛江至采石，盖亲睹横江之险而赋以为比也。"应时《李诗纬》引丁谷云批亦云："此李白放还山后所作，有忧谗畏讥之意。"

俞陛云以为比喻人心之险恶："横江词，即《子夜歌》之类。美人香草，皆词客之寓言。诗谓在横江馆前，送郎远役。正清泪盈怀之际，津吏来报，东望海天云起，将有疾风。如此险恶风波，郎将焉往？语云：公毋渡河，公竟渡河。愿为郎诵之。诗固代女郎致殷勤临别之词，而诗外微言，喻名利驰逐之地，人哄而路不平。人情险巇，等于连云蜀栈，亦如涉江者，犯风浪而进舟。太白之寄慨深矣。"（《诗境浅说》）

安旗以为比喻巨大的政治动乱。"此不仅妙在艺术上运用民歌入诗，更妙在以眼前景、口头语表现了当时的政治形势，传达出诗人心头的政治预感。预感到一场大的动乱将要起来。三年以后，果然爆发了'安史之乱'，而李白在三年以前的政治预感，正是'幽州之行'亲眼所见，亲耳所闻，亲身经历的结果。"（《李白诗新笺》）

这首诗的特色，或如安旗所言以口头语写眼前景。应时《李诗纬》云："矢口成吟，皆其化境。……不假锻炼而意味无穷。非唯中晚人难及，即盛唐亦不能到。"黄叔灿《唐诗笺注》："质直如话，此等诗最难。"李锳《诗法易简录》："全是本色，横江之险，只从津吏口中叙出。'缘何事'三字，更有无穷含蓄。绝句中佳境，亦化境也。"

或以为巧妙地化用了梁简文帝《乌栖曲》"采莲渡头拟黄河，郎今欲渡畏风波"诗句。杨慎《升庵诗话》："古乐府《乌栖曲》：'采菱渡头拟黄河，郎今欲渡畏风波。'太白以一句衍作二句，绝妙。"《唐宋诗醇》："梁简文《乌栖曲》云'郎今欲渡畏风波'，白用其语，风致转胜。若其即景写心，则托兴远矣。"

或以为是承接了乐府本色。吴瑞荣《唐诗笺要》："此篇与《少年行》俱是乐府妙境，常言俗语，古意盎然，朱子所谓'如无法度，乃从容于法度之中者'。"《唐宋诗醇》引胡应麟曰："尚是乐府古调。"引赵执信曰："'横江馆前'一首，此乐府也。'问余何事'一首，此古诗也。"

"郎今欲渡缘何事"之"郎"，以往诠释为"古时对青年男子的称呼"（复旦大学古典文学教研组《李白诗选》），今多以为是对一般男子的尊称。

送友人

青山横北郭，白水绕东城。
此地一为别，孤蓬万里征。
浮云游子意，落日故人情。
挥手自兹去，萧萧班马鸣。[①]

【注释】

① 班马：离群之马。《左传·襄公十八年》："有班马之声。"杜预注："班，别也。"

【评析】

友人即将远行，诗人不忍遽然相别，一路相送，直至东门之外。抬头眺望，横亘在城郭北侧的青山阻挡了诗人的视线；低头顾视，波光粼粼的流水绕城东潺潺而过，又阻挡着他们前行的步伐。送君千里，终有一别。两人并肩缓辔，低声唔语。友人此行，如同孤飞的蓬草一样随风飘转，飞越万里之外。其行踪飘忽不定，又如天空中的白云。这次离别，不知何日才能再相见。聚散两依依，心中满是离情愁思，眼前景色也都沾染着离别的思绪。即将落山的太阳，也滞留在空中，久久不愿沉没下去，似乎它也知道一旦夜幕降临，友人就将消失在群山万水之中。座下的马儿，似乎也懂得主人的心思，在夕阳的映照下缓缓而行，临别之际萧萧长鸣，不愿与同伴离别。马犹如此，诗人更不堪承受离别之苦，望着友人挥手而去、踽踽远行的身影，禁不住伤感起来。

一般认为，这是一首送别诗。沈寅、朱昆《李诗直解》："此送友人而言相别之情景也。言别之处，青山直横北郭；别之时，白水已绕东城。此地一为分别，而孤蓬飘转，为万里之征矣。故尔游子之意，若浮云而易散；我故人之情，当落日而倍切。自兹挥手而去乎？萧萧班马，乃作别离之声，而有不忍舍之意焉，我于友人何如哉？"诗中的"游子"为友人，"故人"指诗人自己。

安旗却以为它是留别之诗："此诗题目疑为后人妄加。细玩诗意，似非送人之作，而是留别之篇。诗中'孤蓬'自喻，句谓己将有万里之行；'浮云'亦自喻，句谓己此行无定所；'落日'，则喻为己送行之‘故人’。‘故人’一词，虽然自称、称人皆可，但一般多称人。据日人花房英树编《李白歌诗索引》，李集中用‘故人’共三十处，仅有三处系自称。其中用‘故人情’三处……皆有友人对己之情谊。”（《李白研究》）亦即诗中的“游子”指李白自己，“故人”指友人。

这首诗的具体创作背景，多以为无考。朱谏《李诗选注》：“按此诗但云送友人，不知为谁，而北郭、东城不知为何地，然句法清新，出于天授。”安旗则指出此诗当系于《南都行》《南阳送客》二诗之后，作诗之地在南阳。“据《元和郡县志》卷二十一，南阳西北二十七里有精山；据《明一统志》卷三十，南阳城东有淯水，俗称白河，《南都行》中‘呼鹰白河湾’即此。诗中‘青山横北郭，白水绕东城’之景与南阳正相符合。”（《李白研究》）

这首诗的妙处，一说正在于对送别者的模糊处理，故能引起广泛共鸣。诗歌没有交待具体的送别对象，诗的前半部分虽写送别之地，但青山、白水、东城，又无处不有，无所不在，是离别者常见之景致；后半部分写送友之情，孤蓬万里、浮云落日、萧萧班马，也是游子常有之情。旧题严羽评点《李太白诗集》载明人评云：“只泛说送别意，调高思远，自是超卓。”

一说在于很好地将离别之情融入到场景的描绘中。唐汝询《唐诗解》：“即分离之地，而叙景以发端；念行迈之遥，而计程以兴慨。游子之意，飘若浮云，故人之情，独悲落日，行者无定，居者难忘也。而挥手就道，不复能留，唯闻班马之声而已。黯然消魂之思，见于言外。”应时《李诗纬》引丁谷云评曰：“妙在用景起，陡接以别，使人着情。”

一说在于诗歌的结构严谨。“前解叙送别之地，后解言送友之情。”（王尧衢《古唐诗合解》）“首联整齐，承则流走而下，颈联健劲，结有萧散之致。大匠运斤，自成规矩。”（《唐宋诗醇》）

把酒问月

青天有月来几时？我今停杯一问之。
人攀明月不可得，月行却与人相随。
皎如飞镜临丹阙，绿烟灭尽清辉发。
但见宵从海上来，宁知晓向云间没。
白兔捣药秋复春，嫦娥孤栖与谁邻。[①]
今人不见古时月，今月曾经照古人。
古人今人若流水，共看明月皆如此。
唯愿当歌对酒时，月光长照金樽里。[②]

【注释】

①白兔捣药：神话传说中有白兔捣仙药。傅玄《拟天问》："月中何有？白兔捣药。"嫦娥：神话中的月中女神。《淮南子·览冥训》："羿请不死之药于西王母，姮娥窃以奔月。"

②当歌对酒时：在唱歌饮酒的时候。曹操《短歌行》："对酒当歌，人生几何。"

【评析】

张若虚曾经问过："江畔何人初见月，江月何年初照人。"（《春江花月夜》）他关心的是人和月亮究竟在什么时候相识。诗人问得更为彻底：明月究竟在什么时候开始出现的，是不是与青天一同出现的？明月高高在上，遥不可攀，无法企及，但它并不冷漠，并不高傲，总是那样温柔多情，天涯海角，万里追随，不弃不离。如明镜飞升，悬挂高空，又使多少人沐浴在它的清辉下。即使烟雾可能会暂时遮蔽它的清光，但撩开面纱露出娇容的圆月，又是何等艳丽！夜晚来临的时候，月从海上升起，带来无数银光，可又有谁会在乎它在拂晓时分悄然隐去？月中白兔啊，年复一年地在捣药，它这样不辞辛劳，究竟是为什么？碧海青天中的嫦娥，夜夜独处的时候，又有谁知晓她的寂寞？恒河沙数，明月亘古如斯。人生苦短，渺如沧海之一粟。"人生不满百，常怀千岁忧"（《古诗十九首》），不如对酒当歌，让月光长久地照在金杯里。

这首诗题下原有注云："故人贾淳令予问之。"则当是两人在月下饮酒，李白应贾淳之请而作此诗。朱谏《李诗选注》："赋也。按此诗明白简易，辞指清亮，飘然无所拘滞。时白在长安，故人贾淳相与对月把酒，令白作诗以问月，故多问之之辞。想其一停杯而诗辄就，遂为古今绝唱。说者谓其神就，夫神就者，天才也。白果天才者欤！"

屈原《天问》之问月，实为对诸多现象有所不解，其意在天在月，如所言："日月安属？列星安陈？出自汤谷，次于蒙汜。自明及晦，所行几里？夜光何德，死则又育？厥利维何，而顾菟在腹？"而李白此刻把酒问月，只不过以此为契机，抒写其行乐之情怀，其意实在酒而不在月。沈寅、朱昆《李诗直解》："此把酒问月，见月长在而人不能长存，故当对酒高歌以行乐也。言青天有皎月来于何时乎？我今停杯一问之，人之欲攀皎月则不可得，月却与人长相随也。试言其形，皎皎如明镜飞临丹阙之上，盖绿烟灭尽，四塞氤氲之气消散，而清辉之光始发也。但见宵升晓落而玉兔捣药秋而复春，嫦娥则独居于广寒清虚之府，而谁与之相邻也？然嫦娥虽孤栖，犹得与青天同老，而世人则何如哉？今人不见古时之月，今时之月曾照古人来矣。昨日是今，而今日又古，古人今人若流水之去而不返，其共看皓月皆如此也。深知此理则宜乘月行乐，唯愿当歌对酒之时，使月光长照金樽，酒不空而月亦不落，常得与君把盏以相问也，幸矣。"

李白在这首诗中所展示的想象力，常为前人所赞许。《唐宋诗醇》："奇思忽生，旷怀如见。"近藤元粹《李太白诗醇》："奇想自天外来。"李长之认为李白的许多诗之所以能够如此，在于他把握了规律，超越了形式的束缚，其《李白传》详细解说道："这些统统有个共同点，就是往往上下千古，令人读了，把精神扩张到极处，我们那时的精神乃是像一匹快马一样，一会儿驰骋到西，一会儿驰骋到东，为李白的精神所引导着，每每跃跃欲试地要冲围而出了。其内容如此，所以在表现上，便似乎没有形式，没有规律了——却到底仍不如说他是真正主宰着形式与规律了的。"

宿五松山下荀媪家

我宿五松下，寂寥无所欢。
田家秋作苦，邻女夜舂寒。
跪进雕胡饭，月光明素盘。①
令人惭漂母，三谢不能餐。②

【注释】

①雕胡饭：用菰米煮成的饭。宋玉《讽赋》："为臣炊雕胡之饭，烹露葵之羹。"《西京杂记》："菰之有米者，长安人谓之雕胡。"

②漂母：漂洗衣物的老妇。《史记·淮阴侯列传》："淮阴侯韩信者，淮阴人也。……信钓于城下，诸母漂，有一母见信饥，饭信，竟漂数十日。信喜，谓漂母曰：'吾必有以重报母。'母怒曰：'大丈夫不能自食，吾哀王孙而进食，岂望报乎！'……汉五年正月，徙齐王信为楚王，都下邳。信至国，召所从食漂母，赐千金。"

【评析】

五松山，在今安徽铜陵。胡震亨《唐音癸签》："五松山，在铜陵铜井西，初不知何名。李白以其山有松，一本五干，苍翠异恒，题今名。"李白游览五松山时，夜宿农家，有感而写下此诗。

诗歌的内容主要由三部分组成，一是田家劳作的辛苦，一是荀姓老妇人的盛情款待，一是诗人的感受。今人多将三者打成一片，如《唐诗选注》解说道："作者秋夜留宿山下一位姓荀的老妇人家，目睹他们的生活，对农民日夜辛苦劳动，十分同情；对他们殷勤的款待，不胜感激。诗写得朴实自然，和作者对待人民的感情是一致的。"又复旦大学古典文学教研组《李白诗选》："这首诗描写了劳动人民的辛勤以及诗人对他们殷勤款待的感激。"

但前人品评此诗时，多有所偏重。或瞩目于"邻女夜舂寒"，将之视为诗歌创作的缘起。谢榛《四溟诗话》："太白夜宿荀媪家，闻比邻舂臼之声，以起兴，遂得'邻女夜舂寒'之句。然本韵'盘''餐'二字，应用以'夜宿五松下'发端，下句意重辞拙，使无后六句，必不落'欢'韵。此太白近体，先得联者，岂得顺流直下哉？"马茂元反驳说："今按谢说纯系想象之辞。邻女夜舂，固为当时实事，然诗以感媪为主旨甚明，不得谓以闻舂起兴。感媪而不囿于反报，故阑入田家邻女事。诗一、二写我本无欢，三、四写田家苦寒，看似无关，复以荀媪进食事两绾之，以见我与田家惺惺相惜之意，故感激以至不能下餐。诗脉甚明，包蕴特深，何谓不得'顺流而下'哉？此诗肺腑血肉之作，宜乎非'作诗人'所能深解。"（《唐诗选》）

或瞩目于漂母之身份。余成教《石园诗话》："太白《宿五松山下荀媪家》诗末云：'令人惭漂母，三谢不能餐。'夫荀媪一雕胡饭之进，素盘之供，而太白感之如是，且诗以传之，寿于其集。当世之贤

362

媛淑女多矣，而独传于荀媪，荀媪亦贤矣。然不遇太白，一草木同毙之村妪耳。呜呼！人其可不知所依附哉！"这是为一默默无闻之村妇因被李白写入诗中得以流传后世而庆幸。

周勋初《李白评传》："这诗也是咏及劳动人民的名篇。李诗中表现出来的感情真诚恳切，对劳动妇女的贫寒生活，甚为同情，但又不是居高临下的怜悯，而是平等相待。李白秉性高傲，但对一般平民百姓，则与平时所交往的官员等同，无贵贱之差异，没有受到等级森严的官僚制度的影响，这是他过人的地方，亦当与其特殊的出身经历有关。"这是称赞李白对一村妇亦能平等相待，有感恩之心。

或瞩目于李白之感受。沈寅、朱昆《李诗直解》："此宿荀媪家，悯其贫苦而复感其惠也。言我宿媪家，寂寞无所欢娱，唯见田家有秋作之苦，邻女有夜春之寒，何其劳也。家无余羡，以菰米之饭，跪进敬客，而月光明于素盘之中，又何其贫而能敬也。今荀媪不愧漂母，奈我非韩信，故三谢而不能餐也。不知日后能如韩信之报否。"

当诗人看到荀媪所端来的菰米饭时，他不禁想到了韩信与漂母的故事，顿感惭愧而难以下咽。他为何难以下咽呢？一说是他认为自己未能飞黄腾达以报答荀媪，亦即诗歌的核心在于将自己与韩信相提并论。"李白由劳动人民的贫苦生活联想到自己奔波一生，而'济苍生'的宏伟理想终成泡影，如今已是晚年，仍然穷途飘零，以至于老妇人赠献给他的雕胡饭也'三谢不能餐'。他既感到很惭愧，又为理想不能实现而痛苦。这反映了诗人极度苦闷的心情。"（李晖《李白诗选读》）

一说他同情村妇的辛勤劳作，亦即诗歌的核心在于描绘田家的劳作之苦。"三、四两句即以具体事实说明'无所欢'的原因，乃是由于看到农村一片苦寒情景。……五、六两句写女主人待客的感情。……最后两句，诗人表达的对荀媪的惭愧感激之情，乃是很自然地从前面四句引出。因为女主人是在自己生活那样艰苦的情况下来盛情款待他的。诗人从自己亲切的感受中，也就加深了对劳动人民的感情。"（武汉大学中文系古典文学教研室《唐诗选注》）

山中与幽人对酌

两人对酌山花开，一杯一杯复一杯。
我醉欲眠卿且去，明朝有意抱琴来。①

【注释】

①我醉欲眠：多用为旷放直率的典实。《宋书·陶潜传》："贵贱造之者，有酒辄设。潜若先醉，便语客：'我醉欲眠，卿可去。'"

【评析】

对这首诗主旨的剖析，大约有两种视角，一是着眼于诗题中的"幽人"两字，认为此诗意在抒写高山流水之相知相得。朋友为幽人，自己亦为幽人，两幽人对酌于鲜花盛开之山中，不亦快哉？刘宏煦等选评《唐诗真趣编》有云："此诗写对幽人，情致栩栩欲活。言我意中惟幽人，幽人意中惟我，相对那能不酌？酌而忽见山花，便似此花为我两人而开者，意投神洽，杯难停手，故不觉陶然至醉也。'我醉欲眠卿且去'，固是醉中语，亦是幽人对幽人，天真烂漫，全忘却形迹周旋耳。幽意正浓，幽兴颇高，今日之饮，觉耳中不闻雅调，空负知音，大是憾事，君善琴，明日肯为我抱来一弹，才是有意于我。两个幽人，何等缠绵亲切！"

一是着眼于末句之"明朝"，将此诗视为一封邀请函，认为今日虽已尽欢，明日不妨再聚。沈寅、朱昆《李诗直解》："此与友人对饮尽欢，而期其复来也。言我与友人皆山中之人也，山中则长闲而无朝市之事矣。故两人对酌，正值山花盛开，以佐我之饮也。一杯一杯，又复一杯，幽人不辞，我亦不止。是幽人之量洪，而我醉矣。欲眠也，卿且去，而毋以为简。明日有意，抱琴而来，相与唱和，以共酌此酒，复尽山中之兴，亦可矣。"

至于艺术上的特色，主要体现在三个方面。一是"一杯一杯复一杯"不避繁复，句法奇特，令人赞叹。《苕溪渔隐丛话》："太史公《淳于髡传》云：'操一豚蹄酒一盂。'夫叙事犹尔，所谓'一葫卢酒一篇诗'，自有七言，无此句法也。或曰：李白不云乎'一杯一杯复一杯'？余曰：古者豪杰之士，高情远意，一寓之酒。有所感发，虽意于饮，而饮不能自已则又饮，至于三杯五斗，醉倒而后已。是不云尔，则不能形容酒客妙处。夫李白意先立，故七字六相犯，而语势益健，读之不觉其长。"又王偁《崀阳诗说》："作诗用字，切忌相犯，亦有犯而能巧者。如'一葫芦酒一篇诗'，殊觉为赘。太白诗'一杯一杯复一杯'，反不觉相犯。……此中工拙，细心人自能体会，不可以言传也。"

一是诗歌所展示的趣味既与陶渊明相似，三、四两句便化用陶之饮酒抚琴故事而又毫无痕迹。朱谏《李诗选注》："此诗清浅明白，其趣味与渊明相似，诗辞轻顺而近情，故后人好诵之而不厌也。"《唐宋诗醇》："用成语妙如己出。"

一是以歌行体的风味来写绝句，极其酣畅又不乏顿挫。周啸天说："盛唐绝句已经律化，且多含蓄不露、回环婉曲之作，与古诗歌行全然不同。而此诗却不就声律，又词气飞扬，纯是歌行作风。唯其如此，才将快意之情表达得酣畅淋漓。这与通常的绝句不同，但它又不违乎绝句艺术的法则，即虽豪放却非一味发露，仍有波澜，有曲折，或者说直中有曲意。诗前二句极写痛饮之际，三句忽然一转说到醉。从两人对酌到请卿自便，是诗情的一顿宕；在遣'卿且去'之际，末句又婉留后约，相邀改日再饮，又是一顿宕。如此便造成擒纵之致，所以能于写真率的举止谈吐中，将一种深情曲曲表达出来，自然有味。"（《古典诗词鉴赏方法》）

听蜀僧濬弹琴

蜀僧抱绿绮，西下峨眉峰。[①]
为我一挥手，如听万壑松。
客心洗流水，余响入霜钟。[②]
不觉碧山暮，秋云暗几重。

【注释】

　　① 绿绮：琴名。傅玄《琴赋序》："齐桓有琴曰号钟，楚庄王有琴曰绕梁，司马相如有绿绮，蔡邕有焦尾，皆名器也。"

　　② 流水：语意双关，既是对蜀僧濬琴声的实指，又暗用了伯牙善弹的典故。《列子·汤问》："伯牙善鼓琴，钟子期善听。伯牙鼓琴，志在登高山，钟子期曰：'善哉，峨峨兮若泰山。'志在流水，钟子期曰：'善哉，洋洋兮若江河。'伯牙所念，钟子期必得之。"霜钟：指钟声。《山海经·中山经》："丰山……有九钟焉，是和霜鸣。"

【评析】

　　蜀僧濬，或认为即李白《赠宣州灵源寺仲濬公》诗中的僧人仲濬。如果是这样，那么此公不但擅长琴术，而且"风韵逸江左，文章动海隅。观心同水月，解领得明珠"。诗歌从演奏之人写起，蜀僧濬抱着绿绮古琴，从"秀甲天下"的峨眉山而来。李白在诗中多次提到峨眉山，它是诗人心目中故乡的象征，所以从千里之外的故乡而来的蜀僧，首先就给他一种亲切之感。诗人省掉了濬公离蜀漫游的经历，只说他抱琴而来，"为我一挥手"，好像是专门前来为诗人弹琴的。接下来诗人由听琴的感受来写演奏者技艺的高超。琴声响起，始如万壑松涛澎湃，磅礴激越，继而如山泉叮咚，清新悦耳。诗人听得心醉神驰，感觉不到时间的流逝，心中的愁苦如被流水冲刷，剩下一片清澈、明净。琴声袅袅，余音不绝，与远处的钟声融为一体。

这首诗的题目为《听蜀僧濬弹琴》，对于诗旨的阐发大约有三种视角。一是立足"弹琴"，以为此诗意在通过对琴声的描摹来称赞蜀僧濬琴艺之高妙。朱谏《李诗选注》卷一三："言蜀僧抱琴自峨眉峰而来，为我一弹，如听万壑之松声也。所弹之操有流水焉，洋洋盈耳，可以洗我之客心，荡涤其烦虑矣。又有余响散入霜钟，感霜降之气而即鸣也。霜钟之声亦因以清吾之听，不觉坐久而碧山之已暮也。秋云之暗乎碧山者，不知其有几重之深矣。琴声感人而景物凄惨，使吾听者何如为情乎？"

赵昌平《唐诗选》："本诗歌赞僧濬琴音超凡出俗，清人心神。……这是首音乐诗，五律拗体。首联写僧濬形象清奇，颔联正写琴声，颈联写琴声所造成的心理感受，尾联写弦外之音。全诗正写弹琴仅一联，主要由烘托、感受落墨，遗象存神，肤词剩语，洗剥殆尽，于自然之中见清空之韵。"

一说立足于"听"，以为诗意重在描绘诗人听蜀僧濬弹琴时的内心感受。毕宝魁《唐诗三百首译注评》："唐诗中有不少描写音乐的佳作，白居易、李颀、李贺、韩愈等都创作过表现音乐的诗，在描摹音乐效果上自有千秋，各呈异态。李白此诗则有自己的独到之处，这就是着重写听琴时的主观感受，而不对琴声做客观细致的描写。从这一点也可看出李白是主观抒情性的诗人。"

一说立足于"蜀"，抒写诗人对家乡的思念。陈婉俊补注、黄雨评说《新评唐诗三百首》："此诗当系写于远离四川的地方，所以说'蜀僧'，说'客心'。写琴声只有一句话：如听万壑松涛。正是这种浩壮澎湃的声音，洗去了他客地的愁思。但在琴声停歇、余音缭绕之时，又不禁涌起望乡轻愁，末一句，韵味正如余响一样无穷。"

这首诗的艺术特色，或以为是空灵深微，旋律流畅优美，如风行水上，生动自然。《唐宋诗醇》："累累如贯珠，泠泠如叩玉，斯为雅奏清音。"应时《李诗纬》引丁谷云评曰："韩昌黎琴诗非不刻画，然乏自然神致，所以咏物诗最忌粘皮带骨。如谓不然，请细读此诗可也。"

或以为是结构巧妙而不见布置痕迹。俞陛云《诗境浅说》："此诗前半首，质言之，唯蜀僧为弹琴一语耳。学作诗者，仅此一语，欲化作四句好诗，几不知从何下笔。试观其起句，言蜀僧抱古琴，自峨眉而下，已有'入门下马气如虹'之概。紧接三、四句，如河出龙门，一泻千里。以松涛喻琴声之清越，以万壑松喻琴声之宏远，句法动荡有势。五句言琴之高妙，闻者如流水洗心，乃赋听琴之正面。六句以霜钟喻琴，同此清回，不以俗物为譬，乃赋听琴之尾声。收句听琴心醉，不觉山暮云深，如闻韶忘肉味矣。"

袁行霈也说："律诗讲究平仄、对仗，格律比较严。而李白的这首五律却写得极其清新、明快，似乎一点也不费力。其实，无论立意、构思、起结、承转，或是对仗、用典，都经过一番巧妙的安排，只是不着痕迹罢了。这种'清水出芙蓉，天然去雕饰'的自然的艺术美，比一切雕饰更能打动人的心灵。"（萧涤非等《唐诗鉴赏辞典》）

拟古十二首（选二）

其一

青天何历历，明星如白石。

黄姑与织女，相去不盈尺。^①

银河无鹊桥，非时将安适。

闺人理纨素，游子悲行役。

瓶冰知冬寒，霜露欺远客。

客似秋叶飞，飘摇不言归。

别后罗带长，愁宽去时衣。

乘月托宵梦，因之寄金徽。^②

【注释】

① 黄姑：星名。《玉台新咏·歌辞之一》："东飞伯劳西飞燕，黄姑织女时相见。"吴兆宜注引《岁时记》："河鼓、黄姑，牵牛也，皆语之转。"

② 金徽：一说指琴。李肇《唐国史补》："蜀中雷氏斫琴，常自品第，第一者以玉徽，次者以瑟瑟徽，又次者以金徽。"一说当作"金微"，指地名。王琦注引《新唐书》："金微都督府，以仆固部置，隶安北都护府。"

【评析】

浩瀚夜空，有许多星星在闪烁，它们如河中的白石那样历历在目。其中的牵牛星与织女星，分隔在银河两岸，如果不是七夕，没有了鹊桥，不知牛郎、织女如何相聚？女子在闺中织锦，游子行役他方，房里瓶中之水已经结冰，可以想见游子正遭受严寒。游子如飘零的秋叶，不知落向何处。女子自从分别之后，日渐消瘦，衣带渐宽，希望明月能将她的苦苦相思捎去遥远的边关。

这首诗的主旨，大约有四说。一说是单纯的拟古，李白用来泛写征夫思妇之情。朱谏《李诗选注》："此言征夫在外，室家感时而思之也。谓夫天上众星之历历，而牵牛与织女相去不远，但隔银河咫尺之水而已。然必以时而相见，一年一度七月七日是其期也。乌鹊填桥以渡河。苟非其时，将安适乎？牵牛织女会必有时，何独征夫未有归期？故室家理征衣以寄之也。睹瓶水冰则知天下之寒，霜露独欺乎远客，御寒之具所以可不早备也？客程不定，有似秋叶之飘飘。室家相思，为之而瘦损矣。然所理之纨素，因谁而寄之乎？且征夫执役于金徽之地，戍于苦寒之乡，道路遥远而去人稀，欲寄而不可得也，不过乘月寄梦而寄之耳。"

一说是李白有感于大唐其时的穷兵黩武而造成的夫妻别离。萧士赟《分类补注李太白诗》："此篇伤时穷兵黩武、行役无期度，男女怨旷，不得遂其家室之情，感时而悲者焉。哀而不伤，怨而不诽，真有国风之体。此晦庵之所谓圣于诗者欤？"沈寅、朱昆《李诗直解》："此篇伤唐穷兵黩武，行役怨旷，而不得遂室家之情也。言青天历历，明星如石，黄姑、织女，相去咫尺，使银河之中无乌鹊成桥，非七夕之时，将安适也？天上如此，人间可知。闺人理纨素于内，游子悲行役于外。见瓶水凝结，乃知冬寒；霜露坠落，偏欺远客。此时隆寒，行役者宜归矣，奈为客之苦，似秋叶之飞，飘飘随风，不得言归也。而闺中之愁怨，更有甚焉者，别后罗带渐长，去时衣襟顿宽，总之为郎憔悴而容光之消瘦也。凝眸悬望，不归何晤，须托梦魂以寄金徽，与之相聚会耳。其怨旷之情，可胜道哉！"

一说是李白被流放以后，借思妇之辞表达他对君王的眷念。陈沆《诗比兴笺》："此被放以后，怀主之思，故寄言别后，托情怨旷也。"

一说是李白在七夕思念家中的妻子而作。阎琦《李白诗选评》："是忆内之作。当七夕之时，游子在外不得归，于是藉牛、女故事抒思念妻子之情。李白此类五古，语浅情遥，兼得《十九首》与阮、陶风致。"

其二

高楼入青天，下有白玉堂。[①]
明月看欲堕，当窗悬清光。
遥夜一美人，罗衣沾秋霜。
含情弄柔瑟，弹作陌上桑。[②]
弦声何激烈，风卷绕飞梁。[③]
行人皆踯躅，栖鸟去回翔。
但写妾意苦，莫辞此曲伤。
愿逢同心者，飞作紫鸳鸯。

【注释】

①白玉堂：用白玉铺砌的厅堂。《玉台新咏·古乐府诗六首·相逢狭路间》："黄金为君门，白玉为君堂。"

②陌上桑：汉乐府歌曲名。崔豹《古今注·音乐》："《陌上桑》，出秦氏女子。秦氏，邯郸人，有女名罗敷，为邑人千乘王仁妻。王仁后为赵王家令。罗敷出采桑于陌间，赵王登台，见而悦之，因饮酒欲夺焉。罗敷乃弹筝，作《陌上歌》以自明焉。"

③激烈：激越高亢。《文选·苏子卿诗四首之二》："长歌正激烈，中心怆以摧。"吕延济注："激烈，声高也。"

【评析】

女子身栖直插云霄之高楼，独坐白玉之堂，在漫漫长夜，看着清冷的月光从窗间洒落。不知不觉，秋霜浸润了她的罗衣，她弹奏起《陌上桑》来寄托幽思。这琴声如此激越，袅袅余音，随风飘散。路过的行人驻足倾听，久久不愿离去，连入巢的飞鸟也飞转回来，徘徊在楼前。女子演奏这忧伤的曲子，是希望能够找到知己，比翼双飞。

这首诗的主旨，大约有四说。一说以女子期待托身于"同心者"，比喻贤才希望依附于同心同德者。萧士赟《分类补注李太白诗》："此诗喻贤者怀才抱艺，有以耸动人之耳目，而不屑身轻许于人，思得同心同德者而依附之也。"

一说以女子的自重自守，比喻贤才期待得到明君的礼遇然后出仕。朱谏《李诗选注》："言上有高楼接乎青天，下有石堂皎如白玉。当月落之时，清光悬于窗月之间。美人夜坐而弹柔瑟，声音激烈，随风绕梁。行人为之踯躅，栖鸟为之回翔。瑟之感物如此，非徒为曲美也，亦自写心中之蕴结耳。曲虽伤情，亦所不辞。惟愿得与同心之人，以谐鸳鸯之好而已矣。以喻贤者抱道自重，不妄从人，必俟人君致敬尽礼而后仕也，如伊尹、孔明之徒是已。"

一说诗人借以自喻，或抒写其不得入仕之苦闷，如唐汝询《唐诗解》："此为贞女择偶之辞，以比贤者思得明君而仕也。言居高楼玉堂之中，而当月朗霜清之夕，其人已凛然高洁矣。又弹瑟而成悲声，使途人、宿鸟靡不凄怆。其伤如此者，正以写不遇之情也。安得同心之人以成佳偶哉？观此则太白非无心用世，特以时王为不足事者。不然，何以颓然自放耶？"或抒写其知己难觅的苦闷，如霍松林、尚永亮《李白诗歌鉴赏》："中国古代诗人写'美人'，往往借以自喻。李白一生苦乏知己而又渴望得到知己，则他笔下的那位'美人'，既是对现实生活中某些痴情女子的传神写照，又含有他自己心灵的投影，是不难理解的。"

一说诗歌的核心是《陌上桑》一词，诗人借"罗敷"这一形象表达其坚贞不二。曾国藩《求阙斋读书录》："此托为贞妇不二之辞。《陌上桑》，罗敷作以自明其心者。"

其艺术特色，或以为得古诗之拙质，旧题严羽评点《李太白诗集》载明人批语："古诗拙质，此则更加之期，稍得在此，失亦在此。"或以为得古诗之神，如王夫之《唐诗评选》："'明月看欲堕'二句，从高楼、玉堂生出，虽转势趋下，而相承不更作意。少陵从中生语，便有拖带。杜得古韵，李得古神。神韵之分，亦李杜之品次也。"或以为得齐梁之韵，如吴昌祺《删订唐诗解》："其曲折摹古，而调则齐梁也。"

劳劳亭 ①

天下伤心处，劳劳送客亭。
春风知别苦，不遣柳条青。

【注释】

① 劳劳亭：三国时吴国所筑，又名临沧观，为送别之所，故址在今江苏南京西南，古新亭南。

【评析】

这首诗的主旨，一说即是咏劳劳亭。朱谏《李诗选注》："此咏金陵之劳劳亭也。言送别伤心在何处乎？在乎劳劳之亭也。凡送别者，多于亭边折柳相赠。春风知其离别之苦也，故虽春来不遣柳条之青，预恐行人之伤心也。"

一说诗咏分别之苦。沈寅、朱昆《李诗直解》："此于送客之亭而伤分别之苦也。言天下伤心之处，惟劳劳送客之亭。人生莫苦于离别，春风亦知别苦，故有意迟迟而不遣柳条青，恐人折以赠行也。夫亭曰劳劳，则人不得安逸。而百年易尽，离苦别多，宁得不伤心耶？"

诗歌的艺术成就，或以为在于语言浅易而构思巧妙，写来毫不费力，情感却极为深沉真挚。尤其是后两句，令人拍案叫绝。旧题严羽评点《李太白诗集》："情深思巧，却不废些子力，又非浅口所能学。"徐用吾《精选唐诗分类评释绳尺》："不经用意，自见深沉。"应时《李诗纬》卷四："作意新奇，以巧思见长。"朱之荆《增订唐诗摘钞》："深极巧极，自然之极，太白独步。"

或以为在于运用了拟人手法，将无情春风摹写得深情款款，无中生有，别开生面。唐汝询《唐诗解》："亭为送客而设，故以劳劳为名。谓心劳莫甚于别也。作诗之时，柳条未青，因托意抄春风耳。"吴昌祺《删订唐诗解》："曰风亦厌折柳之苦也。"黄生《唐诗摘钞》卷二："将无知者说得有知，诗人惯弄笔如此。"应时《李诗纬》引丁谷云评曰："'春风'二语反结上意，无中生有，千古绝调也。"胡光舟、张明非《新编千家诗》："此诗借亭立意，极写别离之苦。三、四句融唐人折柳送别习俗于拟人手法之中，将无知的春风写得有情有意，新颖奇警，是出人意表的神来之笔。"

或以为在于巧用曲笔，含蓄蕴藉。李锳《诗法易简录》："若直写别离之苦，亦嫌平直；借'春风'以写之，转觉苦语入骨。其妙全作'知'字、'不遣'字，奇警绝伦。"马位《秋窗随笔》："云溪子曰：杜舍人牧《杨柳》诗：'巫娥庙里低含雨，宋玉宅前斜带风'……俱不言'杨柳'二字，最为妙也。如此论诗，诗了无神致矣。诗人写物，在不即不离之间，'昔我往矣，杨柳依依'，只'依依'两字，曲尽态度。太白'春风知别苦，不遣柳条青'，何等含蓄，道破'柳'字益妙。"郁贤皓《李白全集注评》："不说天下伤心事是离别，却说天下伤心处是劳劳亭，越过离别事写送别地，直中见曲，立意高妙，运思超脱。"

劳劳亭歌

在江宁县南十五里，古送别之所，一名临沧观。

金陵劳劳送客堂，蔓草离离生道旁。
古情不尽东流水，此地悲风愁白杨。
我乘素舸同康乐，朗咏清川飞夜霜。[1]
昔闻牛渚吟五章，今来何谢袁家郎。[2]
苦竹寒声动秋月，独宿空帘归梦长。

【注释】

[1] 康乐：指谢灵运，袭封康乐公。

[2] 袁家郎：指晋人袁宏，字彦伯，小字虎。《世说新语·文学》："袁虎少贫，尝为人佣载运租。谢镇西经船行，其夜清风朗月，闻江渚间估客船上有咏诗声，甚有情致，所诵五言又其所未尝闻，叹美不能已。即遣委曲讯问，乃是袁自咏其所作《咏史诗》。因此相要，大相赏得。"

【评析】

劳劳亭，故址在今江苏南京西南。《太平御览·居处部》引《舆地志》："丹阳郡秣陵县新亭陇上有望远楼，又名劳劳楼，宋改名为临沧观，行人分别之地。"李白在这首诗中说，金陵之劳劳亭，自古以来就是送别之所，亭边长满了萋萋芳草，伴随着大路延伸到天涯。离别的愁绪，就如同那滔滔不尽的东流水，如今白杨瑟瑟，悲风萧萧，就更令人肝肠断绝了。我在飞霜之夜乘舸泛江，有如谢灵运朗咏于清流之上。昔日袁宏吟诗于牛渚，得到谢尚的赏识。如今我诗才无愧于袁家之郎，却独宿于空船，徒怀归梦，惟有苦竹相伴，秋月相随。

诗中提到了两个历史人物，即谢灵运与袁宏。有人疑心李白在此处误用了故实。旧题严羽评点《李太白诗集》说："咏清川是自言，吟五章乃拟古，不得作一事。疑邀袁宏乃谢尚，非康乐也。若然，则吟咏为重复矣。"

萧士赟则指出，李白在诗中是以谢灵运自比，而用袁宏的典故表明他无人赏识。其《分类补注李太白诗》云："此诗意乃太白自比于灵运，而又自叹其才不减彦伯，而无谢尚之见知，独宿空帘，寄情归梦，亦可哀矣。"朱谏《李诗选注》也说："按诗意，白乃自拟于灵运，并驾于袁宏，因以叹无相知之人。袁岂白之比哉？特借其事用之耳。"王琦注《李太白全集》也详细解释说："此诗大意：太白自夸山水之趣既同康乐，而吟咏之妙又不减袁宏，惜无相赏之人与之谈话申旦，空帘独宿，殊觉寂寥。两事并用，各不相妨。"

今人也多持后一看法，认为李白用谢灵运事，表达他对山水的喜爱；用袁宏事，表达他怀才不遇。阎琦《李白诗选评》说："首四句咏劳劳亭，其后连用谢灵运、袁宏事以自喻，与劳劳亭似乎断然截开，两不相涉。盖李白泛流至劳劳亭，即咏劳劳亭；好山水游，即自拟谢灵运；又擅吟诗，即自拟袁宏。最后归于独宿，遂叹古人已逝，世无知音。"

观胡人吹笛

胡人吹玉笛，一半是秦声。
十月吴山晓，梅花落敬亭^①。
愁闻出塞曲，泪满逐臣缨。
却望长安道，空怀恋主情。

【注释】

① 敬亭：即敬亭山。

【评析】

在江南十月的清晨，倾听一位胡人吹奏玉笛。他所吹奏的，多半是秦地的曲子，带着阵阵寒意，似梅花在敬亭山飞舞。我本满腹愁绪，如今又听见这凄凉的《出塞曲》，顿时眼泪忍不住流下来，沾湿了衣襟。回头眺望京城，长安遥不可及，空怀恋主之情。

诗人自称"逐臣"，在诗中又对长安眷念不已，故诗歌定是李白放逐之后所写。不过，这首诗究竟是安史之乱爆发期间还是爆发后所写的呢？历来有不同看法。一说这里的"逐臣"，即指李白已流放夜郎。唐汝询《唐诗解》："此因笛奏秦声而起恋主之想，盖流夜郎时作也。言以胡人奏笛，调乃杂于胡声。时十月而笛中梅花已落敬亭间矣。吾方见逐出塞，愁闻其曲而泪为之下。心虽恋主，无由归谒，徒望长安而兴怀也。此胡人盖自京师来者。太白夜郎之窜，道出宣城，故有'吴山''敬亭'之语。"

又朱谏《李诗选注》亦云："言胡人吹笛，半是秦声。十月之晓，吴山敬亭而梅花落。夫以外国之人，而为中国之乐；以北鄙之音，作于江南之地，十月无梅花，而笛中有《落梅》之曲也。曲吹《出塞》而闻者皆愁，盖以虏难未消，京师陷没，我虽逐臣而垂涕沾缨，回望长安，乱犹未已。胡人遍地，而天子蒙尘。我亦徒怀恋主之情，竟不得一有所伸也。今闻胡人之笛，感伤之意当何如乎？"

一说这里的逐臣，指李白由长安放归之后，诗歌大约作于天宝后期。沈寅、朱昆《李诗直解》："此太白放逐之余，闻笛声而眷恋宗社之怀也。言我流落江湖，旅寓不定。忽闻胡人吹笛，一半犹是秦声也。十月之时，吴山方晓，何梅花落于敬亭乎？此《出塞》之曲，闻之不觉然而愁，而泪满我逐臣之缨矣。我今流落于此，去长安已远，却望长安之道，空怀恋主之情。而主不我用，徒为眷眷已矣。尔胡人休得再吹矣，毋令人入于耳，伤于心也。"

瞿蜕园、朱金城《李白集校注》："末句显为出长安后居宣城之作。李诗中屡言胡姬胡乐，盖当时为声乐者多属胡人。此诗之'胡人吹玉笛'与卷二〇《九日登山》之'胡人叫玉笛'，皆非别有寓意。"

李白这首五律"格韵散逸"（桂天祥《批点唐诗正声》），或以为这正表明李白对律诗体格的谙熟。旧题严羽评点《李太白诗集》："其音凄清，其格浏亮，如水晶珠。"许学夷《诗源辩体》："或问：太白五、七言律，较盛唐诸公何如？曰：盛唐诸公本在兴趣，故体多浑圆，语多活泼；太白才大兴豪，于五、七言律太不经意，故每失之于放，盖过而非不及也。五言如'岁落众芳歇''燕支黄叶落''胡人吹玉笛'，七言如'久辞荣禄遂初衣'等篇，斯得中耳。世谓太白短于律，故表明之。"

或以为这首诗虽是五律，却是五言绝句的风格，不符合五律的规范。胡应麟《诗薮·内篇》："李以绝为律，如'十月吴山晓，梅花落敬亭'等句，本五言绝妙境，而以为律诗，则骈拇枝指类也。"陆时雍《唐诗镜》："三、四愁绪，片片欲随。初唐以律行古，局蹐不伸。

盛唐以古行律，其体遂败。良马之妙，在折旋蚁封；豪士之奇，在规矩妙应。若特才一往，非善之善也。《对酒忆贺监》《宿五松山下荀媪家》《宿巫山下》《夜泊牛渚怀古》，清音秀骨，夫岂不佳？第非律体所宜耳。"

宣城见杜鹃花

蜀国曾闻子规鸟，宣城还见杜鹃花。^①
一叫一回肠一断，三春三月忆三巴。

【注释】

① 子规鸟：即杜鹃，相传为古蜀王杜宇之魂所化。

【评析】

　　姹紫嫣红的暮春三月，杜鹃花花团锦簇，满山遍野，灿然若火。想当年，诗人在家乡的时候，每每看到杜鹃花盛开，就会听到阵阵的杜鹃鸟声。提起杜鹃鸟，让人不由自主地想到"苌弘化碧，望帝啼鹃"，从而激起思乡之情。古代蜀中之帝杜宇，又称望帝，自以为德薄，不愿意窃据帝位，为避位而出走，死后精魂化为杜鹃鸟，每到暮春时分，就啼叫起来，没完没了，似乎在呼喊着"不如归去"。看着宣城艳丽的杜鹃花，诗人耳旁顿时响起了杜鹃鸟凄恻动人的啼叫声，好像在提醒他"不如归去"。但诗人又怎能这样空手而归呢？当年意气风发，仰天大笑出门而来，自以为功名俯拾可取，唾手可得，谁知一再受挫，一事无成。看着眼前的朵朵杜鹃花，想着家乡亲人的苦苦期待，诗人又怎能不愁肠寸断呢？

诗的前两句，巧用花、鸟、地名，形成自然的对仗，以空间的延伸和时间的延续，真实地再现了诗人乡思涌动的过程。"杜鹃"一语双关，诗人借花写鸟，借鸟抒情。由眼前的实景，写到记忆中的虚景，思绪由安徽宣城而飞越千里回到故乡蜀地，环环相扣，虚实相生，远近结合。三、四两句巧用数字，进一步渲染浓重的思乡之情。全诗情景交融，浑然一体，颇能引起游子的共鸣。

但朱谏对此诗多有指斥，认为其绝非李白所作。其《李诗辨疑》："辞意支离，不相续照，据诗意后二句当接说杜鹃花，却说杜鹃鸟去，意不相照。一叫一回肠一断，乃宋元以下卑弱之辞，曾谓唐之大方家而为此乎？"

此外，《全唐诗》题下校语有云："一作杜牧诗，题云《子规》。"北宋田槩所编《樊川别集》及《全唐诗》均录此诗为杜牧《子规》，后人亦有认定为杜牧所作者，如《东泉诗话》："小杜律诗多用数目字，如'南朝四百八十寺''故乡七十五长亭''二十四桥明月夜''苏武曾经十九年''一叫一回肠一断，三春三月忆三巴'，亦算博士之流风。同时张处士祜有《宫词》云'故国三千里，深宫二十年'，杜最赏之，盖亦有臭味之合。"

不过，学者大多认为此诗当为李白所作。首先从风格上看，它与李白之飘逸旷放更为吻合。旧题严羽评点《李太白诗集》载明人评语云："偶然取小巧，非大雅调。然劲快不伦，自是太白风格。"《唐宋诗醇》："如谚如谣，却是绝句本色。效之，却痴矣。或以为杜牧作，亦不类也。"

其次，从现有材料来看，它当为李白所作。杨慎《升庵诗话》："此太白寓宣州怀西蜀故乡之诗也。太白为蜀人，见于刘全白志铭、曾南丰集序、魏杨遂故宅祠记及自叙书，不一而足。此诗又一证也。"故詹锳《李白诗文系年》辨析说："按杨慎家藏乐史本《李太白集》，此诗既为慎所称道，则乐史本《李翰林集》当载此诗，且杜牧京兆万年人，生平未尝一履蜀地，与此诗所云'蜀国曾闻子规鸟'亦不合。则此诗当是太白原作，朱谏谓为宋元以后卑弱之辞，大误。"

陌上赠美人

骏马骄行踏落花，垂鞭直拂五云车。①
美人一笑褰珠箔，遥指红楼是妾家。②

【注释】

① 五云车：仙人所乘之车。庾信《道士步虚词》其六："东明九芝盖，北烛五云车。"

② 褰（qiān）：撩起，揭起。珠箔：用珍珠缀成的帘子。红：一作"青"。

【评析】

公子骑着高头大马，悠然踏着落花前行，手中的马鞭故意掠过华美的车驾。车中的美人嫣然一笑，撩起珠帘，遥指着前方的红楼对公子说，那里就是她的家。诗写春日陌上男女嬉戏的情形。沈寅、朱昆《李诗直解》："游春而咏陌上之情景也。言春日之景，关情者无如花与美人。今乘骏马以游陌上，落花满地，骄行以踏之，而春意可怜也。忽望见五云华丽之车，知彼美在中，乃垂鞭趯行而直拂其车。美人见其狂态，嫣然一笑，以褰珠箔，遥指远远红楼之中，即是妾家。美人有情，而骏马随行，频拂之以至红楼之处矣。"

诗中所写陌上之偶遇，究竟是诗人所亲历，还是他所目睹，抑或借想当然之情景而有所托讽呢？或以为是李白之邂逅美人，有此一段艳遇。唐汝询《唐诗解》："骏马，太白所服；云车，妓女所乘。指妾家者，邀与同归也。"

或以为李白之误拂云车而自作多情。俞陛云《诗境浅说》："当紫陌春浓之际，策骏马而过，适道左有五云车过，误拂鞭丝。乃车中美人，不生薄愠，翻致微辞，谓遥看一角红楼，即妾家住处，若谓门前垂柳，何妨暂系青骢。与崔颢《长干曲》之'妾住在横塘'，皆萍絮偶逢，即示以香巢所在，其慧眼识人耶？抑诗人托兴耶？以青莲之豪迈，而作此侧艳之词，殆如昌黎之'玉钗银烛'，未免有情也。"

或以为是李白偶见陌上青年男女之调笑，作诗以嘲弄。王尧衢《古唐诗合解》："'骏马骄行踏落花'，此当是五陵游侠，陌上春游。有解作太白乘骏马者，似误。'垂鞭直拂五云车'，少年马上之鞭直拂到美人五云车上，盖有意调笑美人也。'美人一笑褰珠箔'，于是美人果嫣然一笑，手褰车上之帘箔，以迎少年，将有言也。'遥指红楼'，此是美人手势。'是妾家'，是美人口答也。'遥指'，妩媚之态宛然。太白偶见陌上，故赋其事以遥赠也。然亦不必认真。"

怨情

美人卷珠帘，深坐嚬蛾眉。①
但见泪痕湿，不知心恨谁。②

【注释】

① 嚬：同"颦"。

② 见：一作"觉"。

【评析】

一位女子深夜独坐，蹙起弯弯的长眉，眼泪不由自主地流了下来。后来她卷起珠帘，衣襟上满是泪痕，却不知心中的哀怨为谁而生。这是一首闺怨诗。沈寅、朱昆《李诗直解》说："此咏深闺之怨妇，而见其情之极也。言妇人抱美色而守空闺，卷起珠帘。深坐而锁蛾眉，愁怨之极也。愁极则泪落，但见泪痕之湿，而不知心之所恨者谁也。恨其独处之寂寞耳。"

在体裁上，它是一首古绝。陆时雍《唐诗镜》："六朝五言绝，意致既深，风华复绚，唐人即古其貌而不古其意，古其意而不古其韵，如《秋浦歌》《劳劳亭》，古意荡然矣。诗之所以贵古者，以情深也，以格老也，以色丽也，以句响也。"

这首诗最突出的特色，便是古意盎然，神韵悠远。其具体表现，一则是诗歌语言之浑然天成，不可句摘。邢昉《唐风定》："太白诸什如《十九首》，浑浑然无句可摘，故为神物。"卢䎝、王溥《闻鹤轩初盛唐近体读本》："神韵绝人，不在笔墨。"

一则是诗歌含蓄蕴藉，余味无穷。旧题严羽评点《李太白诗集》："写怨情，已满口说出，却有许多说不出，使人无处下口通问，直如此幽深。"应时《李诗纬》："一种幽深之致，娓娓动人。"赵昌平《李白诗选评》："这诗使用白描，只是将一位深坐颦眉的泪人儿再现在人们眼前。'不知心恨谁'，唯其不知谁，方可想象如此这般，这般如此，加倍地引动人们去关爱这位楚楚可怜人。如明言怨谁，便没有想象余地了。诗人是很懂得朦胧其辞的魅力的。"

一则是善于使用曲笔，侧面描写烘托。《唐宋诗醇》："绝好形容。"郁贤皓《李白全集注评》："首句以'卷珠帘'的动作展示美人空守闺中而有所待的思春心态，同时烘托出寂寞幽深的环境。次句

'深'字写坐待时间之久，'颦蛾眉'三字，形象地描绘出美人怨苦的神态，如见其人。第三句用'泪痕湿'三字表达出美人最怨苦的心情。前三句通过卷珠帘的动作，深坐皱眉的神态，泪痕湿的外在表现，层层深入地展示美人怨恨心态的历程，可谓已经写尽。"

一则是思致婉曲而层次井然。章燮《唐诗三百首注疏》："不闻怨语，但见怨情。颦，蹙也。首句写望，次句继之以愁，然后写出泪痕，深浅有序，信手拈来，无非妙笔。"近藤元粹《李太白诗醇》引潘稼堂云："'但见'跟'卷帘'来，'卷帘'所以见美人也。'泪痕湿'又跟'颦眉'来，'颦眉'所以见泪痕也。然美人必'深坐'而后'卷帘'。"

哭宣城善酿纪叟

纪叟黄泉里，还应酿老春。[①]
夜台无晓日，沽酒与何人。[②]

【注释】

① 老春：酒名。唐时名酒多有"春"字。李肇《唐国史补》："酒则有郢州之富水，乌程之若下，荥阳之土窟春，富平之石冻春，剑南之烧春。"

② 夜台：坟墓。《文选·陆士衡挽歌诗三首（其一）》："送子长夜台，呼子子不闻。"李周翰注："子，谓亡者。谓坟墓一闭，无复见明，故云长夜台。"

【评析】

这首诗为李白悼念宣城一位姓纪的酿酒老人而写。诗中写道，姓纪的老人死后，诗人非常怀念他。这位老人生前酿出的老春名酒，让诗人赞不绝口，留恋不已。现在他把家搬入了夜台，自然不会丢下了他的手艺，一定会重操旧业，施展他的拿手绝活，继续酿造美酒。不过，现在诗人无法前往那个漫漫长夜般的地下世界，也就喝不到他在那里酿出的老春。那里漆黑一片，没有白天，纪叟怎样开门做生意，又会把酿出的老春卖给谁呢？想到这里，诗人心中涌出无限惋惜之情。诗人对纪叟之死虽极为悲痛，诗中却不见伤感之语，他以天然浅语，写出了至深挚情，故应时《李诗纬》云："豪爽之气，于此可见。"

此诗一作《题戴老酒店》："戴老黄泉下，还应酿大春。夜台无李白，沽酒与何人。"后两句意思是，纪叟在黄泉之下，也会怀念李白这样的好主顾，这样会品酒的人。仿佛是说，纪叟原是专门为李白酿酒而生，他所酿出的老春，也只有李白才能赏识。这就更进一步写出了他们之间的深厚感情。

旧题严羽评点《李太白诗集》在比较两个版本时说："'大春'不如'老春'。'无李白'，妙。既云'夜台'，何必更言'无晓日'耶？与'稽山无贺老'用意同。狂客、谪仙，饮中并歌，白视世间，惟我与尔。于鬼窟亦居胜地，傲甚，达甚，趣甚！"杨慎也以为后一个版本"无李白"三字更好。其《李诗选》："予家古本作'夜台无李白'，此句绝妙，不但齐一死生，又且雄视幽明矣。昧者改为'夜台无晓日'，夜台自无晓日，又与下句'何人'字不相干甚矣，土俗不可医也。"